**Gillian Pink**

# VOLTAIRE À L'OUVRAGE

## Une étude de ses traces de lecture et de ses notes marginales

**CNRS ÉDITIONS**

15, rue Malebranche – 75005 Paris

Dans la même collection

*La genèse du texte. Les modèles linguistiques*, collectif, 1982
*Genèse de Babel. Joyce et la création*, sous la dir. de Claude JACQUET, 1985
*Le manuscrit inachevé. Écriture, création, communication*, collectif, 1986
*De la lettre au livre. Sémiotique des manuscrits littéraires*, collectif, 1989
*Carnets d'écrivains. 1*, collectif, 1990
*L'écriture et ses doubles. Genèse et variation textuelle*, sous la dir. de Daniel FERRER et Jean-Louis LEBRAVE, 1991
*Genèses du roman contemporain. Incipit et entrée en écriture*, sous la dir. de Bernhild BOIE et Daniel FERRER, 1993
*Marcel Proust. Écriture sans fin*, sous la dir. de Rainer WARNING et Jean MILLY, 1996
*Pourquoi la critique génétique ? Méthodes, théories*, sous la dir. de Michel CONTAT et Daniel FERRER, 1998
*Genèses du « je ». manuscrits et autobiographie*, sous la dir. de Philippe LEJEUNE et Catherine VIOLLET, 2000
*Écrire aux XVII^e^ et XVIII^e^ siècles. Genèses de textes littéraires et philosophiques*, sous la dir. de Jean-Louis LEBRAVE et Almuth GRÉSILLON, 2000
*Bibliothèques d'écrivains*, sous la dir. de Paolo d'IORIO et Daniel FERRER, 2001
*Zola, genèse de l'œuvre*, sous la dir. de Jean-Pierre LEDUC-ADINE, 2002
*Genèse, censure, autocensure*, sous la dir. de Catherine VIOLLET et Claire BUSTARRET, 2005
*La textologie russe*, sous la direction de Andreï MIKHAILOV et Daniel FERRER, 2007
*La mise en œuvre, itinéraires génétiques*, Almuth GRÉSILLON, 2008


ISBN : 978-2-271-11950-6

*Pour Christiane*

*Abréviations*

| | |
|---|---|
| BnF | Bibliothèque nationale de France (Paris) |
| BnR | Bibliothèque nationale de Russie (Saint-Pétersbourg) |
| BV | Библиотека Вольтера: каталог книг [*Bibliothèque de Voltaire : catalogue des livres*], éd. M. P. Alekseev et T. N. Kopreeva (Moscou, Éditions de l'Académie des sciences de l'URSS, 1961) |
| *CN* | *Corpus des notes marginales de Voltaire*, éd. L. Albina, N. Elaguina *et al.* (Berlin et Oxford, Akademie Verlag et Voltaire Foundation, 1979- ) |
| D | Voltaire, *Correspondence and related documents*, éd. Th. Besterman, *Œuvres complètes de Voltaire*, t. 85-135 (Oxford, Voltaire Foundation, 1968-1977) |
| nouv.ac.fr | nouvelles acquisitions françaises (BnF) |
| *OCV* | *Œuvres complètes de Voltaire* (Oxford, Voltaire Foundation, 1968- ) |
| *SVEC* | *Studies on Voltaire and the eighteenth century* |

Les citations en langue étrangère sont imprimées en italiques suivant les normes de l'éditeur ; en revanche, pour des raisons de cohérence, les *marginalia* en langue étrangère figurent en romain.

# Introduction

Pourquoi publier « les notes de lecture d'un auteur devenu célèbre [...] sinon selon l'hypothèse qu'il s'agit là d'un premier état de sa propre écriture » ? s'interrogeait Antoine Compagnon en 1979[1]. La même année, le premier tome d'un projet de grande envergure voit le jour à Berlin-Est : le *Corpus des notes marginales*, mis en œuvre par une équipe russe sous la direction de Larissa Albina, avait pour but de publier la totalité des notes marginales et autres marques de lecture laissées par Voltaire dans les livres de sa bibliothèque, qui contient 3 867 titres et plus de 7 000 volumes, conservés à Saint-Pétersbourg depuis 1779[2]. Ce projet, interrompu pour des raisons politiques et par le décès de L. Albina, maintenant repris à Oxford par les soins de la Voltaire Foundation en collaboration avec Natalia Elaguina de la Bibliothèque nationale de Russie, constitue le matériau de base de notre étude.

Pourquoi donc étudier les notes de lecture, ou, dans le cas qui nous occupe, les *marginalia* de Voltaire ? Le travail sur la critique génétique accompli par les chercheurs de l'Institut des textes et manuscrits modernes (ITEM, CNRS-ENS, Paris) depuis les années 1970 a fondé et poursuit l'étude scientifique de dossiers composés de manuscrits : carnets de notes, correspondance, brouillons, mises au net, épreuves corrigées. Un autre élément d'un dossier de genèse est le livre annoté qui, selon l'heureuse formule de Daniel Ferrer, est bien un « lieu intime de la gestation[3] ». C'est bel et bien le cas chez Voltaire, et les milliers de références au *Corpus des notes marginales* qui nourrissent l'appareil critique des *Œuvres complètes de Voltaire* attestent du lien étroit qui existe entre les *marginalia* et l'œuvre, identifiant telle ou telle source à l'origine d'un passage dans un texte publié par Voltaire. Ce n'est pas parce que cette dimension de ses notes marginales est connue et avérée qu'elle ne mérite pas de faire l'objet d'un examen plus poussé, plus méthodique.

---

1. *La Seconde Main ou le travail de la citation* (Paris, Seuil, 1979), p. 21.
2. Voir *BV* ; sur l'acquisition de cette collection, voir notamment Sergueï Karp, *Quand Catherine II achetait la bibliothèque de Voltaire* (Ferney-Voltaire, CIEDS, 1999), et Christophe Paillard, « Voltaire et les bibliothèques : genèse et métamorphoses de la "Bibliothèque de Ferney" », dans *La Russie dans l'Europe*, éd. F. Jacob (Condeixa-a-Nova, La Ligne d'ombre, 2010), p. 103-143.
3. « Un imperceptible trait de gomme de tragacanthe… », dans *Bibliothèques d'écrivains*, éd. P. D'Iorio et D. Ferrer (Paris, CNRS, 2001), p. 7-27, ici p. 11.

Mais est-ce uniquement à cause du rapport indéniable qui existe entre ces notes et les écrits connus de l'auteur qu'on les étudie ? S'intéresse-t-on aux seules notes dont la descendance textuelle est avérée, pour oublier le reste ? Au cours des presque quarante ans écoulés depuis le début de l'entreprise du *Corpus*, on a vu non seulement la publication en six parties des *marginalia* de Coleridge[4], et huit volumes sur les dix anticipés de ceux de Voltaire, mais aussi la publication et l'analyse de notes marginales de lecteurs tout à fait inconnus, dont l'intérêt ne peut être celui de jeter un nouvel éclairage sur une éventuelle production littéraire, mais plutôt de nous éclairer sur la manière de lire à une certaine époque[5].

La première phase des recherches dans le domaine de l'histoire de la lecture au dix-huitième siècle en France était fondée surtout sur catalogues, inventaires après décès et données quantitatives concernant l'impression et la vente d'ouvrages[6]. Plus ou moins en même temps que les deux grandes publications de *marginalia* évoquées plus haut (nous ne disons certes pas *à cause d'elles*), les historiens reconnaissent progressivement le potentiel pour la recherche des richesses cachées dans les marges de maint volume ancien. H. Jackson, membre de l'équipe éditoriale des *marginalia* de Coleridge, faisait en 2001 un vibrant plaidoyer pour assimiler l'étude des *marginalia* à ces méthodes que nous venons de mentionner. Elle conclut : « *Annotated books have a contribution to make in this growth area of modern scholarship, and the fact that they may be exceptional survivors hardly justifies avoiding them*[7] ». En 2002 s'est organisée à la Sorbonne une journée d'études autour des notes mar-

4. Tome 12 dans *S. T. Coleridge Collected Works*, éd. K. Coburn, B. K. Winer, 16 t. en 34 vol. (Londres, Routledge & Kegan Paul ; Princeton, Princeton University Press, 1969-2002).

5. Dans Heather Jackson, *Marginalia: readers writing in books* (New Haven et Londres, Yale University Press, 2001), ou encore dans Françoise Jouffroy-Gauja et Jean Haechler, « Une lecture de l'*Encyclopédie* : trente-cinq ans d'annotations par un souscripteur anonyme », *Revue française d'histoire du livre* 96-97 (1997), p. 329-376 (ici p. 368-371), et, des mêmes auteurs, « L'article CERTITUDE de l'*Encyclopédie* commenté par un souscripteur anonyme », *Recherches sur Diderot et sur l'Encyclopédie* 29 (2000), p. 129-148.

6. Par exemple Daniel Mornet, « Les enseignements des bibliothèques privées (1750-1780) », *RHLF* 17 (1910), p. 449-492 ; Robert Darnton, « Reading, writing, and publishing in eighteenth-century France: a case study in the sociology of literature », *Daedalus* 100, n° 1 (hiver 1971), p. 214-256 ; Michel Marion, *Les Bibliothèques privées à Paris au milieu du XVIII$^e$ siècle* (Paris, Bibliothèque nationale, 1978) ; Roger Chartier, *Lectures et lecteurs dans la France d'Ancien Régime* (Paris, Seuil, 1982).

7. *Marginalia*, p. 252-258 (ici p. 258).

ginales de Voltaire[8]. Depuis, quoique certaines études aient déjà existé, il y a eu un intérêt accru pour les notes de lecture en marge d'ouvrage, dernièrement manifesté par le projet *Annotated Books Online*[9], ou encore par le catalogue de la Hurd Library à Hartlebury (Worcestershire), achevé en juin 2014 et qui décrit par le menu les notes et autres traces de lecture de cette bibliothèque.

Outre l'intérêt évident des notes liées à la genèse d'un texte littéraire, phénomène que le présent ouvrage a pour objectif à la fois d'illustrer et de sonder, les annotations marginales peuvent, au moins dans une certaine mesure, détenir le secret de ce qu'on lisait à une époque lointaine et de quelle manière on lisait. Cependant on constate rapidement que l'usage de ces textes n'est pas facile :

> *Anyone who turns to marginalia with high hopes of easy answers quickly discovers that the evidence they contain turns out to be (if not always thin, scattered and ambiguous) particularly difficult to locate, decipher, and interpret*[10].

Dans le contexte voltairien, Christiane Mervaud mettait en garde contre le positivisme dans l'interprétation des *marginalia* voici déjà une quinzaine d'années :

> La note marginale est un texte retors nécessitant distance critique et interprétation avant usage. Ce n'est pas parce qu'elle passe pour spontanée qu'elle serait par essence de maniement simple[11].

Si le cas de Voltaire, pour être mille fois plus documenté, n'est pas plus simple que celui des anonymes, il a déjà donné lieu à des dizaines d'articles savants, qui nourriront le travail qui suivra.

Plus que pour des raisons de pure génétique textuelle, laquelle question occupe toutefois une position capitale dans cet ouvrage, nous nous intéressons à la note marginale et à toute autre trace laissée entre les pages d'un volume d'abord parce qu'elles témoignent de la relation qu'entretenait Voltaire avec le contenu de sa bibliothèque, montrant la panoplie de traitements qu'il faisait subir aux volumes, et ensuite parce que les notes elles-mêmes représentent des textes – courts, certes, mais textes tout de même – de notre auteur dont les enjeux matériels, littéraires et polémiques

8. Les actes ont paru dans la *Revue Voltaire* 3 (2003).

9. Dirigé par le Pr Arnoud Visser (Université d'Utrecht) : www.annotatedbooksonline.com (consulté le 5 février 2018).

10. William H. Sherman, *Used Books: marking readers in Renaissance England* (Philadelphia, University of Pennsylvania Press, 2008), p. xiii.

11. « Du bon usage des *marginalia* », *OCV*, t. 138, p. 755-777 (ici p. 775). La première publication de cet article date de 2003 (*Revue Voltaire* 3, p. 101-127).

restent à expliciter. Entre génétique textuelle, histoire du livre, histoire littéraire et étude littéraire dans le sens plus classique du terme, le présent travail cherche à approfondir notre compréhension de la façon dont Voltaire se servait de ses livres et des différentes sortes de notes qu'il avait l'habitude d'y laisser.

* * *

Voltaire a écrit en marge de ses livres pendant plus de cinquante ans, soit de la veille de son départ en Angleterre en 1726 jusqu'à sa mort en 1778. Les premières notes marginales connues furent selon toute vraisemblance couchées sur le papier à la Bastille, mais la plupart virent sans doute le jour sous des conditions plus libres, dans l'espace des bibliothèques ou cabinets de travail. Si le fameux fauteuil muni de pupitre de lecture et écritoire amovibles, visible aujourd'hui au Musée Carnavalet à Paris et reproduit en photographie avec une notice de Jean-Marie Goulemot sous la rubrique « Travail (habitudes de) » de l'*Inventaire Voltaire*[12], n'accompagna l'écrivain que pendant les derniers mois de sa vie, passés à Paris, celui qui voudrait reconstruire le contexte de la lecture et des notes marginales à Ferney dispose d'autres éléments.

De la dernière bibliothèque, il subsiste plusieurs descriptions, notamment de voyageurs qui s'arrêtaient à Ferney dans l'espoir de voir le grand homme, par exemple Charles Burney en juillet 1770 :

> *I sent in to enquire whether a stranger might be allowed to see the house and was answered in the affirmative. The servant soon came and conducted me into the cabinet or closet where his master had just been writing, which is never shown when he is at home; but being walked out, I was allowed that privilege. From thence to the library. Not a very large one, but well filled*[13].

Nous savons quelque chose également de la disposition des livres dans la bibliothèque, dans au moins une de ses incarnations, grâce au catalogue[14], qui classe les livres selon l'espace qu'ils occupent : « 1^er^ rayon en entrant à gauche jusqu'au poêle », « poésies et autres ouvrages à droite du poêle, in-folio », « Pour l'église / Premier rayon en bas à droite en entrant[15] ».

---

12. Éd. J.-M. Goulemot, A. Magnan et D. Masseau (Paris, Gallimard, 1995), p. 1343.

13. Gavin de Beer et André-Michel Rousseau, *Voltaire's British visitors*, *SVEC* 49 (1967), p. 140.

14. *BV*, p. 1065-1150. Sur le catalogue et les « dérangements » de la bibliothèque, voir Ch. Paillard, « Voltaire et les bibliothèques », p. 118-119.

15. *BV*, p. 1065, 1089, 1094.

Mais les lectures de Voltaire n'eurent pas toujours lieu entre les murs de la bibliothèque. « J'aime à me faire lire à table ; les anciens en usaient ainsi, et je suis très ancien[16] », écrivait-il au comte d'Argental le 7 juillet 1768 (D15735). Le 7 janvier 1763, il expliquait à Francesco Albergati Capacelli qu'il lisait au lit : « Je suis dans mon lit depuis les premiers froids ; ma consolation est de lire notre cher Goldoni, et de m'amuser à des ouvrages qui ne valent pas les siens » (D10888), et les mentions d'une telle retraite sont fréquentes, par exemple le 12 août 1774 : « Mon cher ange je vous écris de mon lit. C'est le pupitre des gens de quatre-vingts ans » (D19073, à d'Argental). Il serait tentant de croire à une part d'exagération lorsqu'il confie à la marquise Du Deffand qu'« [i]l y a trois ans que je ne suis sorti de ma maison ; il y a un an que je ne sors point de mon cabinet, et six mois que je ne sors guère de mon lit » (8 février 1768, D14739), s'il n'y avait le témoignage de son secrétaire Jean-Louis Wagnière, qu'« en général il passait la plus grande partie de sa vie dans son lit, à travailler[17] ». Le prince de Ligne, qui espionne Voltaire depuis le jardin du château de Ferney, atteste de ce fait[18]. Enfin, la tradition veut que le patriarche de Ferney ait lu au jardin :

> [L]'endroit le plus curieux [du jardin] était ce qu'on appelait le cabinet de M. de Voltaire. Il se composait d'un frais gazon entouré de charmilles, avec quatre entrées ou portiques ; au milieu de la pelouse s'élevait un antique tilleul, immense et touffu, dont les branches s'étendaient jusqu'aux charmilles ; c'était là l'asile du poète ; c'était là que, installé sur un banc de verdure, il créait avec sa brillante imagination tant d'œuvres diverses. Quand il gagnait cette retraite, personne n'osait l'y aborder[19].

Pour savoir lire les *marginalia* il importe de connaître le contexte de leur composition : nous le verrons, il peut y avoir des liens à découvrir entre une note (ou une insertion), le lieu de la lecture et les conditions d'écriture.

Le défilé des citations concernant cette pratique revient dans plusieurs études des *marginalia* de Voltaire[20]. L'auteur écrit à Mme de Saint-

16. Dans toutes les citations de la correspondance de Voltaire, ainsi que des ouvrages annotés (mais non pas les annotations), nous suivons la pratique des *Œuvres complètes* d'Oxford (*OCV*), qui est celle de moderniser l'orthographe, mais non pas la ponctuation, ni les noms propres.

17. Sébastien Longchamp et Jean-Louis Wagnière, *Mémoires sur Voltaire*, 2 vol. (Paris, André, 1826), t. 1, p. 93.

18. Cité par Jeroom Vercruysse, « Portrait de Voltaire », dans *Caractères et portraits*, éd. D. Acke (Paris, Champion, 2003), p. 463-483 (ici p. 470).

19. Lucien Perey et Gaston Maugras, *La Vie intime de Voltaire aux Délices et à Ferney 1754-1778* (Paris, Calmann-Lévy, 1885), p. 485.

20. Voir Ch. Mervaud, « Du bon usage des *marginalia* », p. 755-756, 758 ; Christophe Paillard, « Un "dictionnaire vivant" : Jean-Louis Wagnière, témoin

Julien : « Ma coutume est d'écrire sur la marge de mes livres ce que je pense d'eux… » (15 décembre 1766, D13737). J. de Vrintz raconte avoir vu « toute l'enfilade des Pères de l'Église, chargés de notes et de commentaires[21] ». Le comte d'Antraygues voit la princesse Potoska demander un volume à Voltaire, « chargé de notes de sa main[22] ». Wagnière décrit, dans ses *Additions au Commentaire historique*, les habitudes de Voltaire en se mettant à lire un ouvrage nouvellement reçu, passage maintes fois cité, mais capital :

> Il avait la méthode, quand il recevait un ouvrage nouveau, de le parcourir rapidement, en lisant quelques lignes de chaque page. S'il s'apercevait qu'il y eût quelque chose qui méritât l'attention, il y plaçait une marque ; après quoi il relisait tout fort attentivement, et même deux fois quand l'ouvrage lui paraissait intéressant et bien fait, et il faisait des remarques aux marges. Il y en avait de très curieuses, ainsi qu'une quantité prodigieuse de *signets* sur lesquels il y a quelques mots écrits de sa main ou de la mienne[23].

Ces témoignages, pour être connus, n'en sont pas moins importants. La mention des *marginalia* dans la lettre de Voltaire à Mme de Saint-Julien, si elle est faite surtout pour désavouer la paternité d'un ouvrage (*Le Christianisme dévoilé* du baron d'Holbach), a cependant l'effet de diffuser la connaissance de ses pratiques, connaissance qui se répand au fur et à mesure du va-et-vient des visiteurs à Ferney. Wagnière, pour sa part, instruit la postérité sur la « méthode » derrière cette pratique.

Un annotateur exceptionnel est souvent un épistolier de talent, postule H. Jackson[24]. Parmi les correspondances qui sont parvenues jusqu'à nous, celle de Voltaire doit compter parmi les plus remarquables. Il y a par ailleurs bien des points communs entre les deux sortes d'écriture. Ni l'une ni l'autre destinée formellement à la publication, toutes deux sont constituées de textes à caractère mi-privé, mi-ostensible, apparemment fragmentaires mais sériels. On peut emprunter une formule à Christophe Cave au sujet

---

des pratiques de lecture et d'écriture de Voltaire », dans *Voltaire et le livre*, éd. F. Bessire et F. Tilkin (Ferney-Voltaire, CIEDS, 2009), p. 243-256 (ici p. 245) ; « Voltaire et les bibliothèques », p. 121-122 ; Ch. Mervaud et Ch. Paillard, « Le supplice de Tantale : Decroix et l'inventaire des ouvrages marginés de Voltaire à Saint-Pétersbourg par Jean-Louis Wagnière », *SVEC* 2006:06, p. 405-433 (ici p. 409-410), et ainsi de suite.

21. François Bessire, « Un après-midi chez Voltaire : récit inédit d'une visite à Ferney », *Cahiers Voltaire* 1 (2002), p. 109-113 (ici p. 113).

22. Colin Duckworth, « Voltaire at Ferney: an unpublished description », *SVEC* 174 (1978), p. 61-67 (ici p. 66).

23. *Mémoires sur Voltaire*, t. 1, p. 53.

24. *Marginalia*, p. 85.

de la correspondance : les *marginalia* constituent également « un ensemble qui ne fait pas un tout », et il s'agit, quant à leur étude, de « rendre compte d'une multiplicité » monumentale[25]. Le « corpus » des notes marginales, bien que nous l'envisagions en tant que tel, n'a jamais été composé comme un corpus. Si les pratiques qu'on voit s'opérer dans ce vaste ensemble ont une certaine cohérence, elles représentent néanmoins des actes d'écriture échelonnés sur un demi-siècle par un homme dont la situation de vie, le lieu de résidence, les préoccupations et les genres de publications évoluaient. Comment donc appréhender cette collection de textes et de traces ?

La majorité des études réalisées jusqu'à présent sur les notes marginales de Voltaire se bornent à examiner les notes portées en marge d'un seul auteur ou d'un seul ouvrage : Voltaire, lecteur de la Bible ; Voltaire, lecteur de l'*Encyclopédie* ; Voltaire, lecteur de Diderot, de Pope, de Rousseau… Tout en reconnaissant les difficultés inhérentes à la notion de « corpus » en ce qui les concerne, un travail se voulant par contraste un ouvrage de synthèse qui étudiera de façon systématique et globale les lectures de cet homme de lettres ne peut se faire sans prendre en compte le *Corpus des notes marginales* (ci-après *Corpus*) en son entier, en consultant également les volumes annotés par Voltaire que l'on sait conservés en dehors de sa bibliothèque, à Aix-en-Provence, à Genève, à Londres, à Rouen et ailleurs. Ce groupement de volumes, que nous n'avons pas tous examinés avec la même attention, mais dont nous n'avons écarté aucun, servira à éclairer les habitudes de lecture de l'homme devenu le patriarche de Ferney, et ses méthodes de travail aussi. L'étude se fondera donc sur toutes les traces de lecture, tant verbales que non verbales, ainsi que sur les autres sources dont nous disposons pour connaître les pratiques de Voltaire vis-à-vis de ses livres (les carnets, la correspondance, les témoignages).

Chemin faisant, il a semblé être utile de comparer Voltaire à d'autres figures littéraires de la première modernité qui ont laissé la trace de leurs lectures en marge des volumes : Coleridge, Diderot, Du Châtelet, Frédéric II, La Harpe, Pope, Racine, Rousseau, Swift, Walpole, Warburton, ainsi qu'à d'autres annotateurs plus ou moins éloignés dans le temps. Parfois nous avons eu la chance de pouvoir feuilleter les volumes annotés ; parfois il a fallu avoir recours à des publications de ces notes. Il s'agira de lire les *marginalia* de Voltaire dans le contexte de la littérature secondaire qui s'est constituée autour de ce phénomène. Voltaire et sa bibliothèque pourront ainsi prendre la place qui leur est due dans un contexte littéraire et historique élargi, dont les découvertes et les analyses pourront éclairer les enjeux.

---

25. *La Représentation de soi dans la Correspondance de Voltaire*, thèse de doctorat (Université Lyon 2, dir. P. Rétat, 1996), p. 7, 19.

Il s'agira moins dans ce travail d'interroger les goûts de Voltaire pour tel ou tel auteur, ou de relever les bons mots, saillies ou injures qui émaillent les marges, que de recenser et tenter de comprendre la variété de ses pratiques de lecture et, toujours, la relation entre ces lectures et les productions de l'écrivain. Le *Corpus* présente l'intérêt de décrire dans le menu détail les modalités d'annotation utilisées par Voltaire, du signet à la remarque marginale, en passant par des graphies diverses ; cette matérialité des traces de lecture, qui n'a peut-être pas encore assez attiré l'attention des chercheurs, est ainsi à prendre en compte dans une histoire des pratiques de lectures et de réécritures. Que peut nous apprendre l'analyse systématique de ces annotations sur la manière de penser et de travailler de Voltaire ?

L'étude se fera en cinq étapes. Il sera en premier lieu question (dans le chapitre I) d'établir la typologie complète des traces de lecture recensées dans le *Corpus*. Nous avons jugé utile d'adopter des principes de classement différents de ceux proposés par Jacqueline van de Voorde, dans le seul ouvrage volumineux à être consacré aux notes marginales de Voltaire (et qui reste inédit[26]). Cet examen des traces de lecture, catégorie par catégorie, nous permettra de mettre en place une nomenclature qui vaudra pour toute l'étude, et surtout de considérer la variété des traces selon les fonctions qu'elles remplissent dans l'économie voltairienne de la lecture et du travail.

Au chapitre II nous étudierons plus en profondeur plusieurs aspects matériels touchant au livre en tant qu'objet physique manié par son lecteur. D'une part, cette recension permet de mieux comprendre le contexte de la lecture chez Voltaire. Mais les instruments d'écriture dont le *Corpus* relève les traces, le papier utilisé pour les signets, les opérations de reliure et de rognage et la fabrication des soi-disant « pots-pourris » sont également autant d'indices précieux pour nos tentatives de dater les lectures de Voltaire, au moins les unes relativement aux autres. Plus qu'une simple typologie, il s'agit ici d'une mise en rapport entre plusieurs éléments décrits dans le *Corpus*, que ce soit des techniques de marquage ou des signets dans des recueils. Ces comparaisons permettent de développer des méthodologies qu'il nous arrivera d'employer par la suite dans des études de cas.

En cernant de plus près la note elle-même, nous passons à l'examen au chapitre III de la manière dont Voltaire exploite les espaces blancs du livre pour y laisser sa griffe. L'analyse de l'utilisation de l'espace, qui nous place déjà dans la sphère du polémique, constitue une approche entièrement nouvelle de l'étude des *marginalia*, bien que quelques exemples aient été repérés et décrits par Heather Jackson dans la première monographie à prendre pour

26. *La Documentation historique de Voltaire d'après les marginalia t. 1. A-B*, thèse de troisième cycle (Paris IV, dir. R. Pomeau, 1987).

objet les notes marginales[27]. Des simples préférences et habitudes de Voltaire aux cas plus exceptionnels, expressions d'un esprit ludique ou colérique, leur étude permet de brosser le tableau de la façon dont l'annotateur oriente l'appréhension du livre par de futurs lecteurs et comment, aussi, les espaces du livre lui servent éventuellement de stimulant dans l'écriture des notes.

Du déplacement dans les espaces du livre aux déplacements entre divers documents de travail : bien qu'il soit question du rapport qui existe entre les notes marginales et l'œuvre tout au long de cette étude, le chapitre IV propose d'examiner plus en profondeur la façon dont Voltaire passe du lire à l'écrire : le rôle des *marginalia* dans l'élaboration de nouveaux textes de Voltaire a déjà été sondé à plus d'une reprise, mais encore une fois, le but ici est celui d'identifier les différents cas de figure de l'usage que Voltaire peut faire de ses sources, avouées ou non. Quel est le rapport entre les carnets de Voltaire (peu étudiés jusqu'à présent) et les *marginalia* ? Ce chapitre sera pour nous également le lieu de faire deux études de cas poussées, la première sur l'usage fait par Voltaire des écrits de l'auteur anglais William Warburton, présentant d'une part l'intérêt d'une comparaison de notes de lecture dans les carnets, de notes marginales, et des textes publiés ; et d'autre part celui d'une reconstruction de la chronologie des strates de lecture et d'annotation aux deux endroits. La seconde procure un examen de notes déjà très connues, voire célèbres : deux exemplaires annotés du *Vrai Sens du Système de la nature*, ouvrage attribué à Helvétius, dont l'un contient exceptionnellement une série de notes sur la page de garde. Ces études de cas, et les réflexions qui les précèdent tentent de répondre en partie à la question qui préoccupe les voltairistes depuis au moins l'article de Gustave Lanson en 1908 : « Comment Voltaire faisait[-il] un livre ? » :

> En voyant Voltaire au travail, en saisissant les faits et les documents au moment où ils l'atteignent, et en regardant ensuite ce qu'ils sont devenus dans son ouvrage, on se fera, je l'espère, une idée plus exacte de la psychologie littéraire de Voltaire, j'entends par là du jeu et des procédés de ses facultés de penseur et d'artiste[28].

Il subsistera toujours autour des problèmes de génétique textuelle des zones d'ombre, mais les *marginalia* ont leur mot à dire dans cette histoire. L'enjeu n'est pas de trouver la « source » de chaque phrase du texte publié, ni de forcer le texte pour insinuer que chaque note marginale y a contribué, mais de juxtaposer les documents pertinents et d'en tirer des conclusions raisonnables.

---

27. *Marginalia*, p. 18-28.

28. « Voltaire et les *Lettres philosophiques* : comment Voltaire faisait un livre », *Revue de Paris* (1er août 1908), p. 505-533 (ici p. 506).

Nous élargirons la perspective dans le chapitre V, en tâchant de situer les *marginalia* sur le plan générique : entre forme brève, fragment, note infrapaginale, nous poserons la question de savoir si la note marginale peut constituer un genre à part. Le moment sera venu, aussi, de tenter de dégager la poétique des *marginalia*. Quelle impulsion animait Voltaire au moment d'annoter ? Comment décrire la relation entre le texte annoté et le texte de la note ? Quelle est la dynamique qui agit dans les notes et qui opère au sein de la bibliothèque de Voltaire, microcosme qui reflète cependant le monde extérieur ?

Il nous semble que les réflexions et conclusions issues de notre parcours seront pertinentes et porteuses de fruits pour d'autres corpus de *marginalia* que celui de Voltaire uniquement. Au-delà des traces de lecture mêmes, l'étude des *marginalia* soulève des questions qui valent pour d'autres matériaux non canoniques et paratextuels, notamment en ce qui concerne les intentions de l'auteur et la notion d'un lecteur plus ou moins explicitement visé. Pénétrer dans le cabinet de travail d'un auteur, tel est le sentiment de celui qui ouvre le *Corpus des notes marginales* ou, mieux, se rend au centre « Bibliothèque de Voltaire » à Saint-Pétersbourg. Encore un recoupement avec la correspondance, on a l'impression de commettre le même « voyeurisme d'une lecture par effraction[29] ». Ces traces ne nous étaient pas destinées… ou l'étaient-elles, tout de même, dans une certaine mesure ? L'étude des habitudes de lecture de Voltaire, de sa manière de travailler, du rôle des *marginalia* dans la genèse de ses œuvres, de ses motivations permettra de répondre à cette question, ainsi qu'à bien d'autres.

---

29. Cave, *La Représentation de soi dans la correspondance de Voltaire*, p. 50.

*Chapitre premier*

# Typologie des traces de lecture

Dès 1566, dans *La Méthode pour étudier l'histoire*, Jean Bodin préconisait l'emploi dans la marge des livres de certaines abréviations, « CH » et « CTV » (pour *consilium honestum* et *consilium turpe utile* – conseils donnés de bonne foi et ceux de mauvaise foi, mais utiles à retenir[1]). Nous ne savons pas si Voltaire connaissait le livre de Bodin, absent de la bibliothèque de Ferney, et jamais mentionné par lui à notre connaissance. Mais il fut peut-être initié dans l'art de prendre des notes par ses maîtres les jésuites, dont les prédécesseurs avaient rédigé une partie importante des instructions sur les méthodes de lecture et de la prise des notes de lecture[2]. Si on lui conseilla dès ses années de collège de « marginer » ses livres (comme il disait), nous ne pouvons pas le savoir. Charles Sorel, dans *De la connaissance des bons livres*, recommande de prendre des notes dans un carnet ou, si le livre appartient au lecteur, de le marquer sans se donner la peine de copier le texte qu'on voudrait retenir. À la Bibliothèque interuniversitaire de la Sorbonne se trouve conservé un exemplaire de cet ouvrage qui porte un ex-libris du Collège Louis-le-Grand du dix-huitième siècle, que Voltaire a pu découvrir et lire dès sa première formation[3].

Si par certains côtés ses habitudes de lecteur-annotateur restent assez classiques, il savait aussi introduire quelques pratiques, tels le signet et le « papillon », dont l'usage semble lui être particulier. Parmi les traitements

---

1. Voir Anthony Grafton, « Discitur ut agatur: how Gabriel Harvey read his Livy », dans *Annotation and its texts*, éd. S. A. Barney (New York et Oxford, OUP, 1991), p. 108-129, ici p. 117.

2. Helmut Zedelmaier, « Johann Jakob Moser et l'organisation érudite du savoir à l'époque moderne », dans *Lire, copier, écrire : Les bibliothèques manuscrites et leurs usages au* XVIII*e* *siècle*, éd. É. Décultot (Paris, CNRS, 2003), p. 43-62, ici p. 53. Il renvoie aussi à Florian Neumann, « Jeremias Drexels *Aurifodina* und die *Ars excerpendi* bei den Jesuiten », dans *Die Praktiken der Gelehrsamkeit in der Frühen Neuzeit*, éd. H. Zedelmaier et M. Mulsow (Tübingen, Niemayer, 2001), p. 51-61.

3. *De la prudence ou des bonnes règles de la vie*, 2 parties en 1 vol. (Paris, Pralard, 1673). Cote : SPMO 6 = 103.

que les écrivains lecteurs peuvent faire subir à leurs livres, dont Daniel Ferrer dresse la liste (cornes, gribouillis, griffages, coupures, déchirures, démembrements[4]), Voltaire en pratique certains. Il sera question dans le présent chapitre de passer au crible les plis, les traces, tous les phénomènes physiques, mais aussi les types de notes et les mots isolés par lesquels Voltaire ponctua ses lectures.

Pour nos grandes catégories de base, nous retenons la distinction des éditeurs du *Corpus* entre « notes écrites » et « notes muettes[5] », en leur préférant cependant les signifiants plus précis de « traces verbales » et « traces non verbales ». J. van de Voorde a conservé ce classement en y ajoutant une catégorie de « notes mixtes » pour les cas où « un élément écrit [est] lié à un élément muet[6] ». Si cette catégorie décrit bel et bien une caractéristique physique de plusieurs notes (note sur signet, note et trait ensemble en marge d'un passage, etc.), elle ne nous semble pas pour autant utile dans la mesure où elle ne sert pas à différencier davantage la fonction ou le rôle de la trace laissée par Voltaire[7]. En identifiant et en classant les traces de lecture selon divers critères, il est cependant aisé de constater que, au-delà des traces elles-mêmes, ce sont aussi des manières de lire et des habitudes qui sont reconstruites et tirées de l'obscurité. Nous nous pencherons d'abord sur les traces de lecture non verbales, pour en venir ensuite aux notes verbales. Nous étudierons dans un troisième temps le rôle que jouent les langues dans les lectures de Voltaire.

## Traces non verbales

À la différence des notes à proprement parler, plus connues, et où l'interprétation est plus évidente, la critique a plus ou moins négligé les diverses traces (traits, plis, croix…) qui scandent les volumes en basse continue, pour ainsi dire, pour accompagner le « chant » des notes. L'équipe éditoriale du *Corpus* a fidèlement transcrit tous ces signes de lecture, mais ils restent dans une large mesure inexploités.

---

4. Daniel Ferrer, « Un imperceptible trait de gomme de tragacanthe… », p. 12.
5. *CN*, t. 1, p. 28.
6. van de Voorde, *La Documentation historique de Voltaire*, p. 27.
7. La division dans cette étude des traces verbales entre les notes « positives » et « négatives » ne nous avance guère non plus, dans la mesure où dans les deux cas il s'agit de jugements critiques, alors que la catégorie des commentaires neutres et les « exceptions », en revanche, présentent des exemples d'autres variétés de notes.

Dès les années 1960, André-Michel Rousseau, en retraçant l'historique de la publication des annotations dans un exemplaire de Vauvenargues conservé à Aix-en-Provence, évoquait les signes muets : « traits verticaux, horizontaux, obliques, ondulés, en marge ou dans le corps de la page ; mots soulignés, croix (très nombreuses) en guise d'astérisques ; chiffres inversant l'ordre de mots ou de phrases[8] ». Ce sont les mêmes traces que nous retrouvons, au centuple, dans le *Corpus*. Aussi faut-il les interpréter. Christiane Mervaud relate « [l]a modeste expérience du chercheur face à une myriade de signes, croix, soulignements [...] », qui déroutent et qui mettent à l'épreuve les *a priori* qu'on se fait des notes marginales[9].

Parmi les traces relevées dans le *Corpus des notes marginales*, les traces non verbales sont bien celles qui ne sont ni « notes » ni, souvent, « marginales ». En prenant le chemin des signes muets, nous le verrons, on quitte rapidement les délimitations de la marge, soit pour entrer dans le corps du texte, soit pour dépasser les bornes de la page. Vladimir S. Liublinski, le pionnier du projet de la publication des *marginalia*, déclare avoir repéré plus de trente catégories de marquage dans la bibliothèque de Voltaire[10]. Nous pourrions le faire aussi. Mais alors faut-il distinguer les traits obliques des verticaux ? Les lignes ondulées des droites ? Les grands points des petits ? Dans une certaine mesure, oui, et nous examinerons les raisons de cet appel à la méticulosité dans la section sur les « Marques douteuses ». Pour commencer, cependant, nous nous contentons de diviser les traces non verbales en deux grandes catégories, que nous baptisons, faute de mieux, *macromarginalia* et *micromarginalia*. Le critère fondamental qui permet d'effectuer ce classement est celui de la visibilité.

### *Macromarginalia*

Les traces de lecture laissées par Voltaire lui permettant de retrouver un passage qui l'a intéressé après avoir refermé le livre, et dont les principales sont le signet et la corne (c'est-à-dire le coin de page

8. « L'exemplaire des *Œuvres* de Vauvenargues annoté par Voltaire, ou l'imposture de l'édition Gilbert enfin dévoilée », dans *The Age of the Enlightenment: Studies presented to Theodore Besterman*, éd. W. H. Barber, J. H. Brumfitt, R. A. Leigh, R. Shackleton et S. S. B. Taylor (Edimbourg et Londres, Oliver and Boyd, 1967), p. 287-297, ici p. 290.

9. « Du bon usage des *marginalia* », p. 757.

10. « Маргиналии Вольтера » [« Marginalii Vol'tera »], dans *Вольтер, Статьи и материалы* [*Vol'ter, stat'i i materialy*] (Saint-Pétersbourg, [s.n.], 1947), p. 115-172, ici p. 116.

retourné), se distinguent des autres traces par cette visibilité de l'extérieur. Le signet, la corne, le pli et le ruban ont tous la fonction de faciliter le retour aux textes. Il est difficile de poser des distinctions utiles entre la plupart de ces techniques de marquage du point de vue de leur rôle. Pour la corne, nous signalons cependant les deux variations possibles : la corne en haut de page (bien plus répandue) et celle en bas de page. La première est visible à celui qui balaie de vue la tranche supérieure des livres en rayon, mais la seconde est voilée entièrement au regard ; c'est le seul des *macromarginalia* muets pour lequel il faut retirer le volume de l'étagère afin de le voir. On peut se demander s'il ne s'agirait pas quelquefois d'une marque très éphémère, dont l'utilité est limitée à la durée d'une seule lecture. Cependant la corne peut aussi présenter l'avantage de désigner par le coin de la page repliée un mot particulier du *textus*.

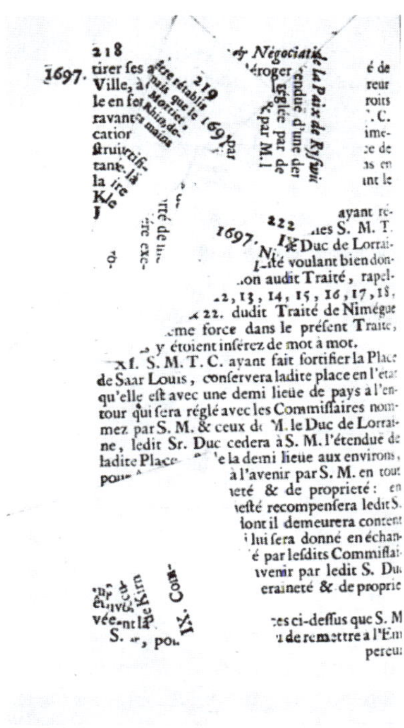
218
1697.
Négociations
de la Paix de Ryswick
222
1697.
Duc de Lorrai-
voulant bien don-
audit Traité, rapel-
12, 13, 14, 15, 16, 17, 18,
22. dudit Traité de Nimègue
même force dans le présent Traité,
y étoient inserez de mot à mot.
XI. S. M. T. C. ayant fait fortifier la Place
de Saar Louis, conservera ladite place en l'état
qu'elle est avec une demi lieue de pays à l'en-
tour qui sera réglé avec les Commissaires nom-
mez par S. M. & ceux de M. le Duc de Lorrai-
ne, ledit Sr. Duc cedera à S. M. l'étendue de
ladite Place
à l'avenir par S. M. en tout
& de proprieté : en
recompensera ledit S.
il demeurera content
lui sera donné en échan-
par lesdits Commissai-
par ledit S. Duc
& de proprie
ci-dessus que S. M
de remettre à l'Em
pereur

Fig. 1 : Corne (p. 220), double corne (p. 221-222)
et corne en bas de page (p. 222) dans Jacques Bernard,
*Actes et mémoires des négociations de la paix de Ryswick*,
t. 2 (*CN*, t. 1, p. 300 et ill. 13)

De toutes les sortes de marque-page, le plus visible est le signet, mais il est également le plus facile à déplacer, à se perdre. Il peut rester blanc (vierge), et un tel signet n'est pas pour autant dépourvu de sens ; nous ferons l'étude approfondie au chapitre IV d'un volume qui ne porte que des *macromarginalia* non verbaux. Mais le signet peut tout aussi bien être annoté, ce qui signifie un degré encore plus développé d'identification et d'individualisation : les mots sur le signet résument en ce cas le sujet auquel on voudrait revenir. Le plus souvent une bande de papier simple avec un ou quelques mots inscrits à l'extrémité supérieure, il arrive aussi que Voltaire crée des signets annotés plus sophistiqués : deux signets laissés dans le *Commentaire littéral* d'Augustin Calmet montrent que le lecteur était capable d'écrire deux fois la même note, sur les deux extrémités du même signet, disposées à 180° l'une de l'autre, puis de plier le signet en deux en sorte que la note soit visible et lisible des deux côtés du commentaire sur le *Lévitique*. C'est le cas de ces deux signets dont l'un est annoté « herisson / lievre / impur » à un bout, et « lievre / impur » à l'autre (le mot « herisson » semble avoir été ajouté ultérieurement), avec un pli au milieu[11] ; un procédé identique semble être à l'œuvre plus loin dans le même volume où un signet plié porte, à ses deux extrémités, « bestialit / encor » et « bestialité[12] ». Voltaire semble toutefois avoir très peu eu recours à cette pratique, car ce sont les seuls exemples que nous avons identifiés.

Le signet peut également se borner à signaler le genre de matériel qu'on trouvera une fois le livre ouvert : certains livres contiennent une série de signets portant les lettres « n.m. », « N.M. » ou « n.marg. » (avec variantes), indiquant la présence d'une note marginale sur la page. Chose significative, le signet ainsi annoté ne semble jamais indiquer la présence d'une note « repère » (voir ci-dessous, p. 37-40), mais uniquement des notes critiques ou dialogiques (voir p. 44-47). Malgré la nature éphémère et fragile du signet, l'ouvrage de la bibliothèque de Voltaire ne contenant qu'un seul signet « n.m. », ou même deux, est rarissime. Si Voltaire demandait à son secrétaire de prendre le temps de feuilleter un volume pour y relever les notes de sa main, il fallait que l'activité en vaille la peine. Les livres remplis de signets « n.m. » tendent donc à être les ouvrages controversés (*De l'esprit* d'Helvétius[13], *Le Bon Sens* du baron d'Holbach[14], le

---

11. *Commentaire littéral sur tous les livres de l'Ancien et du Nouveau Testament*, 25 vol. (Paris, Emery, 1709-1734 [collection composite], BV613), t. 5, p. 704-705 ; *CN*, t. 2, p. 52.

12. Tome 5, p. 835-836 ; *CN*, t. 2, p. 54.

13. Paris, Durand, 1758, BV1609 ; *CN*, t. 4, p. 279-280 (nous n'indiquons que le numéro de la page où les éditeurs donnent la liste des signets « n.m. », située en début d'entrée, directement après le titre et la notice bibliographique).

14. Londres, s.n., 1774, BV1648 ; *CN*, t. 4, p. 407.

*Discours sur l'origine et les fondements de l'inégalité* de J.-J. Rousseau[15]) ou ceux sur lesquels, pour quelque raison que ce soit, Voltaire déversait son irritation (l'*Histoire du Paraguay* de Pierre-François-Xavier Charlevoix[16], l'*Histoire romaine* de Laurent Echard[17], l'*Histoire du ciel* de Noël-Antoine Pluche[18]).

Mais la règle ne s'applique pas dans le sens inverse, et tous les livres apostillés ne sont pas porteurs de signets « n.m. » : par exemple *Le Vrai Sens du Système de la nature*, attribué à Helvétius[19]. Pour une personne connaissant les têtes de Turc de Voltaire et ses bêtes noires, il est presque possible de deviner, en parcourant la table des titres dans la bibliothèque de Voltaire, où il y a de bonnes chances de trouver des dépôts de tels signets, et où, au contraire, il ne s'en trouvera pas. Pour se faire une idée du degré de divorce qu'on peut remarquer entre les signets portant des notes repères et les signets qui ont pour fonction de repérer les notes critiques, on citera le cas des deux signets insérés dans l'ouvrage de Charlevoix mentionné plus haut[20]. L'un porte la mention : « possession / de dieu », pour indiquer un élément intéressant dans le texte, et l'autre « N.M. » (de la main du secrétaire, Jean-Louis Wagnière) signalant, séparément, la présence de la note marginale « ah fripons[21] ». Remarquons d'ailleurs que malgré les indications du *Corpus*, où l'on signale comme étant de la main de Wagnière les signets « N.M. » en majuscules et à Voltaire les signets « n.m. » en minuscules, nous sommes persuadée qu'ils sont tous de la main du secrétaire.

On s'interroge sur les raisons derrière la règle qui semble gouverner cette distribution. Il est possible que Voltaire, au travail dans sa bibliothèque, ait voulu savoir rapidement ce qu'il avait pensé d'un livre lors de sa première lecture. Mais une telle explication néglige les capacités de mémoire exceptionnelles de Voltaire. Ensuite, il y a une forte corrélation entre les ouvrages contenant des signets « n.m. » et la liste intitulée « Partie des livres de la bibliothèque de M. de Voltaire où il y a des

---

15. Amsterdam, Rey, 1755, BV3034 ; *CN*, t. 8, p. 109. Des six ouvrages de Rousseau annotés par Voltaire, cinq contiennent ce genre de signet. Les *Lettres écrites de la montagne* ne contiennent que quelques traces de lecture.

16. 3 vol. (Paris, Desaint et Saillant, David, Durand, 1756, BV717) ; *CN*, t. 2, p. 506.

17. 6 vol. (Paris, Martin, 1728, BV1200) ; *CN*, t. 3, p. 342.

18. 2 vol. (Paris, veuve Étienne, 1739, BV2763) ; *CN*, t. 7, p. 5.

19. Londres [Maastricht], s.n. [Dufour & Roux], BV1613 ; *CN*, t. 4, p. 334.

20. Tome 1, p. 246-247.

21. *CN*, t. 2, p. 507.

notes marginales de sa main » établie par Wagnière pour Catherine II, éditée pour la première fois en 2006 par Christiane Mervaud et Christophe Paillard[22]. Bien qu'il faille être prudent en proposant un lien de causalité entre les deux, il semble plus probable que la liste soit dérivée des signets plutôt que l'inverse. Si Wagnière a pu annoter et insérer les signets au moment de préparer son inventaire pour l'impératrice, deux raisons s'opposent à cette hypothèse : d'abord les nombreuses tâches auxquelles le secrétaire s'attelait au cours de la période suivant le décès de son maître, et ensuite les graphies variées qu'on trouve sur les signets (« n.m. », « N.M. », « note marg. », « note marginale »). S'ils provenaient tous du même moment, on pourrait s'attendre à plus d'uniformité entre les notations. En revanche, le caractère hâtif des préparations pour l'envoi de la bibliothèque en Russie expliquerait parfaitement pourquoi, en dressant sa liste, Wagnière se serait appuyé principalement sur les signets « n.m. » qui lui permettaient de répertorier rapidement, quoique de façon incomplète, les volumes marginés.

Pour expliquer l'origine des signets « n.m. », il existe une troisième hypothèse, pour laquelle nous n'aurons sans doute jamais aucune preuve, mais que nous avançons néanmoins en tant que telle : le patriarche de Ferney aurait pu inventer ce système afin de mieux mettre en scène la découverte de la bibliothèque pour la visite nombreuse qu'il recevait[23]. Il est attesté que, lors de ces visites, Voltaire montrait ses notes marginales aux touristes. Citons le dialogue rapporté par Martin Sherlock quand, en avril 1776, Voltaire fit voir à son hôte ses signets annotés dans la traduction du Coran par George Sale :

> *"There", said he, "you see the Alcoran, which is well read at least": it was marked through with bits of paper: "there are* Historic Doubts *by Horace Walpole" (which had also several marks*[24]*).*

Il aurait pu identifier certains ouvrages clés, dans lesquels il aurait chargé Wagnière de placer des signets « n.m. » afin de retrouver toujours, au moment de la visite, des notes particulièrement savoureuses. Cette hypothèse se trouve étayée par la présence de signets « n.m. » dans l'*Histoire de la conquête du Mexique* d'Antonio de Solis y Rivadeneyra, où ils signalent

---

22. « Le supplice de Tantale », p. 417-433.

23. Sur la « visite guidée » de Ferney, voir Jean-Claude Bonnet, « La visite à Ferney », dans *Le Siècle de Voltaire*, éd. Ch. Mervaud et S. Menant, 2 vol. (Oxford, Voltaire Foundation, 1987), t. 1, p. 125-135 (ici p. 128).

24. de Beer et Rousseau, *Voltaire's British Visitors*, p. 183. Voir aussi les exemples donnés par N. Cronk dans « Les notes marginales de Voltaire : quel est le lectorat visé ? », *OCV*, t. 139, p. 763-779 (ici p. 767).

des notes non pas de Voltaire, mais d'Émilie Du Châtelet[25]. Il est difficile d'imaginer quel usage privé Voltaire aurait fait de ces notes, sinon celui de les partager.

Ce scénario, pour expliquer la fonction des signets « n.m. », nous tenons à le répéter, reste à l'état de l'hypothèse, mais nous aurons l'occasion de revenir à la conscience aiguë dont Voltaire témoignait à l'égard de son image publique. Partie intégrante de l'infrastructure touristique au château de Ferney, ces signets « n.m. » auraient donc joué un rôle au moment qui devait être dans bien des cas le point culminant de la visite, la découverte du principal lieu de travail du célèbre écrivain. D'autres traces non verbales, en revanche, avaient probablement une signification moins publique, et il est à peu près certain que Voltaire préférait ne pas en faire étalage.

### *Micromarginalia*

Matériellement semblable à un signet en miniature, le rôle du papillon est cependant autre. Ces petits bouts de papier, parfois mesurant moins de 0,5 $cm^2$, mais dont aucune dimension ne dépasse jamais 2 cm, sont collés sur les pages des livres, sur le *textus* même[26], de la propre salive de Voltaire, dit-on[27]. Le papillon ne semble pas représenter une pratique répandue. Montesquieu a fait usage de ce qu'on appelle « papillons de papier volants ou épinglés[28] », mais il est question dans son cas de bouts de papier plus grands sur lesquels il notait des idées. Plus éphémère encore que le signet de par ses dimensions et par sa propension à se décoller (le *Corpus* fait état en effet de plusieurs papillons décollés), le papillon balise le *textus* en marquant des mots spécifiques. Ces confettis ont le plus souvent l'apparence d'avoir été déchirés des signets (voir par exemple le cas dans Hume[29], illustration 2), mais d'autres semblent avoir été coupés aux ciseaux[30].

---

25. Paris, Ambouin, Émery et Clouzier, 1691, BV3190 ; *CN*, t. 8, p. 358.

26. Nous empruntons le terme de *textus* à J. C. C. Mays, pour désigner le texte imprimé de l'ouvrage lu afin d'éviter toute ambiguïté possible entre celui-ci et le texte des notes marginales (« Coleridge's marginalia within the category of reading notes », *Variants* 2-3*: Reading notes*, Amsterdam et New York, Rodopi, 2004, p. 79-93, ici p. 87).

27. Liublinski, « Маргиналии Вольтера », p. 116.

28. Catherine Volpilhac-Auger, « L'ombre d'une bibliothèque : les cahiers d'extraits de Montesquieu », *Lire, copier, écrire*, p. 79-90, ici p. 89.

29. *Histoire de la maison de Stuart*, trad. A.-F. Prévost, 3 vol. (Londres [Paris], s.n., 1760, BV1701), t. 2, p. 26 ; *CN*, t. 4, p. 558.

30. « Introduction », *CN*, t. 1, p. 31, et N. Elaguina, communication personnelle.

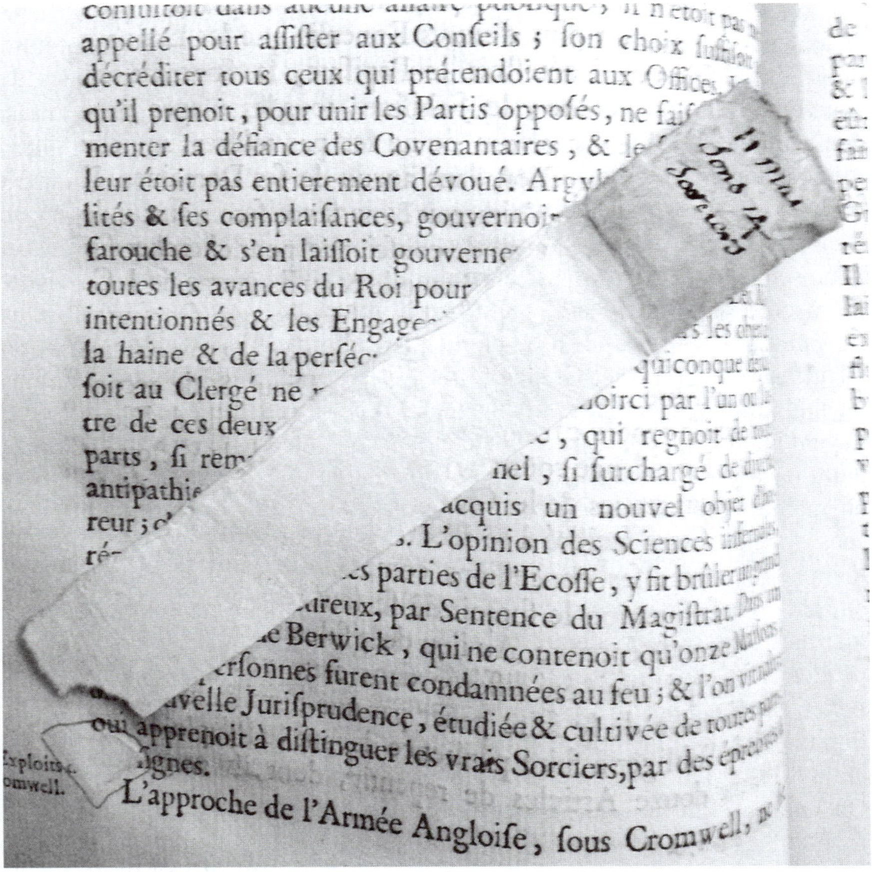

Fig. 2 : Un papillon (entouré au crayon) et un signet dans Hume, *Histoire de la maison de Stuart*, t. 2, p. 26

Le papillon, avec le trait, la croix, le soulignement, le point et d'autres traces faites à la pointe sèche tombent sous la rubrique des *submarginalia* de J. C. C. Mays[31], terme auquel nous proposons notre équivalent français de *micromarginalia*. Ceux-ci sont moins développés que les notes verbales et ont une fonction de repérage semblable à celle des *macromarginalia*, mais à plus petite échelle ; il faut ouvrir le livre pour les voir. Dans cette catégorie on pourrait classer également les symboles de raccord qui entretiennent le lien entre *textus* commenté (une croix ou une lettre accolée à un mot, tel un appel de note) et la note marginale, ainsi que les chiffres mystérieux qu'on trouve en marge de plusieurs ouvrages.

31. « Coleridge's marginalia », p. 84.

Relativement peu pratiqué par Voltaire, mais en général limité aux croix, aux signes d'addition et aux gammas, le raccord peut être en fait chez lui le lieu d'une disjonction des signes. Trois croix balisent une page de l'ouvrage de Jacques Necker, *Sur la législation et le commerce des grains*, une au début d'une note en marge, la seconde à la fin du paragraphe, suivie immédiatement des mots « quel / sophisme ! » et de la troisième croix[32]. À la page suivante, on peut légitimement se demander si l'astérisque à la fin d'un paragraphe renvoie à la note marginale précédée, elle, par une croix[33]. À un seul endroit Voltaire use d'une séquence alphabétique comme système de raccord entre *textus* et notes. Dans la *Lettre pastorale de Monseigneur l'archevêque d'Auch* (1764), publication anonyme de Jean-François de Chatillard de Montillet-Grenaud, une série de notes A, C, D, E, f, et G s'échelonne sur cinq pages[34]. Un appel « B » est présent, mais aucune lettre devant la note qui correspond ; deux notes non dotées de lettres apparaissent entre les notes E et f, sans qu'il soit apparent qu'elles n'aient pas été écrites en même temps que les autres. Après la note G, il y a encore huit notes sans appels quelconques. Quelle en est l'explication ? Chez Diderot, à la même époque, les symboles « se sont diversifiés. Croix et double croix [...] entrent en concurrence avec des symboles alphabétiques et des astérisques, marques qui correspondent à des insertions de citations dans la *Réfutation* [*d'Helvétius*[35]] ». F. Cabane constate que dès 1763, dans un manuscrit de la *Lettre sur le commerce de la librairie*, Diderot utilise pour signes d'insertion une croix et une double croix. « La croix correspond, en général, à des ajouts de moindre volume et, quant au fond, de moindre importance[36] ». On voit en effet un usage beaucoup plus systématique des appels de note fonctionnels dans les annotations sur la *Lettre sur l'homme et ses rapports* de François Hemsterhuis[37].

Les chiffres qu'on trouve ici et là dans la bibliothèque de Voltaire (et il s'agit bien de son écriture) peuvent donner lieu à des hypothèses, mais parfois résistent à toute interprétation. En marge du commentaire de Cristoforo Landino au chant XVI du *Paradiso* de Dante, il semble évident que Voltaire compte le nombre de fois que sont employés les mots « *nel sesto* » (expression faisant référence à une division adminis-

32. 2 vol. (Paris, 1775, Pissot, BV2558), t. 1, p. 116 ; *CN*, t. 6, p. 56.

33. *CN*, t. 6, p. 57.

34. S.l., s.n., 1764, BV2505 ; *CN*, t. 5, p. 761-763.

35. Franck Cabane, *L'Écriture en marge dans l'œuvre de Diderot* (Paris, Champion, 2009), p. 44.

36. *L'Écriture en marge*, p. 40.

37. Publié avec le commentaire de Diderot, éd. G. May (New Haven et Paris, Yale University Press et PUF, 1964).

trative de la ville de Florence), sans doute une critique de style[38] (il en compte six dans un court passage). On peut comparer cette numérotation au geste de Swift, qui face à une phrase de Gilbert Burnet, « […] *that which was most particular was, that he was to have a son by a widow, and was* […] », écrit « *was, was, was, was* » en marge, soulignant ainsi le style inélégant de Burnet[39]. Encore avec une logique qu'on peut saisir à des siècles d'intervalle, les chiffres de 1 à 4 à côté d'un passage de Polybe semblent numéroter les éléments d'une explication sur le déploiement d'une armée[40]. Plus ou moins similaires dans leur fonctionnement, Voltaire identifie avec les chiffres de 1 à 4 encore les différentes manières d'écouter décrites par François-Augustin Paradis de Moncrif dans ses *Essais sur la nécessité et sur les moyens de plaire*[41]. Ici on est amené à penser au lecteur anonyme de l'*Histoire de la Ligue* de Maimbourg, qui numérote de 1 à 3 les trois armées que le roi souhaitait commander[42]. Nous ne connaissons pas chez Voltaire en revanche une pratique comme celle de Pope, où le poète émaille de chiffres le *textus* d'une traduction d'Homère, chiffres qui correspondent à un code pour classifier les erreurs de traduction ou de versification[43]. Les chiffres ne sont donc pas dans l'ordre sur la page et les mêmes apparaissent plusieurs fois. La « réponse » à la traduction de Tickell n'a jamais vu le jour, mais William Warburton atteste de l'intention qu'avait Pope de la composer[44].

---

38. *Comedia del divino poeta Dante Alighieri* (Venise, G. G. da Trino, 1536, BV940), f. 384*v* ; *CN*, t. 3, p. 44-45. Russell Goulbourne signale que le soulignement, dans le même passage, des références aux guelfes et aux gibelins, montre l'intérêt de Voltaire pour la dimension satirique du poème en ce qui concerne la politique et la religion (« Voltaire et Dante », *Revue Voltaire* 13, 2013, p. 253-266, ici p. 262).

39. Jonathan Swift, *Miscellaneous and autobiographical pieces, fragments and marginalia* dans *The Prose Writings*, éd. H. Davis *et al.*, 16 vol. (Oxford, Blackwell, 1939-1974), t. 5, p. 275.

40. Justus Lipsius, *De millitia romana libri quinque, commentarius ad Polybium* (Anvers, Plantin, 1596, BV2139), p. 63 ; *CN*, t. 5, p. 424.

41. Paris, Prault, 1738, 1re partie, p. 70-71, BV2479 ; *CN*, t. 5, p. 668-669.

42. 2 vol. (Paris, Mabre-Cramoisy, 1683), p. 191-192 ; conservé à la Hurd Library (Hartlebury), nº 1761 du catalogue.

43. Dans *The First Book of Homer's Iliad*, trad. Thomas Tickell (Londres, Tonson, 1715), exemplaire annoté par Pope conservé à la Hurd Library (Hartlebury), nº 1302. Le code a été en grande partie déchiffré par Felicity Rosslyn : « Pope's annotations to Tickell's *Iliad* book one », *The Review of English Studies*, new series 30 (117) (février 1979), p. 49-59.

44. Rosslyn, « Pope's annotations », p. 50.

Passons aux cas qui se dérobent à l'interprétation. Dans les *Letters of the right honourable lady* de Mary Wortley Montagu, les chiffres de 2 à 12 (on peut à la rigueur imaginer que le signe « + » qui précède de deux lignes le « 2 » remplace le « 1 » de la série) dont Voltaire marque une lettre du 20 septembre 1716 sont difficiles à expliquer (voir illustration 3[45]). Les chiffres sont répartis presque en sorte qu'ils fassent le compte des phrases, mais si c'est la règle, le chiffre « 11 » n'est pas à sa place.

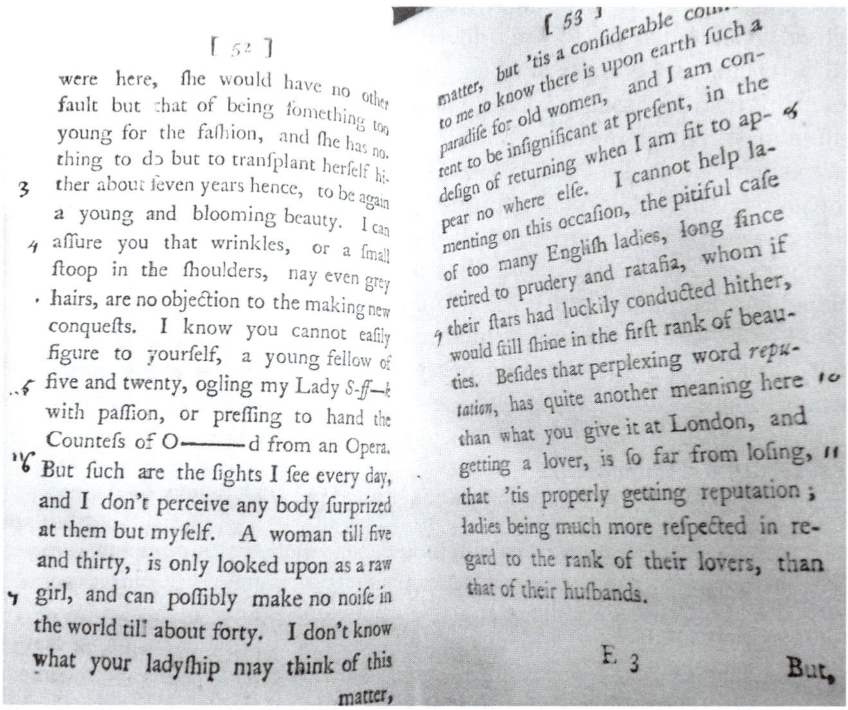
[ 52 ]

were here, ſhe would have no other fault but that of being ſomething too young for the faſhion, and ſhe has nothing to do but to tranſplant herſelf hi-
3 ther about ſeven years hence, to be again a young and blooming beauty. I can
4 aſſure you that wrinkles, or a ſmall ſtoop in the ſhoulders, nay even grey hairs, are no objection to the making new conqueſts. I know you cannot eaſily figure to yourſelf, a young fellow of
5 five and twenty, ogling my Lady S-ff—k with paſſion, or preſſing to hand the Counteſs of O——d from an Opera.
6 But ſuch are the ſights I ſee every day, and I don't perceive any body ſurprized at them but myſelf. A woman till five and thirty, is only looked upon as a raw
7 girl, and can poſſibly make no noiſe in the world till about forty. I don't know what your ladyſhip may think of this matter,

[ 53 ]

matter, but 'tis a conſiderable con-ſequence to me to know there is upon earth ſuch a paradiſe for old women, and I am content to be inſignificant at preſent, in the deſign of returning when I am fit to ap- 8
pear no where elſe. I cannot help lamenting on this occaſion, the pitiful caſe of too many Engliſh ladies, long ſince retired to prudery and ratafia, whom if
9 their ſtars had luckily conducted hither, would ſhine in the firſt rank of beauties. Beſides that perplexing word *repu-* 10
*tation*, has quite another meaning here than what you give it at London, and getting a lover, is ſo far from loſing, 11
that 'tis properly getting reputation; ladies being much more reſpected in regard to the rank of their lovers, than that of their huſbands.

E 3 But,

Fig. 3 : Chiffres en marge des *Letters* de Mary Wortley Montagu, p. 52-53

Cas encore plus difficile à expliquer : les chiffres de 2 à 6 qui entourent quatre vers de Guarini, *Il Pastor fido*[46]. Si on se demande pourquoi il manque le « 1 », le fait que le « 6 » précède le « 5 » n'arrange rien non plus… Le « 3 » et le « 4 » flanquent un même vers, à gauche et à droite. Enfin, une double page du *Polyeucte* de Corneille porte les chiffres

45. 3 vol. (Londres, Becket et Hondt, 1763, BV2487), t. 1, p. 51-54 ; *CN*, t. 5, p. 694-695.

46. Amsterdam, Schouten, 1736, p. 22-23, BV1562 ; *CN*, t. 4, p. 205.

de 1 à 12[47]. Il nous semble que ces chiffres aidaient probablement Voltaire à rythmer, à retenir sa lecture en quelque sorte, bien qu'il ne soit pas possible d'être plus précis. Est-ce un hasard que quatre des six ouvrages que nous avons identifiés comme ayant subi ce traitement sont en langue étrangère ? Nous reviendrons plus loin à la question des langues de la lecture.

Pouvant relever d'un procédé similaire sont les lettres notées à la marge de certains passages. Par exemple dans le texte *Epicaris, ou l'histoire secrète de la conjuration de Pison contre Néron* de César Vichard de Saint-Réal, on trouve « a », « b », « c », où le « c » se trouve pourtant 35 pages plus loin[48]. Les épîtres de J.-B. Rousseau ont subi le même traitement, mais de manière plus intense : la première séquence va jusqu'à la lettre « R » (en fait il y a deux « R[49] »). Voltaire recommence à la lettre « A » pour chacune des quatre épîtres annotées de la sorte. Il se peut que ces lettres marquent des vers qu'il trouva mauvais, car certains vers signalés par des lettres dans les *Vers présentés à Monseigneur le Procureur général Fouquet* de Corneille[50] sont critiqués par Voltaire dans ses *Commentaires sur Corneille* (1764). L'illustration 4 montre la lettre « A » à côté du premier vers, un « B » biffé à côté du troisième, et un nouveau « B » dans la marge intérieure marquant le vers 5. La lettre « C » semble se rattacher au vers 7, mais le trait horizontal qui le suit autorise à croire qu'elle signale peut-être le vers 8 : les vers 1, 5 et 8 sont justement les premiers cités et critiqués dans les *Commentaires*[51]. Le parallèle s'arrête là. Les vers marqués à la page suivante des lettres « D », « K » et « L » ne correspondent pas à la suite des *Commentaires*.

Concernant les traces non verbales, Larissa Albina écrit que Voltaire :

> marque ainsi des expressions ampoulées, des métaphores maladroites ou des rimes banales, et il utilise aussi ce procédé pour faire ressortir les principales idées de l'ouvrage. Quelquefois, le début ou la fin d'un alinéa ou d'une phrase sont marqués de points et ces passages reproduits ensuite textuellement dans les ouvrages et les lettres de Voltaire[52].

---

47. *Le Théâtre de P. Corneille*, 2 parties (Rouen et Paris, Iolly, 1664, BV862), 2de partie, p. 4-5 ; *CN*, t. 2, p. 717-718.

48. *Les Œuvres*, 6 vol. (Paris, Huart, 1745, BV3072), t. 6, p. 17-18, 53 ; *CN*, t. 8, p. 233.

49. *Œuvres diverses*, 3 vol. (Amsterdam, Changuion, 1729, BV3024), t. 2, p. 3-47 ; *CN*, t. 8, p. 66-71.

50. Dans *Le Théâtre de Pierre Corneille*, 6 vol. (Paris, David père, 1747, BV864), t. 5, p. 164 ; *CN*, t. 2, p. 739.

51. *OCV*, t. 55, p. 797.

52. « Les notes de Voltaire en marge des livres de sa bibliothèque personnelle », *Bulletin du bibliophile* 1993 (2), p. 393-404 (ici p. 404).

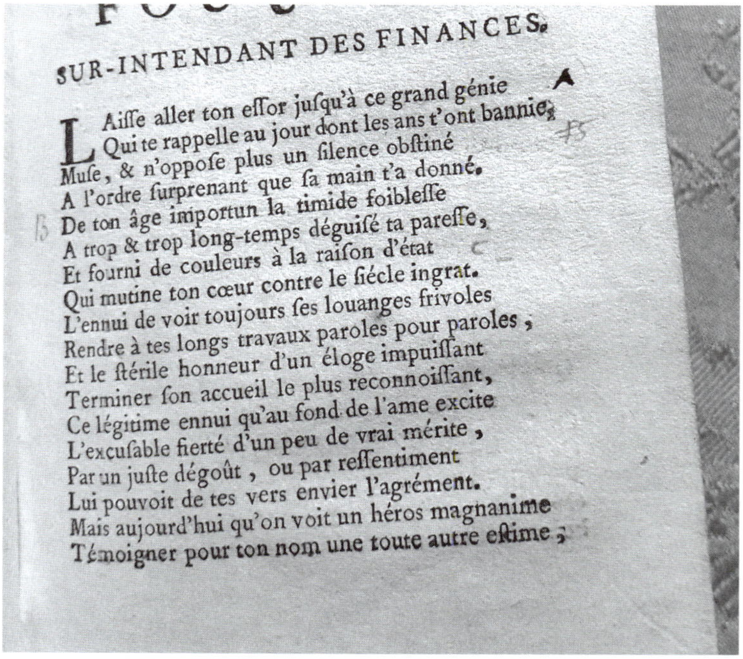
SUR-INTENDANT DES FINANCES.

Laiſſe aller ton eſſor juſqu'à ce grand génie
Qui te rappelle au jour dont les ans t'ont bannie;
Muſe, & n'oppoſe plus un ſilence obſtiné
A l'ordre ſurprenant que ſa main t'a donné.
De ton âge importun la timide foibleſſe
A trop & trop long-temps déguiſé ta pareſſe,
Et fourni de couleurs à la raiſon d'état
Qui mutine ton cœur contre le ſiécle ingrat.
L'ennui de voir toujours ſes louanges frivoles
Rendre à tes longs travaux paroles pour paroles;
Et le ſtérile honneur d'un éloge impuiſſant
Terminer ſon accueil le plus reconnoiſſant,
Ce légitime ennui qu'au fond de l'ame excite
L'excuſable fierté d'un peu de vrai mérite,
Par un juſte dégoût, ou par reſſentiment
Lui pouvoit de tes vers envier l'agrément.
Mais aujourd'hui qu'on voit un héros magnanime
Témoigner pour ton nom une toute autre eſtime;

Fig. 4 : Lettres « A », « B », « C »
à l'encre et à la sanguine dans le *Théâtre* de Corneille,
t. 5, p. 163

Cette explication rejoint ce que nous avons observé à propos des lettres inscrites en marge de J.-B. Rousseau et de Corneille. En poursuivant l'examen des traces marginales dans *Le Théâtre de Pierre Corneille*, une confrontation plus complète avec les *Commentaires sur Corneille* donne des résultats mixtes. Prenons la première pièce de l'édition qui comprend plusieurs traits en marge, en l'occurrence *Rodogune.* Le sens des traces est assez sibyllin. Des quarante vers signalés d'un trait en marge ou soulignés en partie, treize seulement font l'objet de remarques dans les *Commentaires*[53]. En effectuant la même opération pour la même pièce dans une autre édition de Corneille que possède Voltaire[54], on constate que les trois vers de *Rodogune* signalés par un petit trait ou par un signe « + » (seulement une scène est concernée : III.iv) sont en effet cités dans les *Commentaires*, mais l'inverse est loin d'être le cas[55]. Et les deux séries de traces ne portent sur aucun vers en commun.

53. *CN*, t. 2, p. 730-733 ; *OCV*, t. 54, p. 475-560.
54. *Le Théâtre de P. Corneille* (1664), 2[de] partie, p. 193.
55. *CN*, t. 2, p. 721-722 ; cf. *OCV*, t. 55, p. 522-531.

Il est difficile de généraliser sur les traces non verbales. La trace marginale est évidemment un signe d'intérêt, mais les raisons de cet intérêt se dérobent à celui qui ambitionnerait de les fixer. Susanna Phillippo avertit celui qui voudrait interpréter ces *marginalia* non verbaux que l'absence de traces n'est pas forcément le signe d'un manque d'intérêt[56]. Racine, dit-elle, semble faire preuve dans ses annotations non verbales de quatre pôles d'intérêt principaux, à savoir (1) érudition et linguistique ; (2) dramaturgie ; (3) narration dramatique ; (4) caractère et émotion[57]. Dans sa lecture de Corneille, la préoccupation principale de Voltaire est probablement stylistique, mais il accorde de l'attention également à la question des bienséances. Ce sont cependant nos connaissances de Voltaire par ses ouvrages (les *Commentaires*, l'article « Art dramatique » des *Questions sur l'Encyclopédie*, etc.) et les traces verbales qui éclairent les *micromarginalia* et non l'inverse. Il est possible de penser que ces traits préservent la trace des lectures de Voltaire plutôt que celle de la genèse, à proprement parler, de ses œuvres. Il a repris lors de la rédaction des *Commentaires* plusieurs des vers qui l'avaient frappé dans ses lectures (en plus d'un exemplaire), mais pas tous, et lorsqu'il revient sur les volumes pour composer les *Commentaires* il en relève d'autres encore.

## Marques douteuses

S. Phillippo, en étudiant les traces non verbales de Racine dans ses exemplaires d'Euripide, soulève un problème capital : sont-elles toujours celles du dramaturge ? La même question mérite bien entendu d'être posée dans le cas de Voltaire. Il serait naïf d'imaginer que chaque trait est de lui ou exprime en quelque sorte son intention par le truchement de ses secrétaires[58]. Il y a, parmi les livres de sa bibliothèque, des écritures non identifiées et des livres déjà anciens au moment où Voltaire en prit possession, et après le déplacement de la bibliothèque en terre russe, la tsarine et d'autres utilisateurs de la bibliothèque au dix-neuvième siècle ont pu également y laisser quelques signes de leur main. Comment éviter de se laisser entraîner par le désir de voir partout celle du patriarche ? Comment se faire une idée

56. *Silent Witness: Racine's non-verbal annotations of Euripides. Research Monographs in French Studies* 14 (Oxford, European Humanities Research Centre, 2003), p. 36.

57. *Silent Witness*, p. 55-66.

58. J. van de Voorde conclut que les notes muettes sont plus nombreuses chez Voltaire et les « notes mixtes » l'emportent chez les secrétaires (*La Documentation historique de Voltaire*, p. 128), mais il nous semble qu'il est difficile de dire avec certitude que telle ou telle trace non verbale est de Voltaire, et une autre de la plume d'un secrétaire.

du degré probable d'authenticité des traces non verbales ? Certains traits ne font pas l'objet de doutes, par exemple ceux qui se trouvent dans des livres dont la date de publication coïncide avec la date d'acquisition apparente par Voltaire, où les traces non verbales sont accompagnées de notes et où celles-ci sont faites avec le même instrument (nous y reviendrons au chapitre II). Mais si le volume a vraisemblablement été acheté d'occasion et s'il ne contient aucune trace verbale, ou si la technique des traces qu'on peut rattacher aux lectures de Voltaire est différente, il faut alors s'en tenir aux traces mêmes et les évaluer à la lumière de ce qu'on sait des pratiques de Voltaire dans des volumes dont les signes sont avérés.

Plusieurs signes peuvent être identifiés comme étant de Voltaire : le tilde est résolument de lui, mais il apparaît dans la majeure partie des cas en dessous des notes verbales, offrant de la sorte un caractère de point final, ce qui fait que son statut ne pose pas problème. La croix oblique (×), la croix droite (+), le trait vertical, le gros point sont tous attestés dans des volumes qui ne sont presque certainement pas passés par d'autres collections avant d'être acquis par Voltaire. Ainsi, les trois premières variétés de traces non verbales apparaissent par exemple dans la *Défense apologétique du comte de Portes* d'Alexandre-Jérôme Loiseau de Mauléon, dont Voltaire accuse réception au moment de sa parution[59]. Le gros point scande les *Letters of the right honourable lady M-y W-y M-u* de Mary Wortley Montagu (1763), reçues elles aussi dès la publication[60]. Ces traces reviennent relativement souvent dans le *Corpus des notes marginales*. À partir de cet exemple, il serait permis de penser que le gros point dessiné en marge du chapitre 5 des *Considérations sur le gouvernement ancien et présent de la France* du marquis d'Argenson[61] est de Voltaire, s'il y avait lieu d'en douter. Mais qu'en est-il du point semblable qu'on retrouve dans les *Œuvres d'Estienne Pasquier*[62], dont la possession par Voltaire n'est pas attestée à une date précise ? Le point est peut-être de lui, mais les traits à la pointe sèche[63] le sont moins certainement et pourraient provenir d'un lecteur précédent, étant donné que la forme des traits est moins habituelle chez Voltaire. Plusieurs volumes datant d'avant l'installation à Ferney contiennent de telles traces et il est légitime de se demander si Voltaire aurait acheté un lot de livres d'occasion à un moment donné qui contenaient déjà les signes de lecture du dernier propriétaire[64].

---

59. Paris, Lormel, 1767, BV2152 ; *CN*, t. 5, p. 432-436. Voir D14344.
60. *CN*, t. 5, p. 694-703. Voir D11425.
61. Amsterdam [Paris], Rey, 1764, BV98 ; *CN*, t. 1, p. 103.
62. 2 vol. (Amsterdam [Trévoux], Compagnie, 1723, BV2657) ; *CN*, t. 6, p. 222.
63. Par exemple *CN*, t. 6, p. 220.
64. Pour citer quelques exemples du tome 5 du *CN* : les *Lettres de madame de Maintenon* (p. 480-482, 2 vol., Nancy, Deilleau [Francfort, Eslinger], 1752,

Parfois les autres lecteurs sont moins spectraux : ainsi l'exemplaire des œuvres de Leibniz contient non seulement des signets annotés de la main de Voltaire et de Simon Bigex, secrétaire de Voltaire dans les années 1760, mais trois signets annotés d'une troisième main[65]. Que ce soit des signets annotés et non de simples notes marginales suggère fortement que cette main doit être celle d'un autre secrétaire de Voltaire. Les éditeurs du *Corpus* signalent toutefois que les quatre traits horizontaux au tome 4, p. 187 sont peut-être dessinés de la même encre que les notes de la main encore non identifiée[66]. Il se peut qu'ils traduisent quelque attention de Voltaire, mais la chose est loin d'être établie. Les *Elementa chemiae* de Boerhaave contiennent, outre des notes de Voltaire, d'autres d'Émilie Du Châtelet[67]. Mais alors, les traits ondulés en marge seraient-ils de la main de celle-ci ? De son compagnon ? Ou (moins vraisemblablement, il faut en convenir, étant donné la date de parution) d'un lecteur antérieur ?

Il ne nous a pas semblé utile de proposer une ventilation complète de toutes les traces non verbales répertoriées dans le *Corpus*, étant donné le caractère approximatif des reproductions dans l'édition, et l'incertitude des interprétations qu'on peut en faire. Nous nous bornerons à signaler certaines traces qui font tache dans l'ensemble du *Corpus* : la pléthore de dièses faites à la pointe sèche dans la *Poétique* d'Aristote[68] ; les séquences de petits traits horizontaux dans *Les Œuvres* de Guez de Balzac[69] ; les nombreux cercles dans *La Vie et les bons mots de M. Santeuil* [*sic*[70]]…

Il faut achever cette exploration des marques douteuses en soulignant qu'il s'agit uniquement d'une mise en garde. Une même personne peut cultiver des habitudes différentes à différents moments de la vie et un symbole ou une graphie insolite peut surgir sous la plume d'un sobre pratiquant de croix et de traits verticaux et horizontaux, symptôme d'une excitation particulière, d'un mouvement d'humeur, ou d'un simple glissement de l'instrument sur la page. La répétition des marques inhabituelles,

---

BV2267), dont Voltaire possédait un autre exemplaire qu'il a annoté (p. 478-480, BV2266) ; l'*Histoire critique de la Gaule narbonnaise* de Louis Desours de Mandajors (p. 510-512, Paris, Dupuis, 1733, BV2299) ; les *Ménagiana* (p. 598-600, 4 vol., Paris, Delaulne, 1729, BV2417).

65. *Opera omnia*, 6 vol. (Genève, Tournes, 1768, BV2016 ; *CN*, t. 5, p. 295-298).

66. *CN*, t. 5, p. 297-298.

67. 2 vol. (Paris, 1733, Cavelier, BV433 ; *CN*, t. 1, p. 371-375).

68. Trad. A. Dacier (Paris, Barbin, 1692, BV102 ; *CN*, t. 1, p. 114-145). Les notes et traits à la sanguine sont toutefois de Voltaire (p. 134-135).

69. Paris, Fuchet, 1628, BV251 ; *CN*, t. 1, p. 197-201. Cet exemplaire avait apparemment appartenu à un Delarue – voir n. 130, p. 640.

70. 2 vol. (Cologne, L'Enclume, 1722, BV3087 ; *CN*, t. 8, p. 153-160).

comme nous les avons indiquées entre les pages d'Aristote, de Guez de Balzac, de Santeul, est cependant plus difficile à expliquer sous la plume d'un lecteur dont on connaît les pratiques. Nous avons affaire ici à des probabilités seulement.

Les lignes et les figures non verbales tracées dans un livre peuvent être révélatrices des comportements du lecteur vis-à-vis de sa bibliothèque. Elles peuvent éventuellement aider à distinguer des strates de lecture, ou encore à identifier différents lecteurs. Ces traces servent surtout, nous l'avons vu, à aider l'utilisateur de la bibliothèque à retrouver des passages, à retrouver son chemin dans le labyrinthe des lectures passées – tant sur les rayons qu'à l'intérieur du livre. Cette infrastructure va cependant de pair avec le texte des notes, car celles-ci aident à la comprendre, mais aussi à l'amplifier, et à la rendre plus complexe. Lors de notre examen des traces verbales, nous retrouverons certaines fonctions déjà identifiées pour les non verbales. La dimension sémantique permet cependant de multiplier les sous-catégories et d'en affiner l'analyse.

## Traces verbales

L'étude des *marginalia* d'un individu amène à établir un système de classement qui puisse rendre compte des sortes de notes marginales dont il a agrémenté ses livres. D'emblée, nous pourrions penser, étant donné l'énorme variation dans les pratiques marginales, qu'emprunter le système d'un « marginaliste » pour rendre compte des annotations d'un autre ne serait pas productif. Chaque système n'est-il pas fait sur mesure ? Quels points de rencontre peut-il y avoir entre un Voltaire, dont les notes constituent dans une large mesure l'échafaudage de l'œuvre publiée, et un Stendhal, pour qui les marges d'un livre étaient le lieu où coucher sur papier des réflexions personnelles, une espèce de journal intime, où il notait jusqu'à sa position physique, le temps qu'il faisait et la température[71] ? Pourtant, les rubriques trouvées pour classer les annotations de Stendhal peuvent servir de point de départ pour élaborer un classement des notes

71. Anne Herschberg Pierrot, « Notes sur le style des marges dans la *Vie de Henry Brulard* », dans *Stendhal et le style*, éd. Philippe Berthier et Éric Bordas (Paris, Presses de la Sorbonne Nouvelle, 2005), p. 93-111, ici p. 103-106. Il est à espérer qu'un jour les notes marginales de Stendhal s'ajouteront aux autres manuscrits que chacun peut désormais examiner sur le magnifique site conçu et entretenu par l'équipe de chercheurs de l'Université Stendhal-Grenoble 3 et les conservateurs de la Bibliothèque municipale de Grenoble (http://stendhal.msh-alpes.fr/manuscrits/index.php, consulté le 6 février 2018).

marginales de Voltaire. Nous proposerons quelques modifications et nous ajouterons des sous-catégories supplémentaires pour développer l'analyse et la nuancer, mais parmi toutes les études sur les notes marginales que nous avons consultées, le système des stendhaliens nous semble à la fois le plus compréhensif et le plus sophistiqué. Bien que les matériaux laissés par Voltaire s'y répartissent dans des proportions très différentes, voici les catégories que nous prenons comme modèle :

i. matériaux de genèse
ii. matériaux de réécriture (corrections en vue d'une réédition)
iii. paratexte (gloses, ou textes sans rapport avec le *textus* ; le péritexte et l'épitexte de Genette[72])
iv. matériaux autobiographiques[73]

## Matériaux de repérage et de genèse

Si cette catégorie peut embrasser des ébauches de textes notées en marge, parfois considérables, dans le cas de Voltaire ces matériaux sont le plus souvent assez squelettiques. Le seul groupement de notes marginales que nous ayons identifié comme étant interprétable comme des notes de genèse dans l'acception classique est la série d'idées et de questions jetée sur un papier relié avec le *Vrai Sens du Système de la nature* d'Helvétius[74]. Sans vouloir entrer ici dans une analyse approfondie de ce texte remarquable parmi les *marginalia* de Voltaire, auquel nous reviendrons au chapitre IV, nous nous bornons à signaler son statut exceptionnel.

En lisant les *Interesting Historical Events* de John Zephaniah Holwell[75], Voltaire note sur un signet « mad^e^ Rouseel self burning », pour marquer le passage où est rapporté le récit d'un témoin qui aurait vu une jeune veuve se brûler à Madras, récit qu'il déploiera dans ses *Questions sur l'Encyclopédie*, à l'article « Brahmanes, brames[76] ». La note « repère » chez Voltaire a déjà été opposée, dans un classement sommaire, à la note « critique[77] ». De fait, il est souvent malaisé de distinguer la note repère pure et simple de la note de genèse *stricto sensu* parce que les lectures de Voltaire et l'usage

72. Gérard Genette, *Seuils* (Paris, Seuil, 1987), p. 10-11.

73. Hélène de Jacquelot, « Les bibliothèques de Stendhal », dans *Bibliothèques d'écrivains*, éd. Paolo D'Iorio et Daniel Ferrer, p. 71-100 (ici p. 97). De Jacquelot considère les catégories dans un ordre différent, que nous avons modifié ici pour le rendre plus évident dans un contexte voltairien.

74. Voir *CN*, t. 4, p. 334-335.

75. 2 vol. (Londres, Becket et de Hondt, 1766-1767, BV1666).

76. *CN*, t. 4, p. 468-469 et *OCV*, t. 39, p. 474.

77. François Bessire, « Les marges des bibles de Voltaire », *Revue Voltaire* 3 (2003), p. 45-57 (ici p. 47).

qu'il fit de sa bibliothèque étaient orientés dans une grande mesure vers la publication de textes. Examinons les cas de figure possibles.

(1) Si, dans le contexte d'un projet spécifique ou d'un ouvrage en cours de composition, Voltaire lit un livre et laisse une note en marge ayant un rapport avec ce projet, il s'agirait bien entendu d'une note de genèse ; (2) si une autre note griffonnée pendant cette même lecture, mais étant sans rapport avec le projet actuel, finit par être à l'origine d'un nouveau texte, on dirait aussi une note de genèse. Plus difficile à déterminer, en revanche, serait (3) le cas d'une note qui demeure l'unique trace d'une lecture de Voltaire mais à laquelle il ne semble pas avoir donné suite. Est-ce ou non une note de genèse ? Malgré le nombre de manuscrits de Voltaire qui ont subsisté et le grand soin avec lequel les papiers du patriarche ont été recueillis, il est possible qu'un manuscrit ait pu échapper à ses éditeurs posthumes et à ses héritiers. Il avait l'habitude, Wagnière nous le dit, de laisser ses papiers étalés et sans surveillance[78], et la biographie voltairienne renferme plus d'un épisode célèbre concernant le vol de manuscrits. Si un manuscrit inédit et perdu ou dérobé avait fourni le développement d'une note restée parmi les pages d'un ouvrage de sa bibliothèque, la note serait bel et bien une note de genèse sans toutefois que nous le sachions. Et (4) si le texte n'avait jamais existé, la note peut-elle encore être dite « de genèse » ? Peut-on parler, avec Hélène de Jacquelot, de la « phase prérédactionnelle d'une œuvre en gestation ou en préparation[79] » lorsque l'œuvre en question n'a jamais vu le jour, ou lorsqu'elle n'a pas véritablement été conçue de façon sérieuse ? Voilà une des difficultés qui entravent le classement des notes marginales qui se voudrait transparent. Se laisser leurrer par ce problème apparent, cependant, c'est oublier que, pour Voltaire, le procédé de laisser des notes repères, qu'elles fussent avec ou sans suite, était le même. Il notait, à mesure de sa lecture, un mot ou deux sur un signet ou dans la marge : souvent un simple substantif ou deux, parfois une phrase nominale : c'étaient des notes qui résumaient le contenu d'une page ou d'un passage et qui permettaient au lecteur de retrouver, plus tard, lorsqu'il en était au stade de la rédaction, l'information ou l'anecdote voulue. Les exemples abondent à presque chaque page du *Corpus* et nous trouvons inutile de les multiplier. Choisi à tout hasard, nous donnons celui du signet annoté « S^te^ ursule » qui marque le récit de son martyre dans l'*Histoire de France avant Clovis* de François Eudes de Mézeray[80].

Le plus souvent sur un signet et donc facilement repérable, la note peut aussi être repérée grâce à un signet blanc laissé entre les pages du volume

---

78. Longchamp et Wagnière, *Mémoires sur Voltaire*, t. 2, p. 53.
79. « Les bibliothèques de Stendhal », p. 97.
80. Amsterdam, Schelle, 1696, BV2445 ; *CN*, t. 5, p. 616.

quand elle se trouve en marge du *textus*[81]. Selon toute vraisemblance, ces signets sont le support matériel du système d'archivage et de récupération de données, pour ainsi dire, de Voltaire. Participant à ce même système, les mots inscrits au dos des livres peuvent être également des espèces de notes repères : au dos des deux volumes du *Corpus iuris canonici academicum emendatum et* [...] *notis illustratum*[82] Voltaire a écrit « Décrétales ». Il s'en est servi en effet pour consulter les décrétales papales lors de la rédaction d'au moins un texte publié, à savoir l'article « Épreuve » des *Questions sur l'Encyclopédie*[83]. Nous examinerons de plus près au chapitre III les différents espaces occupés par la note, mais malgré la position privilégiée du mot en guise de nouveau titre ou de sous-titre, la fonction ici est la même que celle des signets annotés ; il est question de rendre visible l'étiquette de repère à celui qui embrasse d'un regard les rayons de la bibliothèque à la recherche du volume désiré.

Une autre variation, qui semble surtout concerner les notes repères, est celle de la note « par procuration ». À partir des années 1730 Voltaire n'est presque jamais sans secrétaire : Longchamp, Francheville, Collini, et enfin le fidèle Wagnière, dont le service est agrémenté ponctuellement de ceux de Bigex et Durey de Morsan, tous ont probablement participé à ses lectures de préparation. Dans la bibliothèque de Ferney, la main de Wagnière domine, avec la présence également de celles de Collini et de Bigex, mais il est impossible de dire si, parmi les soulignements et autres signes non verbaux, il subsiste des traces de leurs prédécesseurs. (À ceux qui ont soulevé la question de savoir si les notes de lecture de la main d'Émilie Du Châtelet, toujours présentes en marge et sur des signets, sont la trace d'une lecture commune[84], nous signalons pour ce qu'il vaut le témoignage de Longchamp, qu'à Cirey Voltaire et sa compagne travaillaient séparément[85].)

Voltaire est loin d'être le seul à avoir engagé quelqu'un pour lui lire à voix haute et à faire noter ses réactions par le lecteur. Frédéric II pratiquait cette audition-dictée, et son dernier lecteur, Charles Dantal, atteste avoir noté les commentaires du roi, dont plusieurs étaient des bons mots ou des jugements lapidaires. Habitude apprise par la fréquentation de Voltaire[86] ?

---

81. Cette pratique a déjà été constatée par V. Liublinski dans « Маргиналии Вольтера », p. 115.

82. 2 vol. (Bâle, Thurneysen, 1757, BV871) ; *CN*, t. 2, p. 756.

83. *OCV*, t. 41, p. 203.

84. Natalia Elaguina et Olivier Ferret, « Le chantier du *Corpus des notes marginales* de Voltaire : bilan et perspectives », *Revue Voltaire* 7 (2007), p. 127-136 (ici p. 128). Il est question des notes en marge de Platon.

85. *Mémoires sur Voltaire*, t. 2, p. 171.

86. Françoise Waquet, *Le Prince et son lecteur, avec l'édition de Charles Dantal, Les Délassements littéraires ou heures de lecture de Frédéric II* (Paris, Champion, 2000), p. 15.

Nous l'ignorons. Ces notes des secrétaires ne sont évidemment pas de la main même de Voltaire, mais elles reflètent ses lectures, ses centres d'intérêt et ses recherches. Il a déjà été constaté que dans au moins un ouvrage, le *Commentaire littéral* de Calmet, Wagnière a pris des notes que Voltaire a modifiées au fil d'une lecture subséquente[87]. Ailleurs, l'ordre d'intervention des lecteurs est inversé, et c'est Wagnière qui achève une note commencée par Voltaire : « ah ce hollan / dais était de la / garonne, » celui-ci a écrit, et le secrétaire poursuit : « puis / qu'il sue de chaud / au pole[88] » ; Christiane Mervaud s'est interrogée sur la présence dans *Le Spectacle de la nature* de Noël-Antoine Pluche de traces de lecture et notes au crayon par Voltaire repassées à l'encre par Wagnière :

> On en déduit que Voltaire a lu, crayon en main, à une époque non précisée, le début du tome 4, jusqu'à la page 51 ; il a ensuite chargé Wagnière de repasser à l'encre ces traces de lecture ou d'en repasser seulement une partie, à moins que le secrétaire ait commencé et non achevé cette tâche, ce qu'on ne saura jamais[89].

Cela signifie en effet, comme le signale Ch. Mervaud, que Voltaire tenait à ce que ses notes soient conservées et qu'elles ne s'estompent ni ne s'effacent avec le temps. Ces notes à deux mains, en quelque sorte, révèlent également une autre facette de l'activité de Wagnière à Ferney, et fournissent encore un exemple du rôle du secrétaire dans les lectures partagées. Nous reviendrons sur cet exemple au moment d'examiner la question des techniques de marquage au chapitre II.

Pouvons-nous savoir quand les lecteurs écrivaient sous la dictée et quand ils effectuaient un travail préparatoire ? Dans certains cas, oui. Quand Wagnière écrit, en marge de l'*Histoire des conquêtes des îles Moluques* de Bartolomé Juan Leonardo y Argensola, « tu es / un plaisant / maraut / et un / sot / raisonneur. / si il [*sic*] était / vrai ils / n'auraient / pas si bien / battu les / troupes / de ton / héros / philippe 2$^{d}$[90] » on peut être relativement sûr qu'il n'écrivait pas de sa propre initiative. Mais bien que de loin la plupart des interventions de Wagnière soient des notes repères, il peut tout aussi bien être question de notes écrites « par procuration » par le secrétaire.

---

87. Bessire, « Les marges des bibles de Voltaire », p. 48.

88. Dans l'*Histoire naturelle* de Buffon, 16 vol. (Paris, Imprimerie Royale, 1750-1770, BV572), t. 1, p. 217 ; *CN*, t. 1, p. 573.

89. Mervaud, « Voltaire et la physico-théologie. Lectures de l'abbé Pluche », *Revue Voltaire* 10 (2010), p. 159-178 (ici p. 163).

90. 3 vol. (Amsterdam, Desbordes, 1706, BV2048), t. 2, p. 75 ; *CN*, t. 5, p. 310. Une note encore plus longue dans le même ton apparaît plus bas à la même page.

### Matériaux de réécriture

Explicitement exclus de l'étude de H. Jackson[91], les matériaux de réécriture sont peut-être plus révélateurs pour les questions de la genèse, de la rédaction et de l'évolution d'un texte que pour sonder les pratiques d'un lecteur. Reprendre son propre texte, c'est déjà s'éloigner de la lecture à l'état pur, c'est se revêtir du manteau de l'écrivain, c'est s'adonner à un travail du même ordre que la révision des manuscrits et des épreuves. Qu'on trouve dans la bibliothèque de Voltaire un exemplaire du *Sermon des cinquante* avec quelques minuscules corrections nous en dit plus long sur la paternité de l'ouvrage (longtemps contestée) que sur ses pratiques de lecture[92]. Un bel exemplaire, soigneusement corrigé pour la réimpression, tel celui de la *Lettre à D'Alembert sur les spectacles* corrigé par Rousseau et récemment redécouvert à la Bibliothèque Bodléienne[93], nous renseigne sur les pratiques de correction et les préoccupations de l'auteur qui remanie son texte. Comme le dit N. Ferrand, ce type d'annotations a lui aussi un rapport avec la genèse d'un texte :

> [i]l nous offre un exemple de la manière dont l'imprimé se transforme chez Rousseau, comme chez d'autres auteurs, en espace de travail génétique, relançant la dynamique de l'écriture ; il nous permet de regarder de près le statut des retouches et la forme de dialogisme que Rousseau institue avec son œuvre quand il s'annote lui-même[94].

Nous disposons de plusieurs exemples de ces révisions pour Voltaire, dont certaines portent encore la griffe du secrétaire. Ont récemment été publiées pour la première fois des illustrations des corrections apportées par Wagnière à la première édition des *Questions sur l'Encyclopédie* pour une édition ultérieure[95]. Deux exemplaires des œuvres de Voltaire portent également des corrections, l'un de l'auteur et du secrétaire Wagnière, l'autre de Simon Bigex[96]. Chez Voltaire, ces corrections entretiennent souvent

---

91. *Marginalia*, p. 10.

92. *OCV*, t. 49A, p. 61, 116, 138.

93. Nathalie Ferrand, « Jean-Jacques Rousseau : le dernier état de la *Lettre à D'Alembert sur les spectacles* (1758) », *Brouillons des Lumières*, *Genesis* 34 (2012), p. 135-157.

94. « Jean-Jacques Rousseau : le dernier état de la *Lettre à D'Alembert* », p. 136.

95. Voir par exemple la photographie de l'édition dite 70*w dans *OCV*, t. 42B, p. 178.

96. Voir Christophe Paillard, « L'exemplaire maître des œuvres de Voltaire dans la seconde moitié des années 1760. L'auto-annotation de BV3464-1, modèle de BV3462-2, "Keate" et "Balleidier" », *Revue Voltaire* 17 (2017), p. 261-295,

des liens avec la correspondance. Mainte lettre à son éditeur Cramer, par exemple, porte les traces de la correction des épreuves, ou encore de la modification d'une édition déjà en circulation pour en faire une nouvelle[97].

Relevant davantage de l'activité de lecture, les corrections apportées aux livres d'autrui méritent d'être examinées sous cette rubrique. Un nombre important de corrections de coquilles se trouve dans la *Clélie* de Mme de Scudéry[98], mais étant donné que les corrections se limitent la plupart du temps à un ou deux signes, il n'est pas facile d'identifier la main. Il est cependant des cas avérés où Voltaire a eu le souci de corriger des coquilles. Le *Mémorial d'un mondain* de Maximilian, comte de Lamberg, date de 1776[99], et Voltaire a reçu ce livre de l'auteur (D20555). Il y a donc peu de chances que ce volume ait appartenu à quelqu'un d'autre avant de parvenir à Ferney. Le comte de Lamberg semble avoir corrigé plusieurs coquilles, mais les éditeurs du *Corpus* ont identifié certaines corrections qu'ils jugent être de Voltaire lui-même[100]. Il a corrigé, dans un extrait de vers en anglais, « *Read* », pour lequel il faut lire « Road », et « *rerobs* » pour « he robs[101] ». Dans le *Contrat social* de Rousseau, Voltaire corrige de l'italien dans le texte : dans « *Serrar di Consiglio* » le *di* devient *del*[102]. Peut-on dire qu'il s'agit du même genre de phénomène que les corrections des vers en anglais chez Lamberg ? Superficiellement, le procédé est identique : Voltaire corrige du texte imprimé incorrectement en langue étrangère dans un livre qui lui appartient. Dire que le réflexe est le même dans les deux cas serait cependant ignorer l'identité des deux auteurs. Lamberg est un homme que Voltaire ne connaît pas, mais à qui il a fait une lettre fort aimable pour le remercier de l'envoi de son ouvrage ; il n'a aucune raison de le prendre à partie. Ses relations avec Jean-Jacques Rousseau en 1762 sont en revanche tout autres. Voltaire doit éprouver de la satisfaction à dénicher chez Rousseau la moindre erreur, ne serait-ce qu'une simple coquille dans un terme italien. Il semble parfois avoir corrigé des coquilles, ou effectué des modifications pour le sens, peut-être lorsqu'il éprouvait de la difficulté à suivre la phrase

---

et Gerhardt Stenger, « Voltaire annoté par lui-même : marginalia inédits sur la *Collection complète* envoyée à George Keate », dans *Les Neveux de Voltaire*, éd. S. Géhanne-Gavoty et A. Sandrier (Ferney-Voltaire, CIEDS, 2017), p. 55-69.

97. Voir, à titre d'exemple, D8971, D8978, D16483…

98. 5 parties (Paris, Courbé, 1655-1661, BV3122), *passim* ; *CN*, t. 8, p. 297-307.

99. 2 vol. (Londres [Paris], s.n., 1776, BV1887).

100. *CN*, t. 5, p. 822, n. 108.

101. Tome 1, p. 143. Les éditeurs du *Corpus* ont transcrit la correction de Voltaire « *the robs* », ce qui est sans doute une erreur (*CN*, t. 5, p. 164).

102. *Principes du droit politique* (Amsterdam, Rey, 1762, BV3037), p. 193 ; *CN*, t. 8, p. 178.

et devait revenir sur ses pas pour la relire. Ainsi, une page du même exemplaire du *Contrat social* comporte une virgule rajoutée, et la correction de « nulle autorité » en « une autorité[103] ». Les notes en marge des *Œuvres du philosophe de Sans-Souci*, dont les volumes sont conservés au Musée royal de Mariemont en Belgique, réputées être de Voltaire, ne sont pas de sa main, même s'il semble en effet qu'elles aient été recopiées à partir de commentaires et de corrections laissés par l'illustre lecteur et correcteur de Frédéric II[104]. Ces corrections relèvent d'une activité de commande, car la présence de Voltaire en Prusse s'expliquait précisément par le désir du roi de faire corriger ses textes, et l'exercice avait donc un caractère fortement pédagogique. Il en est de même pour le manuscrit corrigé de *L'Art de la guerre* du roi-poète, dont la transcription a été publiée par Th. Besterman[105]. Pour cette raison, ces annotations ne sont pas prises en compte dans cette étude.

Voltaire effectue également au fil de ses lectures des corrections de fond : une note explique que Jacques Vallée, sieur Des Barreaux, n'est pas l'auteur d'un sonnet qui lui est attribué, une autre attribue une « prétendue centurie de Nostradamus » à Crébillon, une troisième corrige un lapsus qui semble dire que Naples et la Sicile sont des territoires français[106]. En rapport aux noms qu'on substituait aux initiales ou aux ellipses censées masquer les identités (interventions manuscrites qu'on peut observer dans de nombreux livres annotés au dix-huitième siècle, et pratiquées par Horace Walpole, parmi les annotateurs connus[107]) ou encore aux anecdotes sur les illustres personnages connus de l'annotateur[108], les corrections de Voltaire ont l'effet de rendre le texte plus précis et de mettre certaines choses au clair (du moins selon ses

103. Pages 20, 22 ; *CN*, t. 8, p. 168.

104. Voir Jeroom Vercruysse, « L'œuvre de *Poéshie* corrigée : notes marginales de Voltaire sur les poésies de Frédéric II », *SVEC* 176 (1979), p. 51-62. Il existait certainement un original de Voltaire, aujourd'hui perdu : en témoigne la photographie reproduite par Hans Droysen dans « Friedrichs des Grossen Druckerei im Berliner Schlosse », *Hohenzollern-Jahrbuch* (1904), p. 83-91, ici p. 84.

105. Th. Besterman, « Voltaire's commentary on Frederick's *L'art de la guerre* », *SVEC* 2 (1956), p. 61-206.

106. Dans Antoine Gachet d'Artigny, *Nouveaux Mémoires d'histoire, de critique et de littérature*, 4 vol. (Paris, Débure, 1749-1751, BV1409), t. 2, p. 284-285 ; *CN*, t. 4, p. 21 ; dans François Gayot de Pitaval, *Causes célèbres et intéressantes*, 20 vol. (Paris, Le Gras, 1739-1754, BV1442), t. 6, p. 16 ; *CN*, t. 4, p. 78 ; dans Paul-Philippe Gudin de La Brennellerie, *Aux mânes de Louis XV, et des grands hommes qui ont vécu sous son règne*, 2 parties (Deux-Ponts, Imprimerie ducale, 1776, BV1563), 1re partie, p. 6 ; *CN*, t. 4, p. 239.

107. Jackson, *Marginalia*, p. 57, 232.

108. Voir Morris R. Brownell, « Hester Lynch Piozzi's marginalia », *Eighteenth-Century Life* 3 (1977), p. 97-100 (ici p. 97, 99).

propres croyances – sur le *Projet d'une dîme royale* de Vauban, il note : « ce livre insensé est de boisguilbert / qui le publia impudemment / sous le nom du marechal / de vauban[109] », alors que l'ouvrage est bien de Vauban). Mais en général lorsque Voltaire en trouve à redire, ce ne sont pas des modifications qu'il couche sur papier, mais des jugements et des apostrophes.

**Matériaux péritextuels**

Commentaires, remarques… il s'agit de la catégorie des notes marginales la plus étudiée, puisque ce sont les plus abordables, et chez Voltaire il est presque invariablement question d'un jugement émis sur le *textus*, jeté en marge, comme c'est le cas pour de nombreux annotateurs. C'est le genre de note marginale que H. Jackson considère comme « véritable[110] », et une attitude similaire se laisse détecter chez d'autres chercheurs qui se sont intéressés aux notes marginales. Une certaine préoccupation avec les notes polémiques a scandé un courant de la recherche autour des *marginalia* de Voltaire, au détriment des autres variétés qu'on trouve dans le *Corpus*[111]. Des notes de jugement, toutes ne sont pas polémiques, ou du moins pas envers l'auteur annoté. Par exemple, entre les pages du *Pastor Fido* de Guarini on lit, « racine a imité / bien mal a propos / ce discours dans phedre[112] ». Il est cependant vrai qu'il existe plus de notes à tonalité négative que de louanges dans le contexte des *marginalia*. Deux grandes sous-catégories se décèlent parmi les matériaux péritextuels : la note dialogique et la note « en exergue ». Nous allons examiner chacune à son tour.

> *The vocabulary of conversation, friendly talk between equals, continues to be used of and by annotators, and although it is misleading in some ways, it reminds us that there are always at least two parties involved, the book and the reader, with some sort of give-and-take between them*[113].

Que le dialogue limité entre auteur et annotateur soit amical ou hostile, il semble que s'adresser directement à l'auteur constitue un moyen intuitif de s'engager verbalement avec le *textus* (et nous y reviendrons au cha-

---

109. S.l., s.n., 1707, BV3405, sur la page de titre.

110. « *I was looking for what I thought of, tendentiously, as "real" marginalia, discursive notes, preferably by minor or unknown readers* » (*Marginalia*, p. 9).

111. Par exemple : « *Comme toujours en lisant*, Voltaire s'adressait directement à l'auteur, en notant les défauts de ses œuvres » (Larissa L. Albina, « Découverte de nouveaux livres de la bibliothèque de Voltaire », dans *Le Siècle de Voltaire*, t. 1, p. 1-14, ici p. 6). C'est nous qui soulignons.

112. Page 9 ; *CN*, t. 4, p. 202-203.

113. Jackson, *Marginalia*, p. 82.

pitre V). Comme c'est le cas pour d'autres lecteurs, Ch. Mervaud l'a déjà remarqué, Voltaire « distribue les "bravos" et même un "bravis / simo" dans les marges [...]. Mais les injures pleuvent dru pour stigmatiser des sottises ou des imaginations saugrenues[114] ». Un des volumes les plus apostillés en effet, *De l'esprit*, de son ami Helvétius, regorge d'attaques verbales. Dans l'optique qui nous intéresse ici, cependant, il importe moins de savoir si Voltaire est pour ou contre un auteur que de regarder la fonction de ses notes et la dynamique qui les anime.

Les trois premières pages de *De l'esprit* portent huit notes de Voltaire[115]. Il réagit (1) au choix du mot « esprit » dans le titre ; (2) à l'affirmation que la différence intellectuelle entre la bête et l'être humain serait à expliquer par la différence pattes/mains ; (3) à l'affirmation que l'homme est « l'animal le plus multiplié sur la terre » ; (4) à l'identification de la principale différence entre les singes et les hommes comme étant la nature frugivore des premiers ; (5) à l'explication donnée sur l'incapacité des singes à ressentir de l'ennui ; (6) de nouveau à l'emploi du mot « esprit » ; (7) à l'idée implicite que l'homme est le seul animal à avoir la sensibilité et la mémoire ; (8) à l'allusion aux peuples découverts par Dampierre qui « n'avaient d'autre langue qu'un gloussement semblable à celui du coq d'Inde ». Tel un véritable interlocuteur, Voltaire n'a de cesse de penser à des objections, d'apporter de nouveaux exemples, de poser des questions. Il ne s'adresse pas explicitement à l'auteur en l'interpellant, mais ses notes sont marquées au coin de la conversation par la répétition de deux sujets. Dès les premières lignes, il avait posé son objection contre le terme « esprit » : « le mot desprit / est vague / cest le wit / des anglais. / le titre de / locke valait / bien mieux / et son livre / aussi ». Helvétius, cependant, sourd aux raisonnements de Voltaire, continue bien naturellement à employer le mot. À la page 3, donc, Voltaire de renchérir : « le mot desprit / est trop equivoque / il fallait / entendement / raison / conception. » À l'opposition mains/pattes présentée par Helvétius (élément 2 ci-dessus), Voltaire s'objecte : « ce nest pas / parce quils / n'ont point / de mains, mais / parce que leur / cervelle ne / vaut pas la notre ». Il n'oublie pas ce détail des mains et le rappelle à deux reprises à la page suivante. En réagissant aux éléments (7) et (8), le lecteur écrit : « les animaux ont sensibilité / et mémoire ont ils des / mains ? ou sont elles », et il insiste encore : « cependant ils avaient des / mains. » Les notes de Rousseau sur le même livre (dans la même édition) sont différentes : moins fréquentes et moins nombreuses, elles ont tendance à être plus longues et plus soigneusement

114. « Du bon usage des *marginalia* », p. 760. Le lecteur anonyme de l'*Encyclopédie* a aussi critiqué le *textus* et les collaborateurs plus qu'il ne les a loués (Haechler et Jouffroy-Gauja, « Une lecture de l'*Encyclopédie* », p. 365).

115. *CN*, t. 4, p. 280-281.

composées. Le « je » est très présent. Le rythme des échanges est distinct, avec des pauses moins fréquentes mais plus longues[116].

Plus problématique est le cas des notes « en exergue », qu'on trouve de temps en temps inscrites sur une page de titre, ou encore au début ou à la fin d'un chapitre ou d'une section. Larissa Albina a établi le compte des pages de titre porteuses des mots « livre dangereux » : seize selon elle, presque tous étant des livres sortis des presses de Marc-Michel Rey, dont sept du baron d'Holbach[117]. Pour V. Liublinski, il s'agit d'un genre de note qui donnait un plaisir particulier à Voltaire, qui modifiait aussi parfois le titre d'un ouvrage pour lequel il éprouvait peu d'estime[118]. Il faut néanmoins le signaler, l'ajout de mots sur la page de titre ou plus généralement en début de volume, n'est pas une pratique propre à Voltaire. On citera l'exemple de Narcissus Luttrell (1657-1732), qui a écrit « Atheisticall » sur une page de titre d'un ouvrage qu'il jugeait soutenir un point de vue athée, de façon tout à fait « voltairienne[119] ». Il existe une pratique bien commune de ce type d'annotation, à cette différence près, que les autres annotateurs tendent à être plus prolixes[120] (avec quelques exceptions, sans doute, tel Luttrell).

Sur la page de titre des *Œuvres de M. de Crébillon*, entre le titre et la mention « De l'Académie française », Voltaire a glissé le mot « visigoth[121] » ; sur celle de *L'Homme moral opposé à l'homme physique de M. R**** de Louis-Bertrand Castel, on voit, de la main de Wagnière, « Très plat livre, comme la plus part de ceux / qu'on fait aujourd'hui[122] » (une note en exergue par procuration, donc, selon notre classement) ; dans *Les Larmes de Jacques Pineton de Chambrun*, l'auteur, déclaré « Pasteur de la maison de Son Altesse Sérénissime, de l'Église d'Orange, et Professeur en Théologie » se trouve honoré d'autres descriptifs de la main de Voltaire : « tressot / fanatique[123] ».

---

116. Paris, BnF: Rés. 895. Voir aussi « Notes sur De l'esprit », *Œuvres complètes de Rousseau*, éd. B. Gagnebin et M. Raymond, 5 vol. (Paris, Pléiade, 1959-1995), t. 4, p. 1121-1130.

117. « Les notes de Voltaire en marge des livres de sa bibliothèque personnelle », 393-394.

118. « Маргиналии Вольтера », p. 119-120.

119. Anna Battigelli, « "To conclude aright within ourselves": Narcissus Luttrell and the burden of the Protestant reader », dans *The Reader revealed*, éd. Sabrina Alcorn Baron (Washington, Folger Shakespeare Library, 2001), p. 75-83 (ici p. 76).

120. Jackson, *Marginalia*, p. 26-27, 30-31. Voir aussi les notes en exergue de Swift, par exemple sur Bodin, Hérodote et Thomas Herbert (*Miscellaneous and autobiographical pieces*, p. 243, 244).

121. 2 vol. (Paris, Imprimerie royale, 1750, BV907) ; *CN*, t. 2, planche 12.

122. Toulouse, s.n., 1756, BV648 ; *CN*, t. 2, planche 18.

123. La Haye, s.n., 1726, BV702 ; *CN*, t. 2, planche 19.

Ces suppléments aux titres n'apparaissent que quand Voltaire a du mal à en dire. Qu'il cherche à noter son opinion du livre afin de ne pas oublier ce qu'il en pense, comme Montaigne[124], et certains autres lecteurs qui laissent une appréciation plus détaillée ou plus nuancée, est douteux. V. Liublinski hésitait à proposer une explication pour l'étiquette « livre dangereux », en jugeant qu'il est difficile de savoir si Voltaire faisait de l'ironie, si les mots servaient un but pratique ou s'ils constituent simplement un jugement sévère[125], mais risquons une hypothèse. Nicholas Cronk a conclu que parfois Voltaire annote un livre afin de l'offrir à un tiers[126]. Les notes marginales n'étaient donc pas vouées au secret du cabinet. D'ailleurs, nous l'avons déjà vu, Voltaire montrait ses livres à ses invités (p. 10, 12), et on a assez cité, dans divers articles sur les *marginalia* de Voltaire, les lettres où il en parle à ses correspondants, éveillant leur intérêt, créant un horizon d'attente (D13737, D18067, etc.). Si Voltaire se livre à des insultes et à des fantaisies sur les pages de titre de sa bibliothèque, il fait comme Ezra Pound qui écrit sur la page de garde d'un livre qu'il a acheté de seconde main : « *Some damn fool had this book before I bought it. I am not responsible for the notes in his handwriting*[127]. » Il s'agit d'une déclaration à l'intention d'un futur lecteur, de ses proches, des inconnus, de tous ceux qui se recueilleront devant les livres du célèbre écrivain et les traiteront comme des reliques. Mais aussi il peut y avoir une dimension stratégique ; deux éditions du *Recueil nécessaire*, publié sous l'égide de Voltaire lui-même et contenant de nombreux textes de lui, portent les mentions « c'est un ouvrage tres pernicieux », et « livre dangereux[128] ». Si jamais Voltaire avait ressenti le besoin de « prouver » que ce recueil n'était pas de lui, il avait les pièces à portée de main. Ces déclarations se placent à l'endroit le plus visible mais, cachées plus secrètement entre les pages, il y aura d'autres traces à fonction similaire pour celui qui saura les trouver et les lire comme telles.

## Matériaux à caractère autobiographique

On connaît depuis 1982 les remarques et corrections qui agrémentent les *Lettres de M. de Voltaire à ses amis du Parnasse*[129], qui relèvent d'une volonté de rétablir les faits : en marge de cette édition de prétendus extraits de

---

124. *Essais*, livre II, ch. 10, « Des livres ».

125. « Маргиналии Вольтера », p. 120.

126. « Les notes marginales de Voltaire : quel est le lectorat visé ? », p. 763-777. Voir aussi N. Elaguina et O. Ferret, « Le chantier du *Corpus* », p. 128.

127. Cité par Jackson, *Marginalia*, p. 90.

128. Leipzig, s.n., 1765 [Genève, Cramer, 1766], BV3748 ; Londres [Amsterdam], s.n., 1768, BV3750. Voir *BV*, p. 930-931.

129. Voir Jeroom Vercruysse, « Voltaire correcteur de ses *Lettres de Monsieur de Voltaire à ses amis du Parnasse* (1766) », *SVEC* 201 (1982), p. 67-79.

sa correspondance, probablement produite par Jean-Baptiste Robinet, Voltaire affirme qu'« il n'y a jamais eu de chevalier de bruant », que « cette lettre nest point / de M de voltaire / et ne peut en etre », que « je ne scais qui est Mr / douchet » (biffée), que « toutte cette lettre est / falsifiée », etc.[130]. L'exemplaire, apparemment échoué à Bruxelles après une fuite de la bibliothèque de Voltaire en Russie (car le livre porte le tampon de la bibliothèque de Tomsk, en Sibérie occidentale) a dû constituer une première étape de l'exercice de témoignage dont l'*Appel au public contre un recueil de prétendues lettres de Monsieur de Voltaire* a été l'aboutissement. Hormis une note biffée (citée ci-dessus), l'exemplaire ne contient aucune remarque à la première personne, mais ce n'est pas le cas ailleurs dans la bibliothèque de l'écrivain.

À la différence des notes de Stendhal, dont nous avons vu que les marges de ses livres constituent un espace propice pour des notations intimes, de l'ordre du journal, les notes de Voltaire qui tombent dans cette catégorie ne dévoilent pratiquement rien que nous n'étions pas en mesure de savoir déjà, mais il reste qu'elles sont formellement autobiographiques dans la mesure où elles parlent de lui à la première personne du singulier. Nous allons voir, cependant, que le but est généralement loin d'être personnel. Au sens strict, ce sont des notes dialogiques : à Buffon, qui discourt sur la formation des idées par la sensation, Voltaire déclare en marge : « eh morbleu jay / fait des vers / en songe et / baucoup », ce qui nous renseigne un peu malgré tout sur sa vie de poète et sur sa facilité à versifier[131]. Souvent, toutefois, le « je » dans les notes marginales, très discret, semble être la marque des notes ostensibles laissées pour la postérité[132].

---

130. *Lettres de M. de Voltaire à ses amis du Parnasse* (Genève, s.n., 1766), p. [1], 73, 102, 112, exemplaire conservé à Bruxelles, Bibliothèque royale de Belgique, cote L.P. 5.481 A. Sur cette publication et les réactions qu'elle provoqua chez Voltaire, voir l'édition de John R. Iverson de l'*Appel au public contre un recueil de prétendues lettres de Monsieur de Voltaire* (*OCV*, t. 60C, p. 219-264).

131. *Histoire naturelle*, t. 4, p. 62 ; *CN*, t. 1, p. 611. Nous pouvons rapprocher cette déclaration de plusieurs textes où Voltaire évoque des poètes qui font des vers en dormant : dans l'article « Songes » du *Dictionnaire philosophique* (1764 ; *OCV*, t. 36, p. 532), dans un article de la *Gazette littéraire de l'Europe* publié la même année (*OCV*, t. 58, p. 221-223), repris à l'article « Somnambules et songes » des *Questions sur l'Encyclopédie* (1774 ; *OCV*, t. 43, p. 283), ainsi que dans *De l'âme* (1774 ; *OCV*, t. 76, p. 252). Sans cette note marginale on n'aurait pas nécessairement soupçonné la présence dans ces textes d'un élément autobiographique.

132. Une possible exception à la règle sont les signets insérés dans le *Journal encyclopédique* et annotés « ma lettre / a labbé d'olivet / sur corneille »,

Le tableau ci-dessous contient un échantillon de ce genre de note, mais non pas chaque occurrence. Nous vérifions dans chaque cas les affirmations de Voltaire.

| *Textus* | Note de Voltaire |
|---|---|
| *Vidi ego, quod fuerat quondam solidissima tellus / Esse fretum ; vidi fractas ex aequore terras ; / Et procul à pelago conchae jacuere marinae, / Et vetus inventa est in montibus anchora summis* [...] | jay traduit ces vers d'Ovide il y a quarante ans[133]. [...] |
| [...] il n'y a aucune cause naturelle qui puisse produire sur la surface entière de la terre la quantité d'eau qu'il a fallu pour couvrir les plus hautes montagnes [...] | jai dit tout / cela il y a / plus de quaran / te ans, et je / ne me suis / point fait / valoir[134] |
| Nous existons donc sans savoir comment, et nous pensons sans savoir pourquoi [...] | je lay dit cent fois / sans savoir comment / mais non pas sans / savoir pourquoi / car nous pensons / pr agir[135] |
| [...] on affecta de regarder la conduite du Duc de Nortfolck dans cette affaire, comme une récidive, il fut condamné à perdre la tête [...] | nota / bene / que jay / eu raison / de dire / que cest / au bou / reau a / ecrire / lhistoire / d'angleter / re[136] |

« ma lettre a / m thomas », « une de mes / lettres » (1er octobre 1761, p. 116-117, 1er novembre 1764, p. 120-121, 15 octobre 1769, p. 300-301 ; *CN*, t. 4, p. 622, 626, 627). Il s'agit là probablement de notes repères pour son usage personnel, car dans le *Journal encyclopédique* les lettres sont bien signalées comme étant de Voltaire.

133. Dans Buffon, *Histoire naturelle*, t. 1, p. 64 ; *CN*, t. 1, p. 561. En effet, une traduction de ces vers est imprimée dans les *Éléments de la philosophie de Newton*, 3e partie, ch. 2 (*OCV*, t. 15, p. 478).

134. Dans Buffon, *Histoire naturelle*, t. 1, p. 199 ; *CN*, t. 1, p. 572. On trouve la même idée exprimée dans *Éléments de la philosophie de Newton*, 3e partie, ch. 3 (*OCV*, t. 15, p. 475-476 et variantes).

135. Dans Buffon, *Histoire naturelle*, t. 2, p. 4 ; *CN*, t. 1, p. 585. Voltaire a exprimé des idées similaires, par exemple dans le *Traité de métaphysique*, ch. 3 et 5 (*OCV*, t. 16, p. 442-443, 449-450).

136. Dans Gabriel-Henri Gaillard, *Supplément à l'Histoire de la rivalité de la France et de l'Angleterre*, 4 vol. (Paris, Moutard, 1777, BV1420), t. 2, p. 240 ; *CN*, t. 4, p. 43. Voltaire a bien écrit ces paroles dans l'article « Supplices » des *Questions sur l'Encyclopédie* (*OCV*, t. 43, p. 328).

| | |
|---|---|
| [...] qui fait ramper ce ver avec orgueil sur la surface de la terre [...] | phrase / prise / de moy[137] |
| [...] ils comparent l'Âme au timbre d'une montre [...] | de moy[138] |
| [...] *la lubricité des femmes est si grande à Patane, que les hommes sont contraints de se faire de certaines garnitures pour se mettre à l'abri de leurs entreprises.* | jay deja / ecrit / contre / cette / ridicule / assertion[139]. |
| *Presumptuous Man! the Reason would'st thou find / Why form'd so weak, so little, and so blind? / First, if thou can'st, the harder reason guess / Why form'd no weaker, blinder, and no less?* | jay dit cela il y a quarante / ans[140] |
| [...] Il n'est pas permis pendant 18 mois aux garnisons de Tournay et de Dendermonde, de faire aucune fonction militaire en aucun lieu de la terre. | tout / cela / est de / moy / jecrivis / cette / lettre[141] |

137. Dans La Mettrie, *Histoire naturelle de l'âme* (Oxford, aux dépens de l'auteur, 1747, BV1894), p. 4 ; *CN*, t. 5, p. 168. Dans l'« Épître dédicatoire de M. Fawkener », publiée avec *Zaïre*, Voltaire écrit en effet que les petits-maîtres « sont l'espèce la plus ridicule, qui rampe avec orgueil sur la surface de la terre » (*OCV*, t. 8, p. 393).

138. Dans le même ouvrage, p. 47 ; *CN*, t. 5, p. 169. On trouve des idées similaires dans les *Éléments de la philosophie de Newton* (1re partie, ch. 6 ; *OCV*, t. 15, p. 228) et dans *Micromégas* (ch. 7, *OCV*, t. 20C, p. 101), même si dans les deux cas Voltaire paraphrase Leibniz.

139. Dans Linguet, *Théorie des lois civiles*, 2 vol. (Londres [Paris], s.n., 1767, BV2136), t. 1, p. 401-402 ; *CN*, t. 5, p. 420. L'article « Femme » des *Questions sur l'Encyclopédie* comporte en effet une critique de cette phrase de Montesquieu (*OCV*, t. 41, p. 356), mais ce texte de Voltaire est de 1771 et mentionne explicitement l'ouvrage de Linguet. C'est possible qu'il l'ait relu après cette date.

140. Pope, « épître à Bolingbroke », *The Works*, 2 vol. (Londres, Lintot, 1717-1735, BV2792), t. 2, p. 11 ; *CN*, t. 7, p. 130. Voltaire pense peut-être à la treizième des *Lettres philosophiques*, « Sur M. Locke », ou encore au *Traité de métaphysique*, composé lui aussi en 1733. Cela va sans dire que ces textes sont postérieurs aux vers de Pope.

141. Dans Jean-François baron de Spon, *Mémoires pour servir à l'histoire de l'Europe, depuis 1740 jusqu'à la paix générale*, 3 t. en 4 vol. (Amsterdam, Compagnie, 1749, BV3205), t. 3, 1re partie, p. 50. Voltaire fait allusion aux *Représentations aux États-Généraux de Hollande* (*OCV*, t. 28B, p. 411-414). À part la phrase que nous avons citée, les deux textes sont très dissimilaires.

Ce ne sont certes pas des apostrophes à l'endroit du futur lecteur inconnu, telle la déclaration mi-agressive, mi-défensive d'un Jean-Jacques qu'on trouve dans un volume de Montaigne[142]. Les notations de Voltaire sont éparses et, nous l'avons dit, discrètes, mais il nous semble qu'il s'agit de témoignages, de traces de sa propre présence dans le monde littéraire et dans l'histoire. Il est question de prouver sa primauté, sa supériorité, souvent le fait qu'il aurait développé une pensée bien avant celui qui la propose. L'intention n'est pas de donner des détails exacts : les « quarante ans » de Voltaire peuvent avoir quelque chose de symbolique, sinon de biblique, et il ne date pas ses dépositions, ce qui rend la mention de l'intervalle quelque peu inutile, sauf pour établir que Voltaire a dit la chose en premier, il y a fort longtemps. Nous avons vu que, sauf peut-être dans le cas de Linguet, il écrit de bonne foi. Ces quelques phrases, noyées dans l'énorme masse des notes marginales, participent, à leur façon, à la construction du « moi » voltairien, et surtout à la mise en scène de ce « moi ».

L'examen des matériaux de repérage et de genèse a porté plus loin notre vue d'ensemble sur les méthodes de travail de Voltaire. Il ne crée pas de tables des matières ou d'index manuscrits au début ou à la fin d'un ouvrage, qu'on trouve cependant assez souvent chez d'autres lecteurs. À ceux-ci il préfère l'efficacité des signets annotés, qu'on peut parcourir en un coup d'œil, peut-être en partie à cause des dimensions de sa bibliothèque, qui rendaient peu pratique un système qui obligeait d'ouvrir chaque volume afin de se faire une idée des éléments signalés comme utiles lors de la première lecture. Conjointement, on ne trouve pratiquement pas chez Voltaire des notes presque « scolaires » comme celles de Racine : celles qui nous sont parvenues étant des résumés, des traductions, ou des explications tirées des écrits des autres. Le dialogisme et la recherche d'un style (sur lesquels nous reviendrons au chapitre V) le situent fermement au dix-huitième siècle, tournant dans l'histoire de la note marginale, qui connaissait, après les gloses médiévales, une éclosion riche en potentialités pour les romantiques. La présence indéniable d'éléments stylistiques qui demandent un lecteur autre que le scripteur pour qu'ils soient bien appréciés, apporte d'autres questions.

---

142. D'ailleurs, si Rousseau entendait réellement se faire lire entre les pages de Montaigne ou s'il composait un texte qu'il comptait utiliser ailleurs n'est pas clair. À notre lecteur de juger : « Hommes à talens publics de toute espéce ! Vous pouvez faire ce qu'il vous plaira du J. J. Rousseau qui est entre vos mains : mais pour celui qui est à Montmorenci [je réponds] comme sa conduite y dépend de moi, j'ose répondre que tous ses voisins, tous les gens simples et droits qui le connoissent l'aimeront et l'estimeront de son vivant et le regretteront peut-être après sa mort » (Jean Starobinski, « Rousseau : notes en marge de Montaigne », *Annales Jean-Jacques Rousseau* 41, 1997, p. 11-56, ici p. 16).

Nous avons commencé cet examen des différentes sortes de notes verbales par le constat que Voltaire ne laisse pas de remarques très personnelles ou sans rapport avec le contenu du livre annoté. Les marges de ses livres ne sont pas, il est vrai, le lieu d'un épanchement intime tel qu'on le voit chez Rousseau, précurseur de Stendhal, de Coleridge et des romantiques (Coleridge se servait parfois des livres de ses amis comme espace pour laisser un message personnel, mais presque vide de contenu, une « relique » laissée pour telle[143]). Plusieurs sortes de notes (certaines corrections, les notes « en exergue », les témoignages quasi autobiographiques, et sans doute plusieurs notes dialogiques également) suggèrent qu'un futur lecteur, latent dans l'esprit de Voltaire, était le destinataire ultime d'une partie de ses *marginalia*. Si « clé » il y a aux notes marginales, nous croyons la toucher ici. William Slights observe que « [t]*he centrifugal and centripetal forces at work in the margins remain in a state of tension*[144] ». Slights évoquait la nature de chaque note individuelle. Nous aimerions emprunter cette image pour caractériser la bibliothèque entière de Voltaire. Certaines notes repères, centrifuges, tendent vers des textes encore à écrire (et, placées sur des signets, sortent littéralement, matériellement, des limites physiques du volume) ; d'autres, au contraire, les notes dialogiques et les notes « en exergue », centripètes, se focalisent sur le *textus*, à la fois sur sa totalité et sur des points de détail, mais en même temps elles attendent les lecteurs posthumes, prêtes à participer à la future gloire de Voltaire.

Nous avons vu que les chiffres en marge du *textus* sont proportionnellement plus fréquents dans les ouvrages de langue étrangère, et il a été question également de corrections en anglais et en italien. Que ressort-il des lectures de Voltaire si nous les tranchons par langue ?

## Les langues de la lecture

La bibliothèque de Voltaire est riche en langues. Outre le français, elle contient des livres écrits en anglais (226[145]), en italien (185[146]),

---

143. Ainsi il annote un livre appartenant à Charles Lamb : « I will not be long here, Charles! — & gone, you will not mind my having spoiled a book in order to leave a Relic » (Jackson, *Marginalia*, p. 7).

144. William W. E. Slights, *Managing readers: printed marginalia in English Renaissance books* (Ann Arbor, University of Michigan Press, 2001), p. 64.

145. Aux 169 livres qu'on compte dans le catalogue *BV*, il faut ajouter 57 titres retrouvés dans les fonds de la Bibliothèque nationale de Russie par Larissa Albina, Serguei Karp et Sergueï Korolev.

146. 150 dans *BV* ; 35 dans la liste définitive des trouvailles établie par Korolev et qui sera publiée dans le tome 9 du *Corpus* (*OCV*, t. 144).

en latin (178[147]), en allemand (23), en espagnol (21[148]), en grec (14), en polonais (6), en néerlandais (2[149]). Il s'agit dans certains cas d'éditions bilingues, par exemple latin-grec, latin-français (nous n'avons pas inclus dans le compte les traductions des écrits de Voltaire lui-même[150]). Voltaire possède également de nombreux dictionnaires, dont certains ont plus servi que d'autres. Parmi ces livres en langue étrangère se trouvent sans doute plusieurs cadeaux, sinon la présence de quelques-uns dans la bibliothèque de Voltaire serait inexplicable : les traductions polonaises d'Anacréon, de Claude, d'Horace, de Tacite et de Virgile, et cette paraphrase du livre de Joël de Szymon Szymonowicz, *Joël, prorok starozakonny* (Varsovie, Gröl, 1772, BV3234). Si nous pouvons être relativement sûre que Voltaire ne fit pas plus que de jeter un rapide coup d'œil sur celui-ci, ou le *Aan de koninginne van Hongaryen* de Willem van Haren (Harlingen, 1742, BV1594), en revanche plusieurs livres en latin, en anglais, en italien et en espagnol contiennent des traces de lecture dont le témoignage peut être instructif pour qui veut comprendre les pratiques de lecture de Voltaire et ses compétences linguistiques.

---

147. Nous n'avons pas pu examiner toutes les traductions de Cicéron, de Lucrèce, de Térence, etc. possédées par Voltaire pour être sûre qu'il s'agit d'éditions bilingues, mais nous ne les avons pas éliminées. Aux 170 ouvrages mentionnés dans *BV,* dont ces traductions peut-être doublées de textes originaux, il faut en ajouter 8 retrouvés à la BnR (Korolev).

148. 19 dans *BV* ; 2 dans Korolev.

149. Les chiffres sont dans certains cas approximatifs, car il est parfois difficile en se fondant sur le seul titre d'établir avec certitude si telle édition de Démosthène ou d'Homère contient le texte grec en plus de la traduction ou non. Nous avons éliminé les dictionnaires et les grammaires, les considérant comme étant des outils permettant de lire des ouvrages et non comme des ouvrages indépendants. Puis, dans le cas de John Stevens, *A New Spanish Grammar* (Londres, 1725, BV3213), faut-il le ranger parmi les livres en anglais ? Les livres en espagnol ? Les deux ? Nous avons préféré écarter ces outils linguistiques. Il est possible que les chiffres obtenus par les éditeurs du *CN* prennent en compte ces dictionnaires, car leurs statistiques diffèrent un peu des nôtres. Toutefois les proportions entre les langues restent globalement similaires : on y recense 4,5 % de la bibliothèque comme étant en anglais, 3,5 % en latin et 3,5 % en italien, 22 volumes en allemand, 9 en espagnol, 7 en polonais, 8 en grec, 2 en néerlandais, 1 en hébreu, avec 11 éditions bilingues ou en plusieurs langues (*CN*, « Introduction », t. 1, p. 28).

150. Il y en a 4 anglaises, 16 italiennes, une espagnole. Une cinquième traduction anglaise, *Zobeide, a tragedy*, a été trouvée par S. Korolev (BnR, 33.1c.2.22).

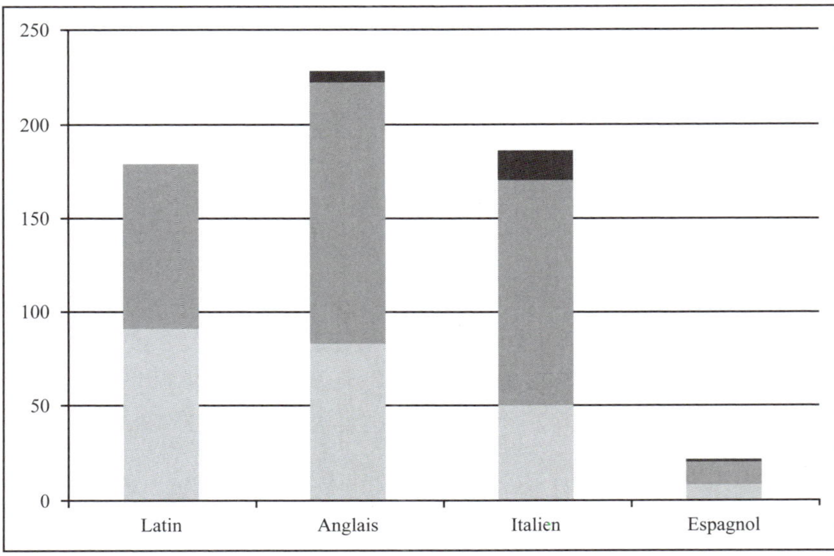


Fig. 5 : Les livres en langue étrangère de la bibliothèque de Voltaire

Le tableau ci-dessus permet de voir la distribution dans la bibliothèque de Voltaire des livres en latin, en anglais, en italien et en espagnol contenant des traces de lecture (il n'y a pas de *marginalia* en allemand). En gris clair (couche inférieure) la proportion des livres en chaque langue avec traces de lecture, en noir (couche supérieure) les quelques titres en chaque langue qui sont des traductions des œuvres de Voltaire. Un peu plus de la moitié des livres en latin sont annotés ; plus ou moins le tiers des livres en anglais et en italien portent des signes de lecture. (Le nombre de livres en espagnol est trop petit pour en tirer des conclusions significatives ; il existe un manuscrit en néerlandais annoté par Voltaire aussi, mais il n'est pas conservé dans sa bibliothèque[151].)

## Apprentissage de la langue

Il ne faut pas oublier que Voltaire était un linguiste plutôt sérieux à ses heures : en attestent trois textes publiés, *An essay on the civil wars of France*, *An essay on epic poetry* (1727) et le *Saggio intorno ai cambiamenti avvenuti su'l globo della terra* (1748), ainsi que le discours *A tellure omnia* (1767), sans compter les nombreuses lettres rédigées en italien (presque

151. Il s'agit d'un document de Pieter Anthonie de Huybert, Heer van Kruiningen, conservé à Leeuwarden (Tresoar : 860 Hs). Voir Kees van Strien, *Voltaire in Holland, 1736-1745* (Louvain, Peeters, 2011), p. 194-197, 444-448.

170, à partir de 1738) et en anglais (105 environ, à partir de 1726), en latin (15, à partir de 1729). Il n'est donc pas étonnant si parmi les notes marginales se trouvent des traces de lecture formulées en langue étrangère. Heureusement il subsiste encore également quelques traces des lectures par lesquelles Voltaire s'est mis à maîtriser l'anglais, l'italien et l'espagnol[152].

Les premières traces qui subsistent de l'apprentissage de l'anglais chez Voltaire semblent être celles des trois volumes du *Present State of Great Britain*, par Guy Miège[153]. L'exemplaire de Voltaire contient des traductions françaises en marge du texte, apparemment le fruit de ses heures de loisir lors de son second embastillement (René Pomeau tire cette conclusion d'une lettre de 1772 adressée à Théophile Duvernet : « Il est très vrai que dans ma seconde retraite à la Bastille, il [Thiriot] me pourvut de livres anglais », D17553[154]). Voltaire traçait une ligne au-dessus du mot anglais avant de noter la signification dans la marge. Il semblerait qu'il disposait à l'époque du dictionnaire anglais-français du même auteur[155], car la grande majorité des traductions en marge du *Present State* se trouve à l'identique dans ce dictionnaire. La question se pose de savoir si les lignes apparaissant au-dessus des mots étaient tracées d'abord dans un premier temps pour identifier les termes qui étaient inconnus à Voltaire, et qu'il revenait par la suite « marginer » le volume à l'aide du dictionnaire. La présence de traces faites au crayon et à l'encre (outils d'écriture dont les enjeux seront évoqués au chapitre II) semblerait démentir une telle hypothèse, car la distinction entre crayon et encre ne coïncide pas avec la distinction entre traits et notes, et tous les mots glosés ne sont pas systématiquement signalés d'un trait.

Nous avons montré ailleurs comment des recherches dans la correspondance de Voltaire permettent de traquer son utilisation des mots appris chez Miège dans les décennies qui suivent[156]. Des notes marginales qui,

---

152. Il avait acquis une solide formation en latin au collège, ainsi que quelques notions de grec. Voir Alexis Pierron, *Voltaire et ses maîtres* (Paris, Didier, 1866), Chantal Grell, *Le Dix-Huitième Siècle et l'Antiquité en France* 1680-1789, *SVEC* 330 (1995). Nous avons examiné ailleurs ses connaissances en grec et le recours systématique qu'il avait au latin quand il avait affaire à un texte en grec (A. Breathe et G. Pink, Introduction, *Commencement du seizième chant de l'Iliade*, *OCV*, t. 80c, p. 373 et n. 21).

153. Londres, Nicholson, 1717-1718, BV2451. Voir A.-M. Rousseau, *L'Angleterre et Voltaire*, *SVEC* 145-147 (1976), p. 43, n. 8 ; V. Liublinski, « Voltaire and his library », *OCV*, t. 136, p. 695-704 (ici p. 702).

154. Voir René Pomeau, Christiane Mervaud, René Vaillot et autres, *Voltaire en son temps*, 2 vol. (Oxford et Paris, Voltaire Foundation et Fayard, 1995), t. 1, p. 162.

155. *The Great French Dictionary* (Londres, Redmayne, 1688, BV2450).

156. Voir G. Pink, « "Stupendous works": Voltaire anglographe dans ses *marginalia* », *Revue Voltaire* 13, p. 129-139 (ici p. 131-132).

d'emblée, pourraient sembler banales et dénuées d'intérêt finissent par fournir la clé des compétences linguistiques de Voltaire et, croisées avec la correspondance, permettent de retracer l'histoire de son usage de mots d'anglais appris avant même de traverser la Manche.

L'apprentissage d'une langue par la lecture est visiblement une méthode que Voltaire avait trouvée efficace, car non seulement son exemplaire du *Present State* contient quelques traductions marginales similaires de la main d'Émilie Du Châtelet[157], mais trois autres ouvrages en langue étrangère ayant subi le même traitement se trouvent dans sa bibliothèque. Il s'agit de l'Arioste, *Delle satire e rime*[158], de Giovanni Della Casa, *Prose et rime* (ouvrage absent de *BV*[159]) et de Cervantès, *Don Quichotte* (*Vida y hechos del ingenioso hidalgo Don Quixote de la Mancha* – ouvrage absent de *BV* et retrouvé en 1987 par L. Albina[160]). Le manuscrit en néerlandais évoqué plus haut (note 151) comprend lui aussi des traductions interlinéaires. Il n'est pas clair si l'objectif dans ce cas était d'apprendre la langue ou simplement de parvenir à lire le document.

L'effet de ces lectures italienne et espagnole se mesure moins nettement que celui de Miège, puisque les mots italiens identifiés en marge sont, en général, plus spécialisés que les termes anglais dont Voltaire a cherché la traduction en français, ce qui explique leur absence de la correspondance, et aucun texte de Voltaire en espagnol, si une telle chose a jamais existé, n'a survécu. Une conclusion à tirer est que les mots dont Voltaire consigne le terme français dans la marge ne semblent pas être la trace d'une lecture de débutant, par exemple ces quelques mots notés en marge de *Don Quichotte* : *guenille*, *lange*, *civette*, *troupe de cavalerie*, *housses*, *mulets*[161]. Mais la complexité du vocabulaire est également un signe des lectures que Voltaire choisissait de faire. Si les lectures en langue étrangère que nous sommes en mesure d'examiner aujourd'hui étaient précédées par des textes moins littéraires, sa bibliothèque n'en conserve plus la trace. Voltaire n'aimait pas perdre du temps et cela ne nous paraîtrait pas incongru par rapport à ce que nous savons de lui s'il s'était évertué à déchiffrer un ouvrage qu'il avait réellement envie de lire plutôt que de commencer par des textes inintéressants et plus abordables. Cette conclusion est appuyée par ce passage des *Mémoires* de Voltaire, où il décrit sa façon d'enseigner les langues :

---

157. *CN*, t. 5, p. 627, 635, 640.

158. Hambourg, Vandenhoek, 1732, BV101 ; *CN*, t. 1, p. 108-114.

159. Paris, Davitte, 1727 ; *CN*, t. 4, p. 670-671. Saint-Pétersbourg, BnR : 6.17.7.49.

160. 4 vol. (La Haye, Gosse et Moetjens, 1744) ; *CN*, t. 4, p. 665-670. Saint-Pétersbourg, BnR : 6.30.8.4.

161. *CN*, t. 4, p. 666-667.

> J'enseignai l'anglais à Mme Du Châtelet qui au bout de trois mois le sut aussi bien que moi, et qui lisait également Loke, Newton et Pope. Elle apprit l'italien aussi vite, nous lûmes ensemble tout le Tasse et tout l'Arioste, de sorte que quand Algaroti vint à Cirey où il acheva son *Neutonianismo per le dame*, il la trouva assez savante dans la langue pour lui donner de très bons avis dont il profita[162].

La façon dont Voltaire s'y prit pour enseigner l'anglais ressemble fort à la méthode qu'il avait suivie lui-même à Wandsworth : le quaker avec lequel il suivait des espèces de cours particuliers, Edward Higginson, lui faisait lire à voix haute le journal *The Spectator*[163].

Cette catégorie de notes confirme aussi la façon dont Voltaire s'y prenait pour apprendre les langues et pour travailler en général. Comparons ces notations éparses aux remarques de Racine sur Pindare et Homère. Plus longues et plus soigneusement rédigées (et notées dans un cahier), les « remarques » de Racine constituent un commentaire plus scolaire et moins varié que les notes marginales de Voltaire. Il est le plus souvent question de traductions, de résumés et de commentaires puisés chez les scoliastes[164]. En général les traductions sont des phrases complètes, voire des versions de strophes entières, quoiqu'il puisse arriver à Racine de noter un membre de phrase, par exemple « Καλλιπλοκάμῳ θ' Ἑλένᾳ », qu'il glose simplement « Hélène aux beaux cheveux[165] ». Dans ses notes marginales à proprement parler, le travail sur la langue et les explications continuent à jouer un rôle important, bien qu'elles comptent aussi des commentaires plus originaux sur l'art poétique. Autant les notes de Racine donnent une impression de travail soigné, repris, réfléchi, autant les quelques mots griffonnés en marge par Voltaire semblent témoigner d'une volonté de lire et d'apprendre à la va-vite. Tout comme son système de « gestion des données » (pour employer sciemment un anachronisme) est en général moins élaboré et demande moins de temps que ceux mis en place par beaucoup d'auteurs, Voltaire travaille en suivant le principe du strictement utilitaire. Il s'investit moins dans l'infrastructure, dans les échafaudages de sa bibliothèque et de ses notes, et l'ampleur de sa production littéraire en témoigne.

---

162. *Mémoires pour servir à la vie de Monsieur de Voltaire* (*OCV*, t. 45c, p. 314).

163. David Williams, « Introduction » à l'*Essay on epic poetry* (*OCV*, t. 3b, p. 144).

164. P. Mesnard, « Notice », *Œuvres de J. Racine*, 9 vol. (Paris, Hachette, 1865-1932), t. 6, p. 3-8 (ici p. 5). Les carnets (*Notebooks*) de Voltaire sont beaucoup plus complexes et hétéroclites comme recueils de notes, bien qu'il s'agisse souvent de notes de lecture. Nous y reviendrons au chapitre IV.

165. Pindare, ode 3 ; *Œuvres de J. Racine*, t. 6, p. 22.

## Emploi de la langue étrangère

« Quelque langue que parlent mes livres, je leur parle en la mienne », déclarait Montaigne[166]. L'attitude de Voltaire est toute différente : bien qu'il griffonne plusieurs de ses notes repères en français, il lui arrive de passer dans la langue de sa lecture. Swift aussi pratiquait des annotations dans la langue de l'imprimé, et Schopenhauer avait cette même habitude : « l'exemple le plus frappant étant les nombreuses annotations en latin à l'*Éthique* de Spinoza[167] ». Dans le cas de Voltaire, *The History of the revolutions in the Empire of Morocco*, de John Braithwaite[168], *The Anatomy of the Human Body* de William Cheselden[169], et *The History of the reign of the emperor Charles V* de William Robertson[170] contiennent tous des signets annotés en français, mais le *Spicilegium SS. patrum* de Grabe[171], des éditions d'Horace[172] et d'Ovide[173] recèlent des signets repères en latin, tout comme un signet dans les *Entretiens sur divers sujets d'histoire, de littérature, de religion et de critique* de Mathurin Veyssière de Lacroze qui porte quelques mots d'espagnol empruntés à une citation dans le *textus*[174].

Somme toute, l'emploi de la langue anglaise dans les *marginalia* n'est pas bien riche, mais l'emploi du latin est encore plus restreint : des nombreux livres en latin qui conservent la trace de Voltaire, la plupart ne bénéficient que de signets, de traits et de cornes. Voltaire, cela se comprend, avait moins tendance à apostropher ou à critiquer des auteurs de l'Antiquité, dont les écrits constituent une partie importante des ouvrages en latin de sa bibliothèque. Un apologue chrétien ne peut cependant pas espérer s'en

166. *Essais*, livre II, ch. 10, « Des livres » (*Œuvres complètes*, éd. A. Thibaudet et M. Rat, Paris, Pléiade, 1962, p. 398).

167. Dans son exemplaire des *Six Livres de la République* de Bodin, par exemple, Swift écrivait en français ; dans la traduction latine qu'il possédait d'Hérodote, il a fait une note en exergue en latin (*Miscellaneous and autobiographical pieces*, p. 243, 244) ; Sandro Barbera, « La bibliothèque d'Arthur Schopenhauer » dans *Bibliothèques d'écrivains*, p. 101-120 (ici p. 106).

168. Londres, Barby et Browne, 1729, p. 285, 351, BV534 ; *CN*, t. 1, p. 510-511.

169. Londres, Bowyer, 1740, p. 134, 196, BV745 ; *CN*, t. 2, p. 616.

170. 3 vol. (Londres, Strahan, 1769, BV2996), t. 1, p. 124-125 ; *CN*, t. 7, p. 398-405.

171. 2 vol. (Oxford, Owen, 1700, BV1509), t. 1, p. 15 ; *CN*, t. 4, p. 164-175.

172. 10 vol. (Amsterdam, Wetstein, 1727, BV1678), t. 2, p. 42, 58 ; *CN*, t. 4, p. 499.

173. 3 vol. (Leyde, Leffen, 1662, BV2628), t. 1, p. 500, 587, etc. ; *CN*, t. 6, p. 204-208.

174. Cologne [Amsterdam], Marteau, 1733, p. 47, BV3435.

tirer à si bon compte, surtout lorsqu'il se fait historien : « comment les / romains auraient / ils aboli les / sacrifices hu / mains chez / les gaulois et / en afrique, / si eux mêmes / en avaient été / coupables », Voltaire jette en marge de Minucius Felix[175]. Mais c'est une exception, comme Platon, dont Voltaire attaque le raisonnement dans ses écrits publiés[176], et qui reçoit l'aparté « entend / qui / peut » en marge[177]. Ces quelques réactions de Voltaire, si rares soient-elles dans les livres en latin, sont rédigées en français.

Les lectures anglaises et italiennes nous offrent au moins quelques notes dialogiques où Voltaire s'exprime dans la langue du *textus*. Le volume où l'on trouve le dialogue le plus prolongé entre Voltaire et le *textus* est celui des épîtres de Pope[178]. Les dix premières pages environ (ce qui correspond à la première épître de l'*Essay on man*) ont fait l'objet d'une lecture engagée. Sur ces pages, il y a deux notes par page en moyenne, et par endroits le texte est émaillé de réactions : objections, commentaires sur le style, sarcasmes. À en juger par l'aspect de l'écriture (rythme, taille des caractères, couleur de l'encre), ces notes sur la première épître seraient le fruit d'une même lecture, où Voltaire écrit tantôt en anglais, tantôt en français (voir illustration 6). Il est significatif que les dix-huit notes des deux langues (dont exactement neuf en anglais et neuf en français) soient toutes du même ton. Voltaire raille gentiment un auteur qu'il a connu et fait montre d'un esprit alerte en prêtant une grande attention aux conséquences de chaque affirmation du poète. Mais ceci n'est pas la première découverte de ce texte : George Havens et Nicholas Cronk l'ont déjà constaté, la notation « jay dit cela il y a quarante / ans[179] » (déjà citée plus haut), si elle n'est pas à interpréter littéralement, signifie au moins que cette lecture date probablement d'après l'installation à Ferney en 1758[180]. L'édition de Pope est publiée entre 1717 (le tome 1) et 1735 (le tome 2), ce qui n'aide guère à rétrécir la fourchette de dates possibles.

---

175. *M. Minucii Felicis Octavius, et Caecilii Cypriani De idolor. Vanitate* (Paris, Du Puis, 1643, BV2463), p. 91 ; *CN*, t. 5, p. 648.

176. Notamment dans l'article « Aristote » des *Questions sur l'Encyclopédie* (*OCV*, t. 39, p. 1-2).

177. *Divini Platonis Opera omnia* (Lyon, Vincent, 1567, BV2751), p. 476 ; *CN*, t. 6, p. 433.

178. *The Works of M. Alexander Pope* ; voir *CN*, t. 7, p. 129-37. Voir aussi N. Cronk, « Sur la difficulté de lire les *marginalia* de Voltaire : l'exemple de Pope », *Revue Voltaire* 10 (2010), p. 179-190.

179. *CN*, t. 7, p. 130,

180. N. Cronk, « Sur la difficulté de lire les *marginalia* de Voltaire : l'exemple de Pope » p. 181.

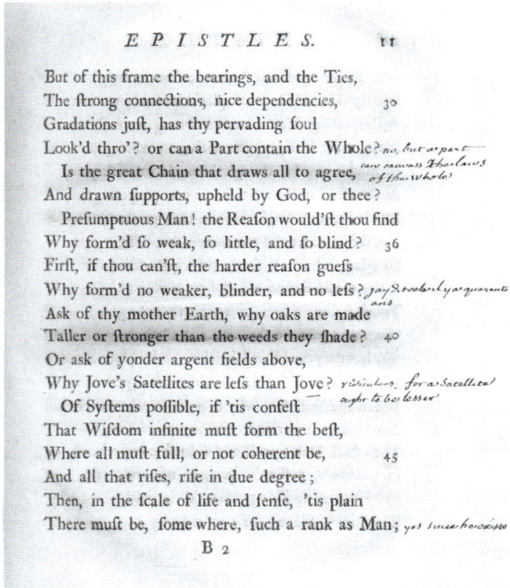

EPISTLES. 11

But of this frame the bearings, and the Ties,
The ſtrong connections, nice dependencies,
Gradations juſt, has thy pervading ſoul
Look'd thro'? or can a Part contain the Whole?
Is the great Chain that draws all to agree,
And drawn ſupports, upheld by God, or thee?
Preſumptuous Man! the Reaſon would'ſt thou find
Why form'd ſo weak, ſo little, and ſo blind?
Firſt, if thou can'ſt, the harder reaſon gueſs
Why form'd no weaker, blinder, and no leſs?
Ask of thy mother Earth, why oaks are made
Taller or ſtronger than the weeds they ſhade?
Or ask of yonder argent fields above,
Why Jove's Satellites are leſs than Jove?
Of Syſtems poſſible, if 'tis confeſt
That Wiſdom infinite muſt form the beſt,
Where all muſt full, or not coherent be,
And all that riſes, riſe in due degree;
Then, in the ſcale of life and ſenſe, 'tis plain
There muſt be, ſome where, ſuch a rank as Man;

B 2

Fig. 6 : Notes en anglais et en français dans Pope,
*The Works*, t. 1, p. 11

Ce n'est pas qu'en anglais que Voltaire réagit en marge de sa bibliothèque[181], toutefois, de toutes les langues étrangères, c'est celle qui a le beau rôle. Trois minces notes dans son exemplaire de Machiavel[182] le montrent en dialogue avec le stratégiste florentin. « Per che », et « falso », s'exclame-t-il, remettant en question le *textus*[183]. L'unique note où il ajoute une véritable observation est là où, dans *L'Art de la guerre*, Fabrice affirme qu'il n'est pas toujours possible de faire la guerre, d'en payer continuellement les frais. Voltaire note en marge : « si puo / perdio » : « Ciel [littéralement : par Dieu], comment la chose serait-elle possible[184] ». Il a beau maîtriser un italien élégant comme le montre la correspondance, ses interventions dans cette langue parmi les *marginalia* s'avèrent bien peu de chose. Malgré quelques notes en anglais qui ressemblent aux « échanges » auxquels Voltaire se livre en marge de maints auteurs français, les notes en langue étrangère ont tout de même tendance à reprendre des mots du texte : ce sont les notes repères qui dominent ; peu nombreuses sont celles qui laissent transparaître les réactions de Voltaire.

181. Pour d'autres exemples de notes marginales en anglais, voir notre article « "Stupendous works": Voltaire anglographe dans ses *marginalia* », p. 133-139.

182. *Opere di Nic. Machiavelli*, 4 parties (La Haye, [s.n.], 1726, BV2242).

183. 4e partie, p. 16, 18 (*CN*, t. 5, p. 472).

184. 4e partie, p. 13 (*CN*, t. 5, p. 472).

Les langues de l'annotation, quand elles sont plusieurs à coexister à l'intérieur d'un seul ouvrage, peuvent être révélatrices quant à la distinction des strates de lecture, tout comme la couleur de l'encre ou l'usage du crayon. Nicholas Cronk, en étudiant les notes que Voltaire a laissées en marge de Pope, a raison d'être prudent au sujet de la chronologie relative des notes en français et en anglais : « Rien ne prouve, bien sûr, que Voltaire ait écrit ces notes d'une traite, comme le veut croire G. Havens[185] », quoique, nous l'avons vu, l'aspect de l'écriture tende à confirmer l'opinion de Havens. Nous oserons aller plus loin dans le cas des notes de Voltaire dans *La Gerusalemme liberata* du Tasse[186], qui nous semble porter les traces de deux lectures distinctes : une où Voltaire annote en italien (vingt-deux notes, accompagnées de traits en marge), et une autre dont les seules trois notes sont en français. Autant les notes en italien révèlent une lecture sérieuse et des réflexions sur le genre du poème épique et le style, autant les notes en français sont désinvoltes : Voltaire commente une illustration du chant IV des damnés en enfer : « quels / pau / vres / diab / les ! » et en marge du chant V laisse deux commentaires dialogiques, le premier où il s'adresse à Renaud, pour lui reprocher d'accuser Gernand d'avoir menti : « tu en as menti / cela est il bien / noble ? » et le second, à côté de la strophe suivante, au poète : « pourquoy en / faire un poltron[187] ? ». L'examen du volume renforce cette hypothèse, car l'écriture des notes en français est plus fine. Bien que nous hésitions à dater les notes en italien d'avant l'*Essai sur la poésie épique* (1733), on y retrouve tout compte fait certaines des mêmes préoccupations, notamment la pertinence de l'histoire d'Olindo et de Sophronia, amorcée au chant II et dont il ne sera plus question par la suite, la comparaison des mérites de l'Arioste et du Tasse, et le caractère déplacé de bons mots ou de répliques spirituelles dans la grande poésie[188].

Dans certains cas on trouve des notes dont la langue n'est ni le français ni celle du livre. Voltaire se livre à des acrobaties linguistiques. Les notes en anglais d'Émilie Du Châtelet[189] et de Voltaire inscrites sur des signets placés entre les pages du *Commentaire littéral* d'Augustin Calmet sont

185. N. Cronk, « Sur la difficulté de lire les *marginalia* de Voltaire : l'exemple de Pope », p. 185.

186. Gênes, Pavoni, 1617 (Saint-Pétersbourg, BnR : 6.65.1.18).

187. Pages 34, 50.

188. Pages 54, 69, 71, 78 ; cf. *OCV*, t. 3B, p. 359-360, 461, 542.

189. En 2003, François Bessire laisse planer un doute sur l'identification de certaines notes comme étant de la main de Du Châtelet, alors qu'en 1992 il les acceptait comme authentiques : voir « Les marges des bibles de Voltaire », p. 47, n. 11, et « Voltaire lecteur de dom Calmet », *SVEC* 284 (1991), p. 139-177 (ici p. 139). Nous ne voyons aucune raison pour douter de la conclusion de Larissa Albina sur la question.

sans doute les plus connues, mais il s'agit pour Voltaire de notes repères[190], malgré le caractère discursif des annotations d'Émilie Du Châtelet[191]. Nous l'avons dit ailleurs, l'anglais était la langue emblématique de leur relation ; aussi ne faut-il pas trop s'étonner du fait qu'ils aient l'un et l'autre écrit en anglais ; que les bribes d'anglais qui nous sont parvenues soient rattachées à un ouvrage en latin et en français, voilà qui peut surprendre.

Plus difficiles à s'expliquer, deux notes en italien surviennent en marge de l'*Histoire naturelle* de Buffon. Voltaire en a vraisemblablement commandé le premier tome vers le mois de mai 1749, selon l'estimation de Besterman[192] (D3926). C'est pourtant de 1750 que date son édition. Le premier tome est de loin le plus annoté, et contient une centaine d'annotations de tous genres, dont les deux en italien : « o la pazzia / di sisteme ! » et « o che Pazzia ! » (*Ah, la folie des systèmes !* et *Ah, quelle folie*[193] *!*). Comment interpréter ces notes ? Si Voltaire reçut réellement le volume en 1750, ou bien il était sur le point de partir pour l'Allemagne ou bien il y était déjà. Se peut-il qu'il fît une lecture « marginante » de Buffon après 1752, l'année où Collini devint son secrétaire[194] ? Les lettres italiennes échangées avec Marie-Louise Denis datent d'avant 1750 et il est douteux que Voltaire pensât à elle lors de ses lectures sur la formation du globe.

Un indice pour expliquer ces mots peut être fourni par un signet placé dans les *Œuvres* de François Thévenin, chirurgien ordinaire du roi[195]. À première vue une plaisanterie bilingue frôlant l'obscène, les mots « monarkos / podex » sont inscrits sur un signet marquant une page du « Dictionnaire étymologique des mots grecs servants à la médecine ». À l'entrée « *Archos, anus, podex* », nous apprenons que ces mots signifient « le trou du cul. Il se prend aussi pour l'intestin droit ; de *archi* Prince ou premier, d'autant qu'il semble être le commencement et origine de tous les intestins[196] ». Le mot grec « monarkos » est le prolongement dans l'esprit de Voltaire de « *archos* ». Cela dut l'amuser de trouver à cette entrée le lien étymologique entre souveraineté et scatologie. Nous ignorons à quelle époque Voltaire

190. *Commentaire littéral*, t. 9, p. 182 (1 Samuel, 13, 19), p. 321 (1 Samuel, 25, 1) (*CN*, t. 2, p. 61).

191. Tome 1, p. 94 (Nombres, 10, 33), p. 115 (Nombres, 12, 3), t. 7, p. 63 (Juges, 4, 21) (*CN*, t. 2, p. 22-23, 58).

192. Il ne semble cependant pas l'avoir commandé avec succès, car le 30 juillet il écrit à Raynal : « je ferai venir [l'ouvrage] de M. de Buffon » (D3972).

193. *Histoire naturelle*, t. 1 p. 259, 285 (*CN*, t. 1, p. 577, 579).

194. Eugène Bouvy compte comme apport important aux connaissances italiennes de Voltaire le contact et les conversations avec le florentin Collini (*Voltaire et l'Italie*, Paris, Hachette, 1898, p. 11).

195. *Les Œuvres de maître François Thévenin* (Lyon, Carte, 1691, BV3278).

196. Page 307.

a pu produire ce signet. Mais quel lecteur aujourd'hui, en lisant sa transformation de « *archos* » en « monarkos » ne penserait pas que Voltaire vise Frédéric II, avec tout ce que l'on sait des mœurs de ce souverain et des relations parfois épineuses qui existaient entre le roi et le philosophe ?

Rien ne suggère que l'emploi insolite des secondes et tierces langues soit autre chose que le pur plaisir de l'emploi des langues étrangères par quelqu'un qui prisait les connaissances linguistiques et qui devait être assez fier de ses compétences dans ce domaine, comme Hester Piozzi, qui aimait faire étalage de sa maîtrise de plusieurs langues dans ses *marginalia*[197]. Le « monarkos podex », quoiqu'il puisse passer pour note repère, semble afficher une dimension de plaisanterie pour initiés – ou pour au moins un initié, à savoir Voltaire lui-même. Les autres cas, certes rares, où plusieurs langues se rencontrent entre texte et marge, pourraient relever du même phénomène. Voltaire prend plaisir à glisser en virtuose d'une langue à l'autre selon ses humeurs. N'a-t-il pas trouvé savoureuse l'épithète espagnole « los frailes de sodoma » pour parler des jésuites ? Les traces de lecture de Voltaire et de Valéry, malgré les deux siècles qui les séparent, ne sont pas sans ressemblances : signets, pages cornées, trait marginaux simples et doubles, soulignements, critiques stylistiques – autant de pratiques en commun entre les deux poètes. Valéry, qui lisait Dante en italien a écrit « Shouts » ([*cela*] *crie*), en anglais, contre le vers « *Di chel* [*sic*] *che si piangeva con la zanca* » (*La Divina Commedia*, « Inferno », chant XIX, vers 45[198]). S'agit-il de la même impulsion qui poussait Voltaire à s'exclamer « o che Pazzia ! » en marge de Buffon ?

## Les mots des autres

Une dernière pratique de Voltaire qui ressemble, au premier abord, à celle que nous venons d'évoquer, à savoir d'écrire en marge d'un texte des mots d'une autre langue, est celle de juxtaposer avec le texte qu'il lit des citations qu'il connaît par cœur. Dans nos recherches, nous n'avons pas trouvé des occurrences de citations françaises redéployées par Voltaire en marge de ses autres lectures. La principale langue des citations est le latin. Comme il arrive à maintes reprises dans la correspondance, des vers lui viennent spontanément à l'esprit. Dans la marge de l'ouvrage *Aux mânes de Louis XV* de Paul-Philippe Gudin de La Brennellerie, Voltaire cite les *Métamorphoses* d'Ovide : « pauperis est numerare pecus » pour résumer un chapitre qui s'achève sur la liste des

---

197. Heather Jackson, *Romantic Readers : the evidence of marginalia* (New Haven et Londres, Yale University Press, 2005), p. 181.

198. Judith Robinson-Valéry et Brian Stimpson, « La bibliothèque de Valéry : traces de lectures, catalogue et corpus des notes marginales », dans *Bibliothèques d'écrivains*, p. 197-224 (ici p. 220-221).

colonies que la France possédait encore à la fin du règne de Louis XIV[199]. Et Voltaire d'inscrire plus ou moins correctement le « Ore allabo / randum [est] tibi / horae » de la huitième épode de Horace (d'ailleurs, ce dernier « horae » est probablement une forme abrégée du nom du poète) en marge de Minucius Felix pour gloser un passage où il est question de comportements lubriques[200]. Une citation de la seconde satire de Perse « in san[c]to / qui[d] facit / aurum » inscrite sur un signet commente un passage où Claude Fleury rapporte les richesses en possession des Églises romaines à l'époque de Constantin[201]. Dans un exemplaire aujourd'hui perdu du *Bon Sens* d'Holbach, mais dont les *marginalia* ont été recensés par les éditeurs de Voltaire au dix-neuvième siècle, le lecteur cite jusqu'à six fois le « Mens agitat molem » de l'*Énéide* de Virgile[202].

Des vers particulièrement appréciés de Voltaire sont le « *quaere quid est virtus et posce / exemplar honesti* » de la *Pharsale* de Lucain. Ils reviennent deux fois dans les marges du *Vrai Sens du Système de la nature*[203] (1774). Dans l'œuvre publié aussi, Voltaire cite ces mêmes vers, dans deux textes de la fin de sa vie, les *Fragments sur l'histoire générale*[204] (1773) et l'*Éloge et Pensées de Pascal*[205] (1777). Ce « sache quelle est cette vertu et demande de voir la bonté dans sa forme visible » est un leitmotiv voltairien adopté dont il se sert pour remettre en cause la parole des autres. Il est dans les deux cas griffonné au bas de la page, et non en marge, et semble de ce fait agir comme commentaire sur la globalité de la page ou du chapitre plutôt que de se rattacher à une phrase en particulier. Il y a peut-être un rapport ici avec la pratique de Montesquieu qui, dans le catalogue de sa bibliothèque, rattachait des citations issues de la littérature classique à certains titres de sa collection. Ainsi :

> un jugement esthétique à propos de l'*Énéide* (*o matre puchra* [*sic*] *filia pulchrior*), qui désigne l'épopée latine comme supérieure à son modèle grec [...], confirme l'idée qu'à travers Horace, Ovide ou Virgile, cités d'abondance, la culture latine sert de moyen d'expression, mais en préservant l'élégance et la distance d'une pensée qui, lors même qu'elle ne doit être exposée à aucun regard étranger, aime user d'une ironie fondée sur la connivence[206].

---

199. 1re partie, p. 4 ; *CN*, t. 4, p. 238.

200. *M. Minucii Felicis*, p. 87 ; *CN*, t. 5, p. 647.

201. *Les Mœurs des Israélites* (Bruxelles et Liège, Broncart, 1753, BV1353), p. 196 ; *CN*, t. 3, p. 637.

202. *Œuvres complètes de Voltaire*, éd. L. Moland, 52 vol. (Paris, Garnier frères, 1877-1885), t. 31, p. 153.

203. Pages ii, 130 ; *CN*, t. 4, p. 335, 357.

204. *OCV*, t. 27, p. 511.

205. *OCV*, t. 80A, p. 118.

206. Louis Desgraves et Catherine Volpilhac-Auger, avec la collaboration de Françoise Weil, « Introduction », dans *Catalogue de la bibliothèque de Montesquieu à La Brède*, *Cahiers Montesquieu* 4 (1999), p. 1-26 (ici p. 26).

Parfois une citation relève cependant de la littérature contemporaine. Dans l'*Émile* de Rousseau, une note de bas de page au début du livre premier déclare : « L'institution publique n'existe plus [...] Je n'envisage pas comme une institution publique ces risibles établissements qu'on appelle collèges[207]. » Voltaire souligne le mot « collèges » et écrit dans la marge « those / reverend / bedlams / colleges / and / scools [*sic*[208]] ». Il s'agit d'un vers de la *Satire on man* de John Wilmot, comte de Rochester. Voltaire possédait ce texte[209], mais selon toute probabilité sa capacité de le citer de mémoire vient du fait qu'il l'avait traduit dans les *Lettres philosophiques*[210], dont il revoyait régulièrement les rééditions depuis 1734, et les refontes à partir de 1739. Probablement un autre exemple de ce phénomène est cette note parmi celles repérées par Irina Zaytseva dans une édition de Fénelon à Tsarskoye Selo : Voltaire écrit « and long / was cast / behind » en marge d'un passage sur le fonctionnement de la mémoire[211]. Ce serait vraisemblablement un souvenir approximatif des vers « *Old scenes of glory, times long cast behind, / Shall first recall'd, rush forward to thy mind* » de Pope[212].

Que pouvons-nous dire de cette récurrence de la citation de langue étrangère parmi les notes marginales de Voltaire ? D'abord qu'il avait une mémoire remarquable, mais surtout que cela nous apprend quelque chose encore sur sa façon de maîtriser une langue. Certaines des citations latines font sans doute partie d'un fonds de littérature classique appris au collège, mais très certainement ni l'épode d'Horace citée plus haut, ni un vers manquant de Martial qu'il supplée en marge de son Suétone (« fulviam / ego ut / futuam / quid si / me manius / oret[213] ») ne furent appris aux élèves par les bons pères jésuites ! Nous nous trouvons peut-être en présence d'un petit corpus qui permettrait d'identifier certains textes clés de la mémoire voltairienne,

207. *Émile ou de l'éducation*, 4 vol. (Amsterdam [Paris], Néaulme, 1762, BV3035), p. 14.

208. *CN*, t. 8, p. 128.

209. *The Works of the Earls of Rochester, Roscomon, and Dorset* (Londres, s.n., 1731) ; conservé à Saint-Pétersbourg, BnR : 6.30.8.66. Voir Larissa Albina, « Découverte de nouveaux livres », p. 10.

210. Lettre 21, « Sur le comte de Rochester et M. Waller », éd. G. Lanson, rév. A.-M. Rousseau, 2 vol. (Paris, Didier, 1964), t. 2, p. 125.

211. Irina Zaytseva, « Trésors de Tarskoye Selo. Notes marginales de Voltaire sur les *Œuvres philosophiques* de Fénelon », *Revue Voltaire* 8 (2008), p. 329-357, ici p. 339-340. Sur un autre livre découvert dans cette collection, voir, du même auteur, « Des marginalia inédits de Voltaire sur deux livres de sa bibliothèque retrouvés à Tsarskoë Selo », *Cahiers Voltaire* 5 (2006), p. 119-132.

212. *The Dunciad. An heroic poem* (Londres, Faulkner *et al.*, 1728), p. 37.

213. Dans *C. Suetonius Tranquillus et in eum Commentarius exhibente Joanne Schildio* (Leyde, Hack, 1662, BV3220), p. 250.

des textes latins surtout qui l'ont particulièrement marqué et qui sont les restes visibles, la pointe de l'iceberg, des nombreux vers que Voltaire savait par cœur. La citation latine est aussi une autorité qu'on peut s'approprier pour l'opposer à des auteurs ou à des idées pour lesquels on a peu d'estime. Ici, l'acte de citer place Voltaire du côté des grands auteurs de l'Antiquité.

Voltaire, dont les annotations en langue étrangère se limitent assez souvent aux mots des autres, empruntés au texte pour en faire une note repère en haut d'un signet, accole également au *textus*, avec les citations, les mots d'« autres » autres. Il note des traductions en marge et glisse d'une langue à l'autre, parfois en s'adonnant à des jeux linguistiques ou au pur plaisir d'employer plusieurs langues à la fois. Voltaire, nous le savons, possède un côté ludique. Cependant, la présence de quelques notes dialogiques où il apostrophe l'auteur, que ce soit en anglais, en italien ou en français, n'approche pas l'étendue des notes faites en marge de ses lectures en français. Ce n'est pas parce que Voltaire ne savait pas manier la langue, mais parce qu'il s'investissait dans ses lectures de langue étrangère probablement autrement que dans ses lectures françaises. L'explication en est sûrement qu'il ne faisait pas partie de la communauté de ces auteurs anglais, latins et italiens au même degré qu'à celle de ses confrères français. Il appréciait ou dédaignait ces auteurs, mais de plus loin, avec moins de partis pris, avec moins d'animosité ou d'amitié que dans le cas de Buffon, d'Helvétius, de Rousseau. Il faut rappeler que l'auteur anglais le plus apostrophé est Pope, que Voltaire avait connu. Il avait ainsi un rapport particulier à ses lectures en langue étrangère et il avait une façon distinctive d'employer ces langues dans ses notes marginales, qu'il employât la langue du *textus* ou non. Chaque ouvrage constitue donc un espace distinct, propice à s'attirer des notes de différents genres, et cela à la fois en fonction de l'auteur, de la langue, ou de l'usage que Voltaire comptait en faire.

Ce survol, dont le point d'origine a été d'identifier les grandes catégories des *marginalia* de Voltaire, d'abord physiques, puis conceptuelles, nous a amenée à dégager de ce « corpus » une variété de pratiques, d'attitudes et de motivations qui entouraient la lecture chez Voltaire. Parfois les traces, plus ou moins déchiffrables, semblent témoigner d'un processus « centripète » : une simple lecture, ou l'apprentissage d'une langue ; ailleurs elles sont le fruit d'une activité organisée pour retrouver des passages lus, peut-être en vue d'une réutilisation ou d'une transformation « centrifuges » par Voltaire. Mais nous avons vu que d'autres notes peuvent dériver d'une volonté de se montrer supérieur aux auteurs qu'il lit, soit en raison des relations qu'il entretient avec eux, soit pour un éventuel public, les visiteurs à Ferney ou encore d'autres lecteurs inconnus – nous-mêmes ? Dans le chapitre qui suit nous allons revenir sur certains aspects physiques des volumes de cette bibliothèque et de ses *marginalia* pour développer d'autres façons de lire les lectures de Voltaire, d'en comprendre le contexte et les enjeux.

*Chapitre II*

# La matérialité de la lecture

Après l'examen des différentes sortes de notes marginales qu'on trouve dans le répertoire de Voltaire, il convient d'interroger maintenant les attributs et contextes physiques qui les caractérisent. La façon de dessiner des traces (crayon, sanguine, pointe sèche) peut parfois constituer un indice à interpréter, et c'est le lieu d'explorer dans quelle mesure ces différences, ainsi que d'autres éléments, le papier des signets et le rognage, autorisent une distinction entre plusieurs niveaux de lecture. Certains *marginalia*, dont le sens serait *a priori* peu clair, témoignent par ailleurs de la courte absence de la bibliothèque de Voltaire des volumes envoyés chez le relieur. C'est pourtant celui qui les envoyait qui déterminait quel titre ils devaient porter au dos et, dans le cas des fameux « pots-pourris » (recueils factices composés par Voltaire selon des principes parfois difficiles à sonder), quel en serait le contenu. Nous examinerons donc en dernier lieu la question du support de la lecture, du recueil fait sur mesure au manuscrit. Comment Voltaire manipulait-il les objets de sa lecture et que peuvent nous apprendre ces traces de la dynamique à l'œuvre dans sa bibliothèque ? Ce sont là les questions qui nous guident dans ce deuxième chapitre.

## Les techniques de marquage : lire sans encre

Quand on pense aux notes marginales de Voltaire, l'image qui vient spontanément à l'esprit est celle des annotations à l'encre noire ou brune, reproduites photographiquement dans le *Corpus*. Bien que la plupart des annotations de Voltaire soient faites à l'encre, en effet, l'iconographie des *marginalia* est quelque peu trompeuse, car les techniques adoptées par le patriarche sont plus variées : mais l'encre est celle dont les traces sont les plus visibles, ce qui permet de les photographier et de les reproduire avec succès[1]. Après la plume, l'outil le plus

1. « Ce souci d'une exactitude extrême dans la reproduction des *marginalia* a d'abord inspiré la tentative d'effectuer leur publication sous la forme d'une édition reproduisant par photocopie les pages des livres de la bibliothèque de Voltaire marquées à la lecture », mais « il arrivait assez souvent que les clichés ne pouvaient pas donner pleinement satisfaction aux chercheurs. [...] de nombreux signes

utilisé est le crayon ; ensuite on trouve encore des traces laissées à la « pointe sèche », à la sanguine et, plus rares encore, quelques notes faites au crayon de couleur : crayon bleu et rouge dans Helvétius, *De l'homme*[2], dans le *Manifeste de la République confédérée de Pologne*[3], Antoine-Étienne Mille, *Abrégé chronologique de l'histoire ecclésiastique, civile et littéraire de Bourgogne*[4]. L'encre rouge, qu'on trouve uniquement dans un volume de Martial, n'est pas forcément de Voltaire : étant donné la date de publication de 1716, il a probablement acquis ce volume d'occasion, déjà marqué de rouge[5]. De même, l'encre bleue déversée sur la tranche des *Canaux navigables* de Linguet serait vraisemblablement un dépôt postérieur à l'époque de Voltaire, résultat d'un accident survenu en Russie au dix-neuvième ou au vingtième siècle[6].

Les traces de lecture non encrées sont majoritairement de caractère non verbal. La mine de plomb et surtout le crayon sanguine étaient peut-être moins maniables que la plume, moins précis pour tracer des mots : c'est ce que suggère la page où Voltaire a tracé des mots en se servant des deux instruments dans *De la recherche de la vérité* de Malebranche[7].

Il y a également la possibilité que, comme Coleridge après lui, Voltaire considérait le crayon comme trop éphémère :

> *In his few public remarks about his marginal notes he suggested that he "pencilled" them, perhaps to convey the immediacy and informality of the notes or to show that he was aware that a book can be disfigured by indelible writing. But the pencils of his day were unreliable, and left "too perishable a record"; the reason that he gave for copying out in ink on a flyleaf some notes he had written in the body of Kant's* Vermischte Schriften *was that "pencil marks are treacherous memorials or rather Confidants* [sic] *that soon lose the power of being treacherous". In his use of pencil – except in German books – there is no sign of a uniform policy*[8].

---

graphiques tracés au crayon ou à la pointe sèche demeuraient invisibles, ne s'étant pas reproduits sur le cliché » (Natalia Elaguina, « *Corpus des notes marginales de Voltaire* : le projet et sa réalisation », *Revue Voltaire* 3, 2003, p. 19-26, ici p. 22).

2. 2 vol. (Londres, Société typographique, 1773, BV1610) et 3 vol. (Amsterdam, s.n., 1774, BV1611) ; *CN*, t. 4, p. 331-334.

3. S.l. [Paris], s.n., 1770, BV2304 ; *CN*, t. 5, p. 514.

4. 2 vol. (Dijon, Causse, 1771, BV2456) ; *CN*, t. 5, p. 644.

5. Londres, Tonson, 1716, BV2341 ; *CN*, t. 5, p. 523.

6. Amsterdam et Paris, Cellot, 1769, BV2121. Cette tache d'encre, qui affecte la tranche du volume à partir de la p. 159, n'a pas été relevée par les éditeurs du *Corpus* (voir *CN*, t. 5, p. 377).

7. 3 vol. (Paris, David, 1700, BV2276), t. 1, p. 6 ; *CN*, t. 5, p. 489.

8. George Whalley, « Editorial practice, conventions, and abbreviations », dans *S. T. Coleridge Collected Works*, éd. K. Coburn, B. K. Winer, t. 12 (*Marginalia* I), p. xxii-xl (ici p. lxxi).

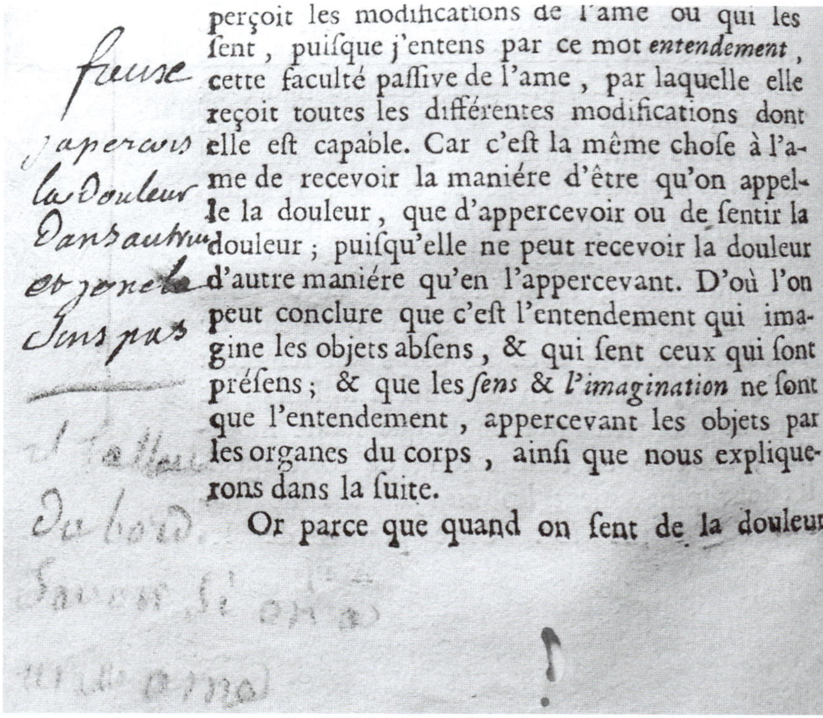
perçoit les modifications de l'ame ou qui les ſent, puiſque j'entens par ce mot *entendement*, cette faculté paſſive de l'ame, par laquelle elle reçoit toutes les différentes modifications dont elle eſt capable. Car c'eſt la même choſe à l'ame de recevoir la maniére d'être qu'on appelle la douleur, que d'appercevoir ou de ſentir la douleur ; puiſqu'elle ne peut recevoir la douleur d'autre maniére qu'en l'appercevant. D'où l'on peut conclure que c'eſt l'entendement qui imagine les objets abſens, & qui ſent ceux qui ſont préſens ; & que les *ſens* & *l'imagination* ne ſont que l'entendement, appercevant les objets par les organes du corps, ainſi que nous expliquerons dans la ſuite.

Or parce que quand on ſent de la douleur

Fig. 7 : Annotations à l'encre et au crayon dans Malebranche, *De la recherche de la vérité*, t. 1, p. 6

Les éditeurs de Diderot l'ont remarqué au moment de transcrire les traces laissées entre les pages de son exemplaire de *De l'esprit* d'Helvétius, la poudre de plomb n'adhérait plus à la page, ne laissant que la légère empreinte des lignes tracées par lui[9]. La même chose s'est produite, à un degré moindre, avec les traces dessinées par Voltaire au crayon en marge de l'*Introduction à la connaissance de l'esprit humain* de Vauvenargues : sur certaines pages on distingue à peine les mots[10] ; ailleurs le plomb a laissé sur la page d'en face l'image inversée des traces, rendant difficile de déterminer quel passage Voltaire a voulu désigner (voir illustration 8[11]).

9. Georges Dulac, « Notes et marques en marge [*sur* De l'esprit *d'Helvétius*] » (Diderot, *Œuvres complètes*, éd. H. Dieckmann, J. Proust et J. Varloot, Paris, Hermann, 1975-, t. 9, p. 265-267).

10. Vauvenargues, *Introduction à la connaissance de l'esprit humain* (Paris, Briasson, 1746), p. 24-25, exemplaire conservé à Aix-en-Provence, Bibliothèque Méjanes, cote Rés. D.17.

11. Vauvenargues, *Introduction à la connaissance de l'esprit humain*, p. 72-73, 112-113, 318-319, 324-325, 226-227, 340-341, 348-349.

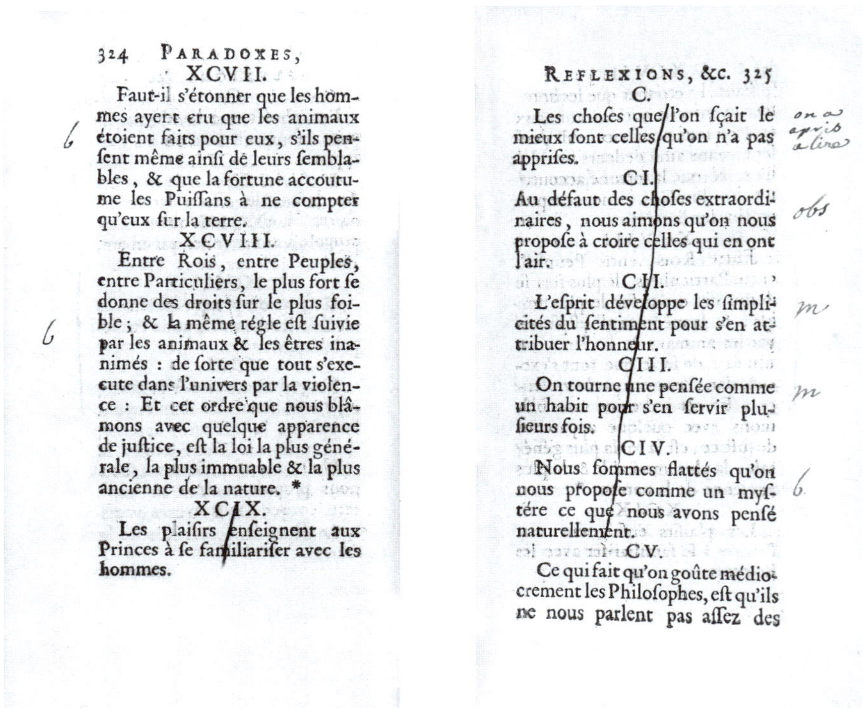
324 PARADOXES,

XCVII.

Faut-il s'étonner que les hommes ayent cru que les animaux étoient faits pour eux, s'ils penſent même ainſi de leurs ſemblables, & que la fortune accoutume les Puiſſans à ne compter qu'eux ſur la terre.

XCVIII.

Entre Rois, entre Peuples, entre Particuliers, le plus fort ſe donne des droits ſur le plus foible ; & la même régle eſt ſuivie par les animaux & les êtres inanimés : de ſorte que tout s'exécute dans l'univers par la violence : Et cet ordre que nous blâmons avec quelque apparence de juſtice, eſt la loi la plus générale, la plus immuable & la plus ancienne de la nature. *

XCIX.

Les plaiſirs enſeignent aux Princes à ſe familiariſer avec les hommes.

REFLEXIONS, &c. 325

C.

Les choſes que l'on ſçait le mieux ſont celles qu'on n'a pas appriſes.

CI.

Au défaut des choſes extraordinaires, nous aimons qu'on nous propoſe à croire celles qui en ont l'air.

CII.

L'eſprit développe les ſimplicités du ſentiment pour s'en attribuer l'honneur.

CIII.

On tourne une penſée comme un habit pour s'en ſervir plusieurs fois.

CIV.

Nous ſommes flattés qu'on nous propoſe comme un myſtére ce que nous avons penſé naturellement.

CV.

Ce qui fait qu'on goûte médiocrement les Philoſophes, eſt qu'ils ne nous parlent pas aſſez des

Fig. 8a et 8b : Traces au crayon dans Vauvenargues,
*Introduction à la connaissance de l'esprit humain*, p. 324-325

En somme, Voltaire semble avoir écrit assez peu au crayon, et ces traces laissées au crayon sont peut-être pour la plupart des marques témoignant davantage de la lecture que de l'annotation faite pour durer : soulignements, croix et autres traits. Susanna Phillippo constate des pratiques similaires chez Racine[12], et la plus grande partie des traces de lecture de Diderot sont de cette variété[13].

---

12. *Silent Witness*, p. 36.

13. Nous avons examiné plusieurs livres comportant des traces de lecture de Diderot conservés à la Bibliothèque nationale de Russie, dont : Boulanger [d'Holbach], *Le Christianisme dévoilé* (Londres, s.n., 1756), cote 16.8.4.19 ; Cudworth, *Systema intellectuale*, 2 vol. (Iena, Meyer, 1733), cote 36.7.1.10 ; Dujardin, *Histoire de la chirurgie* (Paris, Imprimerie Royale, 1780), cote 4.9.2a.50 ; Harrington, *Oceana* (Dublin, Smith and Bruce, 1737), cote 10.7.2.111a ; Harris, *Lexicon Technicum*, 2 vol. (Londres, Brown, Goodwin, etc., 1708), cote 16.29.2.15 ; Hume, *Essais sur le commerce* (Paris et Lyon, Saillant et Delaroche, 1767), cote 10.14.2.290 ; Jaubert, *Des causes de la dépopulation* (Londres et se

Le crayon a d'autres usages. Il permet de prendre des notes commodément hors de chez soi, lorsque l'encrier n'est pas à portée de main. Nous avons évoqué déjà la façon dont Voltaire s'est servi de l'ouvrage *The Present State of Great Britain and Ireland* de Guy Miège pour apprendre l'anglais (ci-dessus, p. 55-56). Cependant, une ou deux notes semblent relever d'une activité différente, à savoir le tourisme. Il serait impossible de prouver que Voltaire se promena dans Londres, son in-octavo à la main pour noter quelques impressions, mais que penser de cette note faite au crayon à côté du titre « *Tower of London, Custom-house, and Bridge* » : « pointe / effet sublime[14] » (voir illustration 9) ? Contrairement à la plupart des notes marginales contenues dans cet ouvrage, il ne s'agit pas de la traduction de quelques mots du *textus* anglais, et la référence visuelle « effet sublime » est comme une réaction personnelle notée sur le vif ou peu de temps après.

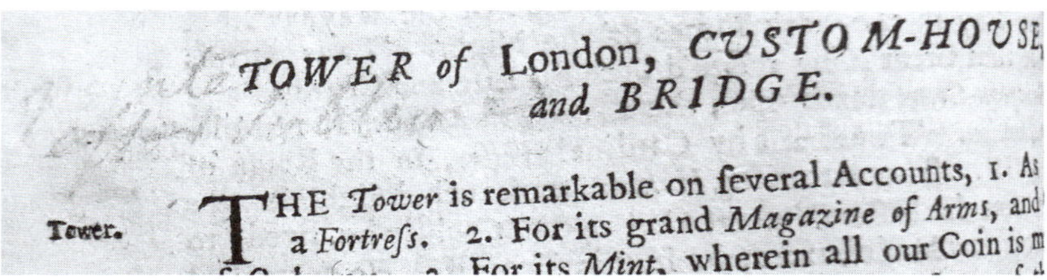
TOWER *of* London, CUSTOM-HOUSE, *and* BRIDGE.

Tower. THE *Tower* is remarkable on ſeveral Accounts, 1. As a *Fortreſs*. 2. For its grand *Magazine of Arms*, and For its *Mint*, wherein all our Coin is m

Fig. 9 : Note semblant relever d'une impression personnelle faite au crayon dans Miège, *The Present State of Great Britain and Ireland*, p. 112

Plus énigmatique, quelques pages plus loin, dans l'espace entre deux paragraphes, suivant la description de la « New Exchange » dans le Strand, Voltaire écrit « vingt[15] ». Le mot n'a aucun rapport direct avec Miège, et il ne serait pas déplacé de penser que la notation est en rapport avec une visite de Voltaire en ce lieu de commerce, utilisant son livre comme page blanche.

On sait par ailleurs que Voltaire lisait en plein air et il n'est pas exclu qu'il lisait en carrosse : le 1er mars 1776 il écrit à Condorcet au sujet d'une brochure sur les corvées : « Je vais passer quelque temps dans une maison de campagne que j'ai en Suisse à une lieue de Ferney. La lecture de votre feuille égaiera ce petit voyage » (D19962). À Ferney cela faisait aussi partie de ses habitudes de sortir en carrosse entre deux et quatre heures de l'après-midi, comme l'a noté Saint-Rémi dans une lettre publiée dans les *Mémoires secrets* de Bachaumont, dont l'exactitude est confirmée par

---

trouve à Paris, Dessain, 1767), cote 10.14.2.230 ; Roussel, *Système physique* (Paris, Vincent, 1775), cote 4.5.5.56.

14. Page 112 (*CN*, t. 5, p. 629-630).

15. Page 120 (*CN*, t. 5, p. 630).

Wagnière[16]. Lisait-il parfois pendant ces promenades ? Notait-il à l'occasion ses réactions à ses lectures ? La question ne se poserait peut-être pas s'il n'existait trois ouvrages annotés par Voltaire au crayon où les caractères sont extrêmement mal formés, ce qui laisse à penser qu'il écrivait dans des conditions difficiles en faisant trembler sa main. Il s'agit du *Spectacle de la nature* de l'abbé Pluche, de la *Recherche de la vérité* de Malebranche, et d'*Il Neutonianismo* d'Algarotti[17]. Dans les deux premiers cas, certaines des notes de Voltaire ont été retracées à l'encre par Wagnière (sans cependant imiter l'écriture de son maître). Christiane Mervaud, en signalant le volume de Pluche, en a tiré avec raison des conclusions prudentes :

> On entrevoit ici Voltaire au plus près de son travail, ce qui est émouvant, mais quel profit tirer de ces remarques ? Peut-être de montrer que Voltaire entend ne pas perdre ses premières annotations puisqu'il charge son secrétaire de leur donner une forme plus lisible[18].

D'autres lecteurs agiront de même : Heather Jackson cite Nicholas Revett et un lecteur anonyme qui ont retracé en entier ou en partie des notes faites dans un premier temps au crayon[19]. Il faut s'interroger sur le choix du premier instrument, en l'occurrence le crayon ou la sanguine, et chercher à comprendre dans quelles circonstances Voltaire aurait préféré éviter l'encre et pourquoi son écriture aurait alors un aspect aussi malhabile.

Il est vrai qu'à l'époque de Cirey, les voyages où Voltaire était accompagné d'Émilie Du Châtelet avaient lieu la nuit pour éviter de perdre un temps qui aurait pu être consacré au travail, car, disait celle-ci selon Longchamp, « on peut encore dormir assez bien en courant la poste, au lieu qu'on ne saurait écrire en voyageant de jour, ni même lire, sans beaucoup de fatigue et sans préjudice pour la vue[20] ». Rien n'exclut toutefois que Voltaire ait pu modifier ses habitudes par la suite, si rien ne le confirme explicitement. Frédéric II lisait partout, même en voiture, à en croire Henri de Catt[21].

Plus encore que la mine de plomb, la sanguine est employée la plupart du temps pour dessiner des traces non verbales. Il est donc dif-

16. Longchamp et Wagnière, *Mémoires sur Voltaire*, t. 1, p. 367.

17. Les notes dans l'ouvrage de Pluche sont particulièrement mal écrites : *Le Spectacle de la nature*, t. 1-5, 7 (Paris, Estienne et Desaint, 1732-1746, BV2765), t. 4, p. 42-51, 503-504 (*CN*, t. 7, p. 31-32, 44) ; Malebranche, *De la recherche de la vérité*, t. 1, p. 4-8 (*CN*, t. 5, p. 489) ; Algarotti, *Il Neutonianismo* (Naples, Hertz, 1746, BV47), *CN*, t. 1, p. 86-89.

18. « Voltaire et la physico-théologie », p. 163.

19. *Romantic Readers*, p. 237, 243.

20. Longchamp et Wagnière, *Mémoires sur Voltaire*, t. 2, p. 240-241.

21. Waquet, *Le Prince et son lecteur*, p. 12.

ficile de dire avec assurance qu'elles sont toutes de Voltaire. Le volume dans lequel elles sont certainement de lui est l'exemplaire des *Lettres* de Maupertuis qui porte des notes verbales à la sanguine[22]. Ici encore, Wagnière en a repassé à l'encre (pages 5, 7, 10), mais la paternité du maître ne fait aucun doute. Ailleurs, la forme des traits peut suggérer une conclusion tout autre : dans le *Dictorum factorumque memorabilium libri IX* de Valère Maxime[23], il y a des traits verticaux à la sanguine entre les manchettes et le texte ; les traits sont arrondis, et ressemblent à des accolades. Ils sont distribués plus ou moins uniformément dans tout l'ouvrage. La forme des traits et leur omniprésence ne sont pas assimilables aux pratiques de Voltaire que l'on connaît dans des cas plus avérés.

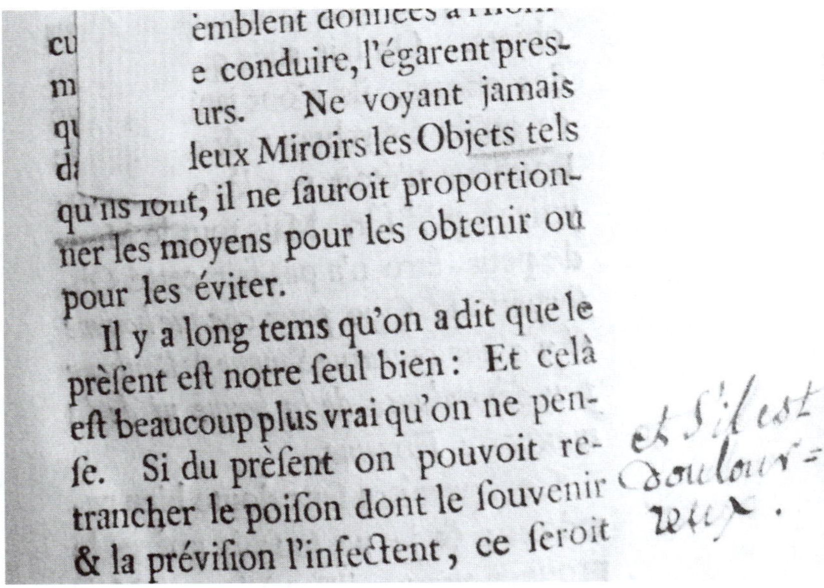


Fig. 10 : Note de Voltaire à la sanguine
retracée par Wagnière à l'encre dans les *Lettres* de Maupertuis, p. 5

Quant aux traces à la pointe sèche, technique qui n'est jamais employée pour une trace verbale, elles sont en quelque sorte doublement « muettes », non seulement par l'absence de mots, mais parce que les marques sont incolores. Thomas E. Toon fait remarquer que le manque

---

22. Maupertuis, *Lettres* (Dresde, Walther, 1752, BV2368) ; *CN*, t. 5, p. 530-532.
23. Lyon, Tournes et Gazeau, 1558, BV3386.

de visibilité donne plus de poids à une interprétation de ces traces comme étant faites pour le lecteur seul[24] : leur opacité ainsi que leur discrétion rendent ce jugement tout à fait pertinent pour ce qui concerne Voltaire. La question se pose néanmoins de savoir comment Voltaire s'y est pris exactement pour dessiner ces entailles. Certaines sont peut-être dessinées avec une plume sans encre, mais d'autres encore (voir la croix dans l'*Histoire de la maison de Tudor* de Hume[25], illustration 11) sont plus vraisemblablement des marques tracées à l'ongle. Leur caractère est plus violent que les traces à l'encre et au crayon, pour la simple raison qu'elles exigent plus de force ; l'action dont elles sont le résultat entame physiquement la substance du papier, la relation entre livre et lecteur devient un corps-à-corps.

Fig. 11 : Croix faite à la « pointe sèche » dans Hume,
*Histoire de la maison de Tudor*, t. 2, p. 162

24. « *Inked glosses are more clearly a public record, while scratches might more reasonably have been a private note* » (« Dry-point annotations in early English manuscripts: understanding texts and establishing contexts », dans *Annotation and its texts*, éd. S. A. Barney, p. 74-93, ici p. 89).

25. 2 vol. (Amsterdam [Paris], s.n., 1763, BV1702) ; *CN*, t. 4, p. 568.

Le crayon, la sanguine, la pointe sèche et l'ongle ont tous en commun l'absence d'encre. Étant donné que Voltaire a la réputation de beaucoup travailler au lit, il n'est pas exclu que recourir à des moyens d'écrire sans encre puisse être, dans certains cas au moins, le signe d'une lecture faite au lit, ou loin de la bibliothèque et de l'encrier.

## Lectures multiples : l'identification des strates

### Instruments d'écriture et couleur d'encre

L'examen des techniques de marquage peut servir à établir, dans une certaine mesure, la question des lectures multiples et même parfois celle de l'identité du lecteur. À la différence de Stendhal, de Sir James Mackintosh, du comte de Rumford[26], Voltaire et les personnes de son entourage n'inscrivent jamais la (ou les) date(s) de leur lecture dans le volume lu, sauf une seule fois, à notre connaissance[27]. La datation qu'on peut attribuer aux lectures dépend principalement de mentions dans la correspondance et de croisements avec les textes publiés.

L'exemplaire à Aix-en-Provence de l'*Introduction à la connaissance de l'esprit humain* de Vauvenargues (1746) fournit un bon exemple de la manière dont la couleur de l'encre permet de distinguer les traces non verbales d'une première lecture de celles de la seconde. Après avoir annoté cet ouvrage, Voltaire le remet à l'auteur qui, lui, le relit en y apportant de nouvelles corrections en vue d'une nouvelle édition[28]. Les deux hommes recouvrent le volume de traits et de biffures. Sans les endroits où se trouvent des notes de la main de chacun et qui permettent de constater la couleur d'encre utilisée respectivement, brunâtre pour Voltaire, plus foncée pour Vauvenargues (voir illustration 12), on ne saurait distinguer entre les traces non verbales, par exemple le trait et la biffure de l'« Avis » (illustration 13).

Dans la bibliothèque de Voltaire, d'autres cas se présentent. Ainsi les trois volumes de Noël Regnault, *L'Origine ancienne de la physique nouvelle*, contiennent-ils de nombreux traits en marge faits au crayon[29].

---

26. Heather Jackson, *Romantic Readers*, p. 85-86.

27. Voltaire note « ils avaient / si bien une / salle de / spectacles / qu'elle / vient de / bruler / 1772 » pour contredire Linguet, qui écrit que les Hollandais n'en avaient pas (*Canaux navigables*, p. 106 ; *CN*, t. 5, p. 377).

28. A.-M. Rousseau, dans « L'exemplaire des *Œuvres* des Vauvenargues annoté par Voltaire », prétend que l'exemplaire d'Aix ne fut pas la source directe de l'édition de 1747 (p. 296-297). Toujours est-il que plusieurs corrections y sont prises en compte.

29. Paris, Clousier, 1734, BV2920 ; *CN*, t. 7, p. 307-327.

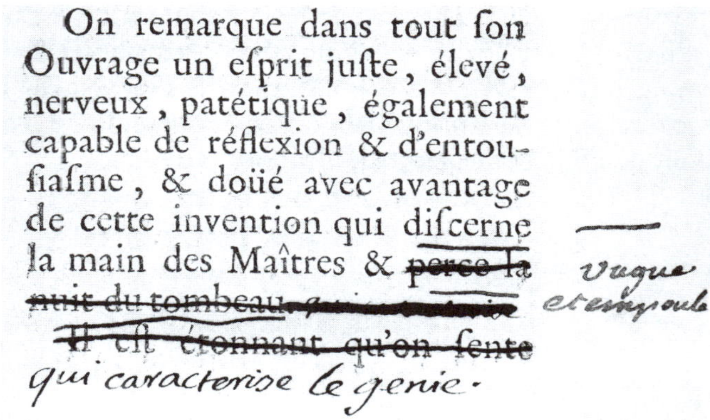

On remarque dans tout ſon Ouvrage un eſprit juſte, élevé, nerveux, patétique, également capable de réflexion & d'entouſiaſme, & doüé avec avantage de cette invention qui diſcerne la main des Maîtres & ~~perce la nuit du tombeau~~ ~~Il eſt étonnant qu'on ſente~~

qui caracterise le genie.



Fig. 12 : L'exemplaire d'Aix de l'*Introduction à la connaissance de l'esprit humain* : soulignements et note de Voltaire ; biffure et correction de Vauvenargues, p. 253

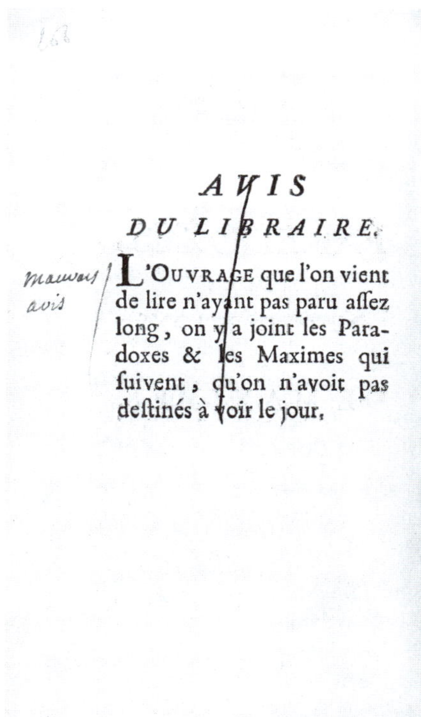

AVIS
DU LIBRAIRE.

L'OUVRAGE que l'on vient de lire n'ayant pas paru aſſez long, on y a joint les Paradoxes & les Maximes qui ſuivent, qu'on n'avoit pas deſtinés à voir le jour.



Fig. 13 : Note marginale et trait de Voltaire ; biffure de Vauvenargues, *Introduction à la connaissance de l'esprit humain*, p. 268

Des notes d'Émilie Du Châtelet, au crayon également, suggèrent que ces traits sont de sa main (étant donné la relative rareté des traces de lecture faites par Voltaire au crayon) et donc sans rapport avec une note de Voltaire faite à l'encre au tome 3 de cet ouvrage[30]. Un trait à l'encre dans le même volume pourrait également être de lui[31], mais la présence d'une seule note à l'encre de Du Châtelet au tome 2 rend difficile d'attribuer à l'un ou à l'autre le trait à l'encre au tome 1[32]. L'importance relative dans la bibliothèque de Voltaire de notes laissées au crayon par la physicienne[33] soulève la question de savoir si les volumes susceptibles d'avoir été lus à Cirey et qui ne portent que des traces non verbales crayonnées ne seraient pas le fait de la compagne de Voltaire[34].

Parfois – et Nicholas Cronk l'a bien signalé en faisant l'analyse des notes marginales que Voltaire a laissées dans son exemplaire de Nieuwentijt[35] –, le contraste entre deux couleurs d'encre peut être révélateur de la séparation de plusieurs strates de lecture. Le cas peut être simple : dans les *Discours prononcés dans l'Académie française*, il ne s'agit que d'un seul passage, commenté par deux fois : « ce discours est de l'abbé de / houteville », Voltaire note d'abord, simple trace concernant la paternité du texte, puis, plus loin, « qui fait parler / le Duc de villars en / déclamateur[36] ». L'ajout est plus critique que la première notation, mais qu'en conclure, sinon que Voltaire est revenu au moins une seconde fois sur cet ouvrage après sa première lecture ? Le changement du crayon à l'encre dans *Dieu et l'homme* de Pierre-Louis Sissous (dit de Valmire) après la première vingtaine de pages nous montre probablement l'endroit où Voltaire a interrompu sa lecture, mais on

30. Tome 3, p. 259 (*CN*, t. 7, 324).

31. Page 165 (*CN*, t. 7, p. 322).

32. Tome 2, p. 155 ; t. 1, p. 137 (*CN*, t. 7, p. 314, 308).

33. René Descartes, *Lettres de M. Descartes*, 6 vol. (Paris, Compagnie des librairies, 1724-1725, BV996 ; *CN*, t. 3, 106) ; Marie Huber, *Lettres sur la religion essentielle à l'homme, distinguée de ce qui n'en est que l'accessoire*, 4 parties (Londres [Amsterdam], s.n., 1739, BV1685 ; *CN*, t. 4, p. 523) ; *The Koran*, t. 1, 3 (Amsterdam, Ackers, 1743, BV1785 ; *CN*, t. 4, p. 657) ; Joseph Séguy, *Oraison funèbre de très haut et très puissant seigneur Louis-Hector de Villars* (Paris, s.n., 1735, BV3135 ; *CN*, t. 8, p. 313, 315).

34. François Bernier, *Abrégé de la philosophie de Gassendi*, 8 vol. (Lyon, Anisson, 1678, BV372 ; *CN*, t. 1, p. 313-325) ; Boerhaave, *Elementa chemiae* (*CN*, t. 1, p. 371-375) ; René Descartes, *Discours de la méthode*, 2 vol. (Paris, Mouchet, 1724, BV993 ; *CN*, t. 3, p. 88-91) ; Willem-Jacob s'Gravesande, *Physices elementa mathematica, experimentis confirmata*, 2 vol. (Leyde, Vander Aa, 1721-1725, BV1528 ; *CN*, t. 4, p. 178-186).

35. « Voltaire (non) lecteur de Nieuwentijt : le problème des causes finales dans la pensée voltairienne », *Revue Voltaire* 7 (2007), p. 169-181 (ici p. 179-180).

36. Paris, Coignard, 1734, p. 3, BV1053 ; *CN*, t. 3, p. 149.

ne peut dire davantage[37]. Il faut d'ailleurs faire attention : le signet annoté, dans un ouvrage de Philippe van Limborch, qui porte au verso des mots d'une autre encre que les éditeurs du *Corpus* présentent comme étant une seconde annotation sur le signet, donne à l'examen la forte impression d'un manuscrit déchiré utilisé comme signet[38] (ce qui est souvent le cas dans la bibliothèque de Voltaire). Les mots « de bonne foy » n'auraient donc pas le moindre rapport avec le « juif / archeveq » dont il est question sur l'autre côté du signet, qui se réfère au *textus*. Le mélange de techniques peut être révélateur des circonstances d'une ou de plusieurs lectures, mais il faut interpréter avec prudence.

Si l'on revient à l'exemplaire de Vauvenargues conservé à Aix-en-Provence, on peut cependant constater au moins trois niveaux de lecture par Voltaire : d'abord des traces au crayon tout au long du livre[39], surtout des lignes dessinées en marge, mais quelques notes également. Celles-ci semblent relever de la simple lecture et représentent probablement la première rencontre de Voltaire avec l'ouvrage, celle dont une lettre témoigne, datée par Besterman de février 1746 : « Je n'ai lu encore que les deux tiers de votre livre. Je vais dévorer la troisième partie » (D3326). Par ailleurs, il semblerait que c'est plus ou moins au moment d'écrire cette lettre que Voltaire s'est remis à tracer des traits en marge, car après 150 pages écoulées sans traces au crayon, on le voit les reprendre à la p. 310 ou 311. Les notes verbales faites au crayon, à une seule exception (« comment / a t on / pu voir / si bien / etant / si jeune » – p. 24), ne semblent pas avoir été composées avec l'intention d'être compris par un tiers : il s'agit ailleurs de mots isolés : « cest », « qui es a [?] », « avec » aux p. 19, 25 et 26. Le crayon représenterait donc une lecture privée dont les traces ne sont pas destinées à autrui. Mais ensuite Voltaire a formé le projet de commenter le livre pour son auteur (D3386) :

> J'ai usé mon très aimable philosophe de la permission que vous m'avez donnée. J'ai crayonné un des meilleurs livres que nous ayons en notre langue, après l'avoir relu avec un extrême recueillement. J'y ai admiré de nouveau cette belle âme si sublime, si éloquente et si vraie, cette foule d'idées neuves, ou rendues d'une manière si hardie, si précise, ces coups de pinceau si fiers et si tendres. Il ne tient qu'à vous de séparer cette profusion de diamants de quelques pierres fausses, ou enchâssées d'une manière étrangère à notre langue. Il faut que ce livre soit excellent d'un bout à l'autre. Je vous conjure

---

37. Amsterdam [Troyes], s.n., 1771, BV3184 ; *CN*, t. 8, p. 343, n. a.

38. *De veritate religionis christianae* (Bâle, Im-Hoff, 1740, BV2118), p. 156 ; *CN*, t. 5, p. 374.

39. *Introduction à la connaissance de l'esprit humain*, p. [9], 19, 24-26, 73, 112 ou 113, 129, 148, 154, 156, 310 ou 311, 316-318, 319, 323-324, 326-328, 338, 340, 346, 348-351, 356, 359, 365, 383.

de faire cet honneur à notre nation et à vous-même, et de rendre ce service à l'esprit humain. Je me garde bien d'insister sur mes critiques. Je les soumets à votre raison, à votre goût et j'exclus l'amour-propre de notre tribunal.

Le recueillement extrême de la relecture signifie deux nouvelles lectures de l'ouvrage. Dès la page 2, nous voyons des traces de deux encres, l'une plus pâle que l'autre (voir illustration 14). La photographie ne rend pas toutes les nuances qu'on peut observer sur l'exemplaire, et la biffure de Vauvenargues ressemble, sur le plan de la couleur, à l'encre plus foncée utilisée par Voltaire. Mais on voit bien qu'à l'encre plus claire (que nous appellerons l'encre A), Voltaire fait une critique de la pensée (« plus de / logique »), alors que de l'autre (l'encre B) il signale des défauts de style : il marque le verbe « estime » et suggère « juge » en marge, et porte l'attention de l'auteur sur la répétition du mot « source ».

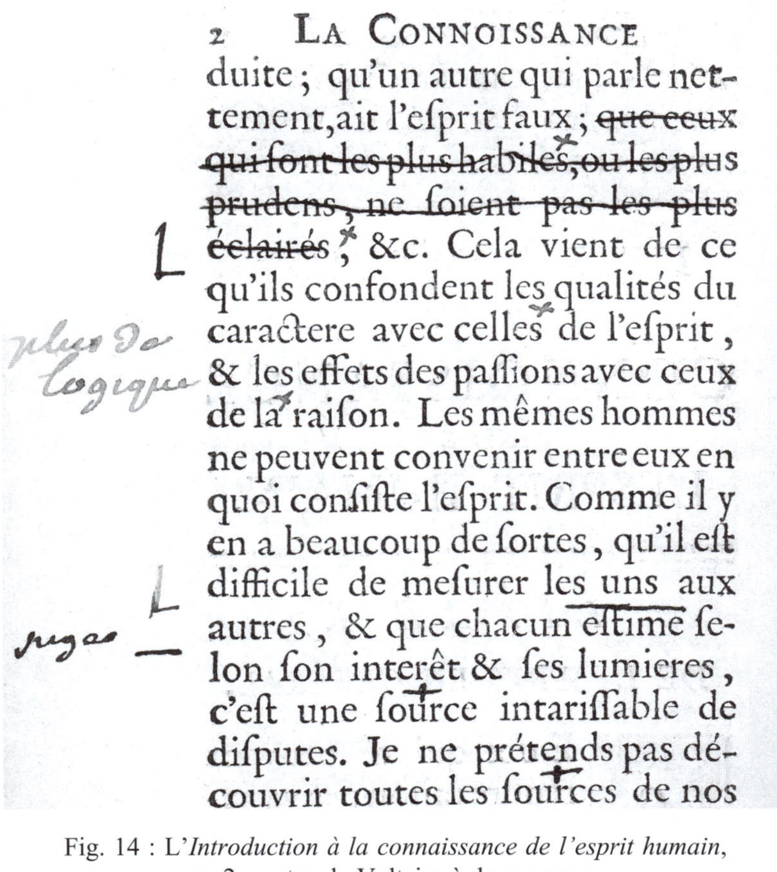
2 LA CONNOISSANCE

duite ; qu'un autre qui parle nettement, ait l'eſprit faux ; ~~que ceux qui ſont les plus habiles, ou les plus prudens, ne ſoient pas les plus éclairés~~ ; &c. Cela vient de ce qu'ils confondent les qualités du caractere avec celles de l'eſprit, & les effets des paſſions avec ceux de la raiſon. Les mêmes hommes ne peuvent convenir entre eux en quoi conſiſte l'eſprit. Comme il y en a beaucoup de ſortes, qu'il eſt difficile de meſurer les uns aux autres, & que chacun eſtime ſelon ſon interêt & ſes lumieres, c'eſt une ſource intariſſable de diſputes. Je ne prétends pas découvrir toutes les ſources de nos



Fig. 14 : L'*Introduction à la connaissance de l'esprit humain*, p. 2 : notes de Voltaire à deux encres

Cette distinction ne se maintient pas dans le reste du volume. Les deux encres représentent sans doute, comme le crayon et l'encre dans l'exemplaire de Sissous, des temps successifs de la lecture, mais vouloir dresser la liste complète des traces appartenant aux deux encres serait futile, car la rapidité de l'écriture et la quantité d'encre dans la plume contribuent tous deux à modifier l'effet de l'encre sur le papier. Tout au plus peut-on hasarder l'hypothèse que l'encre A a précédé l'encre B dans le temps ; ici et là on voit une note à l'encre B qui s'adapte sur la page à une note faite à l'encre A (illustration 15), ou des ajouts à des notes préexistantes faits à l'encre B (illustrations 16 et 17).

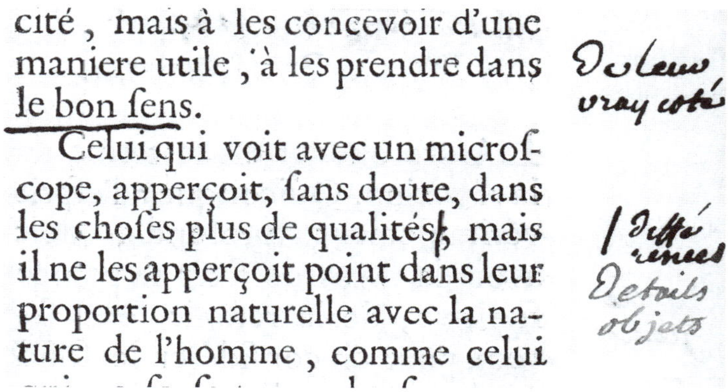

cité, mais à les concevoir d'une maniere utile, à les prendre dans le bon ſens.

Celui qui voit avec un microſcope, apperçoit, ſans doute, dans les choſes plus de qualités, mais il ne les apperçoit point dans leur proportion naturelle avec la nature de l'homme, comme celui

Du leur vray coté

différences

Details objets

Fig. 15 : L'*Introduction à la connaissance de l'esprit humain*, p. 13

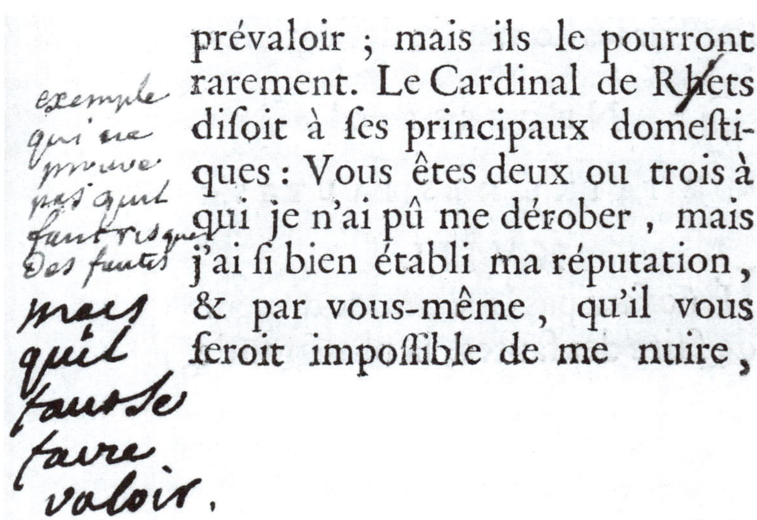

prévaloir ; mais ils le pourront rarement. Le Cardinal de Rhets diſoit à ſes principaux domeſtiques : Vous êtes deux ou trois à qui je n'ai pû me dérober, mais j'ai ſi bien établi ma réputation, & par vous-même, qu'il vous ſeroit impoſſible de me nuire,

exemple qui ne prouve pas qu'il faut risquer des fautes

mais qu'il faut se faire valoir.

Fig. 16 : L'*Introduction à la connaissance de l'esprit humain*, p. 156

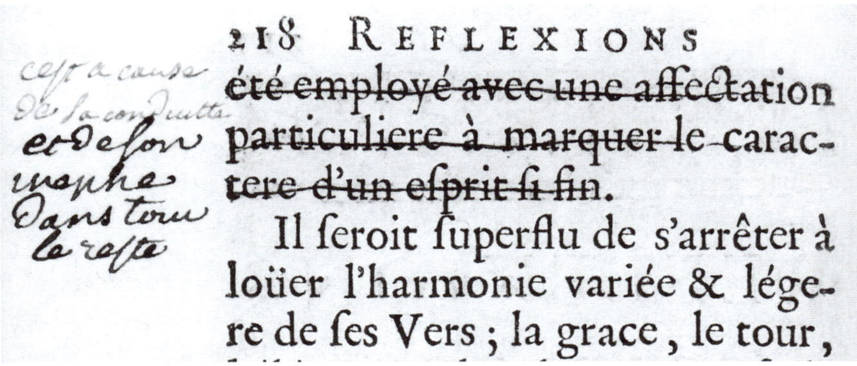

218 REFLEXIONS

~~été employé avec une affectation particuliere à marquer le~~ caractere ~~d'un esprit si fin.~~

Il seroit superflu de s'arrêter à loüer l'harmonie variée & légere de ses Vers ; la grace, le tour,

Fig. 17 : L'*Introduction à la connaissance de l'esprit humain*, p. 218

Les différentes techniques et couleurs d'encre dans le volume de Vauvenargues montrent l'intensité du travail de Voltaire et révèlent des retours où non seulement il relit le *textus*, mais ses propres *marginalia* également, en les modifiant parfois. Les couches de l'annotation dans l'exemplaire sont les indices du don qu'il fait à Vauvenargues, don de lui-même, de son temps. Générosité sans complaisance, car le commentaire a beau contenir des louanges, la plus grande partie est constituée de critiques pour aider son ami à améliorer son ouvrage (voir la lettre de Voltaire citée plus haut, p. 78-79).

Comme les encres différentes qui peuvent être le signe de plusieurs lectures, dans un même ouvrage, une technique rare présente dans de multiples ouvrages peut suggérer une lecture en parallèle, ou une opération plus complexe portant sur plus d'un volume à la fois. Il en va ainsi dans deux éditions du *De l'homme* d'Helvétius qui contiennent des soulignements faits au crayon bleu. Les deux éditions qu'en possède Voltaire datent de 1773 et de 1774, ce qui exclut presque certainement une possession antérieure par un autre. Qui plus est, dans les deux cas les soulignements sont accompagnés d'annotations de Voltaire laissées sur des signets (à l'encre). Le crayon bleu semblerait donc bien être de lui, quoiqu'il ne soit utilisé que très rarement parmi ses *marginalia* et dans ses brouillons[40]. Plus curieusement, le premier exemplaire voit se succéder, sur 400 pages, des soulignements au crayon bleu et au crayon rouge (il s'agit bien d'un crayon rouge et non d'un crayon de sanguine, dont la couleur tire beaucoup plus sur le brun[41]). Or,

---

40. Le seul autre endroit où nous avons repéré l'usage du crayon bleu est l'ouvrage d'Antoine-Étienne Mille, *Abrégé chronologique de l'histoire ecclésiastique, civile et littéraire de Bourgogne*, t. 1, p. xvi – voir *CN*, t. 5, p. 644-645.

41. *CN*, t. 4, p. 331, n. *b* ; p. 332, n. *c*, *e* ; p. 333, n. *a*.

dans celui-ci, entre autres, Voltaire a souligné en rouge, t. 2, p. 599 : « St. Thomas en est un exemple. Machiavel dans son Prince n'avança jamais les propositions que ce Saint enseigne dans son Commentaire […] ». Un signet collé au verso attire l'attention du lecteur sur la présence d'informations sur « S^t^ tomas / machiavel ». Dans l'édition de l'année suivante, Voltaire a souligné presque le même passage à l'identique, t. 3, p. 145 : « St. Thomas en est un exemple. Machiavel dans son Prince n'avança jamais les propositions que ce Saint enseigne dans son Commentaire […] » – mais ici le soulignement a été tracé au crayon bleu[42], qui ressemble parfaitement à celui dont on voit les traces dans l'exemplaire de 1773, t. 2, p. 93 et 289. Cette fois-ci, le signet, encore une fois collé au verso, annonce : « S^t^ tomas / précurseur / de machia / vel ». Le papier des deux signets n'est pas le même. Sans pouvoir résoudre l'énigme posée par ces traces, il nous semble que les crayons de couleur ici sont révélateurs de lectures croisées et peut-être simultanées qui pouvaient porter sur plus d'un volume à la fois. Les *marginalia* comporteront toujours des zones d'ombre, mais la diversité des techniques témoigne discrètement de la complexité de certaines lectures.

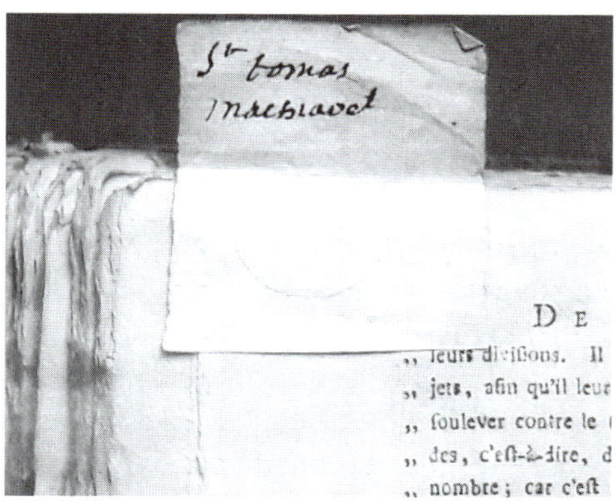


Fig. 18a : Signet collé
dans *De l'homme* d'Helvétius,
édition de 1773, t. 2, p. 602

42. *CN*, t. 4, p. 334. Le soulignement partiel reflète celui de Voltaire.

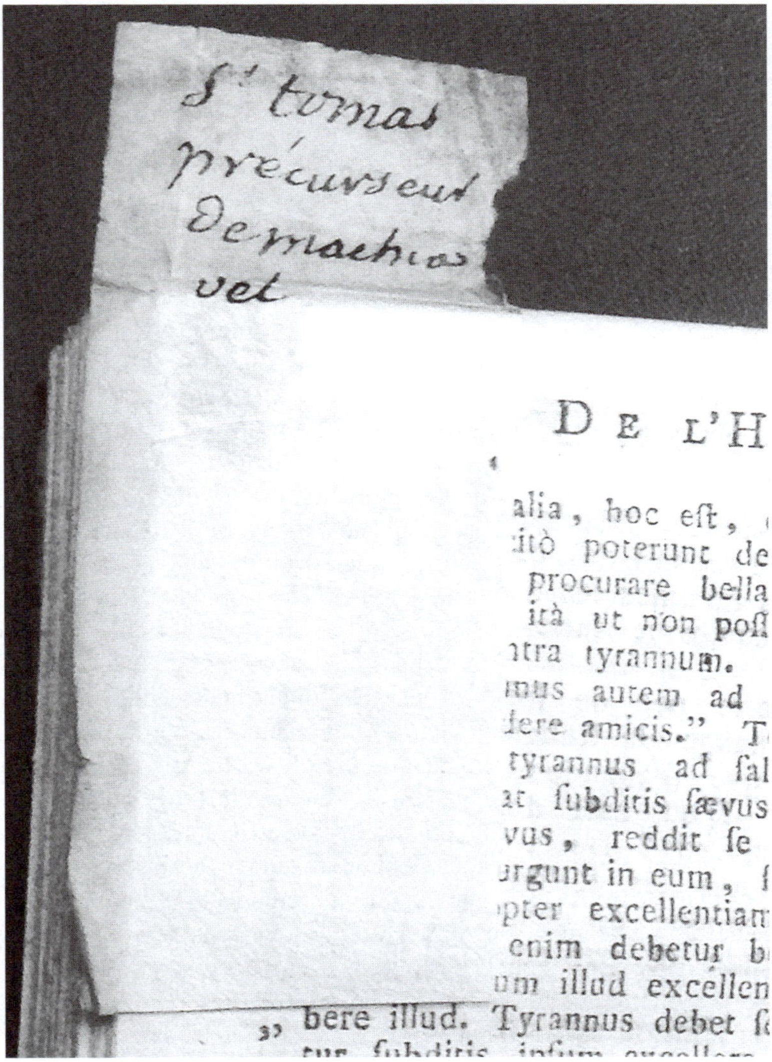


Fig. 18b : Signet collé
dans *De l'homme* d'Helvétius,
édition de 1774, t. 3, p. 146

## Les signets

Le fait que plusieurs signets dans ces volumes d'Helvétius soient collés, comme dans une soixantaine d'ouvrages de la bibliothèque, est éloquent : il s'agit vraisemblablement de traces qui ont revêtu une importance particulière pour Voltaire. On peut aussi les distinguer des signets non collés insérés dans le tome 1 de l'édition de 1773, aux pages 173 et 222[43]. Ceux-ci, d'un même papier (différent de celui utilisé pour les autres signets dans le même ouvrage), et dont la déchirure en haut du premier correspond visiblement à celle en haut du second, portent une écriture plus grande que celle qui apparaît sur les signets précédents. En outre, ces deux signets non collés sont plus étroits (2,0-2,5 cm) que ceux qui sont collés (3 cm). Les signets plus larges, collés, portant une écriture plus petite, et les signets plus petits, insérés librement entre les pages du volume, et dont les caractères qui les recouvrent sont plus grands suggèrent deux lectures distinctes.

Dans les trois volumes de l'*Histoire de la maison de Stuart* de Hume, les nombreux signets sont faits de plusieurs papiers différents. Il est légitime de penser que les trois derniers signets du tome 1, qui concernent le règne de Charles I^er^ en 1641-1642 avant la guerre civile, datent de la même lecture[44]. En les rapprochant les uns des autres, il est possible de reconstituer une partie de la feuille de papier qui a été déchirée pour les fabriquer (illustration 19). Les éditeurs du *Corpus* font le même exercice pour les signets fabriqués à partir d'une lettre, d'un manuscrit ou d'un imprimé[45].

Il faut être prudent au moment de tirer des conclusions fondées sur la codicologie des signets : à moins qu'ils soient collés, ces bouts de papier peuvent avoir été déplacés ou réutilisés lors de différentes lectures. Voltaire peut également se servir d'une collection de signets hétéroclites (peut-être recyclés dans certains cas ?) au cours d'une seule lecture. Le papier constitue toutefois un élément de plus à prendre en considération en examinant les techniques auxquelles Voltaire a eu recours pour marquer son passage à l'intérieur d'un volume. D'autres objets insérés entre les pages peuvent témoigner également des circonstances de la lecture : René Pomeau évoque des brins d'herbe et un fétu de paille, « vestiges d'une lecture aux champs[46] ». La présence de ces objets n'est malheureusement pas indiquée

43. *CN*, t. 4, p. 329.

44. Pages 408, 446 et 450 (*CN*, t. 4, p. 555).

45. Voir par exemple les signets dans Charles Rollin, *Histoire ancienne*, 13 vol. (Amsterdam, Wetstein et Smith, 1734-1739, BV3009) et *Histoire romaine*, 16 vol. (Amsterdam, Wetstein et Smith, 1739-1748, BV3010) ; *CN*, t. 8, p. 430, 434 (illustrations 25 et 26).

46. « Voltaire et ses livres », *Saggi et ricerche di letteratura francesi* (1961), n° 2, p. 133-138 (ici p. 134).

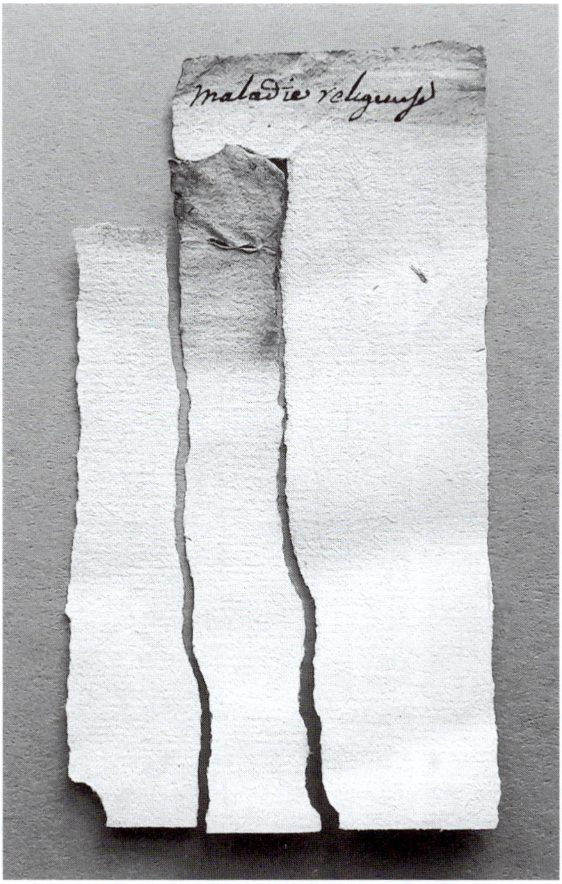


Fig. 19 : Trois signets dans Hume,
*Histoire de la maison de Stuart*, t. 1, p. 408, 446, 450

dans le *Corpus*, et comme R. Pomeau ne précise pas l'endroit où ils se trouvent, nous n'avons pas pu confirmer son affirmation, bien que nous soyons tombée sur une petite fleur jaune entre les pages d'une brochure, *Ils reviendront, ils ne reviendront pas ; ou le pour et le contre*[47]. L'usage de cartes à jouer comme signets est une pratique courante et attestée chez Voltaire, qui s'en servait également pour écrire des billets à quelques-uns parmi ses correspondants, notamment à Mme d'Épinay, et certains signets faits de cartes à jouer sont même annotés, par exemple dans *De l'esprit des lois* (illustration 20[48]).

---

47. S.l.n.d. [1771], BV1709, absent dans le *Corpus*. La fleur se trouve p. 6-7.
48. 2 vol. (Leyde, Libraires associés, 1749, BV2496), t. 1, p. 341 ; *CN*, t. 5, p. 748.

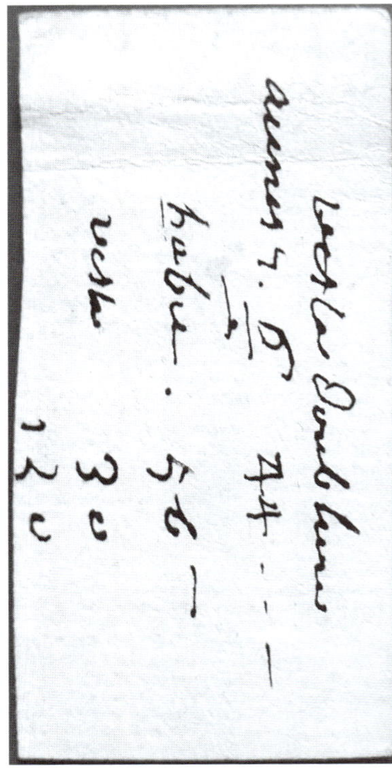

Fig. 20a et 20b : Carte à jouer utilisée par Voltaire pour calculer ses dépenses chez le tailleur, puis découpée et employée comme signet annoté dans Montesquieu, *De l'esprit des lois*, t. 1, p. 341 (les numéros de page au crayon sont dus au travail de conservation à la BnR)

Les livres de la bibliothèque de Voltaire contiennent des traces de toute la culture matérielle de Ferney, peut-être même des demeures antérieures de l'écrivain. Pratiquement tout aspect de la vie finit par franchir le seuil de la bibliothèque, tout chez Voltaire revient inlassablement à lire et à écrire, et il est salutaire de ne pas oublier la variété qui caractérise ces lectures, variété toujours vivante et en quelque sorte attachante.

## Le rognage

Une troisième manière de distinguer entre plusieurs strates d'annotation est d'examiner attentivement les marges du point de vue du rognage. Assez souvent, des notes de Voltaire sont coupées par la lame du relieur lorsque l'opération de reliure a lieu après une première lecture. Les *marginalia* de Voltaire ne sont pas uniques de ce point de vue. Coleridge a noté au début des *Philosophische Schriften* de Friedrich Wilhelm Joseph

Schelling : « *The Book-binder has docked my former notes, but I understand enough to find that my first impressions were the same as my present ones*[49]. » D'autres lecteurs prenaient des précautions : Horace Walpole avait l'habitude de laisser des avertissements à l'intention du relieur sur la page de garde (« *if this book ever be bound, care should be taken not to cut the margins of the leaves, as notes are written on some to the bottom*[50] »).

Si Voltaire envoyait de tels messages à ses relieurs, ils ne nous sont pas parvenus. Le cas est rare, mais il arrive que des notes de Voltaire aient été sciemment préservées. Dans le pot-pourri « Genève », un ouvrage de Jean-Robert Tronchin, les *Lettres populaires, où l'on examine la réponse aux Lettres écrites de la campagne*[51], contient une note marginale à la page 40 qui a été protégée du processus de rognage grâce à des incisions pratiquées dans le papier au-dessus en en dessous de la note, ce qui permet de plier le papier qui porte la note et de l'éloigner de la zone qui risque d'être coupée (voir illustration 21). Plusieurs autres notes dans le même volume ont cependant subi le sort de la coupure (p. 45, 59, 60-65), peut-être parce que jugées à tort comme étant suffisamment à l'abri du danger.

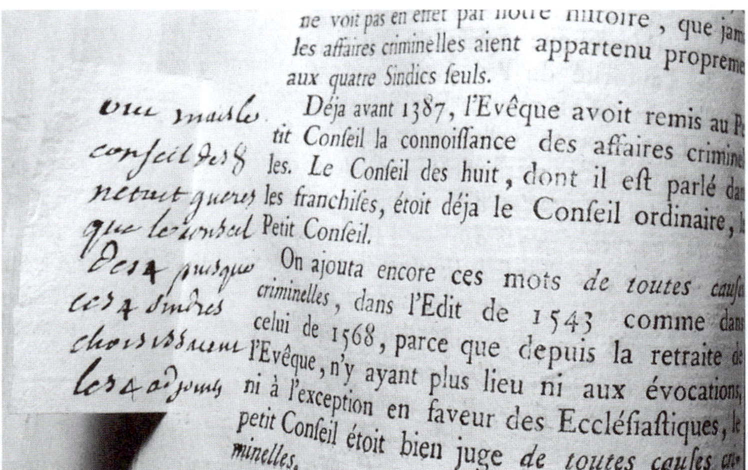
ne voit pas en effet par notre histoire, que jam
les affaires criminelles aient appartenu propreme
aux quatre Sindics seuls.

Déja avant 1387, l'Evêque avoit remis au P
tit Conseil la connoissance des affaires crimine
les. Le Conseil des huit, dont il est parlé da
les franchises, étoit déja le Conseil ordinaire,
Petit Conseil.

On ajouta encore ces mots *de toutes cau*
*criminelles*, dans l'Edit de 1543 comme dan
celui de 1568, parce que depuis la retraite d
l'Evêque, n'y ayant plus lieu ni aux évocations
ni à l'exception en faveur des Ecclésiastiques, l
petit Conseil étoit bien juge *de toutes causes cri*
*minelles*.

Fig. 21 : Note protégée du rognage dans Tronchin, *Lettres populaires*, p. 40

49. Whalley, « Editorial practice », p. lxxiv.

50. Dans le *Topographical Survey of the Great Road from London to Bath and Bristol* d'Archibald Robertson (Heather Jackson, *Romantic Readers*, p. 206).

51. S.l.n.d. [1765], BV3364.

Si, cependant, certaines notes ont été tronquées au moment de la reliure tandis que d'autres s'accommodent aux nouvelles marges, il est raisonnable de supposer qu'il est question de plus d'une lecture, l'une avant, l'autre après le travail de reliure. Il en est ainsi avec *De l'esprit* d'Helvétius. Presque toutes les notes de Voltaire présentes en marge sont entièrement visibles. Une série de onze notes, par contre, entre les pages 312 et 337, ce qui correspond au discours III, chapitres 7-12, sont sévèrement mutilées. Voltaire est repassé par là après le relieur, car à plus d'un endroit (mais pas partout) il ajoute les mots ou parties de mots manquants (illustration 22).

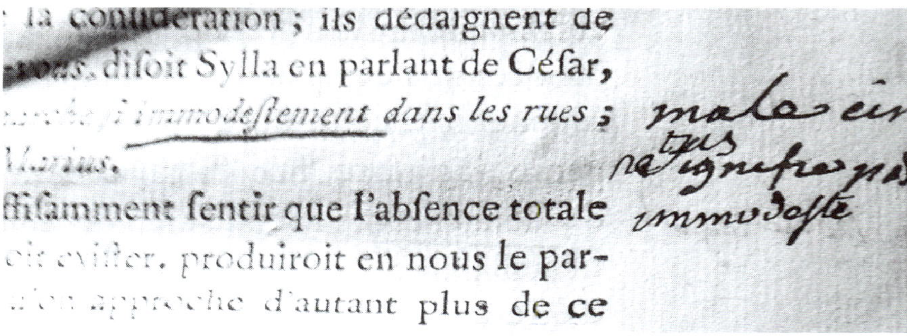


Fig. 22 : Note tronquée : « male cin[ctus ne] / signifie pas [immodeste] », où Voltaire a réécrit la partie manquante de la note originale (Helvétius, *De l'esprit*, p. 319)

Plus loin, on voit très clairement deux niveaux de notes, une première note dont une partie a disparu (et qui n'a pas été complétée par Voltaire) suivie de deux autres qui présentent une écriture à caractères plus petits, et qui rentrent dans la nouvelle marge (illustration 23). Les notes tronquées de cette manière ont l'avantage non seulement de signaler la présence de deux couches de *marginalia*, mais également d'établir l'ordre probable des deux lectures.

L'examen du *Corpus* permet de repérer une trentaine d'ouvrages où les notes ont été rognées. Il importe de dire, toutefois, que là où, dans *De l'esprit*, Voltaire a complété la partie absente de la note, les éditeurs ne l'indiquent pas. Aucune indication non plus si la lame a entamé légèrement une lettre en laissant le mot lisible. Il est donc pratiquement sûr que le nombre de notes appartenant visiblement à des niveaux de lecture différents est de loin plus important que ce que laisse deviner cet outil de recherche.

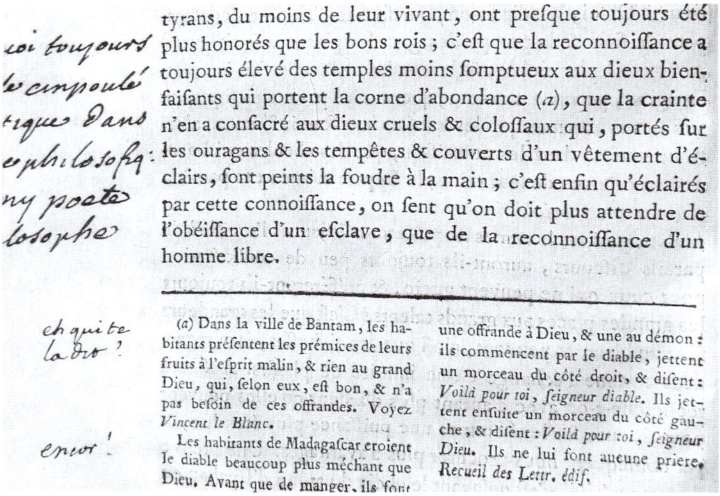

tyrans, du moins de leur vivant, ont presque toujours été plus honorés que les bons rois ; c'est que la reconnoissance a toujours élevé des temples moins somptueux aux dieux bienfaisants qui portent la corne d'abondance (*a*), que la crainte n'en a consacré aux dieux cruels & colossaux qui, portés sur les ouragans & les tempêtes & couverts d'un vêtement d'éclairs, sont peints la foudre à la main ; c'est enfin qu'éclairés par cette connoissance, on sent qu'on doit plus attendre de l'obéissance d'un esclave, que de la reconnoissance d'un homme libre.

(*a*) Dans la ville de Bantam, les habitants présentent les prémices de leurs fruits à l'esprit malin, & rien au grand Dieu, qui, selon eux, est bon, & n'a pas besoin de ces offrandes. Voyez *Vincent le Blanc.*

Les habitants de Madagascar croient le diable beaucoup plus méchant que Dieu. Avant que de manger, ils font une offrande à Dieu, & une au démon : ils commencent par le diable, jettent un morceau du côté droit, & disent : *Voilà pour toi, seigneur diable.* Ils jettent ensuite un morceau du côté gauche, & disent : *Voilà pour toi, seigneur Dieu.* Ils ne lui font aucune priere. *Recueil des Lettr. édif.*

Fig. 23 : Helvétius, *De l'esprit*, p. 334.
Deux strates d'annotation repérables à cause des résultats du rognage

## Manier le livre

### Dans l'atelier du relieur

Un seul « reste » de l'envoi d'un livre chez le relieur subsiste dans la bibliothèque de Voltaire. Il s'agit d'un bout de papier avec la mention « à Mr Jacoby », de la main de Wagnière, collé au milieu d'une page dans les *Lettres* de Robert Talbot[52]. Jean-Samuel Jacoby était relieur à Genève, et on trouve son nom dans les comptes de Voltaire depuis décembre 1760 jusqu'en février 1777[53]. Que peut signifier ce papier sinon qu'un paquet de livres fût envoyé à ce relieur et que l'étiquette qui les lui destinait fût collée par mégarde à l'intérieur d'un des volumes ?

En y regardant de plus près, il est cependant possible de comprendre d'autres *marginalia* à la lumière du nécessaire passage chez le relieur. Plusieurs inscriptions sur la page de garde ou sur le faux-titre sont vraisemblablement des indications à l'intention du relieur, par exemple les mentions inscrites par Wagnière et Voltaire en début des tomes du périodique

52. *Lettres du chevalier Robert Talbot de la suite du duc de Bedford à Paris en 1762*, 2 vol. (Amsterdam, Changuion, 1768, BV3245), t. 1, p. 128.

53. *Voltaire's household accounts 1760-1778*, éd. Th. Besterman (Genève et New York, Institut et musée Voltaire et The Pierpont Morgan Library, 1968), index, p. 313.

*Éphémérides du citoyen.* « Citoien, Chine », « Citoien », « chouking », « Citoien pologne », mots qui semblent avoir servi de modèle pour le titre qu'on trouve marqué au fer sur le dos de chaque volume[54]. Il eût été inutile de recopier à l'intérieur du volume le titre donné au dos ; force est donc de conclure que ces mots précédaient la reliure et étaient là pour guider cette opération. Voltaire est même intervenu à un endroit où, après le « Citoien » de Wagnière, il a ajouté « Sulli » pour plus de précision[55].

Des notations semblables sont rattachées aux ouvrages qui se trouvent être le premier élément d'un pot-pourri, le nom donné par Voltaire aux recueils factices rassemblant de nombreux courts textes. Ainsi, l'*Analyse de la religion chrétienne* de Du Marsais porte sur le faux-titre la mention « Pot pouri h. h. » de la main de Wagnière[56], ce qui sert de titre d'ensemble pour le recueil. *Le Militaire Philosophe* de Naigeon présente le même cas de figure, les mots « Pot pouri curieux » figurant sur le faux-titre[57]. Il y a une douzaine d'autres exemples parmi les pots-pourris de Voltaire.

On trouve au moins un imprimé agrémenté d'un tel titre, mais non pas en tête de recueil : au sein du recueil « Abrege de la Societ de Jesus », et la première pièce et la dernière comportent la notation « jésuites » de la main de Voltaire[58]. Une raison possible de ce décalage serait que le mot ait été ajouté à plusieurs textes en attendant d'expédier le paquet chez le relieur. Il se peut également que Voltaire ait dérangé l'ordre des pièces avant de les envoyer à Jacoby. (À noter que la présence de ce qui semble être une page de garde à l'intérieur du recueil laisse songeur devant l'affirmation de R. Laufer selon laquelle, au dix-huitième siècle, celle-ci est ajoutée au moment de la reliure[59] – à moins que l'ouvrage fût relié séparément avant d'être intégré à la collection.)

On voit à un endroit que dans l'atelier le pot-pourri [98] est rogné de sorte que le texte imprimé d'une des pièces, la *Relation de ce qui est arrivé à Stockholm le 19 août 1772, au 21 inclusivement*, s'en est trouvé endommagé[60]. Ici le relieur a dû s'en apercevoir, car deux pages ont été

---

54. 12 vol. (Paris, Delalain et Lacombe, 1767-1771, BV1224), *CN*, t. 3, p. 420-426.

55. Tome 9 [1770] (*CN*, t. 3, p. 423).

56. S.l.n.d. [1766], BV1141 ; *CN*, t. 3, p. 293. Pour le contenu du pot-pourri h-h, voir *BV*, p. 999.

57. Londres [Amsterdam, Rey], 1768, BV2550 ; *CN*, t. 6, p. 21. Cet imprimé est conservé dans le pot-pourri curieux [*3*] – voir *BV*, p. 1001.

58. Il s'agit de l'*Abrégé chronologique de l'histoire de la Société de Jésus*, publié anonymement par Jacques Tailhé (s.l., s.n., 1760, BV3241) et de la *Lettre d'un évêque à un de ses confrères* (s.l.n.d., BV2088 ; *CN*, t. 5, p. 334).

59. « Les espaces du livre », dans *Histoire de l'édition française*, éd. R. Chartier et H.-J. Martin, 4 vol. (Paris, Fayard, 1989-1991), t. 2, p. 156-172, ici p. 159.

60. Versailles, imprimerie du département des Affaires étrangères, 1772, BV2923 ; *CN*, t. 7, p. 327. Cette particularité n'est pas mentionnée dans *CN*.

reconstruites, les bandes coupées étant recollées à l'aide d'autres petites lamelles de papier. L'accident est survenu en grande partie parce que la *Relation* (ainsi que l'imprimé qui suit dans le recueil, les *Chefs-d'œuvre dramatiques*) est un in-quarto relié avec des in-octavos[61]. Nous y reviendrons, car le moment est venu d'examiner de plus près ces pots-pourris.

## Le « pot-pourri », bibliothèque en miniature

Henri Rieu, le voisin de Voltaire à qui celui-ci a fini par léguer ses livres en anglais, écrivit à Friedrich Melchior Grimm en septembre 1778 concernant la bibliothèque du château de Ferney : « ce qui me paraît le plus curieux ce sont ses pots-pourris : il donnait ce nom à plusieurs brochures qu'il faisait relier ensemble ; il s'y trouve même quelques manuscrits[62] ». Rieu était bien informé, et il semble peut-être avoir joué un rôle dans la fabrication de ces recueils, car Voltaire lui écrit en 1770 ou 1771 (D16921, datation de Besterman) :

> Permettez que je vous envoie encore quelques rogatons in-4 pour le pot-pourri, et deux autres pour les petits pots-pourris 8.
>
> Voici dix louis pour le paiement des livres. Je payerai le relieur avec la même exactitude.

Mais il semblerait que Rieu était surtout impliqué dans les pots-pourris contenant les œuvres de Voltaire[63]. Quelle était la motivation qui poussait Voltaire à relier ensemble ces diverses pièces ? Dans l'article « Génération » de ses *Questions sur l'Encyclopédie*, il évoque « ces petites brochures qui se perdent quand elles ne sont pas enchâssées dans des volumes d'une taille plus fournie[64] ». En effet, le rôle principal de la reliure était la conservation : Jeffery Todd Knight soutient que c'était l'acte de relier et non celui d'imprimer qui préservait des textes, et que des feuilles imprimées tombaient souvent aux oubliettes ou étaient recyclées à la manière d'autres éphémères[65]. S'agit-il donc d'une pratique purement fonctionnelle ?

---

61. Voltaire mêle donc les formats, n'en déplaise à Ch. Paillard (« Un “dictionnaire vivant” : Jean-Louis Wagnière, témoin des pratiques de lecture et d'écriture de Voltaire », p. 253). D'autres exemples seront cités plus loin.

62. Document reproduit par Sergueï Karp dans *Quand Catherine II achetait la bibliothèque de Voltaire*, p. 42. L'original se trouve aux Archives d'actes anciens de l'État russe (RGADA) à Moscou : F. 30, opis 1, nº 10 (3), f. 19*v*.

63. *BV*, « Sommaire », p. 1151-1159 (ici p. 1155).

64. *OCV*, t. 42A, p. 11.

65. Voir Christina Lupton, *Knowing Books: the consciousness of mediation in eighteenth-century Britain* (Philadelphia, PA, University of Pennsylvania Press, 2012), p. 135. Voir aussi Jackson, *Romantic Readers*, p. 88-90.

Olivier Ferret, dans l'unique étude consacrée aux pots-pourris, signale le caractère hétéroclite de ces 146 recueils renfermant plus de 1 300 pièces et dont certains ne comportent « aucun principe de composition cohérent[66] ». Ce ne sont pas seulement les pots-pourris dotés de titres thématiques qui constituent des regroupements cohérents. Le pot-pourri 78, par exemple, identifié par un simple chiffre, rassemble des arrêts et autres documents juridiques imprimés in-quarto et datant tous de la première moitié des années 1760. Deux étiquettes au dos portent « arrest / contre jesuites » et « [...]urs » (arrêts des cours ?), bien que toutes les pièces ne soient pas du même niveau juridique : le *Règlement concernant le bétail à cornes*, par exemple (1765), constitue une déclaration du président et des assesseurs du Conseil de santé de la ville de Berne.

Contenu du Pot-pour[r]i 78

| | |
|---|---|
| 1. Déclaration du roi, qui rétablit le Centième denier sur les immeubles fictifs. Donnée à Versailles le 24 Avril 1763 | |
| 2. Arrêt de la cour du Parlement (6 août 1761) | « contre les jesuites » écrit au-dessus du bandeau du titre de départ |
| 3. Arrêt... Sur le fait de l'Inoculation (8 juin 1763) | |
| 4. Arrêt du parlement de Rouen (12 février 1762) | « contre les jesuites » écrit au-dessus du bandeau du titre de départ |
| 5. Arrêt du conseil d'État du roi (1er mars 1761) | |
| 6. Arrêt... (6 août 1761) | |
| 7. Arrêt... (Fin août 1762) | Annoté avec signets |
| 8. Extrait des registres (11 juillet 1763) | |
| 9. Idée générale des vices principaux | |
| 10. Mémoire à consulter... Sur le procès criminel qui s'instruit à la Tournelle | Signet « avocats des consultations » pour signaler le début de ce texte |

66. « Des "pots-pourris" aux "mélanges" », *Revue Voltaire* 6 (2006), p. 35-51 (ici p. 36, 38).

| | |
|---|---|
| 11. Exposition des droits des dissidents (le. [*sic*] décembre 1766) | |
| 12. Règlement concernant le bétail à cornes (12 août 1765) | In-4 mais plus petit que les autres pièces |
| 13. Règlements généraux pour les justices seigneuriales | In-4 mais plus petit que les autres pièces |

Il semblerait que les annotations proviennent pour la plupart d'avant la reliure : les deux titres « contre les jésuites » (pièces 2 et 4) n'ont de sens que s'ils précèdent la présence de la bandelette sur le dos du recueil. L'*Arrêt* de fin août 1762 a été annoté avant d'être relié : plusieurs notes ont été rognées sévèrement (p. 8-9, 27, 28, 29, etc.). Quatre notes sont situées dans la marge intérieure (phénomène sur lequel nous reviendrons au chapitre III, voir ci-dessous, p. 105-107). Celles-ci (p. 29, 32, 36) semblent également avoir précédé la reliure, la marge étant devenue difficile d'accès lors de cette opération. Wagnière, sinon Voltaire, est revenu à ce volume après la reliure, car il a posé des signets « n.m. » annotés à l'encre brune. Des traits verticaux en marge extérieure apparemment tracés de la même encre semblent signaler l'emplacement des notes marginales, peut-être parce que la marge intérieure n'est plus très visible après la reliure. (La note p. 36 n'est cependant pas signalée.)

Le signet placé avant la pièce 10 témoigne d'un usage d'après la formation du recueil. Celui-ci ressemble aux signets repères qu'on trouve partout ailleurs dans la bibliothèque de Voltaire, mais il est particulier aux pots-pourris dans la mesure où il sert à localiser un ouvrage à l'intérieur du recueil. Dans plusieurs pots-pourris de tels signets marquent non des passages spécifiques qui ont frappé Voltaire à la lecture, mais le début (la page de titre ou le faux-titre) d'un ouvrage. Aussi dans le pot-pourri V, un signet annoté de la main de Voltaire « guignes / sur les / chinois » marque-t-il la page de titre de Joseph de Guignes, *Mémoire, dans lequel on prouve, que les Chinois sont une colonie égyptienne*[67]. Deux signets se trouvent dans le pot-pourri XII : l'un, annoté « testament / richelieu », pour signaler la *Lettre sur le Testament politique du cardinal de Richelieu* d'Étienne Lauréault de Foncemagne[68], l'autre les *Doutes sur la dissertation de M. de Guignes, qui a pour titre : Mémoire* […] de Michel-Ange-André Le Roux Desheutesrayes[69]. Le signet est annoté

67. Paris, Desaint et Saillant, 1759, BV1574 ; *CN*, t. 4, p. 257.
68. S.l., s.n., 1750, BV1356 ; *CN*, t. 3, p. 639.
69. Paris, Prault et Duchesne, 1759, BV2052 ; *CN*, t. 5, p. 313.

« chine / egypte ». S'il est douteux que les deux signets du pot-pourri XII aient été placés au même moment, il est plausible que le signet indiquant l'ouvrage de Guignes et celui marquant la réponse de Le Roux, dans deux pots-pourris séparés, procèdent d'un seul mouvement. Une autre lecture parallèle semble indiquée par les signets annotés « duc daiguillon » dans deux ouvrages de Simon-Nicolas-Henri Linguet, le premier étant cependant publié anonymement : le *Mémoire pour M. le duc d'Aiguillon*[70] et les *Observations sur l'imprimé intitulé : Réponse des États de Bretagne au mémoire du duc d'Aiguillon*[71]. Le premier se trouve dans le pot-pourri 75, l'autre dans le pot-pourri 77. Dans ces deux cas de lectures apparemment simultanées, l'intérêt particulier que Voltaire avait pour ces ouvrages semblerait s'être manifesté après la fabrication des recueils, ne les aurait-il pas sinon mis ensemble dans un seul pot-pourri ? Dans le même pot-pourri 77 que les *Observations* de Linguet, le signet « creation / des conseils / superieurs », affichant le début de l'*Édit du roi* [Louis XV]*, portant création de Conseils supérieurs*[72], ne semble pas entretenir de relation avec l'autre texte signalé.

L'« économie de la diversité » qui caractérise les pots-pourris selon O. Ferret est admirablement illustrée par le pot-pourri t. 49. Il compte 38 pièces, dont trois sont des doublons (soit la même édition à l'identique, soit une autre édition du même texte). Le recueil commence de façon plus ou moins ordonnée, avec une dizaine d'arrêts et autres textes juridiques de la période 1762-1766, mais bientôt on voit entremêlés à ceux-ci poésies, textes polémiques, tragédies, lettres. Non seulement il y a variation dans les genres, mais dans les formats (ce sont majoritairement des in-4, mais avec quelques in-8 aussi), et dans les langues des textes (on y trouve l'*Elegy written in a country churchyard* de Thomas Gray ainsi qu'une traduction italienne du *Russe à Paris* de Voltaire, *Il Russo a Parigi*). Qui plus est, des 38 pièces, plus ou moins le quart (8) sont des manuscrits.

Comme dans le pot-pourri t. 49, la composition de bon nombre de ces recueils montre non seulement comment Voltaire se crée des collections de textes et comment il les exploite, mais il semble que pour lui il n'y a aucune distinction à établir entre manuscrits et imprimés. Nous allons examiner quelques exemples de *marginalia* dans les manuscrits.

70. Paris, Quillau, 1770, BV2130 ; *CN*, t. 5, p. 406.
71. Paris, Le Jay, 1771, BV2132 ; *CN*, t. 5, p. 406.
72. Paris, Imprimerie royale, 1771, BV2196 ; *CN*, t. 5, p. 445.

**Manuscrit vaut imprimé**

Premièrement, le manuscrit d'un autre peut servir de base pour un projet d'édition. L'on sait qu'en 1766 Voltaire publie pour la première fois dans le *Recueil nécessaire* une version raccourcie de l'*Analyse de la religion chrétienne*, texte qu'il attribue à Du Marsais[73]. C'est cependant sur le manuscrit de sa bibliothèque qu'on peut voir les corrections apportées de sa propre main à un manuscrit d'une main de copiste qui entra en sa possession[74]. Ces modifications correspondent exactement au texte du *Recueil* et le document a sans doute servi à faire une copie au net pour envoyer chez l'imprimeur. Voltaire a gardé ce manuscrit dans sa bibliothèque après en avoir fait usage.

Similaire dans la mesure où Voltaire s'en sert en vue d'une publication est le manuscrit d'*El Honrador de su padre* de Juan Bautista Diamante, relié dans le pot-pourri Dissertation [t. 13]. En tête du manuscrit, Voltaire a écrit : « tragedie du cid / presque inconue / dont corneille a tiré plusieurs / scenes ainsi que de Guilain / de castro ». Il revient plus d'une fois dans ses œuvres publiées à l'idée erronée que Corneille s'inspira de cette tragédie espagnole en écrivant *Le Cid* : d'abord dans les *Commentaires sur Corneille* (1764), ensuite dans un article de la *Gazette littéraire* de la même année, à l'article « Exagération » des *Questions sur l'Encyclopédie* (1771), puis dans la *Lettre de Monsieur de Voltaire à Messieurs de l'Académie française*[75] (1776). Il en cite des vers dans les trois premiers textes mais non dans le quatrième.

Plusieurs des passages cités sont signalés en marge de la même plume que celle utilisée pour écrire la note sur la première page. Aux pages 5 et 25 des traits en marge et un signet marquent des vers reproduits dans les *Commentaires sur Corneille*[76], et à la page 31, un signet annoté « vers » et une croix en marge permettent de retrouver un passage utilisé dans l'article « Exagération ». Toutes les traces de lecture sont faites avec la même encre et avec la même plume apparemment, ce qui laisse penser que Voltaire fit une seule lecture plume à la main, en 1764, ou avant, et qu'il y revint en 1771 pour y puiser encore des passages signalés lors de sa première lecture. D'autres traits identifient des vers dont nous n'avons pas trouvé la trace dans des textes publiés de Voltaire.

---

73. Voir Maria Susana Seguin, « De l'*Analyse de la religion chrétienne* à *L'Évangile de la raison* », *Revue Voltaire* 8 (2008), p. 137-149. Le *Recueil nécessaire* est publié en 1766 et non en 1767 comme l'affirme M. S. Seguin (p. 137).

74. Dans le tome 9 des manuscrits, f. 449-464*v*. Voir Fernand Caussy, *Inventaire des manuscrits de la bibliothèque de Voltaire* (Paris, s.n., 1913, réimpr. Genève, Slatkine, 1970), p. 44.

75. Voir l'article « Exagération » des *Questions* (*OCV*, t. 41, p. 293-294, n. 13).

76. *OCV*, t. 54, p. 55, 64.

Les traces de lecture sur ces deux manuscrits nous montrent sous deux angles différents des aspects de la genèse de textes chez Voltaire. Nous reviendrons à cet aspect des *marginalia* au chapitre IV. Comme avec l'*Introduction à la connaissance de l'esprit humain* de Vauvenargues, des manuscrits portent parfois la trace de la participation du philosophe dans la genèse du texte d'autrui. C'est le cas de la *Consultation sur la validité des mariages protestants de France* de Jean-Étienne-Marie Portalis[77], texte que l'auteur a fait parvenir à Voltaire en 1770 pour connaître son avis. Parfois les *marginalia* ressemblent à ceux qui agrémentent les volumes de la bibliothèque, ainsi la remarque « s'il lose » vis-à-vis de la déclaration de Portalis « Que le Magistrat civil ou politique doit respecter la nature, et servir l'humanité » (voir illustration 24). À la page suivante, Voltaire adresse la parole directement à l'auteur pour lui conseiller la marche à suivre lors d'une audience avec le roi : « representez ces raisons / au Roy quand vous le / verrés ».

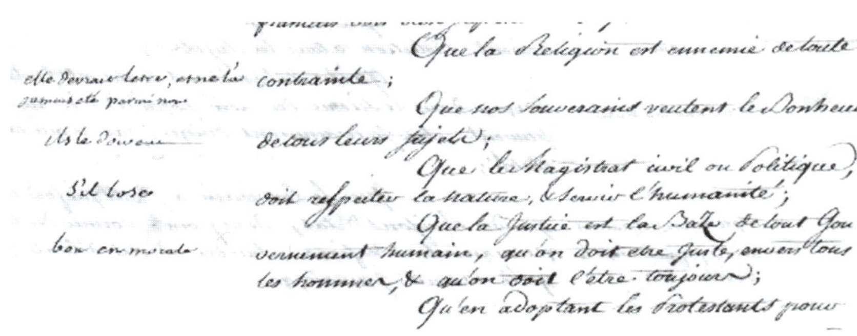
elle devrait l'etre, et ne l'a jamais été parmi nous — Que la Religion est ennemie de toute contrainte ;
Que nos Souverains veulent le bonheur
ils le doivent — de tous leurs sujets ;
Que le Magistrat civil ou politique
s'il lose — doit respecter la nature, & servir l'humanité ;
Que la Justice est la Base de tout Gou
bon en morale — vernement humain, qu'on doit etre juste, envers tous
les hommes, & qu'on doit l'être toujours ;
Qu'en adoptant les Protestants pour

Fig. 24 : Notes de Voltaire sur la *Consultation sur la validité des mariages protestants* de Portalis, p. 112

Un manuscrit annoté peut être envoyé à autrui pour convertir le destinataire à la cause voltairienne. Tel est le *Mémoire* conservé à la Bibliothèque nationale de France, vraisemblablement celui que Voltaire envoie le 3 juin 1759 (D8334) à Jacques Bernard Chauvelin, intendant des finances. Cette lettre, qui commence ainsi : « Le malingre Suisse, l'importun V., vous demande très humblement pardon de vous excéder ; mais ayez pitié de lui », constitue une requête de Voltaire, en tant que propriétaire de Tournay, pour bénéficier des exemptions rattachées à cette

77. Manuscrit acquis en 2014 par la Cour de cassation (Paris). Le manuscrit fait l'objet d'un article d'Ulla Kölving, « Voltaire, Portalis et le mariage des protestants », *Cahiers Voltaire* 12 (2013), p. 169-180, où on peut lire la transcription des *marginalia*.

terre grâce à sa situation dans l'ancien dénombrement du pays de Gex[78], et se clôt sur ces paroles :

> Voulez-vous bien permettre que je vous envoie le mémoire des fermiers généraux noté de remarques de Mathanasius ?
>
> Recevez mes impertinentes prières et mes tendres respects.
>
> le Suisse V.

Dans sa lettre, Voltaire insiste sur son « hélvétitude », sur laquelle il met encore l'accent dans le sous-titre qu'il ajoute au *Mémoire* du fermier général : « avec de petites notes / d'un Suisse » (illustration 25), sans doute pour mieux s'assimiler à la lignée des précédents propriétaires des terres de l'ancien dénombrement.

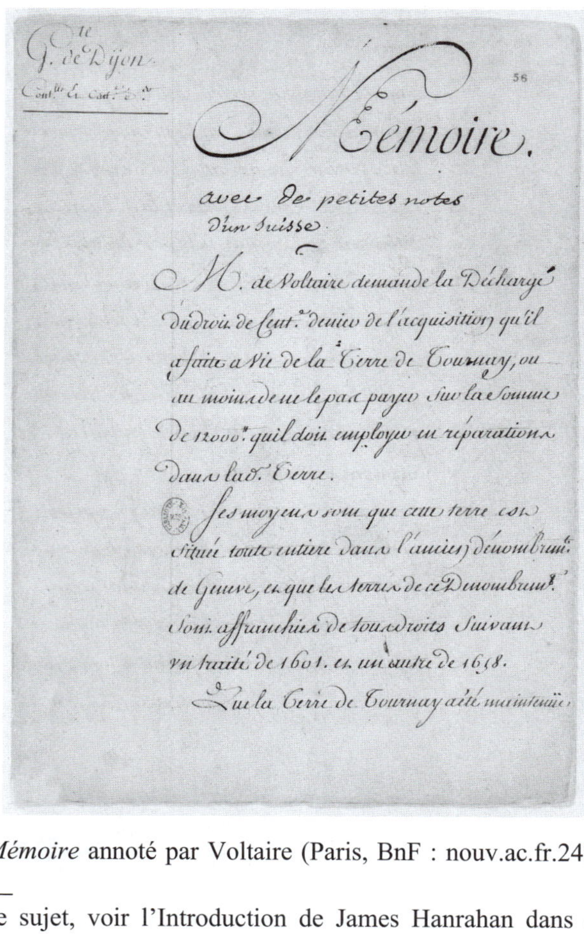

56

Mémoire.

avec de petites notes
d'un Suisse.

M. de Voltaire demande la Décharge du droit de Cent.e denier de l'acquisition qu'il a faite à vie de la Terre de Tournay, ou au moins de ne le pas payer sur la somme de 12000.# qu'il doit employer en réparations dans lad. Terre.

Ses moyens sont que cette terre est située toute entière dans l'ancien dénombrement de Genève, et que les terres de ce Dénombrem.t sont affranchies de tous droits suivant un traité de 1601. et un autre de 1618.

Que la Terre de Tournay a été maintenue

Fig. 25 : *Mémoire* annoté par Voltaire (Paris, BnF : nouv.ac.fr.24342, f. 56*r*)

78. À ce sujet, voir l'Introduction de James Hanrahan dans *OCV*, t. 57A, p. 199-200.

Ces annotations relèvent de l'art de persuader, comme cette note (f. 57*r*) :

> remarques / aucun traitté aucune / déclaration nexempte / detre fessé a la porte / dune église. donc on / doit y etre fessé. / le centieme n'est pas / exprimé. non. ny / la taille non plus, / ny le dixieme, etc. / mais centieme, x$^{eme}$ / taille sont compris / dans tous les droits.

Ou encore (f. 59*r*) celle où Voltaire souligne « inquiéter » dans le manuscrit et s'indigne en marge : « pourquoy donc / m'inquieter ? / inquieterait / on m$^{r}$ de brosses ? / non. je suis / a ses droits. » On peut se demander si ces notes témoignent de réactions spontanées de la part de Voltaire lors de la lecture du *Mémoire*. L'adjectif inséré dans le sous-titre « Réponse [digne] du fermier G$^{l}$ » (f. 57*r*) semble être né d'un moment d'humeur, mais d'autres, par exemple les « remarques » citées plus haut, font probablement déjà partie d'un projet de contre-attaque adressé à Chauvelin.

Enfin il est possible de considérer dans la catégorie des manuscrits la carte de la région de Gex dessinée par Wagnière, quoiqu'on puisse disputer la pertinence de l'expression « traces de lecture » en posant la question de savoir si l'examen d'une carte constitue une lecture au sens propre (illustration 26).

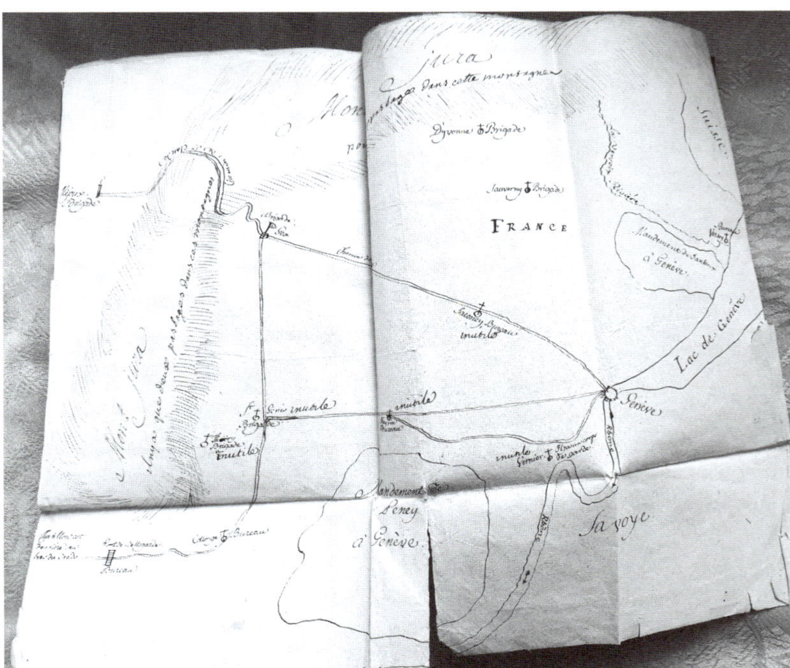


Fig. 26 : Carte du pays de Gex annotée par Voltaire
(Bibliothèque de Voltaire : Manuscrits, t. 13, f. 289)

Sur cette carte Voltaire a prononcé « inutiles » les bureaux de Saconnex, de Meyrin, de Thoiry, de Saint-Genis et de Vernier (bien que le symbole fasse penser à des églises il est vraisemblablement question de bureaux ; voir ci-dessous, n. 79). Il a ajouté aussi, à l'ouest, « il ny a que deux passages dans ces montagnes », et au nord, « point de passage dans cette montagne ». Le rapport entre cette carte et les *Notes concernant le pays de Gex* de 1775 est étroit, mais le but précis des *Notes* n'est pas clair[79]. Le document des *Notes* a dû être séparé des papiers de Voltaire avant le déplacement des manuscrits de Ferney à Saint-Pétersbourg en 1778 : le texte a été publié en 1827 par Jean Clogenson[80]. L'écrivain défenseur des intérêts des Gessiens avait probablement l'intention d'adresser la carte annotée au ministre Turgot, ou peut-être a-t-elle servi dans des échanges avec Louis Gaspard Fabry, le sous-délégué de l'intendant de Bourgogne. Dans ce cas, il pourrait s'agir de notes ostensibles, préparées en visant un objectif politique et économique pour en faire bénéficier le pays de Gex. Si nous atteignons ici les limites de la définition du terme *marginalia*, il s'agit toujours de papiers que Voltaire conservait dans sa bibliothèque et de sa façon particulière d'interagir avec eux, la plume à la main.

Françoise Weil et François Moureau l'ont bien dit déjà, la distinction entre manuscrit et imprimé n'était pas faite au dix-huitième siècle comme nous la faisons aujourd'hui[81]. Il en était ainsi pour Voltaire dans sa bibliothèque. Un jour, dans un supplément au *Corpus*, il faudrait songer à éditer les *marginalia* qu'on retrouve sur les manuscrits de cette collection. Dans un projet différent mais apparenté, le catalogage des pots-pourris reste à faire, encore une fois en prenant en compte les manuscrits, écartés de la liste du contenu des pots-pourris dans le catalogue de la bibliothèque et rassemblés dans une catégorie à part, les « Annexes manuscrites[82] ». Sans

---

79. Voir l'Introduction de J. Hanrahan (*OCV*, t. 77A, p. 8-9). Dans les *Notes*, Voltaire écrit : « Messieurs les fermiers généraux entretiennent soixante-dix-neuf employés dans le pays, qui leur seront inutiles dans cette supposition. La suppression des bureaux de l'intérieur du pays, tels que ceux de Sacconnex et de Meyrin, ne fera aucun tort à ces messieurs » (p. 20).

80. *Œuvres complètes de Voltaire, avec des remarques et des notes historiques, scientifiques et littéraires*, 95 vol. (Paris, Dalibon, 1824-1832), t. 39, p. 332-337.

81. Moureau, « La plume et le plomb », Weil, « La fonction du manuscrit par rapport à l'imprimé », dans *De bonne main : la communication manuscrite au* XVIII*e siècle*, éd. F. Moureau (Oxford et Paris, Voltaire Foundation et Universitas, 1993), p. 6-16, 17-27.

82. *BV*, p. 959-1008 pour les pots-pourris ; p. 1011-1024 pour les « annexes ». La liste de huit imprimés « reliés aux volumes manuscrits » apparaît séparément, et nulle part il n'est possible de trouver l'ordre des imprimés reliés ensemble mais

ces outils de travail, il est difficile de se faire une idée de la façon dont Voltaire se servait de ses volumes et de ses papiers.

Nous avons montré que cette manière qu'avait Voltaire de travailler, si elle se découvre en partie grâce aux *marginalia*, peut aussi jeter un nouvel éclairage sur les *marginalia* : repérer les différents instruments dont Voltaire se servait pour ses annotations peut livrer une interprétation beaucoup plus riche des annotations, dont certaines traces ne sont peut-être même pas de lui ; connaître le nom de son relieur sert à expliquer un « signet » sinon mystérieux, collé au milieu d'une page ; l'examen des pots-pourris permet de rapprocher des signets qui seraient autrement perdus dans la masse d'objets similaires catalogués dans le *Corpus*. Changeons d'angle d'approche pour sonder davantage ce côté matériel des lectures de Voltaire, mais en prenant l'emplacement de la note pour cible : il s'agira dans le prochain chapitre de regarder de plus près le rôle que jouent pour le lecteur les blancs sur la page.

apparemment sans titre, donc pas assimilés aux pots-pourris (par exemple BV174, 2029, 2058, 2272, 2586, 2746, 2747, 3681, 3685).

*Chapitre III*

# La mise en page de la note

Au risque de proférer une banalité, rappelons que la note marginale dépend, tout autant que du *textus* qu'elle commente, des dimensions et de la forme de l'espace blanc qui l'entoure[1]. Cet autre « marginaliste » célèbre, Samuel Taylor Coleridge, mettait à profit, lui aussi, ces blancs typographiques, et semble même avoir tiré une sorte d'inspiration de la contrainte physique qu'ils présentent. George Whalley, responsable de l'édition des *marginalia* de Coleridge, décrit ainsi la relation qu'il entretenait avec les espaces du livre :

> *In general, once Coleridge had developed his "propensity to marginal annotation" he* [...] *seems to have been stimulated rather than inhibited by the chance limitations of the margins. The spaces presented by a printed page were, for him, as much as paper, type, or binding, an essential physical feature of a book; as for a typographer, space assumed constructive value, was a positive element in design. In books that he annotated heavily he made good use of what space was at hand, seldom grumbling about lack of it, his annotations overflowing as occasion suggested (sometimes taxing the ingenuity of an editor to unravel where one annotation left off and another began) into the spaces at chapter openings and endings, the backs of fly-titles, title-pages, and frontispiece engravings. Flyleaves and paste-downs were a special luxury, when needed, and he had little hesitation about writing a note on a title-page*[2].

Les notes de Voltaire suivent un chemin moins labyrinthique, et nous ne connaissons que très peu d'exemples de notes qui débordent sur la page suivante, la note marginale étant pratiquée par Voltaire de façon plus sobre que par ce grand écrivain du romantisme anglais. Un contemporain de Voltaire, cependant, William Warburton, évêque de Gloucester, était capable de laisser de longues notes en marge, notam-

---

1. L'importance des espaces qui accueillent les *marginalia* est affirmée par Emmanuelle Chapron, « Lire plume à la main. Lire et écrire à l'époque moderne à travers les ouvrages annotés du fonds ancien du Centre culturel irlandais à Paris », *Revue française d'histoire du livre* 131 (2010), p. 45-69 (ici p. 48-55).
2. « Editorial practice », p. lxx.

ment dans *Christianity as old as the Creation*, de Matthew Tindal[3], où la première note déborde sur la page précédente, en vis-à-vis (illustration 27).

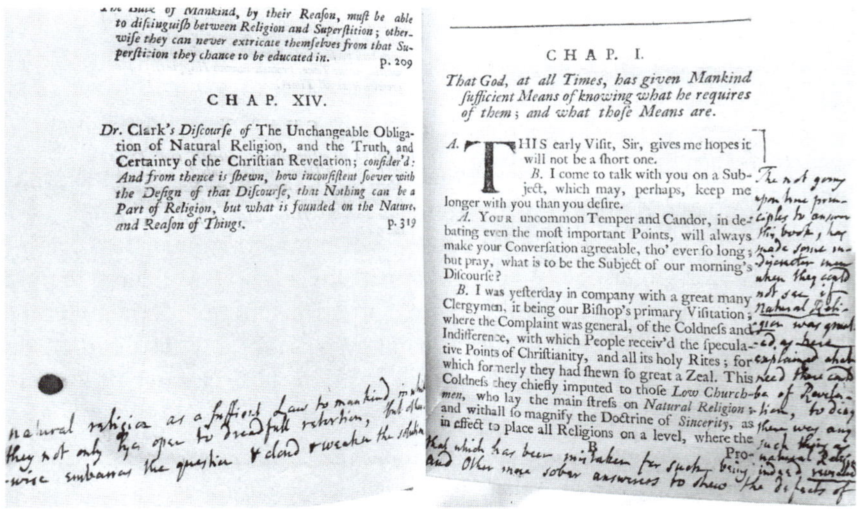
Bulk of Mankind, by their Reaſon, muſt be able to diſtinguiſh between Religion and Superſtition; otherwiſe they can never extricate themſelves from that Superſtition they chance to be educated in. p. 209

CHAP. XIV.

Dr. Clark's *Diſcourſe of* The Unchangeable Obligation of Natural Religion, and the Truth, and Certainty of the Chriſtian Revelation; *conſider'd: And from thence is ſhewn, how inconſiſtent ſoever with the Deſign of that Diſcourſe, that Nothing can be a Part of Religion, but what is founded on the Nature, and Reaſon of Things.* p. 319

CHAP. I.

*That God, at all Times, has given Mankind ſufficient Means of knowing what he requires of them; and what thoſe Means are.*

*A.* THIS early Viſit, Sir, gives me hopes it will not be a ſhort one.

*B.* I come to talk with you on a Subject, which may, perhaps, keep me longer with you than you deſire.

*A.* Your uncommon Temper and Candor, in debating even the moſt important Points, will always make your Converſation agreeable, tho' ever ſo long; but pray, what is to be the Subject of our morning's Diſcourſe?

*B.* I was yeſterday in company with a great many Clergymen, it being our Biſhop's primary Viſitation; where the Complaint was general, of the Coldneſs and Indifference, with which People receiv'd the ſpeculative Points of Chriſtianity, and all its holy Rites; for which formerly they had ſhewn ſo great a Zeal. This Coldneſs they chiefly imputed to thoſe *Low Church-men*, who lay the main ſtreſs on *Natural Religion*; and withall ſo magnify the Doctrine of *Sincerity*, as in effect to place all Religions on a level, where the Pro-

B

Fig. 27 : Note de Warburton, achevée à la page précédente, dans *Christianity as old as the Creation* de Tindal, p. viii-1

Outre les notes « marginales » proprement dites, Voltaire mettait parfois à profit ces autres espaces du livre, les pages préliminaires, les blancs en début ou en fin de chapitre, ainsi que les « blancs » qu'il y rajoutait lui-même en forme de signets. Si sa pratique reste plutôt classique pour son époque, il avait néanmoins ses habitudes, et elles incarnent une logique qui leur est propre.

## Le blanc et le noir : le contexte de la note

Afin de considérer les espaces du livre tels que Voltaire les a fréquentés, un bon point de départ est l'observation de Roger Laufer, selon laquelle « la période 1530-1660 est celle de l'organisation logique autonome du livre ; la période 1660-1830, celle de la rhétorique typographique[4] » ; et il conclut que « tout se rejoint dans la question du blanc », la page s'aérant

3. Londres, s.n., 1730, exemplaire conservé à la Hurd Library (Hartlebury), nº 2737.

4. « Les espaces du livre », p. 156.

progressivement avec le temps[5] (quoique cette tendance dépende de façon significative du format, de la qualité de l'édition et de son prix). Ainsi Louis-Sébastien Mercier écrivait, vers la fin du dix-huitième siècle :

> La manie des petits formats a succédé à celle des marges immenses, dont on faisait le plus grand cas il y a quinze ans. Il fallait alors tourner le feuillet à chaque instant ; on n'achetait que du papier blanc : mais cela plaisait aux amateurs[6].

Certainement il semble que l'expression même « mettre en page » apparaît dans les années 1750, imprimée peut-être pour la première fois dans l'article « Imprimerie » de l'*Encyclopédie*, de Brullé[7]. L'organisation de la page est dans l'air du temps et le blanc n'est pas le moindre des éléments à considérer. La plupart des livres de la bibliothèque de Voltaire sont les produits de son époque, mais ce dernier possédait aussi plusieurs éditions du dix-septième siècle, période à laquelle le processus d'allègement était déjà entamé[8]. Des textes plus espacés ne peuvent qu'encourager l'habitude des *marginalia*, même si Voltaire ne choisit pas systématiquement d'écrire dans les plus grands espaces de la page, comme nous le verrons.

Voltaire avait des opinions bien arrêtées sur la mise en page et sur le blanc typographique. Dès 1729, il écrit à Thiriot que « Le pauvre enfant [*La Henriade*] devrait déjà paraître in-quarto en beau papier, belle marge, beau caractère » (D253). Auprès de ses imprimeurs, il insiste sur l'ampleur de la marge : avec Jan van Duren en 1740 lorsqu'il fait imprimer l'*Anti-Machiavel* (D2213, D2234), mais surtout avec Gabriel Cramer, qui reçoit de vives exhortations sur le ton de l'invective : « Il faut avouer mon cher ami que l'imprimeur de *Socrate* est bien allemand. Espérons que Pierre [l'*Histoire de l'empire de Russie sous Pierre le Grand*] sera mieux traité,

---

5. Pages 157, 166-167.

6. *Tableau de Paris*, 12 vol. (Amsterdam, s.n. [Neuchâtel, Société typographique], 1782-1788), t. 4, p. 80 (chapitre 313, « Petits formats »). À l'époque de Voltaire, on n'avait pas encore commencé à vendre des livres avec des reliures standardisées, ce qui explique peut-être le mouvement vers des marges plus étroites constaté par Mercier : un volume qu'on n'allait pas relier, ni tronçonner pouvait se permettre une marge moins large.

7. *Encyclopédie, ou dictionnaire raisonné des sciences, des arts et des métiers*, éd. J. Le Rond d'Alembert et D. Diderot, 35 vol. (Paris, Briasson, 1751-1780), t. 8, p. 611 (1757). Voir Jacques Monfrin, « Préface » dans *Mise en page et mise en texte du livre manuscrit*, éd. H.-J. Martin et J. Vezin (Paris, Éditions du Cercle de la Librairie-Promodis, 1990), p. 9-14, ici p. 9.

8. Henri-Jean Martin, *La Naissance du livre moderne. Mise en page et mise en texte du livre français (XIV^e^-XVII^e^ siècles)* (Paris, Éditions du Cercle de la Librairie, 2000), p. 321.

le caractère est beau, et avec une grande marge on peut réparer votre réputation. Donnons-y tous nos soins » (D8379). Ou encore : « Au nom du bon goût, Allobroges que vous êtes, forme moins large, marge plus grande pour la prose. Que ces longues lignes pressées font un mauvais effet à l'œil ! Ah ! barbares ! » (D9541[9]).

Non content d'exercer des pressions pour avoir des marges plus importantes, Voltaire précise le 19 février 1770 comment il faut espacer les paragraphes et agencer le texte sur la page dans la première édition des *Questions sur l'Encyclopédie* (D16163) :

> D'ailleurs si vous persistez dans la forme que vous donnez à votre édition, il faut absolument retrancher une ligne de chaque page ; il faut mettre un blanc à chaque alinéa d'un paragraphe, au lieu du blanc qu'on a mis jusqu'à présent aux citations en vers. On a imprimé ces citations comme si elles étaient des titres ; je marquerai dorénavant par un signe particulier les paragraphes auxquels il faudra mettre un blanc. Je vous prie en attendant, de m'envoyer le plus tôt que vous pourrez, la première et la seconde feuille corrigées selon mes vues.
>
> J'ai encore à vous avertir qu'il y aura des pages entières chargées de notes qui doivent être marginales ; et d'autres dont les notes doivent être au bas de la page.

Voltaire, nous le verrons, utilise souvent l'espace créé à la fin d'un paragraphe par une ligne de texte plus courte, et on peut comprendre qu'il aime instinctivement un blanc généreux à cet endroit.

Il était parfaitement conscient des différents lectorats qu'il pouvait atteindre en choisissant des formats plus ou moins grands (voir D13235), mais il ne semble jamais avoir exprimé une préférence reflétant son usage personnel comme Frédéric II (« je hais les gros livres[10] »), ou son compère anglais, le comte de Chesterfield. Celui-ci se prononce de façon charmante à ce sujet :

> [*S*]*ince I am struck out of living company by my deafness, I have recourse to the dead whom alone I can hear; and I have assigned them their stated hours of audience. Solid folios are the people of business, with whom I converse in the morning. Quartos are the easier mixed company, with whom I sit after dinner; and I pass my evenings in the light, and often frivolous, chit-chat of small octavos and duodecimos*[11].

---

9. Voir aussi D10331, D13175.

10. Cité par F. Waquet, *Le Prince et son lecteur*, p. 13.

11. Philip Dormer Stanhope, comte de Chesterfield, *Miscellaneous Works*, 3 vol. (Dublin, Watson, Whiteston *et al.*, 1777), t. 3, p. 349, lettre au Dr Richard Chevenix du 22 novembre 1757. Voltaire connaissait-il cette lettre, déjà publiée à l'époque où il écrit à James Marriott le 26 février 1767 : « je suis jaloux de milord Schesterfield qui

Voltaire, moins méthodique dans sa façon de lire et de travailler, lui à qui il arrive de convoquer son secrétaire au milieu de la nuit[12], n'eût jamais accepté de se limiter dans ses lectures de cette façon. Qui plus est, la lecture de divertissement lui semble presque totalement étrangère, si bien qu'il écrit à sa nièce (D5767) :

> j'ai toujours dans mes études un objet, une vue déterminée. Quand on ne lit que pour lire on se lasse dès le premier jour, quand on a un but certain on ne se lasse et on ne s'ennuie jamais.

Ces lectures de travail appellent souvent des notes marginales, qui sont le signe d'une lecture alerte et active. Ayant brossé rapidement le tableau des espaces à la disposition de Voltaire marginaliste, penchons-nous sur les manières dont il les couvre d'encre.

## Les modes d'exploitation du blanc

### Préférence pour les marges latérales

De manière générale, les *marginalia* de Voltaire montrent une préférence pour la marge extérieure, la note étant alors placée à côté du texte commenté, et parfois pour la marge inférieure, dans les cas où la marge extérieure serait trop étroite, pour réagir à une note de bas de page, ou pour émettre un jugement plus général. Ces habitudes sont parfaitement classiques et ne demanderaient pas d'explication si ce n'était peut-être de signaler une cohérence entre cette façon de « marginer » et la pratique dans la mise en page de l'imprimé de la manchette et de la note de bas de page[13].

---

est sourd. La lecture me parait plus nécessaire dans la retraite que la conversation. Il est certain qu'un bon livre vaut beaucoup mieux que tout ce qu'on dit au hasard. Il me semble que celui qui veut s'instruire doit préférer ses yeux à ses oreilles, mais pour celui qui ne veut que s'amuser je consens de tout mon cœur qu'il soit aveugle, et qu'il puisse écouter des bagatelles toute la journée » (D13995) ? S'il possédait une édition des œuvres de Chesterfield, celle-ci a disparu de sa bibliothèque. Sergueï Korolev a identifié dans le fonds ancien de la BnR des *Letters* [...] *to his son* (2 vol., Dublin, Lynch, 1774, cote 16.80.7.4) dont la reliure porte toutes les marques d'une provenance voltairienne, mais le fait qu'il s'agit uniquement de lettres écrites à son fils signifie que Voltaire n'a pas pu lire la lettre à Chevenix dans cette édition.

12. Voir Ch. Paillard, *Jean-Louis Wagnière, secrétaire de Voltaire : lettres et documents*, *SVEC* 2008:12, p. 12.

13. Voir à ce sujet C. Volpilhac-Auger, « De la typographie à l'écriture de l'histoire : quelques notes en marge de l'*Essai sur les mœurs* », dans *Les Notes de Voltaire*, éd. N. Cronk et Ch. Mervaud, *SVEC* 2003:03, p. 324-332.

Les notes sont donc fort rares dans la marge supérieure, mais il y en a : par exemple Voltaire écrit « fragments politiques a moy / envoiez par le roy de prusse pendant / la guerre de 1756 » dans l'espace suprapaginal des *Réflexions sur les talents militaires et sur le caractère de Charles XII, roi de Suède*, de Frédéric II[14]. Le caractère annonciateur de cette note expliquerait le choix de Voltaire de la placer au-dessus du texte imprimé, tel un titre. C'est cependant dans la marge de droite, sur les pages recto, et dans celle de gauche, sur les pages verso, où se trouvent la majorité des notes de Voltaire.

Il continue de choisir la marge extérieure, même quand cela signifie qu'un bloc de texte s'interpose entre *textus* commenté et note manuscrite. En annotant la *Gerusalemme liberata* du Tasse, où le poème est disposé en deux colonnes sur chaque page, Voltaire ne laisse aucune annotation dans la marge intérieure, ni dans l'espace entre les deux colonnes, qu'il commente un vers de la colonne de gauche ou de celle de droite. Là où il souligne « *vergogna audace* », en accompagnant le soulignement du commentaire « cancia », la colonne de droite se trouve donc entre *textus* et commentaire[15]. La marge extérieure qui contient le mot manuscrit mesure 32 mm ; la marge intérieure fait 16 mm ; l'entrecolonne 10 mm. Il semble probable que le choix de la marge extérieure est au moins en partie dû aux difficultés matérielles que Voltaire aurait eues à écrire soit dans la marge intérieure, soit dans le petit centimètre d'espace séparant les deux colonnes de vers. Dans les rares cas où Voltaire consigne des notes en marge intérieure, l'explication se présente souvent avec l'examen de l'exemplaire. Ici, c'est la présence de deux manchettes dans la marge extérieure qui le pousse à écrire plutôt dans les 15 mm de la marge intérieure[16], ou le fait qu'il a déjà inscrit des mots dans la marge extérieure (« grive » pour traduire un mot inconnu d'un vers de l'Arioste, d'où la position de la notation « perdrix rouge » de l'autre côté du *textus*[17]). Là, Voltaire annote une tragédie de Crébillon dans une édition in-quarto dont la mise en page des vers est telle que la marge intérieure est plus large (62 mm) que l'autre[18] (45 mm). Dans l'in-folio des *Œuvres diverses* de Bayle, c'est encore le choix évident, car la disposition du *textus* en deux colonnes et la mise en page très aérée font que Voltaire met à profit un espace mesurant 37 mm qui jouxte la colonne de gauche qu'il commente (sur une page recto[19]).

---

14. S.l., s.n., 1759, p. xix (BV1404 ; *CN*, t. 3, p. 667 – voir la note g, et l'illustration 21 en fin de volume).

15. Page 15.

16. Fleury, *Les Mœurs des Israélites*, p. 55 ; *CN*, t. 3, p. 619.

17. *Delle satire e rime*, p. 2 ; *CN*, t. 1, p. 109.

18. *Œuvres*, t. 1, p. 92 (voir aussi p. 122, 140) ; *CN*, t. 2, p. 816, 824, 828.

19. 4 vol. (La Haye [Trévoux], Compagnie des libraires, 1737, BV290), t. 3, p. 15 ; *CN*, t. 1, p. 231.

Les raisons pour cet écart de sa pratique habituelle sont moins évidentes ailleurs. Dans l'*Arrêt de la cour du Parlement* [...] *du 6 août 1762*, relié dans un pot-pourri, les notes de Voltaire précèdent certainement la reliure : celles placées dans la marge extérieure sont rognées sévèrement[20]. Il se peut qu'avant la reliure les marges intérieures aient été simplement plus faciles d'accès. La même explication vaut sans doute pour *De l'esprit des lois* de Montesquieu, dont l'in-quarto présente d'amples marges intérieures et dont l'annotation précède sans le moindre doute la reliure, car jamais Voltaire n'aurait pu écrire ces notes une fois le volume relié.

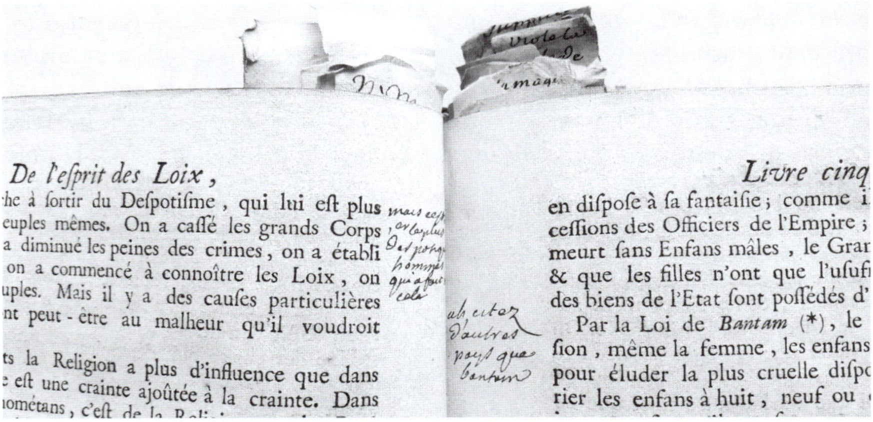

Fig. 28 : Deux notes en marge intérieure dans Montesquieu, *De l'esprit des lois*, t. 1, p. 68-69

**Les césures dans l'annotation**

Peut-être à cause de cette prédilection pour l'espace des marges latérales, construit à la verticale, et dont la caractéristique la plus marquante est l'étroitesse, Voltaire développe l'habitude de couper ses mots, les faisant ainsi rentrer, par parties, dans le blanc de la marge. Par commodité, la coupure des mots est presque toujours faite sans avoir recours au trait d'union, pratique d'écriture qu'on retrouve chez Voltaire surtout dans ses notes marginales et sur les signets. Il arrive d'en trouver quelques exemples dans ses brouillons[21], mais jamais, à

20. Paris, Simon, 1762, BV125 ; *CN*, t. 1, p. 152-155.

21. Par exemple dans le brouillon relié avec son exemplaire du *Vrai Sens du Système de la nature* par pseudo-Helvétius, où il coupe le mot « intelli / gence »

notre connaissance, dans ses lettres ou sur un manuscrit recopié. À titre d'exemple, cette postille laissée en marge du *Bon Sens* du baron d'Holbach : « quoi tant / d'innombra / bles machi / nes sindus [*sic*] / trieusement / composees / ne vous ferons / pas soupçon / ner quil / existe un / machinis / te[22] ? » Si Voltaire l'avait voulu, il aurait probablement pu écrire sur une seule ligne le mot « machiniste ». Quant au point d'interrogation, plus bas, à la même page, on en voit un autre dont la boucle est placée au-dessus de la ligne et le point en dessous, ou encore, deux pages plus loin, il se trouve entièrement sur une nouvelle ligne. Loin, donc, de représenter une solution de dernier recours, la division des mots sans traits d'union est devenue pour Voltaire une pratique courante et naturelle. Un livre annoté par lui en 1746[23], l'*Introduction à la connaissance de l'esprit humain* du marquis de Vauvenargues, présente plusieurs exemples de ce genre de césure mais, en plus grand nombre encore, des notes où à la fin des mots plusieurs lettres sont comprimées afin de les faire rentrer sur la même ligne, ou bien la ligne de base est déformée pour contourner un mot imprimé sur lequel la note manuscrite empiète.

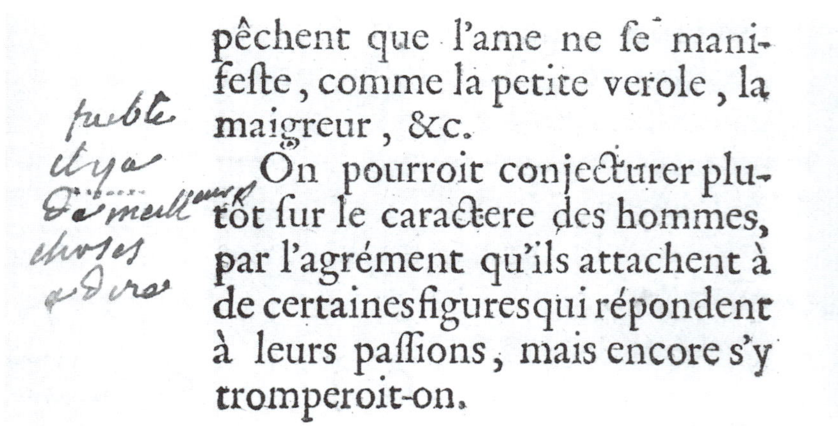
pêchent que l'ame ne ſe mani-
feſte, comme la petite verole, la
maigreur, &c.
On pourroit conjecturer plu-
tôt ſur le caractere des hommes,
par l'agrément qu'ils attachent à
de certaines figures qui répondent
à leurs paſſions, mais encore s'y
tromperoit-on.

Fig. 29 : Mot « meilleur[e]s » comprimé dans Vauvenargues, *Introduction à la connaissance de l'esprit humain* (Aix-en-Provence), p. 78

sur les deux dernières lignes du texte. Voir *CN*, t. 4, p. 335, et ci-dessous pour un examen plus détaillé de ce brouillon. Ou encore dans le manuscrit du « Chapitre des arts » – voir l'illustration 49, où les mots « immedia / tement » et « represen / tations » sont coupés.

22. Londres, 1774, p. 26 (BV1648 ; *CN*, t. 4, p. 409).

23. Voir ci-dessus, p. 75.

S'il n'y avait pas eu de mots coupés du tout, nous aurions pu penser que Voltaire s'efforçait d'être lisible pour celui qui le lirait, en l'occurrence Vauvenargues (nous rappelons que les corrections et autres annotations étaient destinées à être lues par l'auteur de l'ouvrage). La présence de quelques-uns laisse toutefois penser qu'il s'agit d'une pratique qui était peut-être en cours d'évolution chez Voltaire au milieu des années 1740. Cette habitude de diviser un mot sur deux lignes sans signaler la division par un trait d'union ne semble pas avoir été une pratique courante. On ne la connaît pas chez Émilie Du Châtelet, par exemple, qui annotait en même temps que Voltaire des livres de la même collection à Cirey, et dont on pourrait imaginer que les pratiques seraient similaires à celles de Voltaire. La mathématicienne employait le signe « = » en début de ligne lorsque celle-ci commençait par une partie de mot rejetée de la ligne précédente[24]. En retraçant l'écriture de son maître en marge, Wagnière, qui l'imitait en tout, emploie cependant le même signe « = » en fin de ligne au milieu d'un mot coupé alors qu'il n'était pas présent dans la note qu'il retrace (voir ci-dessus, p. 73, illustration 10).

### Interventions dans l'interligne

Vladimir Liublinski a déjà observé dans les livres annotés une tendance de la part de Voltaire à commencer ses annotations dans la demi-ligne de blanc entre deux paragraphes[25]. En effet, c'est une pratique dont on trouve des exemples dans de nombreux volumes de sa bibliothèque. Bien antérieures aux exemples identifiés par Liublinski sont les annotations dans l'ouvrage de Noël-Antoine Pluche, *Le Spectacle de la nature*, des années 1740[26], et la présence de la main de Du Châtelet dans le tome 1 rend très probable que Voltaire l'a lu à l'époque même de sa parution[27]. Mais il y a des centaines d'exemples à relever dans tout le *Corpus* : on observera (illustration 30) un exemple des années 1760 en marge d'un texte de l'abbé Pluquet[28].

---

24. Voir par exemple dans Antonio de Solis y Rivadeneyra, *Histoire de la conquête du Mexique*, p. 331, BV3190 ; *CN*, t. 8, p. 378.

25. *Вольтер. Статьи и материалы*, p. 148.

26. Tome 4, p. 201, 202 ; *CN*, t. 7, p. 38.

27. *CN*, t. 7, p. 28-29.

28. *Mémoires pour servir à l'histoire des égarements de l'esprit humain par rapport à la religion chrétienne*, 2 vol. (Paris, Nyon et Barrois, 1762, BV2770), t. 1, p. 25 ; *CN*, t. 7, p. 83. Voltaire semble commander cet ouvrage l'année même de sa parution (D10755).

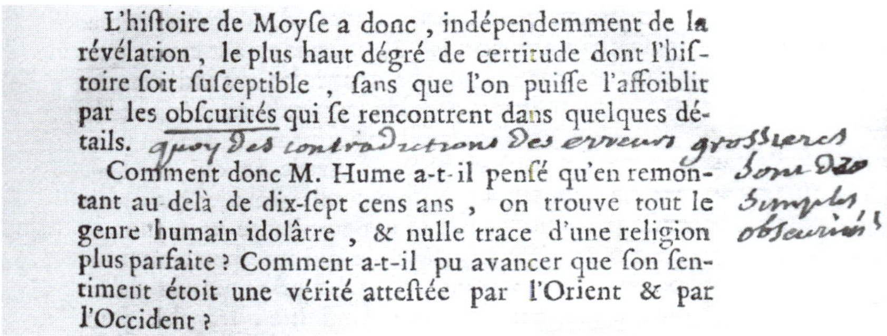

L'hiſtoire de Moyſe a donc, indépendemment de la révélation, le plus haut dégré de certitude dont l'hiſtoire ſoit ſuſceptible, ſans que l'on puiſſe l'affoiblir par les obſcurités qui ſe rencontrent dans quelques détails. quoy des contradictions des erreurs grossieres sont des simples obscurités !

Comment donc M. Hume a-t-il penſé qu'en remontant au-delà de dix-ſept cens ans, on trouve tout le genre humain idolâtre, & nulle trace d'une religion plus parfaite ? Comment a-t-il pu avancer que ſon ſentiment étoit une vérité atteſtée par l'Orient & par l'Occident ?

Fig. 30 : Note consignée dans le blanc à la fin d'un paragraphe dans Pluquet, *Mémoires pour servir à l'histoire des égarements de l'esprit humain*, t. 1, p. 25

Cette habitude, pratique et logique, dans la mesure où elle permet d'exploiter au maximum les blancs de la page imprimée, peut cependant ressembler à un parasitisme : l'écriture empiète sur le territoire de l'imprimé. Un exemple intéressant où Voltaire va beaucoup plus loin se trouve dans l'*Émile* de Rousseau[29]. Au commentaire pertinent et probant de Nathalie Ferrand, qui montre comment l'argument de Voltaire ne prend pas en compte l'objectif pédagogique de Rousseau, qui est celui d'apprendre à l'enfant de raisonner[30], il faut ajouter que sur la page, Voltaire noie la fin du dialogue entre le maître et l'enfant et réussit à avoir le dernier mot (nous reviendrons sur cette idée au chapitre V). L'autorité de la mère, à laquelle Voltaire voudrait avoir recours pour mettre une fin à la saynète un peu pénible, est finalement reflétée par l'autorité qu'il cherche à montrer dans sa note, qui introduit une troisième voix dans le dialogue, voix qui, en s'immisçant dans les blancs entre les éléments du *textus*, finit par étouffer l'imprimé : « vous etes un sot / monsieur le maitre il faut / dire / parce que vous offensez / votre mere qui vous / a donné la vie et / lenfant ne vous / fera plus de questions ».

29. Tome 1, p. 179 ; *CN*, t. 8, p. 130-131.

30. *CN*, t. 8, p. 475-476 (n. 226).

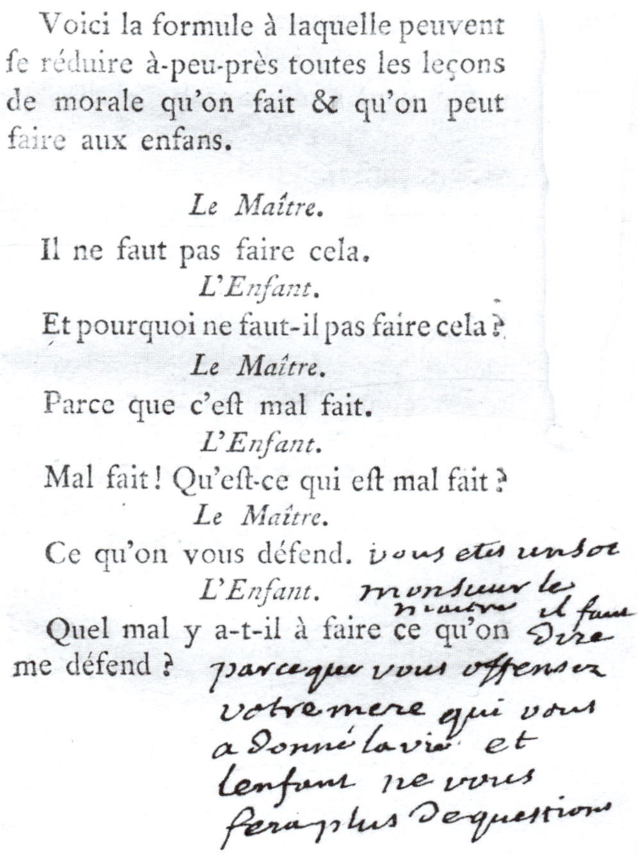

Voici la formule à laquelle peuvent ſe réduire à-peu-près toutes les leçons de morale qu'on fait & qu'on peut faire aux enfans.

*Le Maître.*

Il ne faut pas faire cela.

*L'Enfant.*

Et pourquoi ne faut-il pas faire cela ?

*Le Maître.*

Parce que c'eſt mal fait.

*L'Enfant.*

Mal fait ! Qu'eſt-ce qui eſt mal fait ?

*Le Maître.*

Ce qu'on vous défend.

*L'Enfant.*

Quel mal y a-t-il à faire ce qu'on me défend ?

vous etes unsot monsieur le maitre il faut Dire parceque vous offensez votremere qui vous a Donné lavie et lenfant ne vous feraplus Dequestions

Fig. 31 : Note qui envahit le *textus* dans Rousseau, *Émile*, t. 1, p. 179

**Les espaces de la fin**

En voulant décrire le Voltaire typique, nous voilà déjà dans le territoire du polémique, de la tactique spatiale. Tout comme il s'insurge à la fin d'un paragraphe pour y répondre, en profitant du blanc qui s'y trouve, cela lui arrive souvent de laisser quelques phrases (ou une seule, assassine) en fin de chapitre. Ainsi lisons-nous dans *De l'esprit* d'Helvétius, à la fin du chapitre 1$^{er}$, entre texte et fleuron :

> ce nest pas conclure logiquement. il fallait dire / que tout jugement vient et ne peut venir que de nos sensations / voyla ce que vous voulez prouver. or ignorance nest pas sensation[31].

31. Page 12 ; *CN*, t. 4, p. 284-285.

Voltaire s'érige en maître et fait la leçon à l'auteur qu'il appréciait cependant en tant que personne. Ou bien à la fin du premier entretien de Mirabeau dans sa *Théorie de l'impôt* (publié anonymement) : « il faut donner a l'auteur / le premier prix en galimathias[32] ». Confortablement assis dans le blanc entre la fin du texte et le fleuron, ce jugement, écrit en caractères assez grands, rejette tout ce qui a précédé. Enfin revenons à l'épopée du Tasse. À la fin du sixième chant, Voltaire accuse le poète de n'être que le « singe » du grand Arioste : « o povera scimio del grande ariosto ! » (voir illustration 32). L'espace disponible, ainsi que le cadrage accordé par la mention en majuscules « IL FINE DEL SESTO CANTO » et le fleuron, fournissent au lecteur un endroit idéal pour se prononcer. Notons par ailleurs qu'il s'agit d'un volume in-folio, ce qui permet de faire apprécier la taille de l'écriture de Voltaire ici : il élargit son écriture pour qu'elle soit à l'échelle du livre qu'il commente.

SESTO. 71

114
*Tancredi, cui dinanzi il cor sospese*
*Quel auiso primiero, vdendo hor questo;*
*Pensa. deh forse à me venia cortese,*
*E'n periglio è per me; nè pensa al resto.*
*E parte prende sol del graue arnese;*
*Monta à cauallo, e tacito esce, e presto:*
*E seguendo gli inditij, e l'orme noue,*
*Rapidamente à tutto corso il moue.*

IL FINE DEL SESTO CANTO.

o povera scimio del grande ariosto?

Fig. 32 : Note en fin de chant dans Tasse, *La Gerusalemme liberata*, p. 71

Les espaces de fin de chapitre ou d'une section sont donc l'occasion pour Voltaire de s'affirmer, pour se prononcer, pour juger. Comme les

32. S.l., s.n., 1760, p. 35, BV2468 ; *CN*, t. 5, p. 653.

pages liminaires d'un volume, que nous étudierons sous peu, ils constituent un lieu très visible qui est idéal pour recueillir des réflexions générales présentant une conclusion. Ces espaces invitent le bon mot du lecteur et se prêtent à une réplique... qui peut bien évidemment relever de l'esprit de l'escalier.

L'agencement physique habituel des *marginalia* de Voltaire n'est peut-être pas bien révélateur. En faire la description et l'analyse permet cependant de fixer un point de comparaison pour examiner tous les cas plus complexes ou exceptionnels. Dans ce qui suit nous passerons en revue les pratiques particulières liées aux pages de titre et autres espaces liminaires, l'exploitation polémique des espaces entourant le *textus*, et la tendance malgré tout chez Voltaire à se limiter, à ne pas tout envahir sur la page imprimée.

## Espaces liminaires

Roger Laufer fait remarquer que ce n'est que vers les années 1730 que le faux-titre apparaît de façon généralisée[33]. Avec le dos du livre et la page de titre, ces pages supplémentaires au seuil de l'objet-livre sont le lieu où trouver une identification de l'ouvrage et de l'auteur, et parfois du possesseur aussi (ex-libris au verso du plat de la couverture, simple inscription sur la page de garde, ou dédicace sur la page de titre). Nous pouvons regretter que Voltaire n'ait pas fait comme Horace Walpole, qui avait l'habitude d'écrire sur la page de garde de ses livres que le relieur devait faire attention de ne pas rogner les marges afin de préserver les notes marginales dans leur intégralité[34]. C'est le plus souvent sur une de ces pages liminaires qu'un lecteur choisit de placer une appréciation générale de l'ouvrage, et une telle note sert comme outil d'orientation pour l'éventuelle lecture par un tiers[35]. Mais même avant d'ouvrir le livre, celui qui entre dans la bibliothèque de Voltaire peut parfois en découvrir l'opinion du propriétaire à son sujet.

### La bandelette

De manière générale (la question a déjà été évoquée au chapitre précédent), le relieur se charge de frapper sur le dos du livre une version abrégée du titre et/ou du nom d'auteur de l'ouvrage. Cependant ces indications sont

33. « Les espaces du livre », p. 159.
34. Voir ci-dessus, p. 87.
35. Voir par exemple Jackson, *Marginalia*, p. 25-27.

parfois absentes au dos de certains volumes de la bibliothèque de Voltaire et, dans ces cas, soit le possesseur soit son secrétaire ont affixé au dos du livre une bandelette pour l'identifier. La plupart du temps sous une forme très abrégée, cette notation comporte quelquefois une information plus subjective. Ainsi, Voltaire note « Job / le / ba / vard » sur la bandelette pour identifier *Il Libro di Giobbe* de Giacinto Ceruti[36] ; « Mably / ennui » sur *De la législation ou principes des lois* de Gabriel Bonnot de Mably[37] ; ou encore, plus ambigument, au dos des *Toulousaines, ou lettres historiques et apologétiques en faveur de la religion réformée* publiées anonymement par Antoine Court de Gébelin, « Sot / livre / sur / les Calas / ou il y a / des choses / curieuses[38] ». Mérite d'être cité ici le dos de l'*Histoire de Cyrus le Jeune, et de la retraite des dix mille* d'Antoine Pagi : « cirus / non de / x[e] / no / ph[on] / ma[is] / de / pagi / livre / ridi /cule[39] ». Nous reproduisons ces mots, tracés directement sur la couverture en papier du livre, dans l'illustration 33 ; il semble que dans un premier temps, Voltaire ait écrit « cirus / xe / no / phon », et que le « non de », ainsi que la suite, fut ajouté ultérieurement. Dans ces quelques cas, le lecteur potentiel est découragé même de prendre le livre du rayon – ou, au contraire, encouragé, si sa curiosité a été piquée. James Boswell, accueilli par Voltaire à Ferney en 1764, a laissé un témoignage de son appréciation de ces étiquettes :

> *I next went with the secretary and saw Monsieur de Voltaire's library, which was tolerably numerous and in very good order.* [...] *The Jansenists used to publish against the Jesuits what they called* Mémoires ecclésiastiques. *Voltaire has got a thick volume of them bound up with the title of* Sottises ecclésiastiques. *I saw upon a shelf an octavo with this title,* Tragédies barbares. *I was sure they must be English. I took down the book, and found it contained* Cleone, Elfrida, Caractacus. *I was mightily amused with these little sallies* [...]. *I heartily wish Voltaire had titled more of his books*[40].

Voltaire peut également ajouter une précision personnelle, par exemple, « Des / hou / lieres. / fédé / ric / impri / meur ». Il a reçu ce livre du roi de Prusse (dont les lettres à Voltaire sont signées « Federic »),

---

36. Turin, Stamperia reale, s.d. [1759], BV687 ; *CN*, t. 2, p. 482.

37. 2 parties (Amsterdam [Genève ?], s.n., 1776, BV2238) ; *CN*, t. 5, p. 459.

38. Édimbourg, s.n., 1763, BV886 ; *CN*, t. 2, p. 777.

39. Amsterdam, Wetstein et Smith, 1736, BV2633 ; *CN*, t. 6, p. 210.

40. Le 29 décembre 1764 : de Beer et Rousseau, *Voltaire's British Visitors*, p. 91. Faisons remarquer que Boswell se trompe dans son récit sur au moins un détail : les mots « tragéd : / barbares » apparaissent non sur le dos du volume, mais au verso du frontispice de Robert Dodsley, *Cleone* (Londres, s.n., 1759 ; Saint-Pétersbourg, BnR : 6.31.7.1) – voir *CN*, t. 4, p. 671 et l'illustration 18. Les *Mémoires ecclésiastiques* ont disparu de la bibliothèque de Voltaire.

accompagné d'une lettre où le destinateur explique qu'il l'a fait imprimer « [à son] usage et à celui de [ses] amis[41] » (D20614). Même la bandelette banale au dos du volume, si exiguë soit-elle, peut recevoir de Voltaire des détails gratuits, ou à tout le moins pas vraiment substantiels. L'étroitesse de l'espace de la bandelette, dont témoignent les nombreuses césures, ne dissuade donc pas le possesseur d'y noter l'essentiel de ses impressions.

Fig. 33 : Description de Voltaire au dos de Pagi, *Histoire de Cyrus le Jeune*

41. Antoinette et Antoinette-Thérèse Deshoulières, *Œuvres de Madame et de mademoiselle Deshoulières*, 2 parties (Paris, Durand, 1747, BV1009) ; *CN*, t. 3, p. 127, et voir n. 113, p. 678.

## Les pages de titre

Heather Jackson nous rappelle que la note générale sur une page de titre

> *serves as a reminder (a) that it had been read before and (b) of how worthwhile it seemed at the time. Though it comes first in the series of marginalia it will have been written last; usually it passes over the hesitations and ambivalence of the earlier notes so as to make an unambiguous statement. To a later reader it may provide a helpful introduction or warning, but its primary value is as a memorandum to the owner. Montaigne had recommended this kind of note, though he put it at the back of the book himself*[42].

Montaigne évoque une pratique plus personnelle et, nous le verrons, beaucoup plus sérieuse que la note liminaire telle que Voltaire la conçoit :

> Pour subvenir un peu à la trahison de ma mémoire et à son défaut, si extrême, qu'il m'est advenu plus d'une fois de reprendre en main des livres comme récents et à moi inconnus, que j'avais lu[s] soigneusement quelques années auparavant et barbouillé[s] de mes notes, j'ai pris en coutume depuis quelque temps, d'ajouter au bout de chaque livre (je dis de ceux desquels je ne me veux servir qu'une fois) le temps auquel j'ai achevé de le lire et le jugement que j'en ai retiré en gros, afin que cela me représente au moins l'air et idée générale que j'avais conçu de l'auteur en le lisant[43].

La plupart des inscriptions liminaires de Voltaire apparaissent sur la page de titre. En effet, en écrivant sur les pages liminaires, en identifiant des auteurs anonymes, en ajoutant des informations supplémentaires, en laissant un commentaire mordant sur la qualité ou sur l'intérêt de l'ouvrage, il s'insinue dans les espaces laissés par l'imprimeur ou, si la page de titre s'avère chargée, exploite d'autres blancs avoisinants, tel le verso du faux-titre en vis-à-vis. À titre d'exemple, on peut citer la *Théorie des lois civiles* de Linguet. C'est dans le grand blanc laissé sous le titre abrégé et la mention « tome premier » sur le faux-titre que Voltaire choisit d'ajouter son propre titre alternatif : « ou / theorie des / paradoxes / en / declamations / fastidieuses / mais qui annoncent / de lesprit[44] ».

Et pour cause, car la typographie dense de la vraie page de titre rendrait difficile une intervention de la sorte. Voici la transcription en quasi-facsimilé de la page de titre de ce volume in-12 :

> THÉORIE / DES LOIX CIVILES, / *OU* / PRINCIPES / FONDAMENTAUX / *DE LA SOCIÉTÉ.* / Quis talia fando / Temperet à lacrymis ? / [*filet*] / TOME PREMIER. / [*filet*] / [*fleuron*] / *A LONDRES.* / [*deux filets*] / M. DCC. LXVII.

42. Jackson, *Romantic Readers*, p. 255-256.
43. *Essais*, livre II, ch. 10, « Des livres » (p. 398).
44. *CN*, t. 5, p. 415.

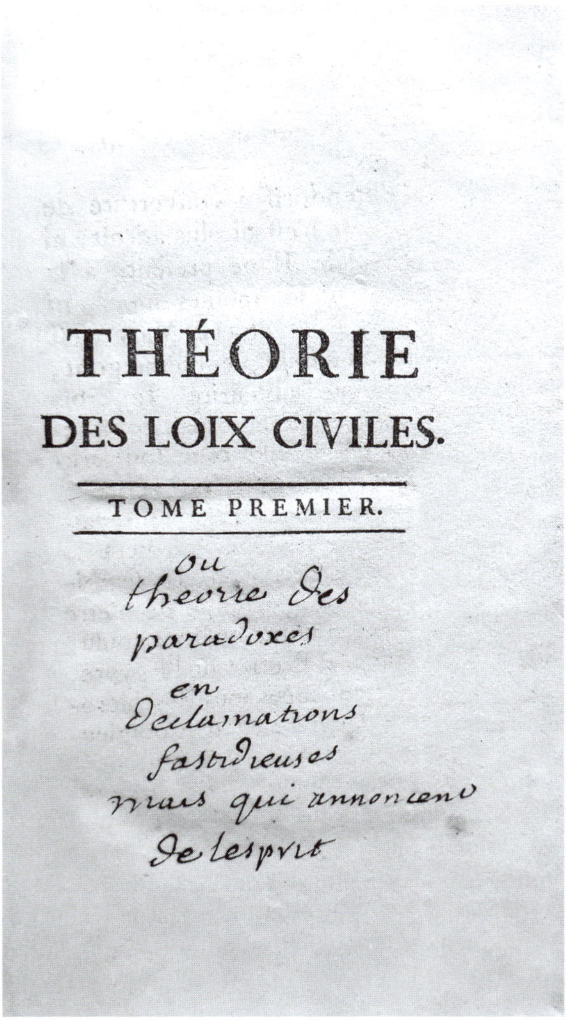


Fig. 34 : Faux-titre de Linguet,
*Théorie des lois civiles* avec titre inventé par Voltaire

Le seul endroit où il eût été concevable d'ajouter un titre alternatif ludique est autour du fleuron, donc après le véritable titre alternatif, l'épigraphe et la tomaison. Le faux-titre, en revanche, permet de l'introduire après le titre abrégé, avec seule la tomaison interposée. Qui plus est, le grand blanc du faux-titre donne à Voltaire la possibilité d'imiter la disposition d'une page de titre : il convient de noter les particules « ou » et « en » placées sur une ligne à elles seules. Voltaire joue en quelque sorte au compositeur en se moquant assez gentiment de l'auteur (qu'il connaissait). Cette pratique se rencontre parfois chez d'autres lecteurs, comme par exemple ces jansénistes, lecteurs du *Liber theologiae moralis* d'Escobar y Mendoza, dont les notes prennent des apparences de manchettes ou d'un faux-titre centré[45].

Un cas comparable est celui du *Compère Matthieu* de Dulaurens. La note au verso de la page de garde n'aurait jamais pu être inscrite sur la page de titre de cet in-octavo, laquelle comprend titre, titre alternatif, épigraphe avec référence, tomaison, fleuron[46]. La page de titre des *Mémoires historiques et chronologiques sur l'Abbaye de Port-Royal des Champs* de Pierre Guilbert présente, par contraste, beaucoup d'espace blanc, de par sa composition simple sans sous-titre ni épigraphe. Autour de la tomaison (sous le titre et par-dessus le fleuron), Voltaire inscrit un « titre » alternatif : « ou histoire du fanatisme / qui démontre qu'on peut / etre fou avec de l'esprit / ~ [47] ».

Voltaire a cependant parfois adopté d'autres techniques en annotant les pages liminaires. Son exemplaire des *Erreurs de Voltaire* par Claude-François Nonnotte comporte bien, dans la continuité des cas que nous avons examinés jusqu'à présent, au verso du faux-titre, en miroir du véritable titre, la version voltairienne : « Erreurs de / nonotte[48] ». La page de titre même s'avère être aussi la victime d'un parasitisme : entre les divers éléments (titre, épigraphe, indication « Nouvelle édition », description du contenu, tomaison, fleuron), le possesseur a inscrit une espèce de long sous-titre afin de miner le texte imprimé. Le manuscrit introduit le volume comme étant un « livre tres impertinent / dun exjesuitte nommé / nonnotte / auquel on a / répondu ». Olivier Ferret montre à juste titre à quel point cette épithète, apparemment si claire, est ambiguë, car il est impossible de déduire à quelle réponse Voltaire fait référence, ni (et la chose est liée) quand il l'a écrite[49]. Mais autre façon d'exploiter les blancs de la page de titre, autre façon de saper l'autorité de l'imprimé. En insérant ses propres mots entre les différents éléments de la page de titre, le scripteur assure que qui voudra lire l'ajout sera obligé de passer par-dessus le premier texte imprimé sans y prêter attention.

45. Chapron, « Lire plume à la main », p. 63.

46. Tome 1 (Londres [Amsterdam], Compagnie, 1766, BV1138) ; *CN*, t. 3, p. 291, et illustration 18. Le volume ne comporte pas de faux-titre.

47. Tome 1 (Utrecht [Paris], s.n., 1755, BV1576) ; *CN*, t. 4, p. 258, et illustration 9. Pour un autre exemple de cette pratique, voir *L'Anti-financier* d'Edme-François Darigrand (Amsterdam [Paris], s.n., 1763, BV941) ; *CN*, t. 3, p. 45, et illustration 9.

48. 2 vol. (Amsterdam [Paris], Compagnie des libraires, 1766, BV2579) ; *CN*, t. 6, p. 118.

49. « Notes sur "Nonnotte" », *Revue Voltaire* 7 (2007), p. 155-167 (ici p. 157).

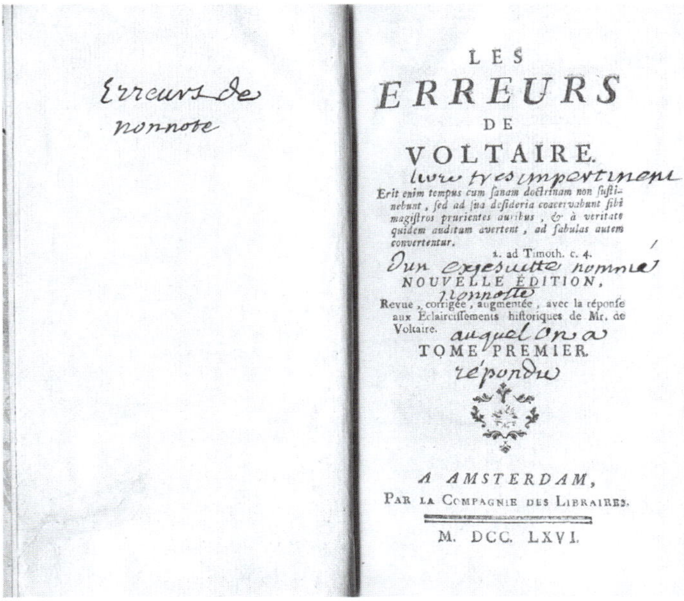
Erreurs de nonnote

LES
ERREURS
DE
VOLTAIRE.
livre tres impertinent
*Erit enim tempus cum ſanam doctrinam non ſuſtinebunt, ſed ad ſua deſideria coacervabunt ſibi magiſtros prurientes auribus, & à veritate quidem auditum avertent, ad fabulas autem convertentur.*
2. ad Timoth. c. 4.
d'un exjesuitte nommé
NOUVELLE ÉDITION,
nonnotte
Revue, corrigée, augmentée, avec la réponſe aux Eclairciſſements hiſtoriques de Mr. de Voltaire.
auquel on a
TOME PREMIER.
répondu

*A AMSTERDAM,*
PAR LA COMPAGNIE DES LIBRAIRES.
M. DCC. LXVI.

Fig. 35 : Ajouts au verso du faux-titre et à la page de titre dans Nonnotte, *Les Erreurs de Voltaire*

Dans la même lignée, on trouve plusieurs cas moins extrêmes que celui de Nonnotte. En modifiant le titre de départ du poème de Pierre-Joseph Bernard, *Phrosine et Mélidore*, qui a pour sous-titre « Poème en 4 chants[50] », Voltaire glisse après le mot « Poème » trois adjectifs assassins, « absurde [“et”, supprimé] / impertinent, et ennuieux ». La biffure de la conjonction « et » trahit chez Voltaire l'attente d'une lecture ultérieure par autrui. L'épithète « visigoth », insérée sous le nom de Crébillon présente des similitudes. L'espace ne manque pas sur la page de titre sobre de l'in-quarto des *Œuvres* de cet auteur[51], mais l'ajout manuscrit de Voltaire est triplement en retrait : d'abord il apparaît dans le tome 2 et non pas dans le tome 1 ; ensuite son écriture est plus petite que la taille des caractères de la page (plus petite même que le millésime), puis le mot est comprimé dans un des espaces les plus étroits de la page. Il n'y a cependant pas d'endroit plus approprié pour placer le qualificatif. En le déplaçant vers la droite, certes, Voltaire aurait bénéficié d'un espace accru pour le noter, mais il préférait conserver la symétrie de la mise en page.

50. Messine et Paris, Le Jay, 1772, BV368 ; *CN*, t. 1, p. 302.
51. *CN*, t. 2, p. 839.

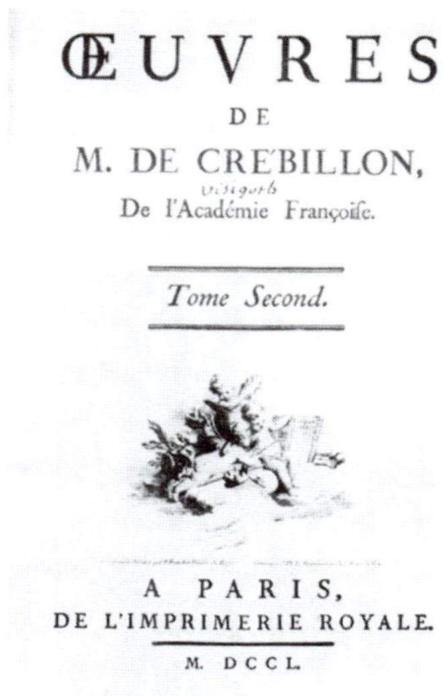

ŒUVRES

DE

M. DE CRE'BILLON,

visigoth

De l'Académie Françoise.

*Tome Second.*

A PARIS,

DE L'IMPRIMERIE ROYALE.

M. DCCL.

Fig. 36 : Adjectif ajouté à la page de titre
des *Œuvres* de Crébillon, t. 2

Les mêmes considérations semblent avoir été à l'œuvre lorsqu'il ajoute un sous-titre au tome 4 de l'*Histoire philosophique et politique des établissements et du commerce des Européens dans les deux Indes* de l'abbé Raynal[52]. Dans l'espace très limité entre le titre et la tomaison, Voltaire a écrit, en très petit, « ou / déclamation remplie d'erreurs mal entassées ». Le fleuron en dessous de la tomaison n'est pas grand, et se trouve entouré de beaucoup d'espace blanc, mais ce n'est pourtant pas là que le lecteur choisit de laisser sa trace. C'est très clairement le désir de saper le titre en adoptant les règles de sa logique et de sa typographie qui pousse Voltaire à se contraindre à écrire dans un espace si restreint. Nous verrons plus loin (p. 132-134) qu'un certain souci de respecter la forme de l'imprimé se manifeste dans d'autres annotations dont le *Corpus* rend compte.

## Les pages de garde

À la différence de Coleridge, pour lequel c'était une pratique de jeunesse que de noter sur la page de garde des passages auxquels il souhaitait revenir[53], Voltaire a rarement profité des pages de garde d'un ouvrage pour

52. 2 vol. (Paris, Durand et Pissot, 1750, BV2880) ; *CN*, t. 7, p. 270-271 (avec illustration).

53. Cette pratique n'a pourtant pas duré : « *he preferred not to have to take his eye off the printed text* » (G. Whalley, « Editorial practice », p. lxxi).

y noter quelque chose sans rapport avec le classement, l'identification ou son propre jugement de l'ouvrage. Les éditeurs du *Corpus* ont identifié comme étant de Voltaire la table écrite au crayon à l'intérieur du plat de derrière dans Antonio Catiforo, *Vita di Pietro il Grande imperador della Russia*[54], mais cette attribution ne convainc pas. Les notes célèbres qui se trouvent sur la page de garde du *Vrai Sens du Système de la nature*, et que nous examinons au chapitre IV, ne semblent pas être liées de très près à la lecture de l'ouvrage ; qui plus est, il n'est pas certain que la page de garde accompagnât forcément le volume lors de la première lecture de Voltaire[55].

Parmi le genre de textes qui sont en règle générale en manuscrit dans les pages préliminaires d'un volume se trouve la dédicace. Pour des raisons évidentes, il n'y a pas de dédicaces de la main de Voltaire au sein de sa propre bibliothèque. Mais il est intéressant de constater une absence de dédicaces aussi parmi les livres offerts par lui à Catherine II. Les exemplaires marginés de Voltaire dont il semble avoir fait cadeau à des amis ou à d'autres connaissances (conservés à Londres, à Genève, à Rouen) n'en contiennent pas non plus, à quelques exceptions près : l'exemplaire de *La Henriade* présenté à l'impératrice de Russie Elisabeth Petrovna en 1745[56], et le cas un peu douteux de *La Félicité publique* de François-Jean de Chastellux, dont l'exemplaire contenant les notes de Voltaire a été dédicacé à Wagnière… par Wagnière lui-même[57]. Nous savons cependant que Voltaire pratiquait quelquefois la dédicace, au moins à des fins plaisantes, car un exemplaire de son *Pauvre Diable* (1760) conservé à la Bibliothèque nationale de France porte la dédicace « m$^{elle}$ catherinne / vadé a lhonneur / de vous envoier / cette coyonerie / ~~elle~~ feu vadé vous était tres attach~~ee~~é[58] ». Voltaire semble avoir préféré écrire une lettre au

54. Venise, Pitteri, 1739, BV668 ; *CN*, t. 2, p. 473-474.

55. Voir ci-dessous, p. 183-184.

56. Londres, Gandouin, 1741, conservé à Waddesdon Manor – voir Giles Barber, *The James A. de Rothschild Bequest at Waddesdon Manor: printed books and bookbindings*, 2 vol. (The Rothschild Foundation, Aylesbury, 2013), t. 2, p. 1114-1115, n° 715. Cette dédicace est reproduite par N. Cronk et Ch. Mervaud dans *Les Notes de Voltaire*, p. 2. Voir leur article « Stratégies de la note dans l'œuvre voltairienne », p. 3-36 (ici p. 3-4).

57. 2 vol. (Amsterdam, Rey, 1772) ; *CN*, t. 2, p. 519 (Moscou, Musée historique [ГИМ] : Ф 166, 76185/2567). Le *Corpus* compare l'exemplaire original à celui dans lequel Wagnière a recopié toutes les notes de Voltaire (mais non pas toutes les traces non verbales). Pour une photo de la dédicace, voir *CN*, t. 2, illustration 10a.

58. Paris, s.n., 1758 [Genève, Cramer, 1760] (Paris, BnF: Rés. Ye. 5011). Voir *OCV*, t. 51A, p. 53, 64, 76 (illustration 2).

dédicataire expédiée avec le volume, plutôt que d'inscrire un message dans le livre même. Comme il s'agit dans ces cas ni d'une note de lecture ni d'une trace qui révèle les méthodes de travail de Voltaire, nous n'approfondissons pas ici.

Il a semblé pertinent de traiter séparément l'utilisation par Voltaire des espaces en début d'ouvrage en raison de leur caractère distinct, la fonction de ces espaces et des notes que le lecteur y laisse étant celle d'identifier, d'annoncer, de dire des généralités. Parfois simples et utilitaires, l'étiquetage et les autres notes, tels que Voltaire les pratique, ont souvent un côté ludique et révèlent de sa part une vive conscience de l'organisation et des modalités de lecture des pages liminaires d'un volume. Certaines annotations ancrées dans le corps du texte sont cependant en continuité avec celles que nous venons de voir.

## La désorganisation de l'imprimé

Bien que les notes marginales de Voltaire soient majoritairement des réactions ponctuelles à des endroits précis du *textus*, il lui arrive d'exploiter les possibilités offertes par l'imprimé de façon plus stratégique. Il n'écrit pas toujours au fur et à mesure, nous l'avons vu, mais revient parfois sur ses pas pour rédiger certaines notes et use (rarement, il est vrai) de procédés plus spectaculaires, que ce soit consciemment ou non, pour miner le texte lu et pour imposer un nouvel ordre à la lecture, pour perturber le chemin du futur lecteur. C'est là une pratique que nous n'avons pas observée chez les autres lecteurs « marginalistes ». Certains de ces procédés ont un air de famille avec les notes laissées sur la page de titre d'un ouvrage. Commençons par l'examen des cas les plus proches de ce que nous avons déjà vu, et passons ensuite à quelques-uns qui s'en éloignent, souvent uniques en leur genre.

Une manière de court-circuiter la lecture d'une œuvre est de placer ses jugements des parties composantes non pas en fin de partie, mais au début. Plusieurs fois c'est à la tête d'un chapitre que Voltaire revient, après l'avoir lu, pour y poser son commentaire, souvent une condamnation. Dans l'*Examen du fatalisme* de Pluquet, par exemple, Voltaire a inséré, entre le résumé d'une section « Article IV » et le commencement du texte proprement dit, la mention « très mauvais chapitre[59] ». Comme nous l'avons vu avec les pages de titre, c'est un commentaire qui, dès l'abord de l'article, en déconseille la lecture.

59. 3 vol. (Paris, Didot et Barrois, 1757, BV2769), t. 3, p. 361 ; *CN*, t. 7, p. 81.

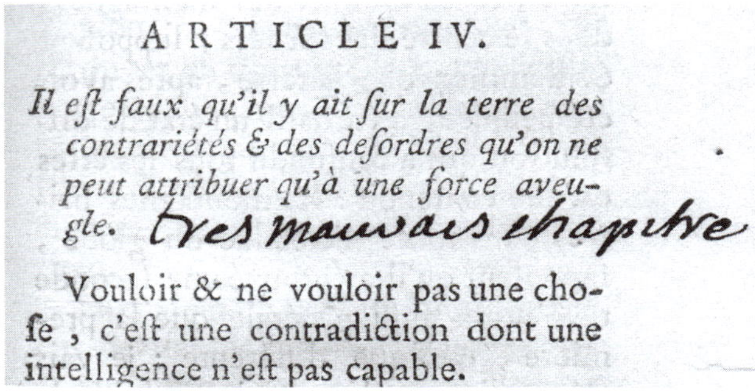
ARTICLE IV.

*Il eſt faux qu'il y ait ſur la terre des contrariétés & des deſordres qu'on ne peut attribuer qu'à une force aveugle.* tres mauvais chapitre

Vouloir & ne vouloir pas une choſe, c'eſt une contradiction dont une intelligence n'eſt pas capable.

Fig. 37 : Note en début de section dans Pluquet, *Examen du fatalisme*, t. 3, p. 361

Il emploie la même technique dans *De l'esprit* d'Helvétius, où le chapitre IV du discours II porte l'exclamation sous le titre, « fatras », ou le chapitre II du discours IV, « chapitre de fatras[60] ». Plus abruptes que les jugements en fin de chapitre, ces brèves indications ne sont pas le lieu de remarques spirituelles. À la fin d'une section, il est raisonnable de supposer que celui qui tombe sur la note marginale a lu le *textus* et peut être complice dans des opinions dédaigneuses. Le commentaire en début de chapitre constitue en revanche un signal d'arrêt.

Voltaire réagit avec plus d'originalité et d'esprit à la pièce de François-Thomas-Marie de Baculard d'Arnauld, *Fayel*. À la déclaration du personnage éponyme, « Non, je n'écoute rien » (I.i.1), Voltaire répond en marge, tel un chahuteur au théâtre, « ni moy non plus bavard ». En bas de page, il écrit en caractères assez grands : « toutte ta piece est / une declamation dautant plus / froide que tu veux d'abord y / mettre de la chaleur[61] ». Il serait risqué de hasarder des conjectures concernant la première réplique, mais les mots « toutte ta piece » de la seconde suggèrent qu'avant de l'écrire, Voltaire avait au moins parcouru l'œuvre entière. Il est donc revenu à la première page pour y laisser ses impressions. On comprend pourquoi il a écrit dans la marge inférieure, le titre de départ étant plutôt chargé (voir illustration 38). Il serait tentant d'imaginer que cette appréciation générale trouve sa place en bas de la première page parce que l'ouvrage n'avait pas de page de titre, mais au contraire : cette page est précédée d'un faux-titre (verso blanc), d'un frontispice (recto blanc), de la page de titre (verso blanc), d'une préface de 37 pages, d'une nouvelle page blanche (recto blanc), et enfin d'un second faux-titre, avec la liste des personnages au verso. Ce n'est donc pas parce qu'il n'y avait pas de pages préliminaires

60. *De l'esprit*, p. 63, 485 ; *CN*, t. 4, p. 298, 324.

61. Paris, Jay, 1770, p. [3], BV108 ; *CN*, t. 1, p. 146-147.

que Voltaire met sa note en bas de la page 3, mais parce qu'il y en avait trop ! La note serait ou trop éloignée de la pièce ou perdue dans toutes ces pages en début de volume. En plaçant sa note ici, Voltaire désorganise la lecture de la pièce dès le premier alexandrin.

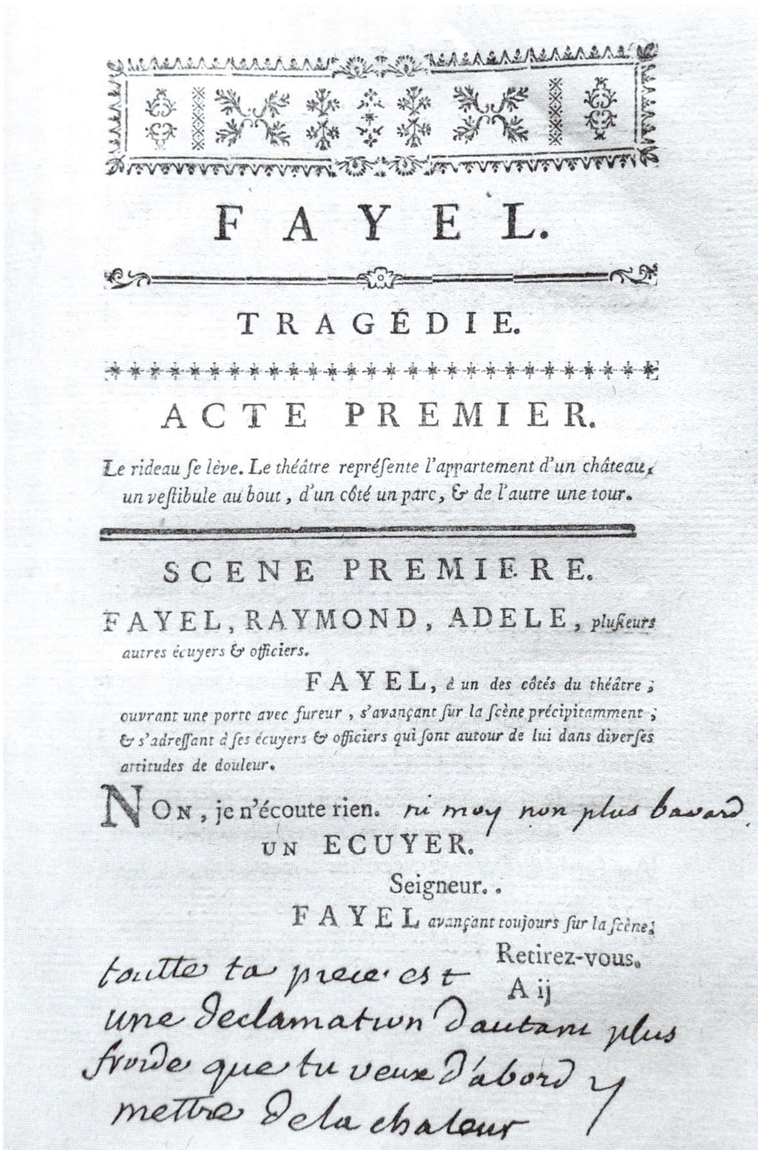

FAYEL.

TRAGÉDIE.

ACTE PREMIER.

*Le rideau se lève. Le théâtre représente l'appartement d'un château, un vestibule au bout, d'un côté un parc, & de l'autre une tour.*

SCENE PREMIERE.

FAYEL, RAYMOND, ADELE, *plusieurs autres écuyers & officiers.*

FAYEL, *à un des côtés du théâtre ; ouvrant une porte avec fureur, s'avançant sur la scène précipitamment ; & s'adressant à ses écuyers & officiers qui sont autour de lui dans diverses attitudes de douleur.*

NON, je n'écoute rien. ni moy non plus bavard.

UN ECUYER.

Seigneur. .

FAYEL *avançant toujours sur la scène ;*

Retirez-vous.

A ij

toutte ta piece est une declamation dautant plus froide que tu veux dabord y mettre dela chalour

Fig. 38 : Notes de Voltaire dans Baculard d'Arnauld, *Fayel*, p. 3

Il avait réagi de façon plus subtile lors d'une lecture de l'*Histoire naturelle* de Buffon. Il s'agit d'un in-quarto avec une belle marge. Buffon ouvre son deuxième discours sur la « Théorie de la Terre » avec une citation des *Métamorphoses* d'Ovide qui apparaît sur un verso, plus ou moins au milieu de la page. Sur la page blanche en regard, Voltaire écrit :

> jay traduit ces vers d'Ovide il y a quarante ans. / il y a eu sans doute de grands changements dans ce / globe. mais jamais le caucase les alpes les pirenees etc. / nont ete formees par la mer. les montagnes sont necessaires / au globe comme les os au corps humain. ce systeme tres / ridicule de Teliamed ne meriterait pas detre ramassé / par un aussi beau genie que M^r de buffon[62].

Cette tirade est placée exactement au centre de la page, en miroir des vers d'Ovide. Voltaire colonise l'espace, se mettant sur un pied d'égalité avec le poète latin, ce qui lui permet de prononcer « ex cathedra » sur les idées de Benoît de Maillet (qui écrivait sous le nom de plume « Telliamed »), qu'il n'appréciait guère. Il prend la peine de dire son estime pour Buffon, mais tient à laisser dans un endroit bien en évidence un témoignage de son désaccord avec les idées que celui-ci emprunte à de Maillet.

En nous éloignant des débuts de section, nous pouvons observer d'autres effets désorganisateurs de l'utilisation de l'espace par Voltaire. Le fait de cesser d'écrire des notes après en avoir laissé une série, telle une piste, peut, selon la nature de la dernière note, déstabiliser de futurs lecteurs. Considérons l'exemple du *Vrai Sens du Système de la nature* du pseudo-Helvétius dans l'exemplaire de Rouen. Parvenu à la page 104, Voltaire pose sa plume pour ne plus la reprendre pendant cette lecture (nous verrons qu'il ne s'agissait pas de sa première lecture de cet ouvrage – voir ci-dessous, p. 182-186). La note suggère qu'il n'est pas nécessaire de lire la suite de l'ouvrage, en résumant le contenu de « tout le reste ». Il s'agit d'un volume qu'il a offert, qui n'a probablement jamais fait partie de sa bibliothèque, et il savait donc que ses notes seraient certainement lues par le récipiendaire au moins. Il est presque certain qu'il avait conscience de se mettre en scène. La dernière partie de la note, centrée sur la page, reprend en caractères légèrement plus grands le célèbre vers de Voltaire lui-même, tiré de son *Épître à l'auteur du livre des Trois Imposteurs*, « Si Dieu n'existait pas il faudrait l'inventer ». Le cadrage de ce vers donne l'impression d'une déclamation et le lecteur n'a pas besoin de lire plus loin puisque Voltaire s'est prononcé. La lecture se trouve interrompue de la sorte.

---

62. Tome 1, p. 65 ; *CN*, t. 1, p. 561.

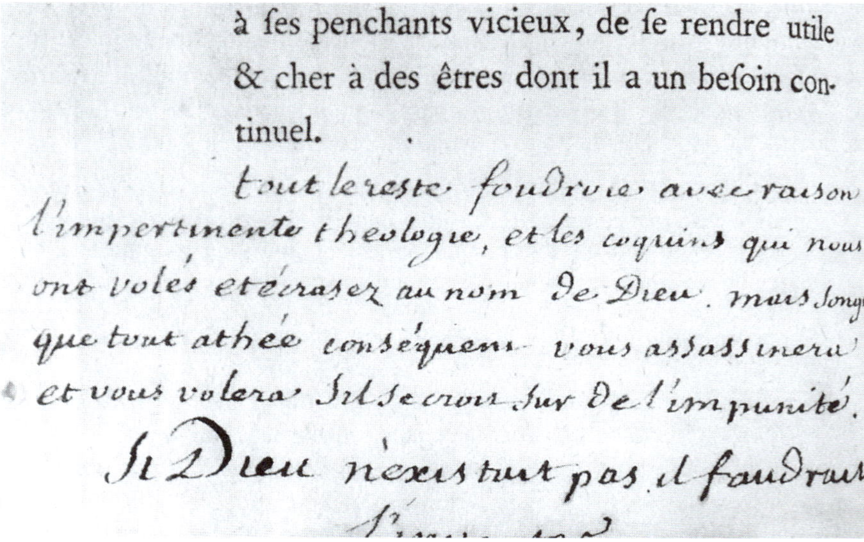
à ſes penchants vicieux, de ſe rendre utile & cher à des êtres dont il a un beſoin continuel.

tout le reste foudroie avec raison l'impertinente theologie, et les coquins qui nous ont volés et écrasez au nom de Dieu. mais songez que tout athée conséquent vous assassinera et vous volera s'il se croit sur de l'impunité.

Si Dieu n'existait pas il faudrait

Fig. 39 : Note qui agit comme un point final
dans *Le Vrai Sens du Système de la nature*, p. 104 (exemplaire de Rouen)

Ils sont rares, mais d'autres cas plus spectaculaires où Voltaire détourne l'attention des futurs lecteurs du *textus* méritent notre attention. Peu caractéristique, par exemple, est sa façon extrêmement violente de réagir aux propos de Christian-Friedrich Schwan où celui-ci décrit dans ses *Anecdotes russes* le fonctionnement de l'académie de Saint-Pétersbourg, en affirmant que chaque membre est obligé de soumettre tous les ans deux dissertations, mais que l'académie garde ces travaux dans ses archives pour les publier peut-être dix ans plus tard. Voltaire, qui avait déjà écrit son importante *Histoire de l'empire de Russie sous Pierre le Grand* et qui était lui-même depuis 1746 membre de cette académie, se considérait comme une autorité sur la Russie et prenait ombrage de ce qu'il percevait comme étant une calomnie. C'est donc dans le sens de la longueur de la marge de cet in-12 qu'il griffonne en caractères démesurés « cela est menti impudiquement[63] », où il lui manque presque la place d'achever sa phrase, et il doit faire courber le dernier mot afin de le faire rentrer dans l'espace blanc. Exceptionnellement, un trait agressif traverse le *textus* (ou souligne de façon emphatique son propre commentaire). La pratique d'écrire par-dessus le *textus* est rarissime chez Voltaire, sauf lorsqu'il corrige un texte. Il est difficile de ne pas observer à la fois que l'épaisseur des traits semble beaucoup plus considérable que d'ordinaire. Nous sommes en droit de penser que, poussé

63. Londres [La Haye], Compagnie, 1764, p. 87, BV3121 ; *CN*, t. 8, p. 294-295.

par sa rage, Voltaire exerça une telle force sur sa plume qu'il en endommagea la pointe ; en effet, on peut observer, sur la barre du « t » final, ainsi que sur le trait qui raye le texte imprimé, la trace des deux moitiés du bec, séparées vraisemblablement par la violence du geste de Voltaire.

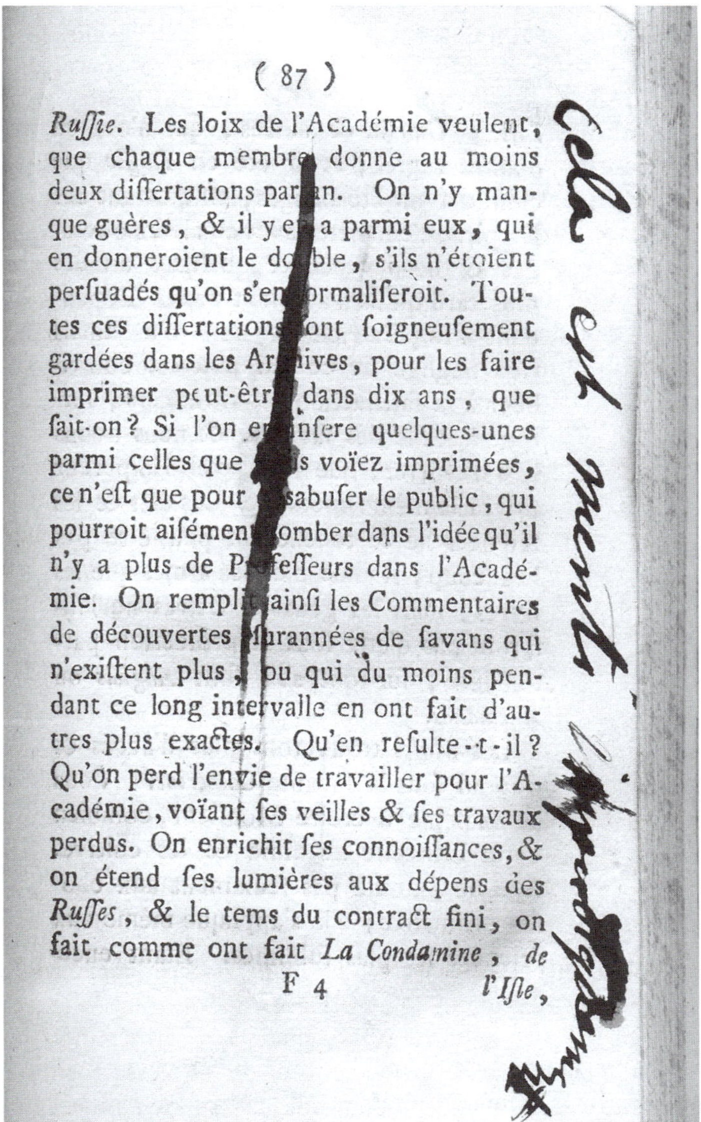
( 87 )

*Ruſſie*. Les loix de l'Académie veulent, que chaque membre donne au moins deux diſſertations par an. On n'y manque guères, & il y en a parmi eux, qui en donneroient le double, s'ils n'étoient perſuadés qu'on s'en formaliſeroit. Toutes ces diſſertations ſont ſoigneuſement gardées dans les Archives, pour les faire imprimer peut-être dans dix ans, que ſait-on? Si l'on en inſere quelques-unes parmi celles que vous voïez imprimées, ce n'eſt que pour deſabuſer le public, qui pourroit aiſément tomber dans l'idée qu'il n'y a plus de Profeſſeurs dans l'Académie. On remplit ainſi les Commentaires de découvertes ſurannées de ſavans qui n'exiſtent plus, ou qui du moins pendant ce long intervalle en ont fait d'autres plus exactes. Qu'en reſulte-t-il? Qu'on perd l'envie de travailler pour l'Académie, voïant ſes veilles & ſes travaux perdus. On enrichit ſes connoiſſances, & on étend ſes lumières aux dépens des *Ruſſes*, & le tems du contract fini, on fait comme ont fait *La Condamine*, *de*

F 4 *l'Iſle*,

Fig. 40 : Note écrite dans le sens de la longueur de la marge dans Schwan, *Anecdotes russes*, p. 87

Force est cependant de reconnaître que, partout ailleurs, Voltaire préfère annoter en sorte que ses mots soient parallèles au texte imprimé. Nous en verrons par la suite un exemple particulièrement saisissant ; à la lumière de l'unicité du présent cas, on peut se demander quel mouvement d'humeur a pu le pousser à sortir de ses habitudes à un tel point.

Esthétiquement plus conforme à la masse des notes marginales, mais néanmoins profondément dissemblable, est la note « decla / mation / pué / rile », inscrite en marge de la « Profession du vicaire savoyard » de l'*Émile* de Rousseau[64]. Étendue sur quatre pages dont le *textus* explique une croyance en une âme immatérielle, la moitié de chaque mot apparaissant sur une page séparée, cette exclamation de Voltaire a l'effet évident de pousser le lecteur à passer sur le texte de Rousseau et d'en négliger la lecture à la faveur de la note. Il est même nécessaire de tourner la page afin de parvenir à lire en entier le jugement de Voltaire. Les mots ne sont pas écrits en caractères plus grands que ceux des notes qui précèdent, mais leur disposition dans les espaces du volume est telle qu'ils brisent le fil de la lecture et la désorganisent.

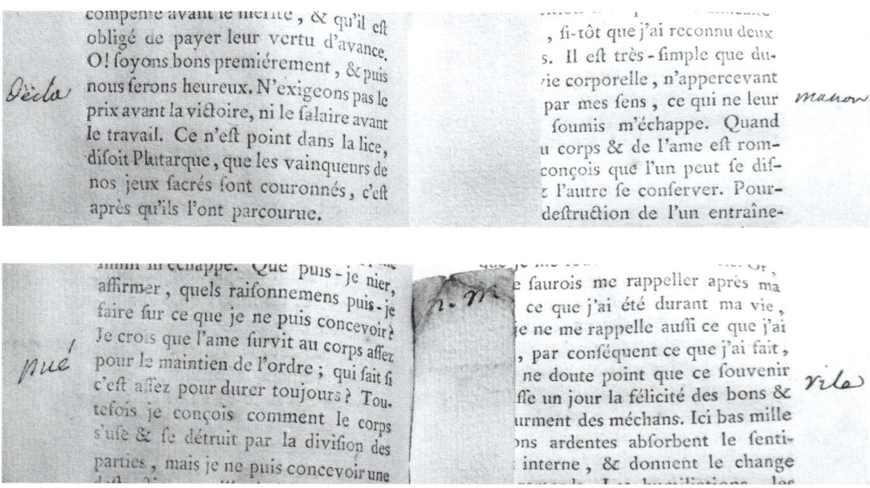


Fig. 41a et 41b : Note s'échelonnant sur quatre pages dans l'*Émile* de Rousseau, t. 3, p. 78-81

Moins étonnante peut-être, mais relevant du même instinct, est la note qui commence dans la marge inférieure d'une page dans un autre exemplaire de l'*Émile*, et qui s'achève dans la marge de la page d'en face (voir

64. Tome 3, p. 78-81 ; *CN*, t. 8, p. 146-147.

l'illustration 42[65]). Dans sa dépréciation, « quelle sottise citée / et sottement contredite / quelle bètise / d'imprimer ces fadaises ! », Voltaire ne cache pas son irritation profonde, et on a l'impression de la trouver reflétée dans l'aspect même de son écriture. C'est cependant le fait que la note déborde sur la page suivante qui crée un effet foncièrement déstabilisant : elle ne se rapporte pas à un passage spécifique et invite le lecteur à passer à la page suivante sans avoir tout lu du texte de Rousseau.

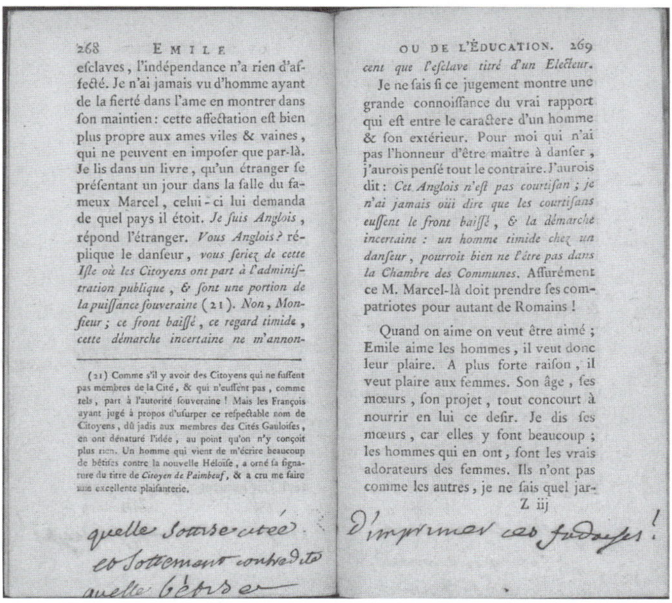

268 EMILE

esclaves, l'indépendance n'a rien d'affecté. Je n'ai jamais vu d'homme ayant de la fierté dans l'ame en montrer dans son maintien : cette affectation est bien plus propre aux ames viles & vaines, qui ne peuvent en imposer que par-là. Je lis dans un livre, qu'un étranger se présentant un jour dans la salle du fameux Marcel, celui-ci lui demanda de quel pays il étoit. *Je suis Anglois*, répond l'étranger. *Vous Anglois ?* réplique le danseur, *vous seriez de cette Isle où les Citoyens ont part à l'administration publique, & sont une portion de la puissance souveraine* (21). *Non, Monsieur ; ce front baissé, ce regard timide, cette démarche incertaine ne m'annon-*

(21) Comme s'il y avoit des Citoyens qui ne fussent pas membres de la Cité, & qui n'eussent pas, comme tels, part à l'autorité souveraine ! Mais les François ayant jugé à propos d'usurper ce respectable nom de Citoyens, dû jadis aux membres des Cités Gauloises, en ont dénaturé l'idée, au point qu'on n'y conçoit plus rien. Un homme qui vient de m'écrire beaucoup de bêtises contre la nouvelle Héloïse, a orné sa signature du titre de *Citoyen de Paimbeuf*, & a cru me faire une excellente plaisanterie.

OU DE L'ÉDUCATION. 269

*cent que l'esclave titré d'un Electeur.*

Je ne sais si ce jugement montre une grande connoissance du vrai rapport qui est entre le caractere d'un homme & son extérieur. Pour moi qui n'ai pas l'honneur d'être maître à danser, j'aurois pensé tout le contraire. J'aurois dit : *Cet Anglois n'est pas courtisan ; je n'ai jamais oüi dire que les courtisans eussent le front baissé, & la démarche incertaine : un homme timide chez un danseur, pourroit bien ne l'être pas dans la Chambre des Communes.* Assurément ce M. Marcel-là doit prendre ses compatriotes pour autant de Romains !

Quand on aime on veut être aimé ; Emile aime les hommes, il veut donc leur plaire. A plus forte raison, il veut plaire aux femmes. Son âge, ses mœurs, son projet, tout concourt à nourrir en lui ce desir. Je dis ses mœurs, car elles y font beaucoup ; les hommes qui en ont, sont les vrais adorateurs des femmes. Ils n'ont pas comme les autres, je ne sais quel jar-

Z iij

Fig. 42 : Note qui s'étend sur deux pages dans l'*Émile* de Rousseau (exemplaire de Genève), t. 3, p. 268-269

Toute note marginale constitue forcément un élément étranger sur la page imprimée. L'œil est naturellement attiré sur elle, et par conséquent le lecteur peut se fourvoyer dans son appréhension du texte. Il est apparent que plusieurs notes de Voltaire, de par leur exploitation de l'espace, sont le résultat d'une volonté, consciente ou non, de s'imposer, de perturber l'organisation de l'imprimé et d'influer sur les lectures ultérieures. Nous verrons cependant par la suite que ce n'est pas l'instinct qui domine dans les *marginalia* de Voltaire et que malgré le caractère très polémique de certaines notes, la majorité sont peut-être plus remarquables par la retenue de leur auteur.

65. 4 vol. (Leipzig [Lyon], Weidmann & Reich [Bruyset], 1762), conservée à la Bibliothèque de Genève, cote OR 35, t. 3, p. 268-269 ; *CN*, t. 8, p. 425-426.

## Espace et autocontrainte

Parmi ceux qui « marginaient » leurs livres au début de l'époque moderne, les contraintes spatiales ne semblent pas avoir formé un obstacle à l'écriture, bien au contraire. George Whalley, l'éditeur des *marginalia* de Coleridge, note que celui-ci se trouvait parfois intimidé devant des espaces trop vastes, par exemple un volume interfolié[66]. Nous savons que Diderot a interfolié au moins trois ouvrages annotés, à savoir *De l'homme* d'Helvétius, la *Lettre sur l'homme et ses rapports* de Hemsterhuis, et l'*Essai sur l'homme* de Pope[67]. Dans ce dernier cas, il « consigna ses notes, tantôt sur ces feuillets intercalaires, et tantôt dans les marges mêmes des pages imprimées, sans qu'il semble jamais y avoir de distinction systématique entre les unes et les autres[68] ». Le commentaire de Georges May fait penser que Diderot préférait peut-être écrire en marge aussi, s'il lui arrivait de négliger les feuilles blanches qu'il avait fait introduire entre les pages de l'imprimé.

Nous ne connaissons pas de volume interfolié qui soit annoté ou corrigé par Voltaire, à l'exception peut-être de celui dont il parle à son imprimeur Cramer dans cette lettre, datée par Besterman du 5 juin 1766 (D13340) :

> Je prie Monsieur Cramer de vouloir bien envoyer chez M. Souchai un exemplaire de L'essai sur l'histoire générale que je ferai brocher avec des feuilles blanches ; car il n'y a plus moyen de rien comprendre aux corrections portées sur les marges.

Cet exemplaire, aujourd'hui perdu, si Cramer l'a bien préparé pour Voltaire, a dû servir à préparer une édition de l'*Essai sur les mœurs*[69]. Cependant, l'interfoliation semble être pour Voltaire une solution de dernier recours. Il a déjà annoté les marges du volume, et ce n'est que, forcé de constater l'échec de ce procédé par l'illisibilité, qu'il suggère d'intercaler de nouvelles pages. Une lettre du 19 octobre 1777 à un autre imprimeur, Charles Joseph Panckoucke, qui devait préparer une nouvelle édition des *Œuvres complètes* de Voltaire, et qui mentionne également des volumes interfoliés, laisse croire que l'idée vient

66. G. Whalley, « Editorial practice », p. lxx.

67. Voir Roland Mortier, « Comment éditer Diderot ? », *Revue belge de philologie et d'histoire* 67:3 (1989), p. 563-572 (ici p. 567), et Paolo Quintili, « Diderot lecteur d'Alexander Pope », *Revue sur Diderot et l'Encyclopédie* 16 (avril 1994), p. 71-95.

68. Georges May, dans Hemsterhuis, *Lettre sur l'homme et ses rapports*, p. 18.

69. Il est difficile de voir quelle édition pourrait être en cours en 1766. Ajoutons que rien dans le billet ne semble correspondre aux sujets des lettres avoisinantes, et qu'il est donc possible que la date attribuée par Besterman soit fausse. Aucun détail du billet ne permet d'identifier l'édition dont il serait question.

cette fois-ci de Panckoucke[70]. D'ailleurs, Voltaire n'a pas attendu l'arrivée des exemplaires interfoliés pour commencer son travail de correction (D20980). En dernier lieu, signalons cette lettre à laquelle Besterman n'a pas su attribuer une date, et où Voltaire demande : « M. Crammer est prié d'envoyer chez Jacobi trois huit, et trois neuf, trois exemplaires complets à Ferney, un exemplaire avec feuilles blanches à Fernex » (D12734). Jacoby, rappelons-le, était un des relieurs auxquels Voltaire avait affaire. Il est tout de même curieux que Voltaire ne fasse pas envoyer l'exemplaire avec des feuilles blanches chez le relieur d'abord, mais directement chez lui. Entendait-il vraiment annoter ou corriger un volume à feuilles intercalées non relié, ou s'agit-il d'autre chose[71] ? Si sa pratique de l'interfoliation reste ambiguë, il a parfois collé une paperolle dans un livre lorsqu'il s'agissait d'introduire dans son texte un ajout plus long, comme par exemple dans l'article « Béker » des *Questions sur l'Encyclopédie*[72], mais le cas est rare, à en juger par les livres qui ont survécu.

Voltaire étant moins prolixe que Coleridge, on ne peut pas dire de lui, comme du poète anglais :

> *It is uncanny how deftly, time and time again, he has fitted a note to the space that happened to be available, the last word of the cadence dropping into the last scrap of space with the precision of a lecturer ending an elaborate discussion on the dot of the hour*[73].

Mais le lecteur de Ferney, pratiquant comme il est de la forme brève (et nous y reviendrons au chapitre V), est peut-être, lui aussi, stimulé par le défi de s'exprimer à l'intérieur d'un espace restreint, par exemple le blanc entre la fin

---

70. « J'attends les volumes avec des feuilles blanches. J'aurai le plaisir d'ôter toutes les impertinences étrangères qu'on y a ajoutées, et de mettre à la place des choses inconnues qui ne sont pas de plus mauvais aloi » (D20844).

71. Le peu d'indices qui se trouvent dans ce billet de deux lignes autorise à penser que l'ouvrage pourrait être les *Questions sur l'Encyclopédie*, publié par Cramer en neuf volumes, et dont il envoyait à certains correspondants les volumes reliés au fur et à mesure qu'ils étaient imprimés. Voir par exemple l'exemplaire envoyé à Catherine II, relié par les soins de Voltaire, et dont la photographie apparaît dans Sergueï Korolev, « Voltaire et la reliure des livres », *Revue Voltaire* 13 (2013), p. 231-239 (ici p. 233). Or, les tomes 8 et 9 des *Questions* ont paru en novembre-décembre 1771 et février-mars 1772 (Voir la note liminaire de l'article « Superstition » des *Questions*, dont les sections qui le composent ont été imprimées dans les deux derniers volumes de la première édition de Cramer, *OCV*, t. 43, p. 301, n. *), et il est tout à fait plausible que Voltaire ait attendu que tous les deux soient imprimés pour les expédier ensemble à certains amis. Plus difficile à expliquer, en revanche, est une interfoliation des *Questions*, car elles ne feront jamais l'objet de lourdes corrections.

72. Voir l'édition critique de cet article dans les *OCV*, t. 39, p. 345.

73. G. Whalley, « Editorial practice », p. lxxi.

de la manchette et le corps du *textus* dans l'in-douze *De la recherche de la vérité* de Malebranche (voir l'illustration 43). Plusieurs de ses notes donnent aussi l'impression qu'instinctivement il avait tendance à limiter encore davantage l'espace occupé par ses notes. Nous examinerons trois cas de figure : celui de la frontière invisible, celui de l'orientation de la note, et enfin celui des signets.

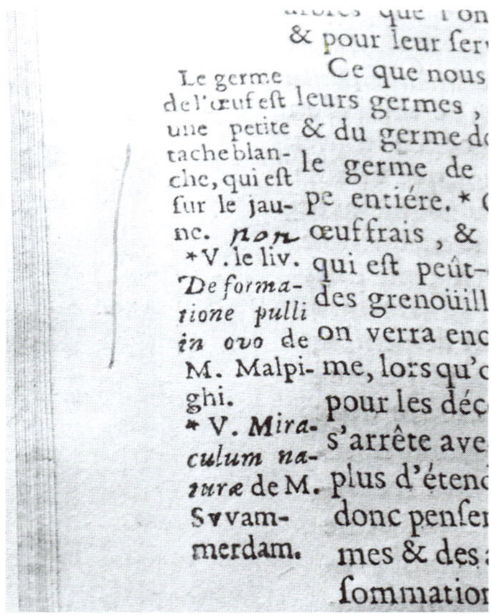


Fig. 43 : Voltaire écrit « non » dans un blanc minuscule
pour marquer son désaccord avec Malebranche
dans *De la recherche de la vérité*, p. 48

On peut observer assez souvent comment, en commentant les dernières lignes imprimées, Voltaire s'efforce de continuer à respecter la division de l'espace entre « *textus* » et « marge », même quand il a dépassé la dernière ligne du *textus*. Il a internalisé l'idée d'une frontière imaginaire existant entre l'espace appartenant à l'auteur et celui de l'annotateur. Libéré donc de la contrainte de la marge de gauche, avec toute la marge inférieure qui s'ouvre devant lui, il poursuit sa note dans la continuité de l'espace marginal. Dans l'exemplaire de Genève de l'*Émile* de Rousseau, par exemple, Voltaire, comme Coleridge, parvient à faire rentrer le dernier mot de sa note dans les derniers millimètres carrés de la page – sauf qu'il s'est abstenu d'écrire dans la marge inférieure relativement grande qui l'invitait à gauche (voir l'illustration 44[74]). Cette tendance n'est pas systématique chez Voltaire, et on peut citer des contre-exemples

74. On trouve le même phénomène dans l'*Histoire naturelle* de Buffon, t. 2, p. 50, 420 ; *CN*, t. 1, p. 591, 606.

où il a débordé de la marge extérieure sur l'inférieure parce qu'il n'y avait pas d'autre moyen d'écrire tout ce qu'il tenait à exprimer. Il y a malgré tout un sens de la répartition de l'espace et Voltaire semble se cantonner d'instinct dans un espace rectangulaire unidirectionnel : la marge latérale pour commenter le corps du *textus*, ou la marge inférieure pour faire des remarques portant sur des notes de bas de page ou la page dans son ensemble[75]. Parfois, il écrit en tout petits caractères dans la marge extérieure en évitant la marge inférieure pourtant toute proche. Dans son propre exemplaire de l'*Émile*, par exemple, il laisse plusieurs notes comprimées dans la marge latérale, large de 1,8 cm seulement, alors que la marge inférieure mesurant 8,5 × 3 cm environ est à portée de main[76]. Cette pratique est différente de celle d'Émilie Du Châtelet, qui emploie toute la largeur de la marge inférieure pour la fin de sa note en marge de *L'Origine ancienne de la physique nouvelle* de Regnault, par exemple[77].

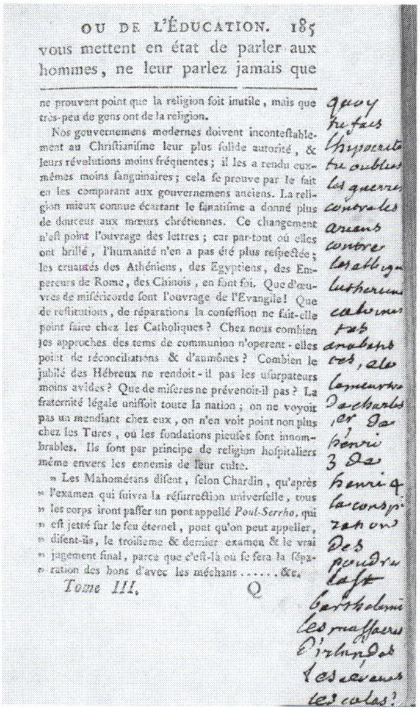
OU DE L'ÉDUCATION. 185

vous mettent en état de parler aux hommes, ne leur parlez jamais que

ne prouvent point que la religion soit inutile, mais que très-peu de gens ont de la religion.

Nos gouvernemens modernes doivent incontestablement au Christianisme leur plus solide autorité, & leurs révolutions moins fréquentes ; il les a rendu eux-mêmes moins sanguinaires ; cela se prouve par le fait en les comparant aux gouvernemens anciens. La religion mieux connue écartant le fanatisme a donné plus de douceur aux mœurs chrétiennes. Ce changement n'est point l'ouvrage des lettres ; car par-tout où elles ont brillé, l'humanité n'en a pas été plus respectée ; les cruautés des Athéniens, des Egyptiens, des Empereurs de Rome, des Chinois, en font foi. Que d'œuvres de miséricorde sont l'ouvrage de l'Evangile ! Que de restitutions, de réparations la confession ne fait-elle point faire chez les Catholiques ? Chez nous combien les approches des tems de communion n'operent-elles point de réconciliations & d'aumônes ? Combien le jubilé des Hébreux ne rendoit-il pas les usurpateurs moins avides ? Que de miseres ne prévenoit-il pas ? La fraternité légale unissoit toute la nation ; on ne voyoit pas un mendiant chez eux, on n'en voit point non plus chez les Turcs, où les fondations pieuses sont innombrables. Ils sont par principe de religion hospitaliers même envers les ennemis de leur culte.

» Les Mahométans disent, selon Chardin, qu'après » l'examen qui suivra la résurrection universelle, tous » les corps iront passer un pont appellé *Poul-Serrho*, qui » est jetté sur le feu éternel, pont qu'on peut appeller, » disent-ils, le troisieme & dernier examen & le vrai » jugement final, parce que c'est-là où se fera la sépa- » ration des bons d'avec les méchans ...... &c.

*Tome III.* Q

Fig. 44 : Note de Voltaire qui se prolonge dans le sens de la longueur dans Rousseau, *Émile* (exemplaire de Genève), t. 3, p. 185

75. Pour un commentaire portant sur une note de bas de page et situé dans la marge de dessous, voir de nouveau Buffon, *Histoire naturelle*, t. 2, p. 440 (*CN*, t. 2, p. 607). Pour une note plus générale placée également dans la marge inférieure, voir *Émile* (exemplaire de Genève), t. 3, p. 161 (*CN*, t. 8, p. 419).

76. *Émile* (exemplaire de la Bibliothèque de Voltaire), t. 3, p. 62, 67, 70, 71, 110, 116, 168 ; *CN*, t. 8, p. 143-145, 150, 160.

77. Tome 3, p. 220 ; *CN*, t. 7, p. 322.

Ailleurs, Voltaire ne choisit pas toujours la voie de la moindre résistance. Signalons comme illustration de cette tendance une note en marge d'une gravure dans la *Gerusalemme liberata* du Tasse[78]. Cette gravure, insérée dans le chant IV, dépeint les enfers. Dans la marge très exiguë, Voltaire, poussé à exprimer une sympathie, peut-être ironique, à l'égard des diables qui y sont représentés, note « quels / pau / vres / diab / les ! ». La situation aurait plus facilement appelé une écriture perpendiculaire au sens de l'image comme on l'a vu plus haut en marge du texte de Schwan, à cause à la fois de l'étroitesse de la marge et du fait que le commentaire se perd à côté de la gravure qui prend presque toute la place sur la page de cet in-folio. Mais l'aparté de Voltaire reste discret, écrasé, les mots coupés, le choix de cette contrainte entièrement sien.

Encore plus étrange peut-être, de prime abord, est le choix de Voltaire, au cours d'au moins une lecture de Montesquieu (*De l'esprit des lois*), de ne pas utiliser la marge dans toute sa largeur, mais de se cramponner au texte, à l'espace qui correspond plus ou moins à celui occupé par les manchettes imprimées (voir illustration 45). Il est possible qu'il obéisse à une impulsion secrète de se limiter à l'espace de la manchette, mais une autre possibilité, plus banale, est que ce niveau d'annotation précède la reliure et qu'il se restreignait à respecter cet espace étroit de peur de perdre une partie de son annotation au moment du rognage, comme il est arrivé si souvent, nous l'avons vu au chapitre précédent.

---

78. Page 34.

Fig. 45 : Note en marge d'une gravure dans le Tasse, *Gerusalemme liberata*, p. 34. En cartouche : la note agrandie

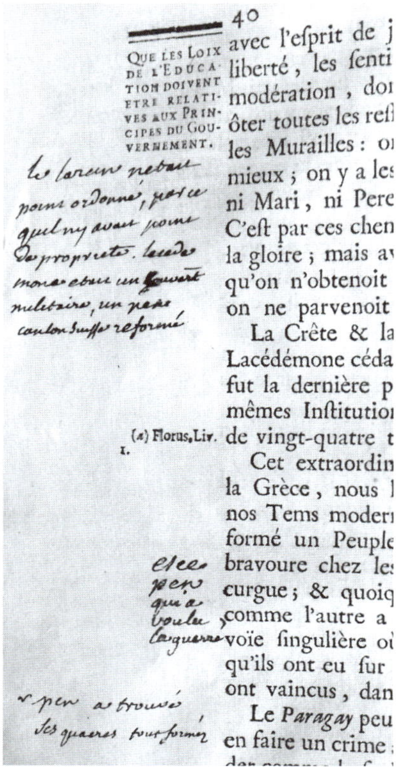

40

QUE LES LOIX DE L'EDUCATION DOIVENT ETRE RELATIVES AUX PRINCIPES DU GOUVERNEMENT.

avec l'esprit de j
liberté, les senti
modération, doı
ôter toutes les refl
les Murailles: oı
mieux; on y a les
ni Mari, ni Pere
C'est par ces chen
la gloire; mais av
qu'on n'obtenoit
on ne parvenoit
La Crête & la
Lacédémone céda
fut la dernière p
mêmes Institutioı
de vingt-quatre t
Cet extraordin
la Grèce, nous l
nos Tems moderı
formé un Peuple
bravoure chez les
curgue; & quoiq
comme l'autre a
voïe singulière oı
qu'ils ont eu sur
ont vaincus, dan
Le *Paragay* peu
en faire un crime

(a) Florus, Liv. I.

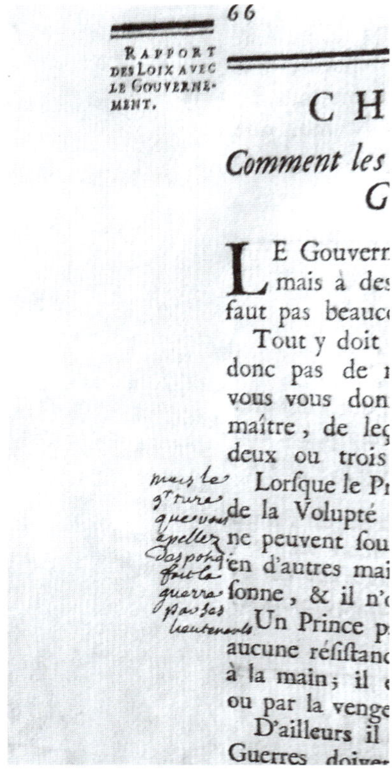

66

RAPPORT DES LOIX AVEC LE GOUVERNEMENT.

C H

*Comment les*
*G*

LE Gouverr
mais à des
faut pas beauc
Tout y doit
donc pas de r
vous vous don
maître, de leç
deux ou trois
Lorsque le Pı
de la Volupté
ne peuvent sou
en d'autres mai
sonne, & il n'
Un Prince p
aucune résistanc
à la main; il
ou par la venge
D'ailleurs il
Guerres doive

Fig. 46a et 46b : Notes délibérément étroites dans Montesquieu,
*De l'esprit des lois*, t. 1, p. 40, 66

Un espace limité qui tient entièrement à Voltaire lui-même et à ses secrétaires est celui des signets sur lesquels il écrit. Ces bandes de papier, coupées sur place, peuvent être de la grandeur que souhaite Voltaire, mais il est rare que la largeur dépasse deux ou trois centimètres, même si celui-ci sait qu'il y a toutes les chances qu'il y écrive quelques mots, parfois des phrases entières, comme il fait par exemple dans le *Commentaire littéral* de Calmet (voir illustration 47[79]). L'étroitesse de ces bouts de papier fait que Voltaire est obligé par endroits de compresser son écriture.

Au moins dans le cas de Calmet, nous avons affaire à des signets de 3 cm environ, insérés dans un in-quarto. Dans d'autres volumes, comme par exemple l'édition in-douze de *De l'homme* d'Helvétius, le signet mesure à peine un centimètre de large[80]. Il est légitime de se demander pourquoi

79. Tome 4 [Genèse], p. 827 ; *CN*, t. 2, p. 48.
80. Édition de 1774, p. 105 ; *CN*, t. 4, p. 334.

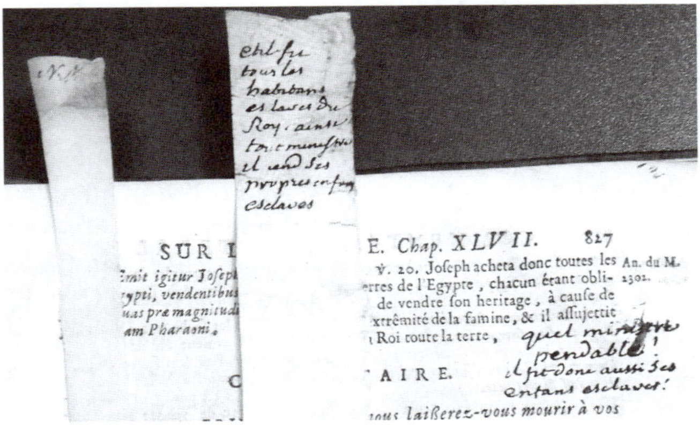

Fig. 47 : Signet annoté dans Calmet, *Commentaire littéral*, t. 4, p. 827

Voltaire choisissait de se créer parfois de si infimes espaces pour écrire ses notes de repère. Il y a évidemment un équilibre à atteindre, entre le signet trop petit pour recevoir des mots, et le papier intercalé qui, dépassant la tranche du volume, ne permet pas de voir les autres feuilles qui jouent le même rôle. Il est cependant utile de comparer la pratique de Voltaire à celle de Diderot, qui avait recours à l'interfoliation. Si ce dernier prend le temps de préparer calmement l'objet-livre qu'il a l'intention d'agrémenter de ses annotations, l'impulsivité de Voltaire le mène à bricoler de toutes pièces ses livres « marginés », en rajoutant, soit par le seul geste, soit collé avec un peu de cire, des espaces d'écriture supplémentaires, mais jamais trop généreux.

Fig. 48 : Signet exigu annoté « si / jean / jaque / etait / saint » dans Helvétius, *De l'homme*, édition de 1774, p. 105

Un exemple conservé parmi les manuscrits de la bibliothèque de Voltaire permet de sonder autrement la prédilection de la contrainte spatiale chez cet auteur. L'on connaît depuis la publication de F. Caussy le texte du fameux « Chapitre des arts », brouillon destiné à être intégré à l'*Essai sur les mœurs* mais laissé inachevé[81]. C'est cependant l'édition de 2016, dans les *Œuvres complètes*, qui reproduit pour la première fois la mise en page singulière du document[82]. Ce qui se présentait chez Caussy comme des notes de bas de page est en fait des espèces de manchettes ou titres en marge où Voltaire notait, avant de rédiger son texte, les éléments de son plan, en l'occurrence, dans la page illustrée ci-dessous, les figures et auteurs italiens qu'il avait l'intention d'évoquer dans le chapitre. C'étaient autant de contraintes dont Voltaire ne se souciait plus le moment de rédaction venu, et N. Cronk, à l'instar de R. Pomeau, signale le décalage entre les notes marginales du manuscrit et le corps du texte[83]. Effectivement, ici tout le corps du texte concerne Dante et son héritage théâtral au seizième siècle, alors que dans les marges on voit que Voltaire avait prévu de parler de Savonarole, de Pic de la Mirandole, Poggio, Boccace, Pétrarque... La présence de ces notes reste néanmoins l'indice d'un instinct chez Voltaire de créer à son propre usage des espaces aux frontières invisibles, respectés ou non, pour y exercer sa plume.

Le contexte des *marginalia* est composé presque exclusivement de petits espaces non contigus. Non pas systématiquement, mais fréquemment, Voltaire « marginaliste » se prête au jeu qui consiste à circonscrire toujours davantage les espaces susceptibles de recueillir ses notes, soit en évitant une zone de blanc qui existe déjà sur la page, soit en choisissant pour écrire sa note un bout de papier coupé de telle sorte qu'il est obligé d'écrire en petits caractères, souvent de morceler ses mots. Ce n'est sans doute pas conscient de sa part, et nous avons vu bien des exceptions à cette « règle », mais si la note rageuse ou parasite montre une volonté d'empiéter sur le terrain du *textus* pour le rabaisser d'une façon ou d'une autre, la note marginale ordinaire, celle de tous les jours, nous montre un Voltaire qui se plie aux conventions implicites qui régissent les espaces de l'imprimé. Son style d'annotation reflète son attitude envers les reliures de sa bibliothèque : le plus souvent le fond l'emporte sur la forme.

---

81. Voltaire, *Œuvres inédites*, éd. F. Caussy (Paris, Champion, 1914 ; réimpression Nendeln/Liechtenstein, Kraus, 1971), p. 37-98.

82. *OCV*, t. 27, p. 241-350.

83. *OCV*, t. 27, p. 254. Voir aussi Voltaire, *Essai sur les mœurs*, éd. R. Pomeau, 2 vol. (Paris, Garnier, 1990), p. 818.

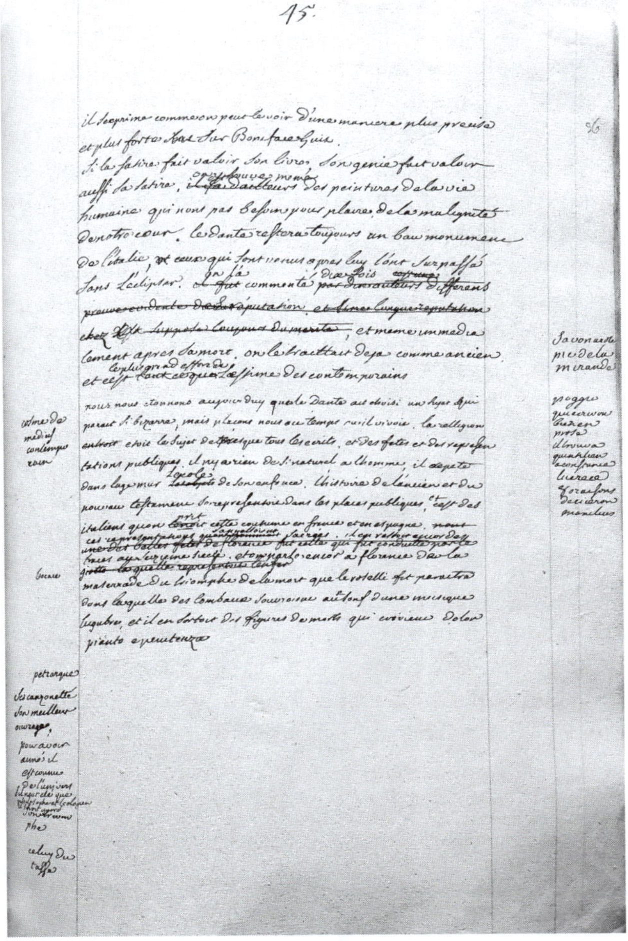

Fig. 49 : Le manuscrit du « Chapitre des arts »
(Bibliothèque de Voltaire, Manuscrits, t. 8, f. 36)

Pourtant, il y a mariage entre fond et forme aussi, et l'exploitation des espaces blancs d'un volume varie chez Voltaire entre l'utilitaire et le polémique. On peut émettre l'hypothèse que certains livres hébergent des notes de caractère ostensible : n'y a-t-il pas des chances qu'un visiteur à la bibliothèque de Voltaire cède à la tentation de regarder dans le tome 3 de l'*Émile* de Rousseau pour voir ce que le patriarche de Ferney pense de la « Profession de foi du vicaire savoyard » ? La note « déclamation puérile » est bien signalée, comme d'autres, par un signet « n.m.[84] ». C'est,

84. *CN*, t. 8, p. 141.

semble-t-il, lorsque Voltaire se trouve mu par une forte antipathie ou de l'impatience qu'il fait éclater ses pratiques habituellement plutôt classiques pour faire un usage plus subversif des blancs de l'imprimé, que ce soit en s'immisçant entre les mots d'un titre, ou en faisant volontairement s'échelonner sur plusieurs pages une même pensée. Nous avons vu que le Voltaire « marginaliste » se laisse prendre par la logique de la mise en page et le plus souvent ne pense pas à sortir de l'orientation de départ de la note, si bien qu'il finit par s'imposer de nouvelles contraintes. Ces tensions, entre contrainte et liberté, entre respect de la typographie et insurrection contre elle, entre pragmatisme et fantaisie, font la spécificité des pratiques de l'annotation chez Voltaire. Ce sont justement ces questions concernant la forme et la dynamique des *marginalia* que nous proposons d'étudier au chapitre V, où il ne sera plus question du graphisme de la note, mais de sa littérarité. Il y a impulsivité, spontanéité, donc, mais non pas compulsion : chaque blanc n'appelle pas à être noirci. Ce n'est pas l'horreur du vide qui pousse Voltaire dans son activité annotatrice : la grande majorité des notes repose sur un usage de l'espace semblable à celui de la plupart des lecteurs de tous les temps, et les livres ainsi utilisés comportent de nombreuses notes de travail, de véritables « traces de lecture » pour lui seul. Car, il ne faut pas l'oublier, en étudiant les notes marginales de Voltaire, nous avons affaire aux traces de lecture d'un écrivain, et dans ces traces se trouve souvent le germe des œuvres. C'est justement ce lien entre *marginalia* et textes publiés que nous proposons de sonder au chapitre suivant.

*Chapitre IV*

# *Marginalia* et documents de travail

Le plus souvent, ceux qui s'intéressent aux *marginalia* étudient les notes critiques, c'est-à-dire les notes en marge qui réagissent au texte imprimé[1]. Une grande partie des *marginalia* de Voltaire tombe toutefois en dehors de cet ensemble, et la catégorie la plus significative est peut-être celle des matériaux de repérage et de genèse : nous les avons évoqués au chapitre I (p. 37-40). Les nombreuses notes et marques qui annoncent tel ou tel texte, qui constituent des rappels que Voltaire lecteur a laissés pour Voltaire écrivain, sont en effet du plus grand intérêt, car la bibliothèque de Voltaire est surtout et avant tout une bibliothèque de travail, un atelier foisonnant de textes en puissance.

Depuis Gustave Lanson au moins, nous l'avons signalé dans l'Introduction, la question se pose de savoir comment Voltaire travaillait, et les traces de lecture peuvent aider à esquisser la réponse. Un signet, avec ou sans un mot griffonné sur le haut du bout de papier, une croix en marge, ou un « papillon », petit papier déchiré collé tant bien que mal à la page : telles sont les marques qu'il faut interpréter. Parmi toutes les notes et traces de lecture qui semblent être liées à des textes publiés, quels sont les différents cas de figure ? Comment Voltaire utilise-t-il les volumes de sa bibliothèque au moment de composer un texte ? Un autre point que nous tenterons d'élucider est la relation jusqu'ici peu étudiée entre les carnets et les notes marginales, et le chapitre se clora sur une étude de cas d'un groupe de notes tout à fait particulières qui se situent en amont de plusieurs textes d'une même époque.

## Les origines du texte

Voltaire n'a pas toujours laissé des notes verbales pour lesquelles il ne resterait à l'interprète que le beau rôle de les mettre en rapport avec l'œuvre publiée. La mise en rapport avec l'œuvre est bien ce dont il est

1. Dans Jackson, *Marginalia*, il est question principalement de ce genre de note.

question, mais les indices subsistant dans la bibliothèque de Voltaire qui servent à identifier ses sources sont souvent subtils. Et pourtant « il existe des relations de causalité directe entre les notes marginales et les œuvres de Voltaire », observe Christiane Mervaud[2], qui a remarqué ailleurs, au sujet du *Dictionnaire philosophique* :

> Chacun de ces articles [...] relève de l'art de la mosaïque : leurs pièces sont empruntées à bien des ouvrages, leur assemblage donne un éclairage personnel aux problèmes évoqués. Le ciment voltairien lie tous ces fragments découpés[3].

Comment ce découpage s'effectuait-il ? Comment Voltaire se servait-il de ses sources ? Pour répondre à ces questions, nous suivrons la piste des traces et des petits papiers laissés par l'auteur, dans le but de déceler le secret des origines et pour reconstruire, dans la mesure du possible, les éléments de la mosaïque, ses méthodes de travail.

**Sources directes et indirectes**

Du simple signet ou ruban glissé entre les pages d'un livre[4] au signet annoté[5], les centaines, voire milliers de traces verbales et non verbales sont autant de témoins des méthodes de travail de Voltaire. Ces *marginalia* constituent donc un véritable substrat des écrits publiés et s'avèrent incontournables pour la génétique textuelle voltairienne.

---

2. « Du bon usage », p. 762.

3. Ch. Mervaud, « Philosophie et écriture brève : le *Dictionnaire philosophique portatif* », *Revue internationale de philosophie* 1 (1994), p. 65-75 (ici p. 71-72).

4. Tels les signets qui marquent le début du seizième chant de l'*Iliade* dans la traduction d'Anne Dacier et dans l'édition bilingue en grec et en latin que possédait Voltaire, qu'on peut rapprocher d'un de ses derniers projets, sa traduction de ce seizième chant pour concourir au *Prix de poésie* de l'Académie française en 1778 (voir le *Commencement du seizième chant de l'Iliade*, *OCV*, t. 80c, Introduction, p. 373-374) : *L'Iliade d'Homère, traduite en français avec des remarques*, 4 vol. (Paris, Martin, Coignard et Guérin, 1741, BV1670) : ruban signalé dans *CN*, t. 4, p. 496 ; *Homeri Ilias, cum M. Aemilii Porti, Francisci Porti Cretensis f. Latina ad verbum interpretations* (Orléans, Vignon, 1609, BV1674) : le signet, entre les p. 582-583, correspond aux vers 124-159.

5. Par exemple celui dans la *Historia philosophiae* de Thomas Stanley qui porte les mots « vers dorez / de / Pitagore », signalant des informations qui seront citées par Voltaire dans l'article « Emblème » des *Questions sur l'Encyclopédie* (voir *OCV*, t. 41, p. 70-71) : *Historia philosophiae, vitas, opiniones, resque gestas, et dicta philosophorum sectae cujusvis complexa autore Thoma Stanlejo*, 3 vol. (Venise, Coleti, 1731, BV3208). Le signet se trouve p. 410-411. Voltaire exploite la liste des « vers dorés », sans toutefois en indiquer sa source.

Voltaire est certes loin d'être le seul auteur dont la bibliothèque garde la trace de la genèse de ses œuvres. Les commentaires que Diderot a laissés en marge de l'ouvrage *De l'homme* d'Helvétius constituent une esquisse primitive de sa *Réfutation d'Helvétius* (1774[6]). Mais nul ne semble avoir laissé des traces marginales de façon aussi systématique que Voltaire, dont l'œuvre, si diverse, si multiforme et souvent davantage le produit de ses lectures que de son imagination pure, demeure un cas particulier, ne serait-ce que par son ampleur et par le caractère érudit de ses écrits.

Contes, théâtre, vers mis à part, en général, les ouvrages de Voltaire revendiquent parfois avec fierté l'usage des sources[7]. Le phénomène de la note imprimée chez lui a déjà été étudié[8]. Voltaire n'est pas un Pierre Bayle ou un Augustin Calmet, ni un universitaire moderne, et il n'indique pas scrupuleusement toutes ses références en bas de page ou en manchette – loin de là. Parfois la référence se résume à deux mots péremptoires : « Voyez Hésiode[9] ». Mais, de façon générale, Voltaire fait étalage d'un savoir livresque acquis au fil de ses lectures et de ses recherches, parfois même avec tomaison et numéro de page à l'appui[10]. Le jeu du chercheur consiste donc en partie à trouver dans la bibliothèque les indices qui correspondent à ces notes, et ceux qui révèlent également une source, mais une source qui n'est pas affichée dans le texte imprimé, car il arrive aussi qu'un signet ou une note dans un volume de la bibliothèque signale un passage ou un détail utilisé ou emprunté par Voltaire dont il a cependant décidé de taire l'usage.

Ces notes marginales et autres marques liées au travail de l'écrivain se distinguent des notes critiques par ce que Pierre-Marc de Biasi appelle leur « vectorialité ». En considérant la note de travail en général, il juge que :

6. Voir Diderot, *Œuvres complètes*, éd. R. Lewinter, 15 vol. (Paris, Club français du livre, 1969-1973), t. 10, p. 454.

7. Certaines tragédies et certains poèmes bénéficiant cependant d'un appareil impressionnant. Voir, par exemple, *Olympie*, *Le Triumvirat*, le *Poème sur la loi naturelle*, le *Précis du Cantique des cantiques*…

8. *Les Notes de Voltaire*, éd. N. Cronk et Ch. Mervaud.

9. *La Pucelle*, chant XXI (*OCV*, t. 7, p. 583, n. 5), note ajoutée en 1762.

10. Par exemple, dans l'article « Épreuve » des *Questions sur l'Encyclopédie* (*OCV*, t. 41, p. 199), Voltaire raconte une anecdote selon laquelle Antoine Houdar de La Motte promet de faire usage d'une critique faite de la *Phèdre* de Racine lors d'un dîner. Dans sa note (*a*), Voltaire donne la référence « La Motte, t. 4, p. 308 », ce qui correspond en effet au passage dans l'édition qu'il possède (*Œuvres*, 10 vol., Paris, Prault, 1753-1754, BV1901). Voir Bruno Bernard, « Citations et références dans les ouvrages historiques de Voltaire », *Voltaire et le livre*, éd. F. Bessire et F. Tilkin, p. 233-241.

> [D]ans tous les cas, elle se caractérise par cette vectorialité qui la rend indissociable d'un projet d'écriture : elle comporte spontanément une disposition à établir ou à servir un projet (concret ou hypothétique) de rédaction. En ce sens la note de travail a ceci de paradoxal qu'elle dépend de quelque chose qui n'existe pas encore au moment où elle s'écrit : le texte à venir où elle se trouvera éventuellement intégrée ou déployée[11].

C'est indéniablement le cas de ces signets et de ces notes qui sont une première étape de la création d'un texte, qui tendent vers lui. Cette caractéristique s'applique aux véritables sources de Voltaire, mais aussi peut-être, de façon plus ambiguë, aux notes où il réagit au texte imprimé et où la réflexion finit par trouver sa place dans un texte publié. Nous ne pouvons pas savoir si, au moment d'écrire « délicieux » en marge de la description du miracle où saint François Xavier se trouve dans deux barques en même temps (selon Dominique Bouhours, son biographe), Voltaire songeait déjà à l'utiliser dans ses *Entretiens chinois*[12]. Mais ce que nous savons de Voltaire nous permet d'imaginer qu'en griffonnant la note il emmagasinait le souvenir avec, derrière la tête, l'idée de s'en servir si l'occasion se présentait.

D'autres aspects de sa façon de travailler émergent à l'examen des traductions que Voltaire possède de Tacite. Bien qu'elles ne soient pas annotées, seulement dépositaires de signets blancs, ces petits bouts de papier s'avèrent extrêmement révélateurs. Parmi les traces qui subsistent des lectures que Voltaire a faites de Tacite, il s'en trouve certaines où il est purement question de sources historiques pour des textes tels que *Le Pyrrhonisme de l'histoire* (1768) ou les *Questions sur l'Encyclopédie* (1770-1772). Si on peut se demander quelle autre sorte d'influence Tacite aurait exercée sur Voltaire, une telle question néglige de prendre en compte les traducteurs de l'historien romain. Voltaire possédait, entre autres, les traductions amplement annotées de Nicolas Amelot de la Houssaie[13] et de Jean-Philippe-René de La Bléterie[14], et les pages marquées à la lecture qui semblent avoir contribué aux œuvres de Voltaire présentent majoritairement des notes et remarques de ces deux hommes.

---

11. Pierre-Marc de Biasi, « La notion de "carnet de travail" : le cas de Flaubert », dans *Carnets d'écrivains*, éd. L. Hay (Paris, CNRS Éditions, 1990), p. 23-56 (ici p. 30).

12. Dans *La Vie de saint François Xavier, de la Compagnie de Jésus, apôtre des Indes et du Japon*, 2 vol. (Paris, Veuve Bordelet, 1754, BV502), t. 2, p. 157-158. Pour la note, voir *CN*, t. 1, p. 423-424 ; voir aussi les *Entretiens chinois* (*OCV*, t. 49A, p. 440-441).

13. *Tacite avec des notes politiques et historiques*, 2 vol. (La Haye, van Bulderen, 1692, BV3237) et 2 vol. (Rotterdam, Fritsch et Bohm, 1709, BV3238).

14. *Tibère, ou les six premiers livres des Annales de Tacite*, 3 vol. (Paris, Imprimerie royale, 1768, BV3239).

C'est dans une « réflexion politique » qu'Amelot de La Houssaie compare le moine Jacques Clément, assassin de Henri III, au personnage biblique Aod qui met à mort le roi Églon[15]. Dans l'exemplaire de Voltaire on constate une corne en bas de page. Voltaire emploie souvent cette comparaison, dont la première occurrence dans son œuvre se trouve dans la *Dissertation sur la mort de Henri IV* (1745[16]). « Un détail insolite peut susciter maints échos », écrit Christiane Mervaud au sujet des lectures tracées par Voltaire dans les livres de sa bibliothèque[17]. Nous ne pouvons pas savoir à quel moment Voltaire entra en possession de l'exemplaire dont il est question, mais il semble être au courant de cette édition en octobre 1739, comme l'atteste sa correspondance avec le futur Frédéric II (D2098, D2109). Bien que la bibliothèque de Ferney ne contienne pas forcément les livres des collections de jeunesse, certains volumes persistent dans la bibliothèque de Voltaire, malgré des lettres de sa part autorisant leur vente[18]. Disons un mot aussi sur le caractère de la trace de lecture : si la page avait été marquée par un signet, il eût été beaucoup plus risqué d'identifier cette trace comme prédatant l'installation de Voltaire à Ferney, car les signets se déplacent et tombent facilement, sont réutilisés même. Une page cornée, en revanche, perdure. L'absence sur la double page d'un autre élément susceptible d'avoir intéressé Voltaire mène à croire que la « réflexion politique » d'Amelot de la Houssaie a pu inspirer à Voltaire cet exemple qui deviendra chez lui un *leitmotiv*, emblématique de sa guerre contre l'Infâme.

Nous pouvons conclure avec davantage de certitude qu'un signet placé dans la traduction de La Bléterie marque une note du traducteur qui fut à l'origine d'une série de poèmes de l'année 1768, « catalyseur de l'écriture », selon l'expression de Christiane Mervaud[19]. La Bléterie parle de l'orateur Domitius Afer, et cite Quintilien :

> Mourir la plume à la main, ce n'est pas toujours mourir dans le lit d'honneur. Quelle pitié de mettre le public dans le cas de dire, Le pauvre homme oublie de se faire enterrer ! Il a vécu trop de tel livre, trop de telle et telle rapsodie ! Qu'avons-nous besoin de la lie de ses talents ? S'il a la rage d'écrire, qu'il brûle le soir le papier qu'il a barbouillé le matin[20].

Il renvoie ensuite à deux articles de Bayle, où il est question de « vieux poètes », comme le signale d'Alembert à Voltaire dans une lettre du

---

15. *Tacite avec des notes*, t. 1, p. 41.
16. *OCV*, t. 2, p. 344.
17. « Du bon usage », p. 759.
18. Voir Ch. Paillard, « Les bibliothèques de Voltaire », p. 110-112.
19. « Du bon usage », p. 768.
20. *Tibère*, t. 2, p. 301.

20 avril 1768 (D14972). Dans cette lettre, d'Alembert incite son confrère à se défendre contre ce qui est manifestement un trait visant le vieux poète de Ferney. Voltaire, dont l'activité littéraire en 1768 est d'une ampleur extrême, n'avait peut-être pas l'inclination de se lancer dans une attaque de grande envergure, mais il récidive par le biais de cinq poèmes regroupés sous le titre de *Remboursements*, ainsi que du *Discours à mon vaisseau*, du *Huitain bigarré*, et de vers ajoutés dans certaines éditions de l'*Épître à l'auteur des Trois Imposteurs*[21]. Impossible de savoir si Voltaire avait déjà trouvé le passage avant que d'Alembert lui en apprenne l'existence, mais il s'agit d'un cas où la lecture a aiguillonné l'œuvre.

Comme les signets, les traces non verbales signalant un passage imprimé que Voltaire entend citer font, elles aussi, partie de l'apparat génétique de son œuvre. On trouve un exemple d'une source directe dans son exemplaire du *Contrat social* de Rousseau[22], où une barre verticale signale une opération de citation[23]. Voltaire a cité trois fois ce texte : à deux reprises en 1765, dans les *Idées républicaines* et dans le texte intitulé *De Pierre le Grand et de Jean-Jacques Rousseau*, et de nouveau en 1772 dans l'article « Russie » des *Questions sur l'Encyclopédie*, qui reprenait en partie *De Pierre le Grand*, et notamment cette citation.

La réclame « ces » notée à la fin de l'extrait nous permet de savoir pour quel texte Voltaire a corrigé son exemplaire, car dans *De Pierre le Grand*, la phrase qui suit la citation est : « Ces paroles sont tirées d'une brochure intitulée, *Le Contrat social*, ou *insocial*, du peu sociable Jean-Jacques Rousseau[24] ». Les *Idées républicaines*, au contraire, se poursuivent autrement. Le passage de Rousseau devient un véritable avant-texte des écrits de Voltaire, grâce aux modifications de celui-ci. Les traces permettent de reconstruire sa méthode de travail : il fournissait à son secrétaire divers brouillons, y compris des livres annotés, à partir desquels le secrétaire devait sans doute composer un manuscrit continu et propre pour l'imprimeur[25].

---

21. Voir *OCV*, t. 67, p. 395-408 et *OCV*, t. 70A, p. 244-245 (voir les variantes aux vers 84-86).

22. *Principes du droit politique*, p. 95-96.

23. Signalons également que Voltaire a tronqué le début de la phrase, changé le « il » en « le czar Pierre », et a modifié les terminaisons de l'imparfait de -oit en -ait (*CN*, t. 8, p. 176).

24. *OCV*, t. 60A, p. 501-502.

25. Mais il pouvait aussi envoyer le livre directement à l'imprimeur, comme par exemple en mai 1775, où il envoie à Gabriel Cramer son exemplaire des *Amours de Mars et de Vénus* de La Fontaine (D19453 : « il faut transcrire ces vers sans aucun titre depuis la page 302 jusqu'à la page 307 »).

Formant une catégorie à part, mais beaucoup plus rares, des fragments en marge seront intégrés plus ou moins textuellement dans l'œuvre. Il s'agit donc de traces d'une étape embryonnaire d'un texte de Voltaire, traces vers lesquelles il est revenu, selon toute apparence, au moment de la rédaction. Tel est le cas d'une note inscrite dans les *Mémoires pour servir à l'histoire des égarements de l'esprit humain par rapport à la religion chrétienne* (1762) de l'abbé Pluquet. En marge d'un passage sur le polythéisme, il griffonne : « chaque / village / eut d'abord son dieu / voila la / marche / de lesprit / humain[26] ». En 1764, l'article « Religion » du *Dictionnaire philosophique* reprend l'esprit de cette remarque : « Chaque bourgade sentait sa faiblesse, et le besoin qu'elle avait d'un fort protecteur[27] », mais quelques lignes plus haut, la seconde partie de la note marginale est revenue presque mot à mot : « Telle est la marche de l'esprit humain[28] ». Les éléments des *marginalia* peuvent donc être utilisés selon un ordre différent dans le texte achevé.

Similairement, la note marginale « ah monsieur / lavocat lactance / quel impertinent / dialogue ! quelle / foule de mensonges, / ou avez vous pris / que nerva abdi / ca L'empire ? / comme vous / mentez sottement ! / etes vous un pere / de leglise[29] ? » se retrouve transformée dans l'*Histoire de l'établissement du christianisme* (1776) :

> Voilà une étrange conversation entre les deux maîtres du monde. L'avocat Lactance était-il un tiers ? Comment les auteurs osent-ils, dans leur cabinet, faire parler ainsi les empereurs et les rois ? Comment ce pauvre Lactance est-il assez ignorant pour faire dire à Galérius que Nerva abdiqua l'empire, tandis qu'il n'y a point d'écolier qui ne sache que c'est une fausseté ridicule ? On a regardé Lactance comme un Père de l'Église ; il fait voir qu'un Père de l'Église peut se tromper[30].

Nous ne savons pas exactement à quelle époque Voltaire a acquis ce livre. Il l'a commandé auprès de son imprimeur Cramer probablement en 1757 (D7450), mais il demande de l'emprunter à la Bibliothèque de Genève en 1765 (D12593). Avait-il prêté son propre exemplaire à un tiers ? Ne l'avait-il jamais reçu et l'exemplaire annoté aujourd'hui à Saint-Pétersbourg serait-il celui qu'il n'aurait jamais rendu à la bibliothèque ? On ignore donc de quand date cette lecture. La note date-t-elle d'une dizaine, voire d'une

26. Tome 1, p. 25 ; *CN*, t. 7, p. 83, et n. 67.
27. *OCV*, t. 36, p. 475.
28. *OCV*, t. 36, p. 472.
29. Dans *Firminani Lactantii opera omnia*, 2 vol. (Paris, De Bure, 1748, BV1836), t. 2, p. 205 (*CN*, t. 5, p. 117-118).
30. Chapitre 15, *OCV*, t. 79B, p. 467-468.

vingtaine, d'années avant la rédaction de l'*Histoire de l'établissement du christianisme*, et Voltaire serait-il tombé dessus au moment de relire le passage de Lactance qu'il avait envie de citer ? Ou au contraire, témoigne-t-elle d'un mouvement d'humeur irrépressible qui n'a précédé que de quelques minutes la rédaction d'un passage similaire dans le manuscrit du texte en cours de composition ? Impossible de savoir.

Du signet aux énoncés repris plus ou moins tels quels dans les textes publiés, nous cernons de plus en plus près les indications de sources et les avant-textes de Voltaire. Considérons un cas où la note marginale devient l'œuvre.

## Pascal annoté : la métamorphose des *marginalia*

Gérard Genette cite les *Commentaires sur Corneille* de Voltaire (1764) comme exemple de ce qu'il appelle la note « allographe[31] ». L'exemple n'est pas mal choisi, mais les *Commentaires sur Corneille* ne sont qu'en partie le texte de Corneille agrémenté de notes de Voltaire ; il s'agit en vérité de citations de Corneille (dont certaines sont très longues, assurément) couchées dans une structure voltairienne, et seulement alors annotées. Il nous semble qu'un meilleur exemple dans l'œuvre de Voltaire est l'*Éloge et Pensées de Pascal* de 1777. D'une grande complexité, il s'agit du texte des *Pensées* de Pascal dans l'édition annotée procurée par Condorcet en 1776, rééditée avec des notes de Voltaire. Il semblerait, à examiner la correspondance, que Voltaire envoya à l'imprimeur son propre exemplaire annoté (D20583, 28 février 1777, à Condorcet) :

> Il y a un libraire qui n'est point janséniste, et qui veut imprimer Pascal. Voulez-vous me permettre de lui envoyer celui que je possède ? Je ne peux m'en défaire qu'à condition qu'on multipliera cet excellent volume qui n'est pas fait pour tout le monde, mais que tout le monde devrait étudier.

Ainsi que Richard Parish le signale dans son édition de l'*Éloge et Pensées de Pascal*, vingt-deux parmi les 131 notes de Voltaire sont en fait des « rééditions » de la vingt-cinquième des *Lettres philosophiques* (1734) ; une autre avait ses origines dans les *Nouvelles Remarques sur Pascal* (1739), et cinq sont tirées des *Nouvelles Remarques* de 1742[32]. Ces vingt-huit notes échappent peut-être à la catégorie de notes marginales, car il est impossible de savoir sous quelle forme elles virent le jour ; les exemplaires des *Pensées* de Pascal qui se trouvaient à Ferney à la mort de Voltaire ne contiennent aucune trace de lecture qui les lierait à ces

31. *Seuils*, p. 310.
32. *OCV*, t. 80A, p. 55-56.

remarques publiées quarante-cinq ans auparavant[33]. En revanche, tout porte à croire que les 103 notes qui restent ne sont autre chose que des notes marginales qu'on a imprimées.

L'éditeur de l'*Éloge et Pensées de Pascal* l'a fait remarquer, les premières réactions sur Pascal (les vingt-huit remarques publiées avant 1777) sont à la fois plus longues et plus riches : « L'impact global de ces textes est souvent plus cohérent que celui des notes ultérieures, simplement à cause de leur plus grande ampleur[34] ». En effet, ces textes sont plus développés que ceux de 1777. Ils sont le produit de la jeunesse de Voltaire, d'une époque où celui-ci ne bénéficiait pas encore du statut du célébrissime patriarche de Ferney, où il ne pouvait se contenter de faire imprimer de simples griffonnages consignés en marge, alors que les notes plus tardives possèdent toutes les caractéristiques de la note marginale. D'abord, elles sont courtes. La note de deux paragraphes à la fin de l'« Éloge de Blaise Pascal » se trouve précisément à la fin de cette section, et Voltaire annotateur aurait eu à sa disposition plus de blanc, voire une page vierge au verso[35]. Il en va de même pour la longue note à la fin de l'article IX[36].

Parmi ces notes non reprises de publications antérieures, d'autres considérations d'ordre stylistique les rapprochent encore davantage des *marginalia*. Nombre de notes apostrophent soit Pascal, soit Condorcet, son éditeur, avec des vous, des tu (pour s'adresser au Chinois fictif de Lafuma 387 / Sellier 6), des « Monsieur », même une fois « mon ami[37] ». Le « vous » revient dans une vingtaine de notes, dont par exemple : « Platon n'a point eu ces idées Monsieur, c'est vous qui les avez » : ainsi commence une note sur les androgynes pour corriger Condorcet[38]. Les points d'interrogation, d'exclamation, l'impératif sont autant de marqueurs du style péremptoire des *marginalia* : les mots « Historien contemporain » de Pascal provoquent chez Voltaire la seule interjection « Contemporain ! ah[39] ! », qui ressemble à

---

33. *Pensées de M. Pascal sur la religion et sur quelques autres sujets* (Amsterdam, Wolfgang, 1684, BV2653) ; (Paris, Desprez et Cavelier, 1748, BV2654). Voir *CN*, t. 6, p. 216-218. Ces marques de lecture connaissent des affinités avec d'autres textes de Voltaire, cependant : voir les notes éditoriales de Larissa Albina, p. 482-483, n. 218-223.

34. R. Parish, « Introduction » (*OCV*, t. 80A, p. 56).

35. *OCV*, t. 80A, p. 127-128. Il est difficile de concevoir comment le long commentaire à l'article II, § 1 pouvait tenir dans une marge (p. 152-153). Il est possible que dans certains cas Voltaire poursuivît son texte sur une feuille volante (ou éventuellement collée) placée entre les pages du volume.

36. *OCV*, t. 80A, p. 275-276.

37. *OCV*, t. 80A, p. 174.

38. *OCV*, t. 80A, p. 218.

39. *OCV*, t. 80A, p. 269, n. *.

de nombreux *marginalia*, et que l'on pourrait juger au-delà de la limite du publiable à l'époque. Il en va de même pour la séquence des « mal énoncé » qui scande la suite formée par Condorcet de Lafuma 577, 98-99, 80 et 95 / Sellier 480, 132, 115 et 129[40]. Ces observations cadrent tout à fait avec l'intuition de Nicholas Cronk concernant l'édition que Voltaire a publiée du journal du marquis de Dangeau en 1770 selon laquelle les notes imprimées rappellent le ton des *marginalia*[41]. Enfin, comme on le voit pour les notes marginales dont l'original subsiste, nombreuses sont les notes ajoutées qui s'attachent à des affirmations précises dans le texte, qui ne cherchent pas à approfondir ni à élargir une réflexion, et qui se limitent souvent à des critiques stylistiques ou lexicales (cette dernière caractéristique étant déjà constatée pour les notes de 1777 sur Pascal par R. Parish[42]).

Malgré certaines notes très « marginales » publiées dans l'*Éloge et Pensées de Pascal*, d'autres, plus longues, sont un peu trop cohérentes et développées pour qu'elles ne fussent que des notes faites à l'origine pour Voltaire seul. Christiane Mervaud a évoqué une note marginale sur l'inventeur de la boussole qu'on retrouve sous une autre forme dans la correspondance, et juge que : « diffusée, ne serait-ce qu'à titre privé, la note marginale est mise en forme et subit des modifications[43] ». Vraisemblablement laissés tels quels, cependant, les « mal énoncé » et « contemporain ! ah ! » sont des exclamations suffisamment fougueuses pour que Voltaire fût content de les laisser passer dans le domaine de l'imprimé malgré leur ton désinvolte.

Les annotations de Voltaire sur Pascal et son éditeur Condorcet, n'ont jamais figuré dans les listes dressées des notes marginales de Voltaire publiées, peut-être parce qu'elles le furent de son vivant[44]. Nous avons montré cependant que les notes qui ne reproduisent pas les remarques des *Lettres philosophiques* et des *Nouvelles Remarques* de 1739 et de 1742 sont, selon toute vraisemblance, des notes marginales qu'on a imprimées dans l'édition la plus complète qui se trouve des *marginalia* (hormis une édition en fac-similé), édition qui dépasse de loin même le *Corpus des notes marginales*, puisque ce texte reproduit non seulement les notes de Voltaire

40. *OCV*, t. 80A, p. 246-247, trois notes du « second éditeur ».

41. « Introduction », *OCV*, t. 71A, p. 229-231. Voir également dans le même volume l'« Introduction » de Janet Godden et Virgil Topazio aux *Souvenirs de Mme de Caylus* (p. 98).

42. *OCV*, t. 80A, p. 57.

43. « Du bon usage », p. 773.

44. Mais Ch. Mervaud a montré aussi que les notes de l'*Examen de l'histoire de Henri IV de Monsieur de Bury* sont en partie basées sur des notes marginales dont Voltaire a chargé un exemplaire pour ensuite le faire circuler parmi ses amis (« Du bon usage », p. 774).

mais, dans son intégralité, le *textus* Pascal-Condorcet. Il n'y a aucune indication que Voltaire songeait déjà à un futur projet en commençant à laisser ses propres « pensées » dans la marge ; le ton de ces notes suggère que ce sont davantage des notes critiques que des notes vectorielles. Mais ce sont précisément ces notes critiques qui deviennent un ouvrage à part, et qui entrent apparemment dans l'œuvre presque à l'état brut, la plupart sans modification ou amplification notables.

À travers les nombreux exemples examinés ici, nous avons montré les différents cas de figure de la transformation des textes lus et des notes marginales en textes publiés. Souvent, la note marginale semble avoir été écrite, ou le signet posé, dans un geste préparatoire, où le frottement de la matière de la lecture avec le génie de Voltaire, toujours aux aguets du germe d'une idée, produit l'étincelle qui, couchée sur papier, prépare l'embrasement à venir. Les signets et les traces écrites étudiés dans ces deux premières parties de chapitre montrent bien la façon de lire de Voltaire, active, engagée, critique ; sa façon d'étudier le texte d'autrui, toujours à l'affût du détail utile.

**Citer vrai, citer faux : le rôle de la mémoire**

Quelles étaient les pratiques de Voltaire quand il s'agissait de citer un texte dans un de ses ouvrages ? Comment puisait-il dans sa bibliothèque ? Dans quelle mesure se fiait-il à sa mémoire ? Mettons en perspective ces pratiques en considérant d'abord le cas de Montesquieu, qui est connu. Cet auteur, dont l'écriture dépendait surtout de cahiers d'extraits et non de notes marginales, ne semble pas être retourné consulter l'original, même s'il le possédait. Catherine Volpilhac-Auger juge que c'est un « signe que pour lui l'extrait, dont nous avons dit qu'il ne prétend ni à l'objectivité ni à la neutralité, n'est jamais à ses yeux faux, inexact ou tendancieux, puisqu'il est de bonne foi[45] ». Ainsi, suivant le principe du soi-disant « téléphone arabe », le cahier et les éventuelles étapes intermédiaires peuvent déformer le texte d'origine dans l'esprit de l'écrivain qui voudrait s'en servir ou y réagir ; par conséquent, le texte utilisé ou cité peut s'en trouver déformé dans le nouveau texte dont il est un élément constitutif, voire l'aiguillon.

La « *memoria artificialis*[46] » du cahier ou du carnet d'extraits, dont nous aurons l'occasion de reparler plus loin, serait en principe un garde-fou contre la citation fausse, mais manifestement cela n'est pas toujours le cas. En effet, une erreur de copiste ou une phrase tirée hors de son contexte

45. « L'ombre d'une bibliothèque », p. 89-90.

46. Nous empruntons le terme à D. Ferrer, « Un imperceptible trait de gomme de tragacanthe… », p. 17.

pouvait être à l'origine d'un contresens. Qu'en est-il alors de la méthode voltairienne du signet ? Curieusement, nous constatons qu'elle n'est pas plus sûre. Les *marginalia* peuvent constituer des étapes textuelles également dans la mesure où des erreurs se glissent dans la note marginale pour être reprises dans l'œuvre. Voltaire, qui travaille rapidement, dont la dynamique de travail se veut efficace, ne relit pas toujours l'imprimé qu'il avait dans un premier temps annoté. Faisant fi de sa première lecture, ou peut-être en se méprenant sur le sens de ce qu'il avait autrefois noté, il introduit de la sorte une fausse lecture dans son propre texte, car un nombre non négligeable de citations qui peuvent être mises en rapport avec des traces de lecture sont inexactes.

Christiane Mervaud a déjà postulé que dans le cas où il existe une note marginale, Voltaire pouvait délaisser le texte d'origine en faveur de la note : « la note résume, souvent par une formule savoureuse, qui fixe la pensée et dispense d'une seconde lecture. Sa brièveté fausse le texte ». Elle cite à l'appui l'exemple de l'histoire de saint Romain et l'enfant martyrisé que Voltaire confond dans plusieurs textes à cause de la note marginale « petit Romain / langue coupée[47] ». Mais même en l'absence d'une « formule savoureuse », le texte marqué d'un signet peut se trouver trahi.

Signalons le cas d'une lecture du livre d'Antoine Le Camus, *La Médecine pratique*, où Voltaire laisse un signet annoté « folie guerie / par la galle / abadie pascal / et svift morts / fous[48] ». En annotant le signet, Voltaire (peut-être sciemment) déforme quelque peu le propos de Le Camus, qui écrit en fait : « Quand la gale rentrée donne des accès de folie, ce qui n'est pas rare, employez toutes sortes de moyens pour la faire reparaître[49] ». Faisant emploi de cette note en 1771 pour l'article « Folie » de ses *Questions sur l'Encyclopédie*, Voltaire crée un amalgame bizarre à partir de ce passage et de la note de bas de page au verso, en attribuant ce remède au *Manuel des dames de charité*, cité par Le Camus à propos d'autre chose[50]. C'est ainsi, par l'intermédiaire des notes marginales et des signets, grâce aux lectures et relectures trop rapides, que des erreurs se glissent de temps en temps dans l'œuvre.

Voltaire avait certes une mémoire prodigieuse. L'anecdote selon laquelle il récitait à l'âge de trois ans les 71 vers de la *Moïsade* est sans

47. « Du bon usage », p. 768-769.

48. *CN*, t. 5, p. 271.

49. *La Médecine pratique, rendue plus simple, plus sûre, et plus méthodique*, 2 vol. (Paris, Ganeau, 1769, BV1974), t. 1, p. 208.

50. *OCV*, t. 41, p. 470. Signalons au passage que le signet annoté a été collé par erreur à la p. 60 du livre de Le Camus, et non à la p. 208, où il est question de la folie guérie par la gale.

doute exagérée, comme l'estime René Pomeau[51]. Il était cependant capable d'écrire à son ami Charles-Frédéric-Gabriel Christin en 1773 pour lui demander de trouver un passage bien précis chez Justinien, dont manifestement il gardait un souvenir fort vif ; il ne lui manquait que la référence (D18594). Presque sur son lit de mort, installé à Paris depuis plusieurs mois, il demande à Wagnière, qu'il a renvoyé à Ferney pour régler des affaires et chercher certains livres, d'inclure parmi les volumes, par exemple « le 23e tome de la détestable édition de Lausanne au haut des rayons de la nouvelle enceinte[52] » et il ajoute quelques jours plus tard dans un second envoi (D21174) :

> Vous trouverez tous ces livres à gauche du poêle au fond de la bibliothèque comme vous le savez bien, plus le livre de chirurgie de Thevenin in-4. J'ajoute encore un livre en deux volumes sur l'orthographe française qui doit être sur le bureau de la bibliothèque.

Ces exemples montrent bien à quel point, même après plusieurs mois d'absence et malgré le mal qui le rongeait, Voltaire n'avait rien perdu de sa capacité de se souvenir du contenu de sa bibliothèque. Il faut aussi citer l'anecdote que rapporte Wagnière dans ses « additions » au *Commentaire historique* :

> Quoiqu'il apprît et retînt difficilement ses propres vers, il savait cependant par cœur tous les bons vers des autres poètes, et les récitait souvent avec enthousiasme. Quand il assistait aux représentations de leurs pièces de théâtre, on l'entendait réciter tout bas les beaux endroits, avant que les acteurs ne les eussent prononcés[53] [...].

Il reste que dans le cas de textes qui pouvaient faire partie du corpus « par cœur » voltairien, tels des versets de la Bible ou des vers du théâtre classique ou encore des auteurs latins qu'il connaissait par sa formation chez les jésuites, ses publications montrent bien qu'il se fiait à sa mémoire et n'accomplissait pas toujours le geste de se lever pour retrouver le livre et l'ouvrir à l'endroit où le signet marquait le passage en question. Prenons comme terrain d'enquête un texte comprenant plusieurs citations extraites du théâtre classique.

Dans l'article « Art dramatique » des *Questions sur l'Encyclopédie*, plusieurs citations (environ le tiers) contiennent des inexactitudes. Bien qu'en règle générale le texte de Voltaire ne trahisse pas l'esprit des auteurs qu'il cite, les différences entre sa version et l'original sont révélatrices

---

51. *Voltaire en son temps*, t. 1, p. 23.
52. D. app. 502 (*OCV*, t. 129, p. 364).
53. *Mémoires sur Voltaire*, t. 1, p. 51.

quant à sa façon de travailler. Les erreurs que Voltaire introduit chez Corneille, Racine et Shakespeare sont probablement dues à une mémoire légèrement défaillante. Pour Corneille, il substitue un « retrouves » pour un « recouvres » dans une citation d'*Héraclius*[54] (IV.iii), des pronoms (vous/me, nous/vous) et un changement de temps et de mode (avez/auriez) dans des vers d'*Iphigénie*[55] (I.i), et dans le cas de Shakespeare, des réécritures plus importantes de la tragédie *Henry V* (III.iv) : Voltaire donne « Ah ! [...] ce sont des mots impudiques, et non pour les dames d'honneur d'user. Je ne voudrais répéter ces mots devant les seigneurs de France pour tout le monde » pour le texte du poète anglais :

> Ô Seigneur Dieu ! ce sont mots de son mauvais, corruptible, gros, impudique, et non pour les dames d'honneur d'user : je ne voudrais prononcer ces mots devant les seigneurs de France pour tout le monde[56].

On voit, comme on serait en droit de s'y attendre, que Voltaire connaît mieux les dramaturges français que leur confrère d'Outre-Manche, même quand celui-ci écrit en « français ». Mais il a bien retenu l'essentiel : le mot « impudique » et toute la fin de la citation sont exacts.

Plus intéressants sont les cas où Voltaire cite un texte plus obscur, dont la mémorisation exacte peut nous surprendre. Dans le même article, « Art dramatique », il cite Pierre Brumoy. Les mots entre crochets donnent le texte de Brumoy, que nous avons vérifié dans l'édition que cite Voltaire (il y a un signet dans son exemplaire à la page indiquée[57]).

> Supposons [aussi] qu'Euripide vînt [revînt à son tour] de l'autre monde et qu'il assistât à la représentation de l'*Iphigénie* [d'*Iphigénie*] de M. Racine... ne serait-il point révolté de voir Clitemnestre aux pieds d'Achille qui la relève, et de mille autres choses, soit par rapport à nos usages qui nous paraissent plus polis que ceux de l'antiquité, soit par rapport [égard] aux [à nos] bienséances[58] ?

Il a certainement dû consulter le volume au moment de rédiger son propre texte, mais il s'est intéressé davantage au milieu de la citation qu'au début ou à la fin.

Les notes marginales et autres traces de lecture, si on les assujettit à un examen minutieux, peuvent fournir de nouveaux indices sur les méthodes

---

54. *OCV*, t. 39, p. 50 et n. 15.
55. *OCV*, t. 39, p. 66.
56. *OCV*, t. 39, p. 59 et n. 31.
57. Pierre Brumoy, *Le Théâtre des Grecs*, 3 vol. (Paris, Rollin père, Coignard, Rollin fils, 1730, BV556), t. 1, p. xi. Signet aux p. x-xi (*CN*, t. 1, p. 517).
58. *OCV*, t. 39, p. 72.

de travail de Voltaire et, par extension, sur celles qui ont caractérisé le dix-huitième siècle en général. L'utilisation de la bibliothèque, même lorsqu'un système complexe de référence est mis en place, ne signifie pas que chaque citation sera l'occasion d'une vérification, ni que le texte cité sera reproduit avec une exactitude totale. Mais les traces de lecture, avec ce que nous savons par ailleurs des comportements de Voltaire, nous permettent de poser de nouvelles questions, par exemple, concernant le rôle du secrétaire : en rédigeant l'article « Art dramatique », Voltaire demanda-t-il à Wagnière de retrouver le passage chez Brumoy ? (« Vous le trouverez là-bas, à côté du poêle, à gauche, au deuxième rayon avec les autres in-quarto de poésie[59] », lui aurait-il dit, peut-être.) Est-ce la lecture à voix haute du « à nos » qui aurait donné, à l'oreille de Voltaire, « aux » ? Ou est-ce simplement l'indication d'une lecture faite sans grande attention parce que le rédacteur pensait déjà à la suite de son article ?

## Les carnets et les *marginalia*

Il importe de ne pas oublier que les *marginalia* ne constituent pas les uniques traces des lectures de Voltaire. Penser ainsi serait oublier les carnets, édités scientifiquement pour la première fois en 1968 par Th. Besterman, sous le titre de *Notebooks* (et nous suivons cette édition en ce qui concerne les titres attribués à chaque carnet). Les carnets, rappelons-le brièvement, sont des cahiers, parfois seulement des fragments de cahiers ou simples feuilles volantes, aujourd'hui éparpillés dans le monde, de Saint-Pétersbourg à Cambridge, de Paris à New York. Anecdotes, pensées, pense-bêtes, listes, brouillons et quelques rares témoignages personnels ou éléments autobiographiques composent ces matériaux fascinants et sous-exploités. Un carnet d'écrivain fait potentiellement partie, bien entendu, du dossier génétique de l'œuvre[60], et dès la première phrase de ce qui est vraisemblablement le premier cahier connu de Voltaire, nous nous retrouvons au cœur de l'opération génétique avec une réaction au *Spectator* d'Addison qui deviendra un passage célèbre de la sixième des *Lettres philosophiques*[61]. Une

59. Selon le « Catalogue de Ferney », f. 24*v* (*BV*, p. 1090).

60. Voir Pierre-Marc de Biasi, *Génétique des textes* (Paris, CNRS, 2011), p. 67. Un ouvrage collectif a également été consacré à ce sujet : *Carnets d'écrivains*, éd. Louis Hay (déjà cité).

61. « *England is meeting of all religions, as the Royal exchange is the rendez-vous of all foreigners* » (*OCV*, t. 81, p. 51). Cf. « Entrez dans la bourse de Londres, cette place plus respectable que bien des cours, vous y voyez rassemblés les députés de toutes les nations pour l'utilité des hommes ; là le juif, le mahométan et le

place importante est cependant vouée aux extraits, citations, vers et autres bribes textuelles qui, pour Voltaire, méritaient un stockage dans ses carnets. Olivier Ferret a pressenti en 2003 l'idée qu'il y aurait une étude à faire sur le rapport entre ces documents hétéroclites et les *marginalia* :

> Le statut de ces notes marginales demeure toutefois problématique d'un point de vue littéraire : en raison du caractère parfois sibyllin de certains signes ou de certains mots jetés en marge, en ce que ces signes et ces mots ne sont pas *a priori* destinés au public, ce statut semble comparable à celui des *Notebooks* avec lesquels il n'est pas impossible que les notes marginales aient quelque parenté[62].

Bien qu'une analyse approfondie des carnets ne soit pas ici à sa place, nous voudrions au moins ouvrir quelques perspectives sur la question.

## Extraire ou annoter ?

En analysant les différentes approches qu'un écrivain peut adopter face au passage de la lecture à l'écriture, Daniel Ferrer distingue entre les « marginalistes » et les « extracteurs[63] ». Il existait déjà une longue tradition latine et médiévale de l'extrait de lecture classé selon des « lieux communs » préétablis, particulièrement développée en territoire germanophone : Johann Joachim Winckelmann, par exemple, ou Johann Gottfried von Herder, étaient des compilateurs enthousiastes[64]. Voltaire proclamait,

---

chrétien traitent l'un avec l'autre comme s'ils étaient de la même religion, et ne donnent le nom d'infidèles qu'à ceux qui font banqueroute ; là le presbytérien se fie à l'anabaptiste, et l'anglican reçoit la promesse du quaker » (*Lettres philosophiques*, t. 1, p. 74). Voir Nicholas Cronk, « Voltaire rencontre Monsieur le Spectateur. Addison et la genèse des *Lettres anglaises* », dans *Voltaire et l'Europe. Hommage à Christiane Mervaud*, éd. M. Delon et C. Seth (Oxford, Voltaire Foundation, 2000), p. 13-21 (ici p. 17-18).

62. « Voltaire, lecteur de l'*Encyclopédie* », *Revue Voltaire* 3 (2003), p. 79-99 (ici p. 99). L'idée se précise en 2008 dans un article d'Andrew Brown, « Des notes inédites de Voltaire : vers une nouvelle édition de ses carnets », *Cahiers Voltaire* 8 (2009), p. 61-80 (ici p. 68).

63. « Un imperceptible trait de gomme de tragacanthe », p. 20.

64. Élisabeth Décultot, « Lire, copier, écrire. Enquête sur la bibliothèque manuscrite de Winckelmann », *Bibliothèques d'écrivains*, p. 29-49. Voir aussi *Lire, copier, écrire : les bibliothèques manuscrites et leurs usages au XVIII^e siècle*, éd. É. Décultot (Paris, CNRS, 2003), en particulier l'article de Hans Daniel Irmscher, « Les notes de lecture de Herder », p. 135-144. Diderot, dans la *Lettre sur les sourds et muets*, identifiait déjà cette pratique comme étant allemande, et suggérait comme analogie d'une mémoire prodigieuse qui retient tout sans rien trier « ces compilations germaniques, hérissées sans raison et sans goût, d'hébreu, d'arabe, de

nous le savons, beaucoup de mépris à l'égard des ouvrages de « compilateurs », dont il déplorait la prolifération dans son siècle. Dans *Le Pauvre Diable* (1758), l'abbé Trublet est caricaturé ainsi :

> Au peu d'esprit que le bonhomme avait
> L'esprit d'autrui par supplément servait ;
> Il entassait adage sur adage ;
> Il compilait, compilait, compilait [...]
> Il me choisit pour l'aider à penser.
> Trois mois entiers ensemble nous pensâmes,
> Lûmes beaucoup, et rien n'imaginâmes[65].

Et la condamnation sans appel suit en 1770 dans l'article « Auteurs » des *Questions sur l'Encyclopédie* :

> Cent auteurs compilent pour avoir du pain, et vingt folliculaires font l'extrait, la critique, l'apologie, la satire de ces compilations, dans l'idée d'avoir aussi du pain ; parce qu'ils n'ont pas de métier[66].

Il s'agit ici, bien entendu, de personnes qui font imprimer leurs compilations, et non de simples lecteurs qui consignent quelques phrases dans un carnet. Montesquieu, de même, affichait peu d'estime à l'égard des compilateurs[67], mais non seulement il remplissait des cahiers, il se servait de bulletins, lesquels constituaient une couche supplémentaire dans son système de textes intermédiaires entre la lecture et l'écriture[68]. Bien que certains bulletins se contentent de renvoyer aux cahiers, le caractère vertigineux de la structure qui composait l'échafaudage des écrits du président de Bordeaux ne peut qu'impressionner par sa complexité... et par son apparente inefficacité.

Voltaire, s'il semble pencher du côté des marginalistes, et si le signet dépassant la tranche d'un volume convenait mieux au rythme frénétique de sa production littéraire, était cependant extracteur à ses heures, ce dont témoignent plusieurs entrées des carnets qui sont manifestement des notes de lecture. Son *ars excerpendi* est cependant loin d'être aussi développé que celui de certains de ses confrères. On est frappé d'emblée par le chaos

---

grec, et de latin, qui sont déjà fort grosses, qui grossissent encore, qui grossiront toujours, et qui n'en seront que plus mauvaises » (éd. Paul Hugo Meyer, *Diderot Studies* 7, 1965, p. 65).

65. *OCV*, t. 51A, p. 95-96.

66. *OCV*, t. 39, p. 251.

67. Voir la 66e des *Lettres persanes*, de Rica : éd. A. Sandrier (Paris, Gallimard, 2006), p. 138.

68. Catherine Volpilhac-Auger, *L'Atelier de Montesquieu, Cahiers Montesquieu* 7 (2001), p. 18.

apparent de ces notes et par leur manque d'intelligibilité et de suite. Selon les termes de Huguette Krief, la disparité des carnets ressemble à

> un vagabondage intellectuel dont la composition ressortirait d'une accumulation désordonnée de citations et de réflexions, de ces « pensées nées sur les entretiens de la vie » à la manière d'un Épictète ou d'un Montaigne[69].

Reconnaître dans ce mélange les notes de lecture peut aussi donner lieu à des hésitations, car elles sont loin d'être signalées comme telles avec références à l'appui. Il y en a certes quelques indications incontestables, par exemple dans cette note du *Cambridge notebook* (ainsi nommé pour son lieu de conservation) :

> Il y a eu une hérésie apelée des stercoranistes
> dont il est parlé in praefatione mabillonii in
> quartum seculum benedictione page 309
> ~~dieu~~ [?] remember Calmet and the christs face[70]

Bien d'autres passages pourraient cependant relever d'extraits de lecture : une référence à la dédicace des *Works of the most high and mighty prince, Iames* (1616) ouvre le même carnet ; au verso on trouve un bon mot attribué à Montaigne, ensuite des vers faussement attribués à Shakespeare et à Rochester, une ligne du *Leviathan* de Hobbes, un poème obscène que Voltaire intitule *Bethsabea*[71]... On est loin des pratiques de Montesquieu, qui séparait les extraits de lecture de ses pensées, en les consignant dans des cahiers distincts (et même en transférant dans les *Pensées* les rares réflexions qui ont pu se glisser dans le *Spicilège*, titre qu'il donne à ses extraits[72]). Il a déjà été montré que les notes de lecture prises à partir d'un manuscrit du journal de Philippe de Courcillon, marquis de Dangeau, forment un élément parmi bien d'autres du dossier génétique du *Siècle de Louis XIV*[73], mais peut-il s'agir, dans le cas de ces douze pages, des extraits de ces mêmes mémoires dont il est question dans une lettre d'octobre 1738 où Voltaire écrit « J'ai pour la vie privée de Louis XIV, les mémoires de

69. « "Quid est veritas ?" : références et annotations latines dans les carnets de Voltaire », dans *Les Notes de Voltaire*, éd. N. Cronk et Ch. Mervaud, p. 359-371 (ici p. 360).

70. Note reproduite sur le manuscrit original ([*Cahier autographe de Voltaire*], Cambridge, Fitzwilliam Museum : ms.7-1961, f. 19*r*), mais voir *OCV*, t. 81, p. 86.

71. *OCV*, t. 81, p. 70-76.

72. Voir Rolando Minuti et Salvatore Rotta, « Introduction » au *Spicilège*, *Œuvres complètes de Montesquieu* (Oxford et Paris, Voltaire Foundation et Classiques Garnier, 1998- ), t. 13, p. 36.

73. Nicholas Cronk, Introduction au *Journal de la cour de Louis XIV depuis 1684 jusqu'à 1715, avec des notes intéressantes* (*OCV*, t. 71A, p. 218).

M. Dangeau, en quarante volumes dont j'ai extrait quarante pages » (à Jean-Baptise Dubosa, D1642) ? L'écho du « quarante » peut être un effet de style, car un peu plus de six mois plus tard, Voltaire écrit à Johann Bernoulli que de 48 volumes des mêmes mémoires il en a extrait huit feuillets (8 mai 1739, D2009).

Les « Extraits de Maillet » semblent être encore un exemple de notes de lecture prises sur ce qui était selon toute vraisemblance un manuscrit clandestin de Benoît de Maillet. Ces treize pages, écrites de la main de Côme Alexandre Collini, secrétaire de Voltaire depuis la période prussienne jusqu'en juin 1756[74], gardent non seulement l'unique trace, apparemment, d'un écrit inconnu, mais font partie de l'histoire de genèse d'un texte de Voltaire publié de façon posthume sous le titre « Moïse ». Ces extraits appuient donc l'idée que ce texte « Moïse » pourrait constituer une version de l'article – ou l'article même – envoyé à Frédéric II en 1752[75] (D5073). Les cahiers conservés préservent donc la trace de lectures dont nous ignorerions totalement l'existence sans leur témoignage.

Une hypothèse plausible à première vue est que les extraits de lecture sont utiles à Voltaire dans sa jeunesse, à une époque où il possède lui-même relativement peu de livres, ou bien pendant des périodes où sa vie est plus ou moins itinérante (en Angleterre, aux Pays-Bas, entre Paris et Cirey, en Allemagne), mais que l'annotation gagne du terrain comme pratique et finit par remplacer les carnets à partir de son installation à Genève en 1754. Jusqu'à un certain point, la correspondance étayerait cette hypothèse : « Je n'ai point ici mes livres, je n'ai apporté que mes extraits », écrit-il à Hénault le 7 septembre 1751 de Berlin (D4566). Même dans la fiction épistolaire de « *Paméla* », la déclaration à Marie-Louise Denis « J'ai apporté ici heureusement tous mes extraits sur Louis XIV » rend le son de la vérité[76]. Mais la réalité est plus complexe. On sait que Voltaire a annoté au moins un livre à Berlin dans les années 1751-1752[77].

En plus, quoique la datation des carnets demeure souvent incertaine ou floue, il est manifeste que certains d'entre eux, ainsi que bien des fragments épars, datent des années 1760, peut-être même des années 1770. Les carnets confirment ce que nous savons déjà par les textes publiés mais qui est moins visible dans les *marginalia* : nous voyons à travers eux

---

74. Voir son ouvrage posthume, *Mon séjour auprès de Voltaire et lettres inédites*, éd. R. Trousson (Paris, Champion, 2009), p. 152.

75. Voir notre édition critique, *OCV*, t. 34, p. 339, n. *, et p. 343-344, notes 16, 17.

76. Lettre 8 [D4251], *OCV*, t. 45c, p. 107.

77. Nicholas Cronk et Christiane Mervaud, « Voltaire annotateur de Boureau-Deslandes : une anecdote relatée par Formey », *Revue Voltaire* 3 (2003), p. 351-354.

évoluer les centres d'intérêt de Voltaire. Les premiers, le *Small Leningrad notebook* et le *Cambridge notebook*, tous les deux abritant des notes de la période 1726-1728, contiennent davantage de vers et d'anecdotes que le *Third Paris notebook* (que nous datons d'entre 1760 environ et 1765, n'en déplaise à Besterman[78]) qui, lui, comporte des notes sur la religion et l'histoire ancienne, notes parfois regroupées sous des titres : « Chine », « Des Grecs ». Besterman a lui-même daté le fragment 29a de 1765[79]. En revanche, s'il a raison d'indiquer que les vingt-deux dernières lignes du *Piccini-Clarke notebook* datent de 1778[80], on pourrait émettre des doutes quant à la nature de ce document, qui donne le texte de la résolution composé pour le projet de dictionnaire que Voltaire impose à l'Académie française en 1778, et remettre en question son statut de fragment de carnet[81]. Signalons enfin que plusieurs fragments, vraisemblablement des restes de carnets, reliés dans des volumes de manuscrits autres que le tome 5 contenant les *Leningrad notebooks*, existent, encore inédits, dans les fonds de la Bibliothèque de Voltaire à Saint-Pétersbourg[82]. Il se peut très bien que plusieurs datent d'une période postérieure aux années 1750.

Voltaire marginaliste de jour et extracteur de nuit ? Il met en pratique volontiers les deux approches lors de ses lectures. À quelques rares exceptions près, cependant, sa méthode d'extraction, parfaitement acceptable pour le jeune poète qui ne cherche qu'à briller dans le monde par la facilité avec laquelle il peut citer vers et bons mots, semble mal adaptée à l'historien et au polémiste d'âge mûr qui avait peut-être besoin de savoir avec plus d'exactitude d'où au juste provenaient les notes dont il souhaitait nourrir ses textes. Nous verrons par la suite comment l'écrivain exploitait ces recueils.

---

78. Selon Besterman, le *First Paris notebook* date de 1740-1750, le deuxième de 1742-1743, et le troisième d'environ la même époque (*OCV*, t. 81, p. 29-30). Nous ne les avons pas examinés tous dans le détail, mais le troisième doit dater des années 1760. Il a été recopié par Wagnière, vraisemblablement vers 1769 (voir ci-dessous, p. 174, 179-180).

79. « Voltaire's notebooks: thirteen new fragments », *SVEC* 148 (1976), p. 7-35 (ici p. 17).

80. *OCV*, t. 82, p. 582 (sur la datation, voir t. 81, p. 33).

81. Ces paragraphes furent publiés dans un recueil au dix-neuvième siècle ; Besterman indique qu'il donne la version du texte à partir du seul manuscrit authentique connu, qui ne donne aucune indication d'avoir fait partie d'un carnet. L'édition critique a été faite séparément par Jeroom Vercruysse, *OCV*, t. 80C, p. 405-425 ; pour le texte, voir p. 421-422.

82. Certains fragments ont été publiés par F. Caussy dans Voltaire, *Œuvres inédites*.

**Recopiage et relecture**

L'on sait que Montesquieu avait fait copier par deux secrétaires son *Spicilège*, sans qu'il y ait cependant d'indication que cet exercice fût précédé ou accompagné d'un choix de passages ; en revanche un « Extrait de mes extraits », aujourd'hui disparu, est attesté en 1818[83]. Voltaire, lui, semble avoir cultivé plus librement cette pratique réductrice dans la mesure où plusieurs passages reviennent d'un carnet à l'autre, parfois de sa main, parfois recopié par un secrétaire, mais cela n'arrive jamais, à notre connaissance, qu'un carnet entier soit recopié. Ces reprises attestent de la pertinence continue des carnets dans sa vie d'écrivain : les extraits jugés encore utiles étant préservés dans une opération de mise à jour alors que les passages auxquels Voltaire ne s'intéressait plus ou qu'il avait déjà utilisés étaient éliminés.

Ainsi une liste d'inventions revient, refrain obsédant, d'un carnet à l'autre : dans sa forme la plus complète dans le *Pierpont Morgan notebook*, avec vingt-quatre alinéas et des attributions, soit aux inventeurs, soit à l'époque ou au pays où la découverte a été faite[84] ; certains parmi les mêmes phénomènes sont énumérés dans le premier des *Leningrad notebooks* en deux paragraphes[85] (sans attributions) ; une répétition partielle de la première liste, mais avec des ajouts, des omissions et dans un ordre différent, apparaît seulement deux pages plus loin[86] ; une version tout autre, où seules sont mentionnées les inventions dont la paternité est disputée, survient encore plus loin dans le même carnet[87]. Dans le deuxième des *Leningrad notebooks*, une reprise de la première liste, mais avec des modifications, par exemple des attributions multiples qui correspondent dans plusieurs cas aux disputes notées dans le cahier précédent[88] ; enfin, une version presque identique à la première dans les *Piccini notebooks*, mais avec plusieurs petites différences, notamment l'absence de l'invention du papier, mais aussi de grands écarts dans l'orthographe des noms, et l'attribution à Bruges et à Venise de l'invention de la taille du diamant, là où dans la première liste seule Venise était nommée[89]. Nous sommes donc en mesure de constater une séquence de reprises, mais qui ne représentent presque jamais un travail de copie sans réflexion, car les listes montrent l'évolution des connaissances glanées par Voltaire au fur et à mesure de ses lectures.

---

83. Minuti et Rotta, « Introduction », *Œuvres complètes de Montesquieu*, t. 13, p. 6 ; Louis Desgraves, *Montesquieu, l'œuvre et la vie* (Le Bousquat, L'Esprit du temps, 1994), p. 157-158, 261.

84. *OCV*, t. 81, p. 177.

85. *OCV*, t. 81, p. 326.

86. *OCV*, t. 81, p. 328-329.

87. *OCV*, t. 81, p. 361.

88. *OCV*, t. 81, p. 409.

89. *OCV*, t. 82, p. 548.

Signalons par ailleurs que ces listes furent exploitées par Voltaire en 1764 lors de la composition du *Discours aux Welches*[90], mais probablement aussi pour l'*Essai sur les mœurs*, par exemple aux chapitres 81, 121, 141…

Certaines traces dans les carnets témoignent probablement du tri effectué pour gouverner le travail de copie. Besterman a déjà remarqué que les notations « Cx. », qu'on trouve dans le *Cambridge notebook* et en tête des second et troisième *Paris notebooks*, signifiaient à son avis que les passages avaient été utilisés ou bien recopiés ailleurs[91]. Si la dernière interprétation est exacte, ce serait en quelque sorte la pratique inverse de celle pratiquée par Hugo et Valéry, qui biffaient dans leurs carnets les entrées utilisées[92]. Peut-on dire, avec Judith Robinson-Valéry, que, comme dans le cas de Valéry, le recopiage des carnets pour Voltaire est né d'un double désir « de *diminuer* la masse de sa pensée (tout résumé l'exige) et de l'*augmenter* […] vouloir tout *simplifier* et tout *complexifier*[93] » ? Dans la mesure où le contenu des carnets est surtout un stockage de faits, d'anecdotes, d'extraits, il nous semble que l'impulsion principale n'est pas celle de complexifier : rares sont les pensées développées de Voltaire dans ses carnets. Il n'a jamais, à ce que nous sachions, recopié dans un cahier des notes marginales faites dans un premier temps sur un support de lecture, comme Coleridge l'a fait[94]. Il est juste de dire en revanche que réduction et augmentation sont toutes les deux au programme.

Les carnets peuvent tout aussi bien être l'objet de *marginalia* originaux ; ils se trouvent agrémentés (surtout) de traces non verbales, mais aussi de quelques notes proprement dites. Nous ne pouvons rejoindre le jugement de Besterman selon lequel les croix au crayon qui scandent le *Cambridge notebook* seraient « *all modern and apparently without any special meaning*[95] ». La forme des croix est tout à fait conforme à celle qu'on trouve parmi les *marginalia* de Voltaire, et faute de faire des analyses de la composition des traces de plomb, rien ne suggère que les traces sont récentes. Il nous semble encore moins risqué d'attribuer à Voltaire la main dessinée en marge du fragment 13c, étant donné l'aspect identique de l'encre de la main et celle du texte[96]. (Nous

90. Voir *OCV*, t. 57B, p. 318-320.

91. *OCV*, t. 81, p. 19, 30. Il fait remarquer que le fragment 48 (autographe) forme une partie du *First Paris notebook*, mais n'indique pas la présence de notation particulière sur ce fragment (p. 29-30).

92. Jean Gaudon, « Carnets, liasses et feuilles volantes », dans *Carnets d'écrivains*, p. 73-97 (ici p. 89) ; Judith Robinson-Valéry, « Les "Cahiers" de Valéry : œuvre "préparée" ou non ? », dans *Carnets d'écrivains*, p. 131-150 (ici p. 148).

93. « Les "Cahiers" de Valéry », p. 143.

94. Heather Jackson, *Romantic Readers*, p. 278.

95. *OCV*, t. 81, p. 19.

96. Oxford, Voltaire Foundation : MS19, p. [2]. Voir Besterman, « Voltaire's notebooks: thirteen new fragments », p. 15, n. 8.

ne connaissons qu'une seule autre main dans les papiers de Voltaire conservés à Saint-Pétersbourg, dessinée en marge d'une copie par Wagnière d'une lettre de Rousseau à Voltaire[97].) Le phénomène est tellement rare qu'il est difficile de dire si oui ou non le dessin est dû au crayon du patriarche, mais la main est très différente de celle du fragment 13c – voir les illustrations 50 et 51.

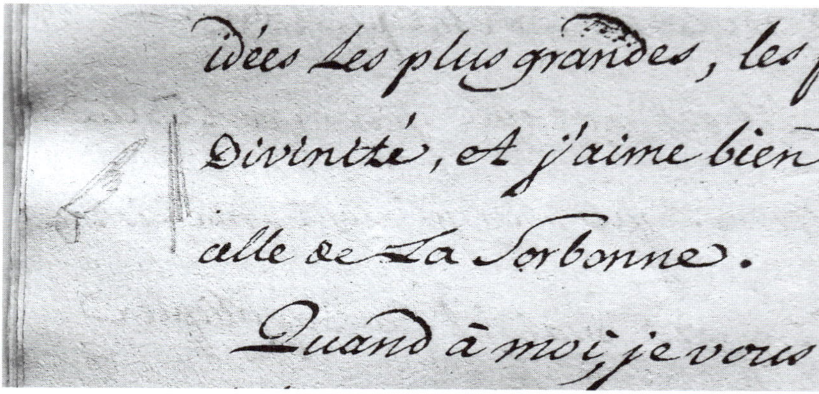
idées les plus grandes, les
Divinité, et j'aime bien
celle de la Sorbonne.
Quand à moi, je vous

Fig. 50 : Main dessinée par une personne inconnue
(*Lettre de Jean-Jaques* [*sic*] *Rousseau*, pot-pourri t. 49, p. 20)

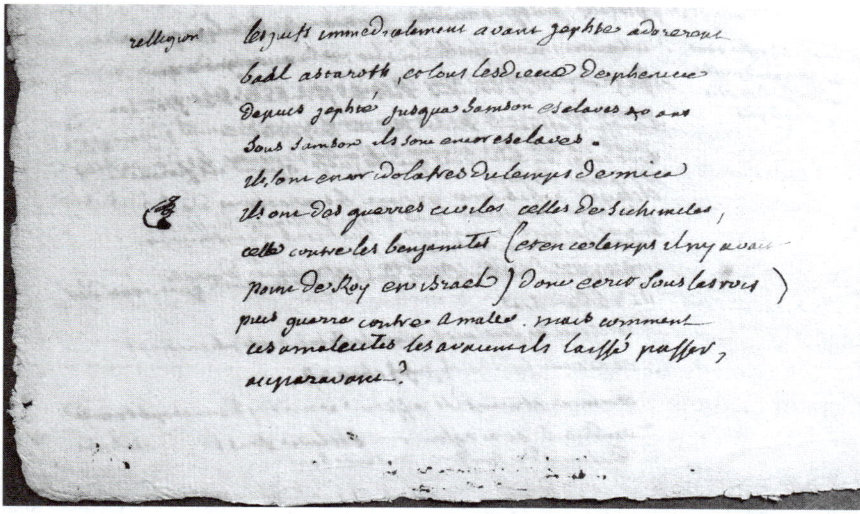
religion les juifs immediatement avant jephte adorerent
baal astaroth, et tous les dieux de phenicie
depuis jephté jusqu'a samson esclaves 40 ans
sous samson ils sont encor esclaves.
ils sont encor idolatres du temps de mica
ils ont des guerres civiles celles de sichemites,
celle contre les benjamites (et en ce temps il n'y avait
point de Roy en israel) donc ecrit sous les rois)
puis guerre contre amalec. mais comment
les amalecites les avaient ils laissé passer,
auparavant?

Fig. 51 : Main probablement de Voltaire (Fragment 13c, p. [2])

97. Pot-pourri t. 49 (Saint-Pétersbourg, BnR : 11-208), pièce 31, p. 20. La lettre, recopiée de la main de Wagnière, est du 18 août 1756 (D6973).

La marge des carnets peut recueillir des remarques de Voltaire tout à fait pareilles aux *marginalia* sur les imprimés : « cela ressem / ble aux / commandements / de Dieu / un seul dieu / tu adoreras / etc » est inscrit à côté de vers attribués à La Faye[98].

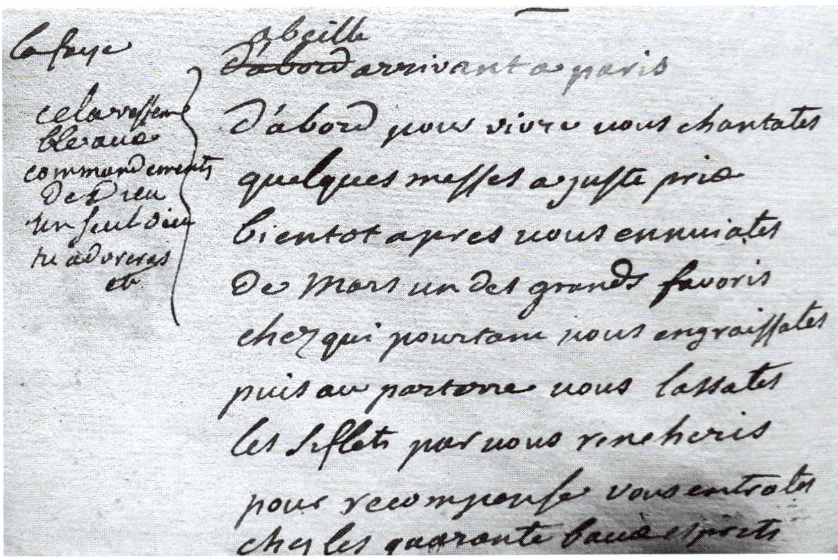
La faye
cela ressem
ble aux
commandements
de Dieu
un seul dieu
tu adoreras
etc
abeille
d'abord pour vivre vous chantates
quelques messes a juste prix
bientot apres vous ennuiates
De Mars un des grands favoris
pour recompense vous entrates
chez les quarante beaux esprits

Fig. 52 : Note marginale dans les *Leningrad notebooks* (Bibliothèque de Voltaire : Manuscrits, t. 5, f. 31*v*)

Ou encore, en s'adressant apparemment à Piron, en marge de vers grivois tirés de l'*Ode à Priape* de ce dernier, « Savez vous / ce que cest / qu'agent et / patient[99] ». L'édition actuelle des carnets de Voltaire ne rend pas l'effet de ces notes sur le manuscrit.

Il y a même un exemple dans le quatrième des *Leningrad notebooks* d'un signet collé en haut de page, annoté « Subsides / de L'angleterre / annee 1748 » pour marquer l'endroit où Voltaire a copié les montants prêtés par l'Angleterre en cette année[100], signet exploité au moment d'écrire le chapitre 21 du *Précis du siècle de Louis XV*.

Les carnets font partie intégrante de la bibliothèque de Voltaire. Composés par lui, ce sont des écrits et des matériaux de travail en évolution constante, inscrits dans le mouvement de la copie et de la relecture.

98. *OCV*, t. 81, p. 272.
99. *OCV*, t. 81, p. 291-292.
100. *OCV*, t. 82, p. 439.

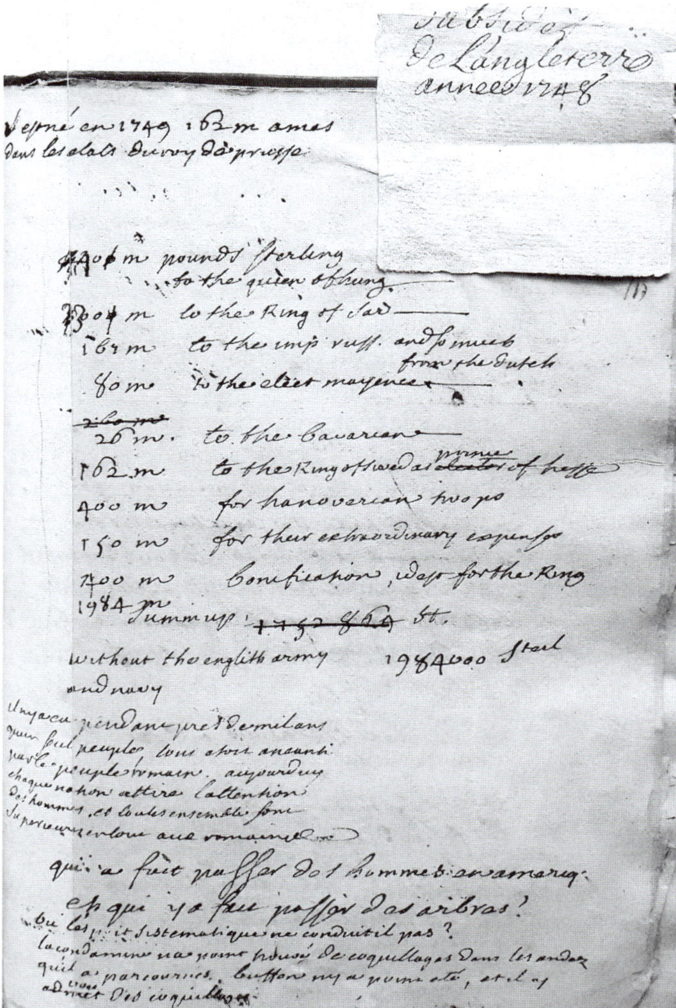
Subsides de Langleterre annee 1748
Depensé en 1749 162 m ames dans les etats du roy de prusse
m pounds sterling for the queen of hung.
m to the King of Sar
164 m to the imp russ. and so much from the Dutch
80 m to the elect mayence
26 m. to the bavarian
162 m to the King of Swed as prince of hesse
400 m for hanoverian troops
150 m for their extraordinary expenses
700 m confiscation, were for the King
1984 m summ up
without the english army and navy 1984000 sterl

Fig. 53 : Signet collé dans les *Leningrad notebooks* (Bibliothèque de Voltaire : Manuscrits, t. 5, f. 113*r*)

Un carnet ou plusieurs en engendrent un autre, et ensemble ils nourrissent de nombreux textes de Voltaire. Les carnets, comme les autres manuscrits, sont depuis longtemps dispersés dans le monde entier, et les carnets intégraux sont bien peu nombreux par rapport aux fragments. Nous soupçonnons que ce qu'on connaît de ces cahiers fragiles ne représente que le sommet de l'iceberg, mais ce qui subsiste peut nous apprendre beaucoup sur les méthodes de travail de Voltaire.

**Coexistence en symbiose : le cas de William Warburton**

Entre janvier 1756 et l'été ou l'automne de la même année, Voltaire demanda sept fois aux libraires Cramer *The Divine Legation of Moses*, de William Warburton, religieux anglais qui deviendra l'évêque de Gloucester en 1759[101]. La *Divine Legation* constitue un amas de preuves, assez indigeste, de la nature divine de la religion mosaïque, en passant par toutes les religions antiques, pour contrer le parti déiste, lequel semait la panique chez les orthodoxes en démontrant l'absence de l'au-delà dans les enseignements de Moïse. Voltaire souhaitait probablement s'en servir pour la composition de l'article « Idole, idolâtre, idolâtrie » de l'*Encyclopédie*, envoyé à d'Alembert le 4 février 1757 (D7139). Mais il ne semble en avoir acquis un exemplaire qu'en septembre 1757 grâce à George Keate, qui lui en fit parvenir une édition à Lausanne en la confiant à un voyageur anglais[102] (D7432).

C'est un ouvrage que Voltaire a exploité dans plusieurs textes, et il finit par en acquérir trois éditions[103]. Étant donné que l'une ne contient que quatre signets, et que l'autre ne comporte aucune trace de lecture, il est fort probable que c'est principalement à partir de la troisième, l'édition de 1755, qu'il a travaillé. En effet, les lectures de cet exemplaire ont visiblement été faites avec attention : les deux parties de l'ouvrage sont hérissées de 66 signets, dont 41 sont annotés. Six portent l'écriture du copiste Simon Bigex, cinq nous semblent être de la main de Wagnière[104] ; les trente qui restent sont de Voltaire. Seize papillons marquent des passages plus précis à l'intérieur des deux volumes, et une page est cornée (dans le bas).

Toutefois, l'histoire se corse, car on trouve dans le *Third Paris notebook* des extraits de lecture qui sont manifestement tirés de cette même édition : les quelques références de tome et de page le confirment, et plusieurs notes du carnet correspondent à des éléments signalés dans l'exemplaire

---

101. D6712, D6788, D6831, D6893, D6910, D6952, D7033. Voir aussi J. H. Brumfitt, « Voltaire and Warburton », *SVEC* 18 (1961), p. 35-56 (ici p. 40).

102. Il a dû évoquer son désir d'obtenir l'ouvrage lorsque Keate fit une visite à Ferney au cours de l'hiver 1756 (sur la date de cette visite, voir Kathryn Gilbert Dapp, *George Keate, esq., eighteenth-century English gentleman*, Philadelphia, University of Pennsylvania, 1939, p. 18).

103. 3 vol. (Londres, Gyles, 1738-1741, BV3825) ; 2 vol. (Londres, Knapton, 1755, BV3826) ; et *The Divine Legation of Moses*, t. 2 (Londres, Millar et Tonson, 1758, BV3827).

104. On peut se demander comment il se fait que ces deux copistes, le Savoyard et le Gessien, aient su lire l'anglais. Un scénario qui expliquerait la présence des trois écritures sur les signets est celui où Voltaire lisait et de temps en temps demandait un signet à son secrétaire qui se trouvait à ses côtés, en dictant les mots qu'il souhaitait y voir.

de la bibliothèque. Le tableau ci-dessous montre la distribution des notes et des signets :

| **Référence chez Warburton** | **Texte du signet**[105] | **Texte du carnet**[106] |
|---|---|---|
| Tome 1, p. i-ii | [*deux signets blancs*] | |
| – | | **phéniciens navigateurs avant les égipt**[iens]**, qui avaient en horreur tiphon la mer**[107]**.** |
| p. 5 | **moses / no / futur state** | |
| p. 14-19 | [*trois signets blancs*] | |
| p. 32 | *Hobbes veut / faire pendre / ceux qui an- / noncent un Dieu* | hobbes dit que celui qui veut introduire une religion dans un païs soumis aux loix, est coupable du crime de Leze majesté, parce qu'il introduit un pouvoir supérieur aux loix. il ajoute que le sistème de la mortalité de l'ame doit inspirer plus de vertu que le sistème contraire, parce qu'il préserve du fanatisme et engage les hommes à ne songer qu'à leur réputation. (à examiner) |
| p. 54-55, 88-89 | [*deux signets blancs*] | |
| p. 90 | [*papillon*] | Orphée et musée chez les grecs établissent l'immortalité de l'ame. |
| p. 96-97 [*Les Babiloniens ne sont pas mentionnés*] | [*signet blanc et papillon*] | Les Babiloniens et les perses n'eurent de statues que fort tard parce qu'ils ne donnêrent pas la nature humaine à leurs dieux comme les grecs. |

105. En suivant le modèle du *Corpus*, les caractères gras désignent une note de Voltaire. Nous distinguons entre la main de Wagnière et celle de Bigex en mettant en italique les notes de celui-ci.

106. Voir *OCV*, t. 82, p. 486-489. Nous avons cependant introduit des corrections à partir de photographies du manuscrit original (BnF : nouv.ac.fr.24342, f. 353-354*v*).

107. Cette note semble être une observation de Voltaire et non pas un extrait de lecture (quoiqu'elle contienne des éléments en commun avec la note de lecture qui concerne t. 1, p. 168-169).

| | | |
|---|---|---|
| p. 100, n. *v* | [*signet blanc*] | S$^{t}$ augustin dans sa cité de Dieu, livre 2$^{d}$, avoue que les mistères ont été inventés pour la correction des mœurs. |
| p. 109 | | Triptolème et Yon n'établirent la religion des grecs qu'après Orphée. |
| | **loix / de Dracon / sur la / religion** | Les loix de Dracon et de Solon, ordonnent qu'on suive les rits ordinaires. |
| p. 110 | **loix grec / ques sur / la relligion** | |
| p. 127 | **zaleucus** | Rien de plus beau que la préface des loix de Zaleucus ~~(chercher cette préface).~~ la voicy « Tout homme doit être persuadé de l'éxistence des dieux, il suffit d'observer l'harmonie de l'univers, pour en être convaincu » et$^{a}$, page 127, Tome I$^{er}$ Warb : |
| p. 131 | | Charondas dit précisément la même chose. ce ne sont pas des philosophes, dit Ciceron qui ~~ai~~ont écrit seulement pour cultiver leur raison, ce sont des législateurs qui ont eu en vue le bien des hommes (liv : 2$^{d}$ des loix, chap. 6.) |
| | | Ciceron parle comme eux dans tout son livre des loix. |
| p. 138 | **misteries** | Les premiers mistères sont ceux d'Égypte et de Perse. |
| | | Cadmus, et Inachus les portérent en grèce (Diod : liv : I$^{er}$). |
| | | Orphée en Thrace, minos en Crete, Ciniras en Chipre, ils enseignaient tous une vie à venir avec des récompenses et des peines. |

| | | |
|---|---|---|
| p. 139 | [*N. b. le dernier signet cité vaut pour cette page aussi*] | Euripide dans sa Tragédie de Bacchus, dit que les mistères étaient célébrés dans toute la terre. |
| p. 140-141 | [*signet blanc*] | |
| p. 143 [*Nous n'avons pas trouvé de référence au jeûne ; la mortification est évoquée p. 145, les enfants p. 146*] | **confession / dans les / mysteres** | On s'y préparait par la mortification, le jeune, et la confession. et on finit enfin par initier jusqu'aux enfans. |
| p. 144 | *Marc / aurele / initié* | |
| p. 147 | **on paiait / linitiation** | |
| – | | Remarquez qu'aucune de ces cérémonies ni de ces croiances, n'a jamais été adoptée chez les Chinois. ils pensent comme hobbes, mais ils sont plus indulgents. |
| p. 150-151 | [*signet blanc*] | |
| p. 157 | | Tous les mistères enseignaient l'unité d'un Dieu. |
| p. 158-159 | [*signet blanc*] | |
| p. 165-166, 167 | | Epoptheya, connaissance du secret. Thespia la contemplation. Demi-Urgos, le créateur. Apporreta découverte. |
| p. 168 | **Sanconiaton / autentique** | Sanconiathon phénicien avait écrit l'histoire des premiers ages. Eusèbe nous en a conservé quelques fragments traduits par philon de Biblos. |
| p. 168-169 | | Il parait que les phéniciens commencèrent par sacrifier aux éléments, et sur tout au vent, ce qui conviendrait assez ~~à [*illisible*]~~ aux premiers navigateurs. |

| | | |
|---|---|---|
| p. 168 [*erreur dans la référence du carnet*] | | Sanconiathon ~~appelle les~~ donne aux premiers hommes des noms qui signifient, le premier, l'éxistant (page 170, Tome I$^{er}$ Warb.) |
| p. 170-171 | [*signet blanc*] | |
| p. 173 | [*signet blanc et papillon*] | Sanconiathon avait tiré son histoire des archives des temples écrites en langue sacrée. |
| p. 178 | **orpheus / prayer** | Le poëme d'Orphée commençait ainsi « Soiez justes, adorez le maître du monde, il est unique, il éxiste par lui même, il a fait tous les êtres, il les anime tous, il voit tout, et les yeux mortels ne l'ont jamais vu. » |
| p. 179-180 | **koth / omphet** | |
| p. 182-183 | *misteres / publics* | |
| p. 184-185 | [*signet blanc*] | |
| p. 190 | mistères | |
| p. 192 | mis / tères | Savoir si on commence en Égypte à porter le Kteis et le phallos en procession. |
| p. 193-195 | | Abus des mistères devenus des rendés-vous. mais les mistères d'Eleusine conservèrent longtemps leur pureté. l'hiérophante refusa d'initier Apollonius de Thiane parce qu'il passait pour un négroman. |
| p. 199 | mistères | |
| p. 207 | mistères | |
| p. 256 | **vagitus / infantes** | |
| p. 265 | [*déplacé aux p. 178-179*] *Enfer et / virgile* | |
| p. 298-303 | [*trois signets blancs*] | |

| | | |
|---|---|---|
| p. 312 | [*déplacé aux p. 314-315*] **priere a / la lune** | |
| p. 320 | formule / d'Isis | |
| p. 321 | [*le signet précédent marque la page*] | Priére d'apullée dans les mistères, [colant] Te superit ~~[*illisible*]~~ **te** observant inferit et[a]. |
| Tome 2, p. 27-28 | | Dans Athenes, chaque citoien faisait [ce] serment, je me conformerai à la religion du païs, ainsi les dieux me soient en aide (Stobée). |
| p. 47 | **origine / de lesprit / persecuteur** | |
| p. 53 | **persecution / m aurele** | |
| p. 55 | **mourons avec / resignation, non / avec lobstination / des chretiens / marc aurele** | |
| p. 68 | **intolerance** | |
| p. 74 | **ameriq pr francs / pensents** | |
| p. 86 | **il pretend / que tous / les sages / etaient des / fripons** | |
| p. 108 | [*déplacé aux p. 110-111*] **prédiction tres / raisonable d'un / tremblement de terre / par Pitagore** | |
| p. 109 | | Les Pithagor~~ée~~iciens,<br>les Platonistes, les péripatéticiens admettaient une autre vie.<br>Les Cirénaïques, les Ciniques, et les Epicuriens la **ni**aient. |
| | **double / doctrine** | Double doctrine chez prèsque tous les anciens. |

| | | |
|---|---|---|
| p. 143-145 | [*signet blanc, p. 144-145*] | [*apparaît avant la note précédente*] Timée de Locre regarde la doctrine de la métempsicose comme très utile à la société. il reconnait un Dieu supérieur dans son âme du monde. |
| p. 148-149 | [*signet blanc*] | |
| p. 153 | **ciceron / doute de / limmortalité** | |
| p. 163 | **ciceron seneque / marc aurele disent / nihil post mortem** | Admirable discours du sage Antonin le stoïcien, « qui craint la mort craint de perdre ses sens, ou d'en avoir d'autres. S'il n'a plus de sensations il n'a plus rien à souffrir, s'il en a d'autres ce n'est plus la même créature » (voiez d'autres citations sur ce sujet page 164, liv : 2[d] Warb :) |
| p. 172 | **cicerons / contre / l'immorta / lité** | |
| p. 178-179 | [*signet blanc*] | |
| p. 191 | *Plutarque sur / l'ame qu'il appelle / la fin de l'être / appellée idem* | |
| p. 205 | **corpor** | |
| p. 209 | **peres / de leglise / dieu / corps** | |
| p. 224-225 | **ame / pherécid** | Cicéron avoue dans ses Tusculanes que Pherecide de Ciros maître de pithagore ~~dit~~ [*« dans ses Tusculanes » déplacé plus haut*], ~~que phérécide de Ciros~~ appella le premier animos hominum sempiternos. |
| – | | Nous observons ce que les peuples ont suivi plutôt que ce que les philosophes ont pensé. |
| p. 227 | **eternal / soul** | |

| | | |
|---|---|---|
| p. 240 | **utile / de trompez** | |
| p. 248-253 | [*signet blanc, p. 250-251*] | Vers singulier de Critias l'un des trente tirans d'Athênes, contre toute religion, comparés à la préface de Zaleucus, (page 250, Tom : 2$^{d}$ Warb :) **(à revoir.)** |
| p. 261-262 | **plutarque / athees** | |
| p. 278-279 | [*signet blanc*] | |
| p. 282 | **enthousiasme / necessaire** | |
| p. 284 | *Mahomet, st. ignace / et cromwell comparés* | |
| p. 304 | **evemere / decouvre / le pot / aux roses** | |
| – | | Ciceron ne deus unus colatur dans son oraison pro flacco[108] **impudent mensonge de Warburton.** |

La comparaison ne fournit pas de réponses faciles sur le rapport entre les lectures représentées par ces multiples suites de notes, mais il est au moins possible de constater que les sujets qui intéressent Voltaire ont tendance à être les mêmes, surtout en début de lecture. Les traces de lecture dans les volumes sont de loin plus nombreuses que les notes du carnet, mais les recoupements sont, dans chaque volume, plus nombreux que les notes du carnet qui n'entretiennent aucun lien avec les passages signalés dans l'exemplaire : dans le tome 1, vingt-sept signets et dix notes n'ont aucun rapport les uns avec les autres, mais à quinze endroits les signets correspondent aux notes de lecture dans le carnet. Dans le tome 2, vingt et un signets marquent des passages non cités dans le carnet, et deux notes se réfèrent à des passages non signalés dans le texte, mais cinq passages sont indiqués dans l'un comme dans l'autre. Il s'agit donc d'une lecture partiellement dédoublée, mais pas entièrement.

Il semble probable que les différentes mains qu'on retrouve sur les signets sont le signe de plusieurs rencontres avec Warburton, car Bigex n'est présent à Ferney qu'entre juin et décembre 1763 dans un premier

108. Cette citation provient de la préface dite « de 1758 » qui ne se trouve pas dans l'édition dont il est question dans les notes. Nous y reviendrons, p. 179-180.

temps, et ensuite d'avril 1768 jusqu'en décembre 1769 ou janvier 1770[109]. Quant au carnet, on peut se demander si les notes proviennent d'une lecture de Voltaire et sont simplement recopiées par Wagnière, ou si (ce qui est moins plausible) c'est le secrétaire qui a réalisé le travail des extraits. Outre le problème de langue signalé plus haut (note 104), une situation où Voltaire lisait ou se faisait lire à voix haute et où il dictait les notes semble cependant peu vraisemblable étant donné l'ampleur de l'ouvrage et les grands écarts entre les passages extraits. La présence de quelques remarques incorporées aux notes de lecture *stricto sensu* (« à examiner », « Rien de plus beau que la préface des lois de Zaleucus », « chercher cette préface » – pense-bête supprimé ; non signalé par Besterman –, « Remarquez qu'aucune de ces cérémonies ni de ces croyances n'a jamais été adoptée chez les Chinois », « Admirable discours du sage Antonin ») nous fait pencher pour le scénario où Voltaire fit lui-même une première version des notes, qui fut recopiée à une date ultérieure par le secrétaire.

Besterman, nous l'avons signalé plus haut (p. 160), suggère pour le contenu de ce *Third Paris notebook* des origines dans les années 1740-1750. Le *terminus ante quem non* de 1757, date où Voltaire reçut l'édition de Warburton, nous place déjà aux limites de cette période. Mais rien qu'en feuilletant le carnet, on reçoit la forte impression de notes qui reflètent les préoccupations du Voltaire des années 1760. La mention, à deux reprises, de l'*Ezour Vedam*[110], texte qu'il ne connaît qu'à partir de 1760, confirme cette supposition[111]. Même si les notes pouvaient représenter une lecture de Warburton entre 1755 et 1757, et ce dans un autre exemplaire de la même édition qu'il devait finir par posséder, la chose n'est pas vraisemblable.

Jeanne Monty et Ulla Kölving ont voulu que Voltaire se soit servi de Warburton pour l'article « Idole » de l'*Encyclopédie*, envoyé à d'Alembert le 4 février 1757[112]. Deux signets (t. 1, p. 158, 170) correspondent à des informations présentes dans l'article, mais dans un des deux cas, la *Théologie païenne ; ou sentiments des philosophes et des peuples païens les plus célèbres, sur Dieu, sur l'âme, et sur les devoirs de l'homme* de Levesque de Burigny est une source tout aussi probable[113] ; dans l'autre,

---

109. Jean-François Campario, *Simon Bigex, le philosophe : heurs et malheurs d'un secrétaire de Voltaire* (Annecy, Académie Salésienne, 2009), p. 35, 54, 84, 139.

110. *OCV*, t. 82, p. 490, 498.

111. Voir D. S. Hawley, « L'Inde de Voltaire », *SVEC* 120 (1974), p. 139-178.

112. Voir *OCV*, t. 36, p. 205, n. 1 ; p. 217-218, n. 36 ; p. 226, n. 64.

113. 2 vol. (Paris, Bure, 1754, BV585), avec signet annoté « himne / d'orphée », t. 1, p. 128 (*CN*, t. 1, p. 617). Dans l'*Encyclopédie*, Voltaire donne une version

Richard Cumberland, *Sanchoniatho's Phenician history* pourrait être à l'origine du passage[114]. Étant donné les lettres qui semblent indiquer que Voltaire n'a pas réussi à obtenir son premier exemplaire de Warburton avant septembre 1757, nous pencherions pour ces deux autres sources. C'est chose certaine, en revanche, qu'en 1762, quand Voltaire rédigeait *Olympie*, il exploita son édition de la *Divine Legation*. Si la tragédie ne fut pas publiée avant 1763, il semble probable que les notes furent composées à cette époque, d'autant plus que le 10 février 1762 il avait écrit de nouveau à George Keate, lui demandant (D10322) :

> quel est l'évêché qu'on a donné à ce Warburton, qui a prouvé que Moÿse ne connaissait ni paradis, ni enfer, ni l'immortalité de l'âme ; et qui de là conclut qu'il était inspiré de Dieu.

Nous n'avons pas la réponse de Keate : impossible donc de savoir si c'est de lui que Voltaire tient l'erreur qui finit par être imprimée dans les *Remarques à l'occasion d'Olympie* – ainsi sont intitulées, dans leur forme publiée, les notes qui accompagnent la tragédie –, où il est question de « Monsieur Warburton, évêque de Worcester[115] ».

La tragédie, Theodore E. D. Braun l'a signalé dans son édition critique, ne fut que le prétexte de publier un appareil de notes[116]. Une lettre à d'Alembert du 25 février 1762 ne laisse aucun doute (D10342) :

> J'ai choisi ce sujet moins pour faire une tragédie que pour faire un livre de notes à la fin de la pièce, notes sur les mystères, sur la conformité des expiations anciennes et des nôtres [...].

La note « mistères » apparaît pas moins de sept fois sur des signets dans la *Divine Legation*. Un des signets en particulier, annoté « misteries » dans ce qu'on pourrait penser être de l'anglais, marque un passage capital pour la première des *Remarques*. Warburton évoque les premiers mystères, ceux d'Isis et Osiris en Égypte, et dresse une liste montrant quels personnages firent passer les mystères dans les diverses régions de l'ancien monde : Zoroastre, Cadmus, Orphée, Mélampous, Trophonios, Minos, Cyniras et Érechthée. Voltaire (qui a déjà mentionné Warburton dans sa remarque),

---

de l'hymne avec quelques similitudes textuelles (t. 8, p. 503-504). C'est connu, l'article est repris par Voltaire dans le *Dictionnaire philosophique* (1764) avec de menus changements (pour la prière, voir *OCV*, t. 36, p. 226), et encore en 1771 dans les *Questions sur l'Encyclopédie* (*OCV*, t. 42A, p. 333).

114. Londres, Wilkin, 1720, BV921. Voir l'article « Idole » dans le *Dictionnaire philosophique* (*OCV*, t. 36, p. 217-218, 226, n. 36, 64).

115. *OCV*, t. 52, p. 358. Warburton était l'évêque de Gloucester.

116. *OCV*, t. 52, p. 351-355.

traduit presque mot à mot ce passage : « Les Juifs furent donc presque les seuls dans l'antiquité, chez qui les mystères furent inconnus. Zoroastre les avait apportés en Perse, Orphée en Thrace, Osiris en Égypte, Minos en Crète, Ciniras [*sic*] en Chypre, Erectée [*sic*] dans Athènes[117] ». C'est Voltaire qui met l'accent sur l'ignorance et le développement arriéré du peuple juif, mais cette matière lui vient sinon entièrement de Warburton, et la suite de sa « remarque » comporte plusieurs éléments tirés de la *Divine Legation*, cousus ensemble. En effet, ce paragraphe est suivi immédiatement de l'hymne dit d'Orphée cité par Warburton et dont la page dans l'exemplaire de Voltaire est marquée par un signet annoté « orpheus / prayer ». De nouveau, Voltaire oriente le texte en sorte que celui-ci vienne appuyer sa théologie personnelle, en traduisant par « Démiurgos » le mot anglais « *governor*[118] ». Signalons toutefois que la traduction de Voltaire retient quelques locutions de la prière qu'il avait déjà incluse dans l'article « Idole » de l'*Encyclopédie*, qui doit peut-être quelque chose à Levesque de Burigny[119].

Mais comment savoir si ce sont les signets, et non pas les notes du carnet, qui sont à l'origine des *Remarques*, puisque ces deux passages sont signalés aux deux endroits ? L'examen minutieux des notes révèle qu'elles sont très probablement la source directe de plusieurs chapitres d'un texte de 1764, *La Philosophie de l'histoire*. Il semblerait qu'elles soient issues d'une seule lecture de Warburton (peut-être guidée en partie par les signets) faite pour préparer ce texte. Nous savions déjà que *La Philosophie de l'histoire* entretenait une dette envers Warburton : Brumfitt déclare que c'est dans ce texte « *that he makes the fullest use of Warburton*[120] », mais son analyse se fonde davantage sur les idées que sur les locutions précises, et ce sont celles-ci qui permettent d'évaluer de façon objective les rapports génétiques entre deux textes :

---

117. *OCV*, t. 52, p. 358, lignes 41-44.

118. Warburton, *The Divine Legation of Moses* (1755), t. 1, p. 177 : « *Go on, in the right way, and see* THE SOLE GOVERNOR OF THE WORLD : HE IS ONE, AND OF HIMSELF ALONE ; AND TO THAT ONE ALL THINGS OWE THEIR BEING. HE OPERATES THROUGH ALL, WAS NEVER SEEN BY MORTAL EYES, BUT DOES HIMSELF SEE EVERY ONE. »

119. Voir ci-dessus, p. 174, n. 113.

120. « Voltaire and Warburton », p. 42-43.

| | ***Third Paris notebook*** | ***La Philosophie de l'histoire*** |
|---|---|---|
| 1 | Rien de plus beau que la préface des loix de Zaleucus [...] « Tout homme doit être persuadé de l'éxistence des dieux, il suffit d'observer l'harmonie de l'univers, pour en être convaincu » et[a] | J'ose ici défier tous les moralistes et tous les législateurs, je leur demande à tous s'ils ont dit rien de plus beau et de plus utile que l'exorde des lois de Zaleucus, qui vivait avant Pythagore, et qui fut le premier magistrat des Locriens. « Tout citoyen doit être persuadé de l'existence de la divinité. Il suffit d'observer l'ordre et l'harmonie de l'univers, pour être convaincu que le hasard ne peut l'avoir formé [...] » (ch. 27, *OCV*, t. 59, p. 181). |
| 2 | Charondas dit précisément la même chose. [...] Ciceron parle comme eux dans tout son livre des loix. | Charondas, qui suivit Zaleucus, s'expliqua de même. Les Platon, les Cicéron, les divins Antonins, n'eurent point depuis d'autre langage (*ibid.*, p. 182). |
| 3 | Cadmus, et Inachus les portérent en grèce (Diod : liv : Ier). Orphée en Thrace, minos en Crete, Ciniras en Chipre, ils enseignaient tous une vie à venir avec des récompenses et des peines. | Zoroastre passe pour en avoir établi [*des mystères*] en Perse, Cadmus et Inachus en Grèce, Orphée en Thrace, Minos en Crête. Il est certain que tous ces mystères annonçaient une vie future [...] tous les auteurs grecs et latins qui en ont parlé, conviennent que l'unité de Dieu, l'immortalité de l'âme, les peines et les récompenses après la mort, étaient annoncées dans ces cérémonies sacrées (ch. 23, *OCV*, t. 59, p. 170). |
| 4 | Remarquez qu'aucune de ces cérémonies ni de ces croiances, n'a jamais été adoptée chez les Chinois. | Je ne vois guère parmi les anciens empires que les Chinois qui n'établirent pas la doctrine de l'immortalité de l'âme (ch. 17, *OCV*, t. 59, p. 147). |
| 5 | Tous les mistères enseignaient l'unité d'un Dieu. | L'unité de Dieu était le grand dogme de tous les mystères (ch. 37, *OCV*, t. 59, p. 216). |

| | | |
|---|---|---|
| 6 | Sanconiathon phénicien avait écrit l'histoire des premiers ages. Eusèbe nous en a conservé quelques fragments traduits par Philon de Biblos. Il parait que les phéniciens commencèrent par sacrifier aux éléments, et sur tout au vent, ce qui conviendrait assez […] aux premiers navigateurs. | Sanchoniathon, Phénicien, qui écrivait longtemps avant la guerre de Troie l'histoire des premiers âges, et dont Eusèbe nous a conservé quelques fragments, traduits par Philon de Biblos ; Sanchoniathon, dis-je, nous apprend que les Phéniciens avaient sacrifié de temps immémorial aux éléments et aux vents, ce qui convient en effet à un peuple navigateur (ch. 13, *OCV*, t. 59, p. 133-134). |
| 7 | Le poëme d'Orphée commençait ainsi<br>« Soiez justes, adorez le maître du monde, il est unique, il éxiste par lui même, il a fait tous les êtres, il les anime tous, il voit tout, et les yeux mortels ne l'ont jamais vu. » | Cela est si vrai que l'hiérophante commençait par réciter les vers de l'ancien Orphée : « Marchez dans la voie de la justice, adorez le seul maître de l'univers ; il est un, il est seul par lui-même, tous les êtres lui doivent leur existence ; il agit dans eux et par eux ; il voit tout, et jamais il n'a été vu des yeux mortels » (ch. 37, *OCV*, t. 59, p. 217). |
| 8 | Savoir si on commence en Égypte à porter le Kteis et le phallos en procession. | Je ne sais pas quelle nation s'avisa la première de porter en procession le kteis et le phallum […]. (ch. 22, *OCV*, t. 59, p. 169) |
| 9 | Priére d'apullée dans les mistères, colant Te superit […] **te** observant inferit et[a]. | La prière que nous trouvons dans Apulée, quand Lucius est initié aux mystères d'Isis, doit être l'ancienne prière. « Les puissances célestes te servent, les enfers te sont soumis […] etc. » (ch. 23, *OCV*, t. 59, p. 170-171) |

Signalons que d'autres notes, qui suivent celles sur Warburton dans le même carnet, reviennent aussi dans *La Philosophie de l'histoire*[121].

---

121. Notamment celle-ci, dont nous ne citons que le début : « Par tout chez les hommes extrême folie jointe à un peu de sagesse, dans les loix, dans les religions, dans les usages. L'instinct plus que le raisonnement conduit le genre humain […] » (*OCV*, t. 82, p. 489), qui présente une ressemblance étroite avec le chapitre 11 de *La Philosophie de l'histoire* : « On trouve presque partout l'extrême folie jointe à

Ces échos textuels viennent renforcer l'hypothèse selon laquelle ces notes dateraient des années 1760, plus précisément de 1764. Qu'en est-il des signets ? Voltaire ne s'est pas contenté de fonder son texte sur le seul carnet de notes. Le chapitre 37 de *La Philosophie de l'histoire* est le produit de passages marqués de signets. Ceux qui portent les mots « koth / omphet[122] » et « priere a / la lune[123] » identifient tous deux des sources de ce chapitre, intitulé « Des mystères de Cérès Eleusine ». Le signet annoté « zaleucus[124] » témoigne des origines du chapitre 27, « De Zaleucus et de quelques autres législateurs », où Voltaire reprend le texte du carnet, mais revient à Warburton pour trouver le passage au-delà de l'« etc. » des notes (voir le premier élément dans le tableau ci-dessus). La traduction de Voltaire trahit une volonté d'adapter le texte antique pour ses lecteurs, car « *gods* » devient « la divinité » et (peut-être à cause d'une lecture hâtive), « *the happiness of good* » devient « la bonté de Dieu[125] ».

Voltaire, on le sait, est revenu à ses notes sur Warburton après que Wagnière les a recopiées. Les corrections et ajouts apportés par l'écrivain (et donc peut-être le travail de copie de Wagnière) sont de 1767 au plus tôt, car il ajoute une référence au *Shasta*[126], mais nous les situerions plus volontiers en 1769, au moment de la composition de *Dieu et les hommes*, où le contenu de la longue note sur Hobbes est repris au chapitre 2[127]. Ce passage dans Warburton fait également l'objet d'un signet annoté de Bigex (qui, rappelons-le, est à Ferney en 1769). Mais Voltaire semble avoir exploité le carnet aussi, car il reprend une autre note qui n'est pas extraite de l'édition de 1755, mais de l'édition de 1758 et qui se trouve à la fin des notes de lecture dans le carnet : « Ciceron *ne deus unus colatur* dans son oraison pro Flacco[128] ». (Voltaire a dû revenir sur ses notes avec l'édition de 1758 sous la main avant le travail de copie de Wagnière.) Le commentaire inséré par Voltaire par la suite, « Impudent mensonge de Warburton » abonde dans le sens d'un passage du chapitre 13 de *Dieu et les hommes* (« Des Romains »), où il fait remarquer que la citation donnée par Warburton,

---

un peu de sagesse dans les lois, dans les cultes, dans les usages. L'instinct, plus que la raison, conduit le genre humain » (*OCV*, t. 59, p. 128).

122. *The Divine Legation*, t. 1, p. 180-181.

123. *The Divine Legation*, t. 1, p. 314-315.

124. *The Divine Legation*, t. 1, p. 127-129.

125. *OCV*, t. 59, p. 181.

126. *OCV*, t. 82, p. 490 ; sur la découverte du *Shasta*, voir *OCV*, t. 38, p. 365, n. *.

127. *OCV*, t. 69, p. 280.

128. *The Divine Legation* (1758), p. xix ; *OCV*, t. 82, p. 489, et voir ci-dessus, p. 173.

« *majestatem imperii non decuisse ut unus tantum Deus colatur* », ne se trouve nulle part dans Cicéron[129].

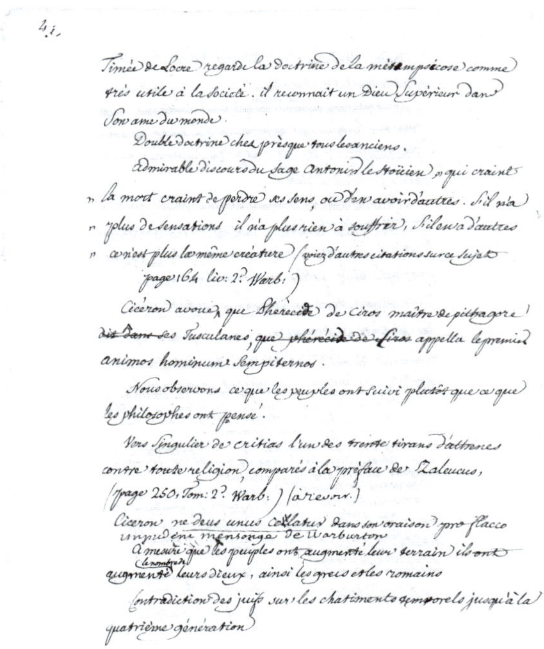
41.

Timée de Locre regarde la doctrine de la métempsicose comme très utile à la société. il reconnait un Dieu Supérieur dans son ame du monde.

Double doctrine chez présque tous les anciens.

admirable discours du sage antonin le stoïcien » qui craint » la mort craint de perdre ses sens, ou d'en avoir d'autres. s'il n'a » plus de sensations il n'a plus rien à souffrir, s'il en a d'autres » ce n'est plus la même créature (voiez d'autres citations sur ce sujet page 164 liv: 2e Warb:)

Cicéron avoue, que Sherecide de ciros maître de pithagore ~~dit dans~~ ses Tusculanes, que ~~phérécide de ciros~~ appella le premier animos hominum sempiternos.

Nous observons ce que les peuples ont suivi plutôt que ce que les philosophes ont pensé.

Vers singulier de critias l'un des trente tirans d'athenes contre toute religion, comparés à la préface de Zaleucus, (page 250, Tom: 2e Warb:) (à revoir.)

Ciceron ne deus unus collatur dans son oraison pro flacco
impudent mensonge de Warburton

a mesure que les peuples ont augmenté leur terrain ils ~~ont augmenté~~ (le nombre de) leurs dieux, ainsi les grecs et les romains

Contradiction des juifs sur les chatiments temporels jusqu'à la quatrième génération

Fig. 54 : Les ajouts de Voltaire dans les notes sur Warburton (*Third Paris notebook*, f. 354*v*)

Au cours des années qui suivent, ces deux passages seront repris, selon la façon qu'avait Voltaire's de se réécrire et de s'autoplagier[130], dans l'article « Dieu, dieux » des *Questions sur l'Encyclopédie*[131] (1771),

129. *OCV*, t. 69, p. 331-332. Voltaire a raison, comme le reconnaît « Philalethes », dans « Voltaire's censure of bishop Warburton examined », *The London magazine* (février 1773), p. 72-73. L'auteur anonyme est cependant catégorique : Warburton résume correctement le sens de la pensée de Cicéron, que Voltaire déforme dans les *Questions sur l'Encyclopédie*, où il reprend et amplifie ce qui était dans *Dieu et les hommes* une simple accusation de citation erronée.

130. Voir *Copier/coller. Écriture et réécriture chez Voltaire*, éd. O. Ferret, G. Goggi et C. Volpilhac-Auger (Pise, Edizioni Plus, 2007).

131. *OCV*, t. 40, p. 427-428, 449.

tout comme l'hymne d'Orphée, qui sera cité de nouveau dans l'article « Bibliothèque » des mêmes *Questions* (1770), sans indication de source[132]. L'article « Initiation » (1771) montre que Voltaire est cependant retourné aux livres imprimés, car plusieurs éléments de cet article correspondent à des passages marqués de signets à la lecture : ceux annotés « on paiait / linitiation » et « Enfer de / virgile », ainsi que deux signets vierges[133].

Grâce aux signets annotés placés entre les pages de Warburton, nous pouvons postuler que c'est dans l'édition de 1755 de la *Divine Legation* que Voltaire découvrit les thèses de cet auteur. Des comparaisons avec les notes de lecture permettent également de proposer une reconstruction de la chronologie des lectures et des consultations d'un seul ouvrage dans plusieurs éditions, comme nous venons de voir. Les analyses qu'on peut effectuer entre carnets, traces de lecture et textes publiés, rendues plus riches par la stratigraphie des écritures, servent ainsi à dresser un tableau plus complet de la façon dont travaillait Voltaire. En suivant la même méthode que celle adoptée ici pour l'étude de Warburton, abordons la question des notes de Voltaire qu'on trouve au début d'un ouvrage attribué à Helvétius, que nous avons évoquées au chapitre I.

## Un document de genèse : *Le Vrai Sens du Système de la nature*

Dans la dernière partie de ce chapitre, nous proposons de sonder une énigme posée par une série de notes en particulier et d'examiner dans quelle mesure elle peut être qualifiée d'« avant-texte » impliqué dans l'origine des ouvrages publiés de Voltaire. La série de notes, unique en son genre parmi les *marginalia*, est reliée en début d'un exemplaire du *Vrai Sens du Système de la nature* (1774) de la bibliothèque de Voltaire[134], ouvrage faussement attribué à Helvétius. Ce document, que nous appellerons par la suite « l'esquisse », pour le distinguer clairement des « notes » marginales, peut être révélateur quant à la façon dont Voltaire travaillait à partir de ses canevas, dont un si grand nombre a disparu[135].

---

132. *OCV*, t. 39, p. 36-63, lignes 51-54. Il retraduira le passage, et le Démiurgos tendancieux sera remplacé par le plus sobre « maître de l'univers », vieux souvenir de Levesque de Burigny, peut-être.

133. *The Divine Legation* (1755), t. 1, p. 147, 158, 185, 278-279 ; voir l'annotation d'O. Ferret à l'article « Initiation » des *Questions* (*OCV*, t. 42A, p. 426-433).

134. BV1613. L'édition porte le sigle A.4.A dans David W. Smith, *Bibliography of the writings of Helvétius* (Ferney-Voltaire, CIEDS, 2001), p. 357-360.

135. Pour un survol général des pratiques de conservation au XVIIIe siècle des manuscrits de travail, voir Michèle Sacquin, « Les manuscrits littéraires du XVIIIe siècle à la BnF », *Genesis* 34 (2012), p. 159-169 (ici p. 160).

## Une histoire de plusieurs lectures

Il s'agit peut-être des plus célèbres et, d'un certain point de vue, des plus mystérieuses des notes éditées parmi les *marginalia* de Voltaire. Consignées sur un feuillet blanc, recto et verso, maintes fois reproduites, depuis une publication en 1947 de Vladimir Liublinski[136], jusqu'en 2002 dans le prospectus de la Bibliothèque[137], elles sont emblématiques sans pour autant avoir jamais fait l'objet d'une véritable analyse.

La question de cette esquisse et de ces notes s'est corsée lorsque, en 2004, on a découvert à Rouen un second exemplaire du même ouvrage, annoté lui aussi par Voltaire, dont les notes ont été publiées par Christiane Mervaud et Catriona Seth[138]. La « graphie soignée » du volume de Rouen, signalée par celles-ci[139], et sa présence en dehors de la bibliothèque de Voltaire, suggèrent fortement que les exemplaires du *Vrai Sens* suivent le modèle proposé par Nicholas Cronk selon lequel lorsqu'il existe deux exemplaires annotés d'une même édition, l'un à Saint-Pétersbourg, l'autre ailleurs, il s'agit probablement, dans ce second cas, de volumes que Voltaire a annotés dans le but d'en faire don[140], quoique rien n'indique qui en était le destinataire. C'est l'exemplaire du *Vrai Sens* de Saint-Pétersbourg, donc, celui qui contient l'esquisse, qui serait l'exemplaire de la première lecture. L'exemplaire de Rouen, qui n'en est pas la copie, serait le témoignage d'une lecture faite dans des circonstances particulières, quelque peu artificielles, dont le but même eût été de produire des annotations.

L'examen des deux exemplaires pourrait corroborer cette hypothèse : celui de Saint-Pétersbourg présente plusieurs traces non verbales, des traits en marge, ce qui n'est que rarement le cas dans l'autre. Il semblerait logique en effet que de telles traces, dont le sens pour un second lecteur serait opaque, se fassent plus rares dans une annotation faite pour être lue par autrui. Les traits qui se trouvent dans l'exemplaire de Rouen (soulignements, petites barres) sont dessinés avec plus de soin, et l'écriture est plus fine, avec des caractères bien formés. Les nombreux symboles utilisés comme appels de note témoignent de

---

136. « Маргиналии Вольтера » [« Marginalii Vol'tera »], p. 145-172.

137. *Библиотека Вольтера в Санкт-Петербурге* [*La Bibliothèque de Voltaire à Saint-Pétersbourg*] (Saint-Pétersbourg, Bibliothèque nationale de Russie, 2002), verso de la couverture. Pour l'édition de l'esquisse, ainsi que des autres notes marginales du volume, voir *CN*, t. 4, p. 334-360.

138. Bibliothèque municipale de Rouen, fonds manuscrits : MS Montbret 806 ; voir Christiane Mervaud et Catriona Seth, « Notes marginales inédites sur *Le Vrai Sens du Système de la nature* », *Revue Voltaire* 4 (2004), p. 299-340.

139. « Notes marginales inédites sur *Le Vrai Sens du Système de la nature* », p. 327.

140. « Les notes marginales de Voltaire : quel est le lectorat visé ? ».

même d'une volonté de clarté[141]. Qui plus est, le souci apparent de Voltaire d'utiliser les espaces blancs de telle sorte que les notes marginales forment un tout harmonieux avec le *textus* d'un point de vue visuel donne du poids à l'argument du don (voir illustration 55, où les notes de Voltaire ne dépassent pas la frontière imaginaire entre l'espace du *textus* et l'espace marginal).

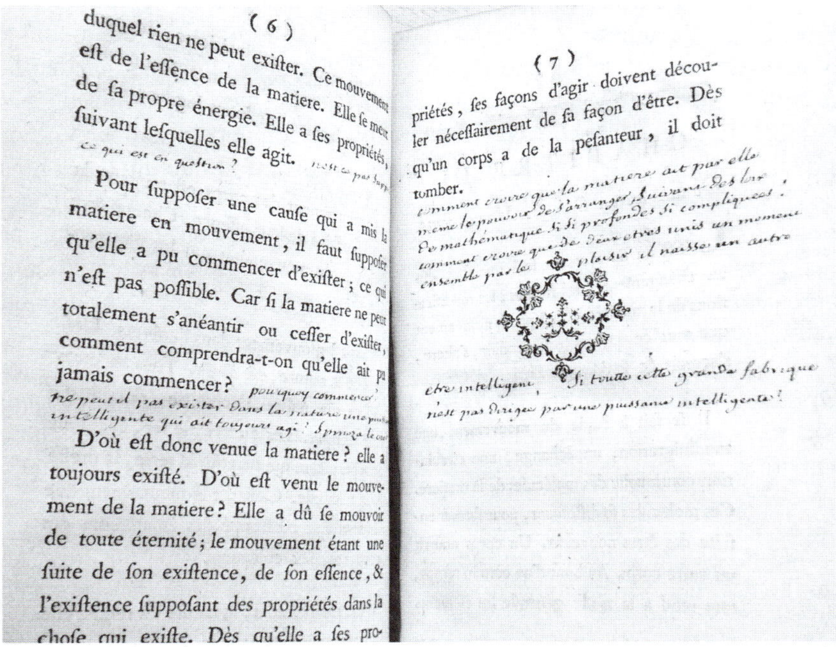
( 6 )

duquel rien ne peut exiſter. Ce mouvement eſt de l'eſſence de la matiere. Elle ſe meut de ſa propre énergie. Elle a ſes propriétés, ſuivant leſquelles elle agit.

Pour ſuppoſer une cauſe qui a mis la matiere en mouvement, il faut ſuppoſer qu'elle a pu commencer d'exiſter ; ce qui n'eſt pas poſſible. Car ſi la matiere ne peut totalement s'anéantir ou ceſſer d'exiſter, comment comprendra-t-on qu'elle ait pu jamais commencer ?

D'où eſt donc venue la matiere ? elle a toujours exiſté. D'où eſt venu le mouvement de la matiere ? Elle a dû ſe mouvoir de toute éternité ; le mouvement étant une ſuite de ſon exiſtence, de ſon eſſence, & l'exiſtence ſuppoſant des propriétés dans la choſe qui exiſte. Dès qu'elle a ſes pro-

( 7 )

priétés, ſes façons d'agir doivent découler néceſſairement de ſa façon d'être. Dès qu'un corps a de la peſanteur, il doit tomber.

comment croire que la matiere ait par elle meme le pouvoir de s'arranger suivant des loix de mathematique si profondes si compliquées ! comment croire que de deux etres unis un moment ensemble par le plaisir il naisse un autre etre intelligent, si toutte cette grande fabrique n'est pas dirigée par une puissance intelligente !

Fig. 55 : *Le Vrai Sens*, exemplaire de Rouen, p. 6-7

L'exemplaire de Saint-Pétersbourg, en revanche, semble témoigner d'un scénario beaucoup plus complexe. Il arrivait à Voltaire d'écrire sur la page de titre d'un livre, nous l'avons vu, mais c'était en règle générale pour accabler l'auteur d'injures, ou pour disqualifier l'ouvrage d'emblée grâce à une remarque assassine. Si les notes dont il est question étaient couchées

141. Voir ci-dessus, p. 27-28. 32 appels de note sur 80 notes que nous comptons dans l'exemplaire de Rouen, dont plusieurs parmi les notes sans appels suivent directement le *textus* sur la même ligne. Dans l'exemplaire de Saint-Pétersbourg, 18 sur 159 notes seulement comportent des appels, et deux occurrences des 18 sont désorganisées : dans la première trois croix sont présentes alors qu'il n'y a qu'une seule note (*Le Vrai Sens*, p. 15 ; *CN*, t. 4, p. 337) ; trois pages plus loin on trouve un chassé-croisé où une croix est dessinée au début de la première note, mais la croix introduite dans le *textus* correspond à la seconde note (*CN*, t. 4, p. 338).

sur la page de garde, Voltaire n'aurait cependant pas été le premier, ni le dernier, à se servir de cette page blanche en début de volume pour prendre des notes[142]. Mais il eût été presque impossible que l'esquisse du pseudo-Helvétius fît partie de l'ouvrage au moment où Voltaire le reçut et le lut pour la première fois. Le support de l'esquisse est un bifolium dont le papier est orienté dans le sens inverse de celle de l'ouvrage imprimé. Celui-ci étant un volume in-octavo, les pontuseaux sont verticaux ; or, les pontuseaux du papier de l'esquisse sont horizontaux. Le bifolium a donc été ajouté au volume au moment de la reliure ; on voit d'ailleurs que le premier feuillet est collé au papier de garde du plat supérieur[143]. Que le bifolium du *Vrai Sens* ne fût pas encore relié avec le livre lors de son annotation par Voltaire se déduit à la fois par l'examen du papier et par le fait que quelques notes marginales du volume semblent avoir été légèrement rognées (voir illustration 56 : le « i » de « il » et le « c » de « comun » [*sic*] ont été touchés par le couteau à rogner). Les différentes tailles des caractères de cette même note laissent penser qu'après la reliure Voltaire ajouta, lors d'une seconde lecture, « mais nécessaire[144] ! ».

Ni la présentation, ni l'organisation de l'esquisse ne ressemblent aux *marginalia* proprement dits. En fait, l'aspect présente une forte parenté avec les carnets, où il arrive souvent de voir sur une même page plusieurs notes sans grand rapport les unes avec les autres, séparées par un trait ondulé[145].

---

142. C'est une pratique d'ailleurs qui semble être de plus en plus répandue chez les lecteurs de la période romantique, attestée largement dans le monde anglo-saxon, au moins. Voir G. Whalley, « Editorial practice », p. lxx ; H. Jackson, *Marginalia*, p. 25-27.

143. Liublinski décrit le document comme étant une « feuille reliée avant le faux-titre » (« на отдельном листке перед шмуцтитулом », « Маргиналии Вольтера », p. 146). Pour les éditeurs du *Corpus*, il s'agit de la « garde avant le faux-titre » (t. 4, p. 334). La description de Françoise Bléchet selon laquelle il s'agit d'annotations « après le faux-titre » est erronée (*Voltaire et l'Europe. Exposition Bibliothèque nationale de France / Monnaie de Paris*, Bruxelles et Paris, BnF et Éditions Complexe, 1994, p. 208-209). Nous sommes très redevable à Sergueï Korolev, qui confirme en outre que la reliure est en effet typique de la bibliothèque de Voltaire, et que le papier de l'esquisse ressemble à un papier à écrire.

144. Presque toutes les notes du volume, ainsi que la feuille de notes, semblent avoir été affectées par l'humidité, qui a laissé des auréoles. Un petit nombre de notes semble avoir échappé à ces conditions : le tracé du « mais nécessaire » p. 64, de la note de la page 136, et des premières notes des pages 137, 139 est plus net et suggèrerait de ce fait une notation plus tardive.

145. L'édition des carnets par Th. Besterman ne reproduit pas la disposition des notes ni, en règle générale, les traces non verbales qui les accompagnent.

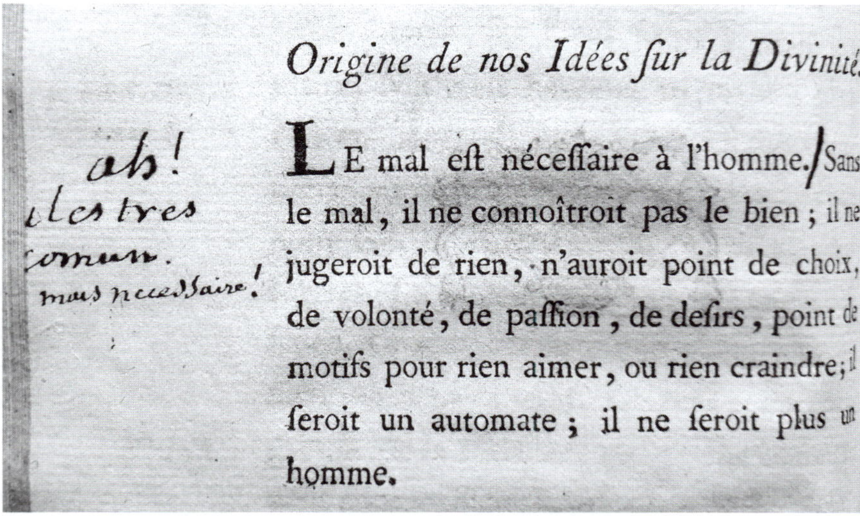
Origine de nos Idées ſur la Divinité.

LE mal eſt néceſſaire à l'homme./Sans le mal, il ne connoîtroit pas le bien ; il ne jugeroit de rien, n'auroit point de choix, de volonté, de paſſion, de deſirs, point de motifs pour rien aimer, ou rien craindre ; il ſeroit un automate ; il ne ſeroit plus un homme.

Fig. 56 : *Le Vrai Sens*, exemplaire de Saint-Pétersbourg, p. 64

On peut donc penser que Voltaire commença à noter ses idées sur le premier recto d'une feuille pliée en deux, continuant au verso, et que le relieur inversa le pli en sorte que les notes soient, depuis, sur le second recto-verso. Du point de vue du support, un parallèle existe : il s'agit d'une feuille pliée en deux, insérée entre les pages du *Dictionnaire historique et critique* de Bayle et portant deux phrases qui forment, à quelques mots près, le début de l'article « Abraham » (1770) des *Questions sur l'Encyclopédie*[146]. Ce papier n'est cependant pas relié dans le volume, et le texte qu'il porte est déjà plus développé que l'esquisse du *Vrai Sens*, malgré sa brièveté.

Si Vladimir Liublinski a raison lorsqu'il affirme que Voltaire a vraisemblablement lu *Le Vrai Sens* peu de temps après sa parution[147], pouvons-nous situer les événements avec plus de précision ? La parution de cet ouvrage est attestée par une lettre de Téron de Genève, écrite le 18 juin 1774 à la Société Typographique de Neuchâtel[148]. Il serait donc plausible de postuler que le *Vrai Sens* avait paru aux Pays-Bas en début juin de cette même année. La preuve des notes tronquées présentes dans l'exemplaire de Voltaire est confirmée par les comptes de Ferney, qui révèlent que les

146. *CN*, t. 1, p. 234 ; à comparer avec *OCV*, t. 38, p. 47. Voir aussi Mervaud, « Du bon usage », p. 769, où cette note est évoquée.

147. « Маргиналии Вольтера », p. 147.

148. D. Smith, *Bibliography of the writings of Helvétius*, p. 362, dans la notice consacrée à la réédition réalisée par le libraire François Grasset à Lausanne (édition qui porte le sigle A5 dans cette bibliographie, p. 360-363).

transactions avec les relieurs avaient lieu environ deux fois par an seulement, dont une qui eut lieu fin décembre 1774[149]. Selon toute vraisemblance c'est donc en décembre que l'exemplaire du *Vrai Sens* fut relié, soit après la lecture de Voltaire.

Passons maintenant au texte de l'esquisse[150] :

Si Dieu n'éxistait pas
il faudrait l'inventer.

—

a lexamen si l'etre necessaire en tout temps doit occuper tout lieu
^

si lespace est une proprieté de l'être nécessaire

~

sil peut exister un infini en étendue et en nonbre comme en
durée.
~
linfini en duree n'existe que parce quil est contradictoire
quil ne soit pas,
mais que les matière et les nombres soient bornés,
cela ne parait pas contradictoire.

~

recherchег la preuve ridicule de maupertuis et de morliere

—

le mal moral et phisique peutil etre[151] une objection
assez forte contre les preuves de lexistence de dieu ?
trois ou quatre mauvais ragouts dans un grand
festin quon vous donne empechent ils que le maitre
de la maison n'existe

~

est ce un mal que tous les animaux se dévorent les
uns les autres ?

~

letre supreme ne peut etre méchant

—

peutil exister deux etres supremes dans des mondes
differents ?

~

149. « [L]e 24 [décembre 1774] à Jacoby [Jean Samuel Jacoby, relieur genevois] […] 400 £ » (*Voltaire's Household Accounts*, p. 259). La précédente entrée pour un relieur se trouve sous la date du 3 avril 1774 : « donné à Mr. Hallé relieur [Pierre Hallé, de Paris] cinquante-trois livres 8$^s$ pr avoir relié en bazanne 42 volumes […] et un in 4$^o$ en veau » (p. 251).

150. Voir aussi *CN*, t. 4, p. 334-335.

151. Voltaire a écrit primitivement « se » avant de le surcharger de « etre ».

la nature de[152] letre supreme peut elle ~~etre~~ etre
circomscrite[153] ?

[*au verso*]

~

l'etre supreme agitil continuellement en nous ?
comment ence cas serait il lauteur du mal ?

~

y a til une ame ?
dieu conserveraitil eternellement une monade,
et la ferait il passer eternellement par des
formes differentes ?

~

cette derniere idee ne vient elle pas des
bracmanes qui furent les premiers philosophe[s ?]
connus ?

~

peut on dire que Spinosa fut athee
quand il admit partout une intelli
gence supreme ?

~

Un rapport direct entre l'esquisse de Voltaire et l'ouvrage d'Helvétius n'est pas tout de suite apparent, bien que Voltaire réagisse de façon générale au matérialisme athée dont l'influence grandissante le préoccupe depuis la parution en 1770 du *Système de la nature* du baron d'Holbach. Qu'il considérât l'esquisse comme ayant un lien avec le volume est néanmoins suggéré par le fait qu'ils soient reliés ensemble[154]. Certains parmi les thèmes se répondent tout de même, des notes à l'esquisse, d'un exemplaire à l'autre. Dans les deux volumes, Voltaire réagit aux mêmes erreurs d'expression, que ce soit pour les corriger ou pour les commenter. Ainsi, la « raison composée » de l'imprimé (p. 23, 53) devient deux fois la « raison directe » dans l'exemplaire de Rouen[155], alors que l'expression provoque dans le volume de Saint-Pétersbourg les commentaires « otez

152. Le « d » de « de » semble surcharger un « p ».

153. Le « t » de « circomscrite » surcharge un « p ».

154. Bien que la présence du document puisse s'expliquer par une décision de la part du relieur d'inclure avec le volume une feuille manuscrite laissée négligemment entre ses pages, un tel acte nous semble peu probable de la part de Jacoby, homme de métier expérimenté dont les transactions remontent (au moins) au mois de décembre 1760 (*Voltaire's Household Accounts*, p. 13 et index).

155. Mervaud et Seth, « Notes marginales inédites sur *Le Vrai Sens du Système de la nature* », p. 313, 315.

ce mot » et « cette faute / me fait / croire que / ce livre nest / pas d'un / geometre[156] » ; dans l'expression « [avoir] droit sur les causes » (p. 58) le dernier mot est corrigé en « cœurs » dans l'exemplaire de Voltaire[157], et fait l'objet dans l'autre volume de la remarque : « Il y a là quelque chose d'oublié[158] ». Outre les parallèles notés par Ch. Mervaud et C. Seth entre les notes « cela n'est que trop vrai » et « trop vrai », « cette intelligence qui anime évidemment la nature » et « l'intelligence supreme qui réside évidemment dans la nature », et la référence dans les deux exemplaires aux « initiés » alors que le texte imprimé n'en parle pas[159], signalons également, p. 83, « oui. et avec l'intelligence / supreme comme la lumiere avec le / soleil » dans le volume de Saint-Pétersbourg[160] et « oui et une intelligence / supreme avec elle » dans celui de Rouen[161], ainsi que la similitude frappante entre les notes à la page 104 : « le mal est quun athee / puissant qui raisonne conséquemment [...] me prendra / ma fille, ma femme, mon bien ma vie quand il sera sur de l'impunité » (Saint-Pétersbourg[162]) et « mais songes / que tout athée conséquent vous assassinera / et vous volera Sil se croit sur de l'impunité » (Rouen[163]). La question soulevée par ces ressemblances est celle de la proximité des deux lectures. Voltaire annota-t-il l'exemplaire de Rouen avec le sien sous les yeux ? Si c'était le cas, n'eût-il pas corrigé « causes » en « cœurs » (p. 58), au lieu de signaler vaguement qu'il y avait « quelque chose d'oublié » (à moins de ne plus être convaincu de sa première interprétation) ? Est-il possible qu'il eût obtenu un second exemplaire de l'ouvrage à un moment où il n'avait plus le sien sous la main mais dont il gardait encore un assez vif souvenir ? Comme par exemple au mois de novembre ou décembre 1774, quand le volume était parti, avec l'esquisse, chez le relieur ?

Il faut cependant élargir le champ des comparaisons pour inclure l'esquisse. En effet, en plusieurs endroits les notes marginales la préfigurent (ou, dans le cas de l'exemplaire de Rouen, s'en font écho). « [D]émontrés

---

156. *CN*, t. 4, p. 339, 343.

157. *CN*, t. 4, p. 343-344.

158. Mervaud et Seth, « Notes marginales inédites sur *Le Vrai Sens du Système de la nature* », p. 316.

159. « Notes marginales inédites sur *Le Vrai Sens du Système de la nature* », p. 336.

160. *CN*, t. 4, p. 348.

161. Mervaud et Seth, « Notes marginales inédites sur *Le Vrai Sens du Système de la nature* », p. 320.

162. *CN*, t. 4, p. 352.

163. Mervaud et Seth, « Notes marginales inédites sur *Le Vrai Sens du Système de la nature* », p. 325.

vous que Dieu ne / peut conserver une monade » demande Voltaire en bas de la page 41 dans son propre exemplaire[164], ce qui ressemble à la ligne 27 de l'esquisse. Plus loin (en bas de la page 69) on lit : « Spinosa avoue quil y a dans / la nature une intelligence / supreme[165] » (formule proche de l'esquisse, lignes 33-35) ; dans l'autre exemplaire, des notes aux pages 1 et 6 reprennent :

> [O]ui mais qui nous prou / vera quil ny a pas dans la nature une / intelligence, et des desseins marqués ? Spinosa meme / est contraint / de l'avouer

et

> ne peut il pas exister dans la nature une puissance / intelligente qui ait toujours agi ? Spinoza le croit[166].

À la page 86, se trouvent dans les deux volumes des questions à propos de l'infini : « mais cet infini / nest pas si aisé a com / prendre » et « pourquoi infini[167] ? », qui ressemblent à « sil peut exister un infini en étendue et en nonbre [*sic*] comme en / durée » (l'esquisse, lignes 5-6). Ces rapprochements suggèrent un lien plus étroit entre l'esquisse et l'annotation du volume dans lequel il est relié.

Les différents éléments de l'esquisse se suivent malgré les séparateurs graphiques et donnent l'impression d'un projet de texte. On y voit même une espèce de *nota bene* (« rechercher la preuve ridicule de maupertuis et de morliere[168] »), telles qu'on en trouve ici et là dans

164. *CN*, t. 4, p. 342.

165. *CN*, t. 4, p. 345.

166. Mervaud et Seth, « Notes marginales inédites sur *Le Vrai Sens du Système de la nature* », p. 310.

167. *CN*, t. 4, p. 349 ; Mervaud et Seth, « Notes marginales inédites sur *Le Vrai Sens du Système de la nature* », p. 321.

168. La « preuve » est sans doute cette même formule dont il écrivait le 18 septembre 1752 dans une lettre à la *Bibliothèque raisonnée* : « Monsieur Moreau Maupertuis, dans une brochure intitulée Essai de cosmologie, prétendit que la seule preuve de l'existence de dieu est AR+nRB, qui doit être un minimum : voyez pag. 52 de son recueil in 4[to] » (D5019). Dans ses *Œuvres* (Dresde, Walther, 1752), p. 51-53, Maupertuis étudie la réfraction de la lumière, et Voltaire extrait arbitrairement de cette preuve une formule algébrique (AR+nRB). Ici, Voltaire remue des souvenirs vieux de plus de vingt ans sans abandonner la mauvaise foi dont il a fait preuve à l'époque, car il ne s'agissait en aucun cas d'une preuve de l'existence de Dieu, même si Maupertuis brosse en conclusion générale le tableau conventionnel de l'Être suprême dont les lois qui régissent la matière montrent sa puissance et sa sagesse (p. 54). L'identité de « morliere » demeure mystérieuse.

les carnets[169]. Le document reprend plusieurs questions et thématiques déjà abordées dans l'œuvre de Voltaire, qui est aux prises avec l'idée de l'âme depuis au moins les années 1732-1733[170], c'est-à-dire depuis plus de quarante ans en 1774. Il a abordé ces mêmes questions dans le *Traité de métaphysique* (1735), dans les *Questions sur Platon* (1765), dans les articles « Espace » et « Infini » (1771) des *Questions sur l'Encyclopédie*. Il y revient donc encore en 1774, troublé par les thèses matérialistes[171].

Les deux hémistiches en tête ne sont autre chose que le célèbre alexandrin de l'*Épître à l'auteur du livre des Trois Imposteurs* de Voltaire lui-même (1769) et qui constituent le point final des annotations de l'exemplaire de Rouen (p. 104 – voir ci-dessus, p. 126, illustration 39). Cette autocitation revient à plusieurs reprises dans l'œuvre publiée de Voltaire : dans l'article « Athéisme » (1770) des *Questions sur l'Encyclopédie*, dans le *Discours de maître Belleguier* (1773), dont un extrait (avec ce vers) est repris pour former une nouvelle section de l'article « Philosophie » des mêmes *Questions* en 1774[172] ; et encore en 1774 dans les notes dites « de M. Morza » qui accompagnent le *Dialogue de Pégase et du Vieillard*[173]. Dans le *Discours* (et donc dans l'article « Philosophie » aussi), le vers revient dans un contexte où Voltaire cherche à discréditer l'athéisme prôné par l'auteur du *Système de la nature*. Entre le *Système de la nature* et *Le Vrai Sens du Système de la nature*, il n'y a qu'un pas, et le réflexe de Voltaire, qui était celui d'opposer ce vers à des livres qu'il jugeait dangereux, se manifeste encore dans les jeux de notes associées aux deux exemplaires du *Vrai Sens*.

---

169. Par exemple « Parler des Sibiles. Chercher l'étimologie du mot », dans le fragment 29a, Th. Besterman, « Voltaire's notebooks: thirteen new fragments », p. 18.

170. Dans un état primitif de la treizième lettre « Sur M. Locke », intitulé « Lettre sur l'âme », publié en tant qu'appendice dans les *Lettres philosophiques*, éd. Lanson et Rousseau (t. 1, p. 190-205).

171. Pour un résumé des réactions de Voltaire à la publication anonyme en 1769 du *Système de la nature* par le baron d'Holbach, voir l'introduction de G. Stenger au texte de Voltaire, *Dieu. Réponse au Système de la nature* (*OCV*, t. 72, p. 127-131), et R. Mortier, « Ce maudit *Système de la nature* », dans *Voltaire et ses combats*, éd. U. Kölving et Ch. Mervaud (2 vol., Oxford, Voltaire Foundation, 1997), t. 1, p. 697-704.

172. Voir *OCV*, t. 42B, p. 410, n. *, et p. 418.

173. Voir *OCV*, t. 76, p. 541, et N. Cronk, « Voltaire autoplagiaire » dans *Copier/coller*, p. 9-28 (ici p. 17-21).

**Le ragoût de Voltaire**

À première vue, ce retour sur les sentiers battus semblerait être l'esquisse d'un texte qui n'a jamais vu le jour. Et pourtant, nous l'avons vu, avec la note marginale revenue dans l'article « Religion » du *Dictionnaire philosophique* (ci-dessus, p. 147), les idées de Voltaire ne sont pas forcément utilisées dans le même ordre que celui dans lequel il les couche sur papier. C'est notre hypothèse que ce document préparatoire a nourri principalement deux textes de la période 1774-1775, à savoir *De l'âme* et l'*Histoire de Jenni*. Le tableau qui suit montre en parallèle les citations qui nous paraissent présenter des similitudes.

| **L'esquisse** | **Les textes publiés** |
|---|---|
| a lexamen si l'etre necessaire en tout temps doit occuper tout lieu | « il faut que l'Être nécessaire existe de toute éternité » (*De l'âme*, *OCV*, t. 76, p. 251) |
| le mal moral et phisique peutil etre une objection / assez forte contre les preuves de lexistence de dieu ? | « Je conviens avec douleur qu'il y a beaucoup de mal moral et de mal physique ; mais puisque l'existence de Dieu est certaine, il est aussi très certain que tous ces maux ne peuvent empêcher que Dieu existe » (*Histoire de Jenni*, *OCV*, t. 76, p. 107) |
| est ce un mal que tous les animaux se dévorent les / uns les autres ? | « cela n'est pas plus important pour l'Être universel [...] que des moutons mangés par des loups ou par nous, et des mouches dévorées par des araignées » (*De l'âme*, *OCV*, t. 76, p. 256) |
| letre supreme ne peut etre méchant | « Il ne peut être méchant ; car quel intérêt aurait-il à l'être ? » (*Histoire de Jenni*, *OCV*, t. 76, p. 107) |
| dieu conserveraitil eternellement une monade, / et la ferait il passer eternellement par des / formes differentes ? | « Pourquoi ne voudriez-vous pas que Dieu conservât le principe qui vous fait agir et penser, de quelque nature qu'il puisse être ? [...] il y a dans nous quelque chose qui pense et qui veut : ce quelque chose que l'on appelait autrefois une monade » (*Histoire de Jenni*, *OCV*, t. 76, p. 251) |

| | |
|---|---|
| cette derniere idee ne vient elle pas des / bracmanes qui furent les premiers philosophe[s ?] / connus ? | « Cette idée d'une âme immortelle avait été inventée par les brahmanes » (*Histoire de Jenni*, *OCV*, t. 76, p. 115) |
| | « Si quelque nation antique put prétendre à l'honneur d'avoir inventé ce que nous appelons chez nous une *âme*, il est à croire que ce fut la caste des brahmanes [...] car elle imagina la métempsycose ; et cette métempsycose ne peut s'exécuter que par une âme qui change de corps [...]. Ils sont les premiers qui calculèrent pour la postérité les positions des planètes visibles. On leur doit les premiers éphémérides » (*De l'âme*, *OCV*, t. 76, p. 239-240) |

L'esquisse semble avoir été pour Voltaire une véritable étape intermédiaire entre ses lectures du *Vrai Sens* et la production de textes. Il existe au moins une idée, toutefois, qui était suffisamment présente à l'esprit de Voltaire pour qu'il la notât dans les deux exemplaires, qu'il n'inclut pas dans son esquisse, mais qu'ensuite il reprend dans une œuvre publiée. Il s'agit de la prédiction de l'athée violent, voleur et assassin[174] :

| **Exemplaire de Saint-Pétersbourg** | **Exemplaire de Rouen** | ***Histoire de Jenni*, chapitre 11** |
|---|---|---|
| « le mal est quun athee / puissant qui raisonne conséquemment [...] me prendra / ma fille, ma femme, mon bien ma vie quand il sera sur de l'impunité[175] » | « mais songes / que tout athée conséquent vous assassinera / et vous volera Sil se croit sur de l'impunité[176] » | « mais l'athée pauvre et violent, sûr de l'impunité, sera un sot s'il ne vous assassine pas pour voler votre argent[177] » |

Si les idées et les thèmes identifiés jusqu'à présent faisaient partie de la pensée du philosophe de Ferney depuis longtemps déjà, il reste une

174. Cette idée est présente dans l'imagination de Voltaire depuis 1767 : voir les *Homélies prononcées à Londres*, « première homélie » (*OCV*, t. 62, p. 439).

175. *CN*, t. 4, p. 352.

176. Mervaud et Seth, « Notes marginales inédites sur *Le Vrai Sens du Système de la nature* », p. 325.

177. *OCV*, t. 76, p. 120.

phrase qui révèle un lien direct et unique avec un écrit de 1774. Dans l'esquisse, Voltaire pose la question : « trois ou quatre mauvais ragouts dans un grand / festin quon vous donne empechent ils que le maitre / de la maison n'existe » (lignes 14-16). Le festin comportant un ou deux mauvais ragoûts comme métaphore d'un tout dont les quelques défauts ne le rendent cependant pas propre à jeter est très rare chez Voltaire. En fait, nous n'en avons trouvé qu'une seule occurrence dans tous ses écrits publiés.

*De l'Encyclopédie* est composé en août ou en septembre 1774[178]. Une belle défense du grand dictionnaire de Diderot et d'Alembert, ce texte met en scène un dîner royal où les convives ont recours à l'*Encyclopédie*, ouvrage prohibé, pour résoudre toutes les questions qui surgissent au fil de la conversation. Les réponses trouvées, le roi est troublé :

> On dit pourtant, repartit le roi, qu'il y a bien des fautes dans cet ouvrage si nécessaire et si admirable.
>
> Sire, reprit le comte de C[*oigny*] il y avait à votre souper deux ragoûts manqués, nous n'en avons pas mangé, et nous avons fait très bonne chère. Auriez-vous voulu qu'on jetât tout le souper par la fenêtre à cause de ces deux ragoûts ? Le roi sentit la force de la raison. Chacun reprit son bien. Ce fut un beau jour[179].

C'est donc encore une trace très précise du rapport que notre esquisse entretient avec les textes que Voltaire offre au public en 1774. *De l'Encyclopédie* est vraisemblablement le texte le plus proche de l'esquisse d'un point de vue chronologique.

L'esquisse que nous avons étudiée est une feuille manuscrite sous plusieurs points de vue unique parmi les quelque sept mille volumes de la bibliothèque de Voltaire. « [L]'échafaud ne doit plus paraître quand on a construit l'édifice », écrivait Voltaire à Ivan Chouvalov, le 14 novembre 1761 (D10154). L'esquisse du *Vrai Sens* est, exceptionnellement, un « échafaud » que Voltaire semble conserver sciemment. Qu'il ait choisi de faire relier dans un volume une feuille sur laquelle il avait consigné ses pensées sur Dieu et sur l'âme mérite donc notre attention et suggère un lien étroit entre le document et la lecture dont les véritables notes marginales restent cependant la trace. Cela suggère, aussi, que Voltaire désirait revenir à son esquisse. Peut-être avait-il réellement l'intention encore en 1774 de citer la preuve de Maupertuis dans un texte qui n'a jamais vu le jour, ou encore de développer l'idée d'un monde parallèle (« peutil exister deux etres supremes dans des mondes / differents ? »).

Le caractère fragmentaire de l'esquisse et la séparation graphique des divers éléments confirment le travail accompli par Ira Wade sur un frag-

---

178. Voir l'édition de N. Cronk, *OCV*, t. 43, p. 547.
179. *OCV*, t. 43, p. 563-564.

ment classé par Besterman parmi les carnets[180], que Voltaire, malgré sa facilité légendaire à écrire des vers ou à composer un texte, pouvait dans un premier temps noter en vrac les étapes de sa pensée. Lorsqu'il procédait à la rédaction, il pouvait modifier l'ordre des idées, et même séparer en plusieurs textes des idées qui lui étaient venues en même temps.

La communauté scientifique ne dépend pas exclusivement des notes de lecture et des *marginalia* de Voltaire pour identifier les sources d'un texte, mais ceux-ci peuvent confirmer des hypothèses ou même précipiter les découvertes. Les notes et autres traces de lecture complètent aussi le tableau brossé de manière imparfaite par l'œuvre et par la correspondance. Nous avons vu que plusieurs modèles de l'utilisation des sources sont à l'œuvre dans la bibliothèque de Voltaire : des sources « directes », où l'écrivain puise des informations chez l'autre, aux sources « indirectes », où c'est sa propre réaction, notée en marge, qui finit par nourrir un nouvel ouvrage. Mais ailleurs le statut des mots en marge, consignés dans un carnet – ou, exceptionnellement, reliés avec le volume – est tout autre, et nous avons affaire à de véritables textes préparatoires qui permettent de sonder la métamorphose que Voltaire fait subir à ses premières idées avant de les travailler (plus ou moins soigneusement – rappelons le cas des notes sur Pascal) et de les faire imprimer.

Les notes marginales sont donc un élément important, parmi d'autres, du dossier de genèse voltairien. Les mettre en rapport avec les autres documents à notre disposition (carnets, correspondance, ébauches manuscrites, textes imprimés) ajoute une couche supplémentaire à notre compréhension des méthodes de travail de Voltaire. Elles ont toutefois ceci de particulier, que seules parmi les autres composantes du dossier, elles confirment que l'inspiration a vraiment frappé lors de la lecture de tel ou tel texte. Notre étude des notes dans la *Divine Legation* de Warburton conseille toutefois la prudence : il faut que la datation d'une lecture soit sûre avant qu'elle puisse se voir attribuer le statut de source à un ouvrage. Plus encore, la chronologie peut être compliquée, Voltaire revenant plusieurs fois à un même livre. Il a été possible d'étudier en profondeur deux cas, Warburton et le *Vrai Sens*, grâce aux multiples documents et diverses traces subsistant autour de ces lectures. Mais ces dossiers sont plus fournis que d'autres, et de tels résultats ne seront pas toujours possibles dans d'autres cas.

Considérer les notes marginales comme étant de simples traces transitoires, perdues dans un *no man's land* entre source et œuvre serait cependant une négation de leur autonomie et leur statut de texte plus ou moins littéraire, selon les cas. Le chapitre suivant étudiera la dynamique et l'esthétique des notes afin d'en déterminer la place dans l'œuvre même de Voltaire.

180. *The Search for a new Voltaire*, dans *Transactions of the American Philosophical Society* [new series] 48:4 (juillet 1958), p. 59-61. Pour la publication du manuscrit dans les carnets, voir *OCV*, t. 82, p. 706-707.

*Chapitre V*

# Vers une poétique des *marginalia*

Il a été question tout au long de cette étude des différentes fonctions de la note marginale et de la trace de lecture pour Voltaire : il s'agira en ce dernier chapitre d'explorer la manière dont elles fonctionnent. Qu'est-ce qu'une note marginale sur le plan générique et formel ? Comment caractériser le microcosme du livre marginé et les règles qui le gouvernent ? Quelle pulsion anime l'écrivain au moment de jeter quelques mots sur la page imprimée ? Nous tenterons de scruter les motivations de Voltaire, ainsi que toute leur gamme entre spontanéité et stratégie littéraire. Par l'étude des penchants stylistiques et rhétoriques présents dans ses *marginalia*, et en continuant à les reporter dans le contexte de ce que l'on sait d'autres adeptes de la note en marge, nous verrons quelle esthétique est à l'œuvre dans la sous-partie quelque peu ambiguë des œuvres de Voltaire que constituent ses notes marginales.

## Oralité et dialogisme

C'est un lieu commun des écrits sur les *marginalia* que l'annotation du livre constitue en quelque sorte une conversation imaginaire entre le lecteur et l'auteur. Depuis Montaigne, au moins, qui « parle » à ses livres[1], cette notion problématique nous accompagne dans nos réflexions sur la lecture. Si ce dialogue, inévitablement un dialogue de sourds, est illusoire, il reste que l'illusion est parfois entretenue par l'annotateur. Étant donné le goût du dialogue au siècle des Lumières, un lecteur de l'époque serait peut-être particulièrement prédisposé à coucher des réactions en marge de ses livres de façon à recréer une impression de langue parlée :

> Que la conversation ait été l'un des goûts dominants du XVIII^e^ siècle, c'est ce que nul n'ignore. On peut même parler de griserie. La littérature se met au pas. Conversation des halles dans le genre poissard, ou conversation des

1. *Essais*, livre II, ch. 10, « Des livres », cité ci-dessus, p. 58.

salons dans les romans et la haute comédie, tout est sa pâture ; de toute espèce de dialogue elle cherche à retenir exactement le ton, les paroles[2].

Bien entendu, le résultat de cette volonté n'est autre chose qu'une imitation de conversation, domaine dans lequel Voltaire s'est déjà montré maître par ses contes[3]. Et pourtant, nous le verrons, l'oralité remarquable des notes marginales de Voltaire – et nous entendons par là l'affectation stylistique d'un registre parlé – est peut-être l'exception à la règle. Comment caractériser la voix de Voltaire en marge de ses livres ? Nous excluons de l'analyse ci-dessous les notes repères de tonalité neutre qui ont pour fonction de permettre à Voltaire la localisation d'un passage dans sa bibliothèque mais qui ne constituent pas une note marginale en réaction au *textus* dans le sens classique.

## Écriture marginale et oralisée

Cela peut sembler une évidence pour quiconque a fréquenté les notes marginales de Voltaire, mais il importe de dire que leur caractère est tel qu'elles créent très souvent l'illusion d'assister à une prise de parole, parole qui a été tout simplement transcrite dans les marges des livres. Ce n'est pas le cas de tout auteur de notes marginales. Les notes laissées par Frédéric II dans les *Considérations sur les causes de la grandeur des Romains et de leur décadence* de Montesquieu adoptent, par exemple, un ton beaucoup plus formel et sentencieux, bref, plus *écrit*, que celles de Voltaire[4]. Les notes de J.-J. Rousseau qui agrémentent *De l'esprit* d'Helvétius, malgré l'omniprésence du « je » (tout à fait caractéristique de l'écriture de Jean-Jacques) semblent, elles aussi, plus développées, plus méditées. Il manque de même dans les *marginalia* d'Émilie Du Châtelet, sur Platon par exemple, ou encore dans un ouvrage d'Antonio Solis y Rivadeneyra[5], ainsi que dans les *marginalia* de Jean-François de La Harpe[6], le même simulacre de langue parlée qu'on trouve chez Voltaire.

2. Ferdinand Brunot, *Histoire de la langue française des origines à 1900*, 14 t. en 22 vol. (Paris, Armand Colin, 1924-1948), t. 6, 2e partie, p. 2061. Voir aussi p. 1062-1063.

3. « [P]*retense of oral narration* », « *appearance of orality* », pour emprunter les expressions de Richard Francis (« The shadow of orality in Voltaire's contes », dans *The Conte : oral and written dynamics*, éd. J. Carruthers et M. McCusker, Berne, Peter Lang, 2010, p. 19-34, ici p. 33, 34).

4. *Considérations sur les causes de la grandeur des Romains et de leur décadence avec des notes inédites de Frédéric II* (Paris, Firmin-Didot, 1879).

5. *Les Œuvres de Platon*, 2 vol. (Amsterdam, Roger, 1760, BV2750), *CN*, t. 6, p. 337-431 ; Solis y Rivadeneyra, *Histoire de la conquête du Mexique*, *CN*, t. 8, p. 358-399.

6. Volumes examinés à la BnR, grâce à l'aimable aide de M. Sergueï Korolev : Locke, *Essai philosophique concernant l'entendement humain*, 4 vol.

L'illusion d'oralité qui plane sur les *marginalia* de Voltaire est due, tout d'abord, aux nombreuses interjections ou locutions interjectives qui les ponctuent : les « ah », les « hem », les « hélas », les « oh », les « eh bien », les « quoy ». Pour n'en citer que quelques exemples parmi des centaines d'occurrences :

> eh pauvre declamateur, prouve ou tais toy[7]
>
> ah ah ! il / avait besoin / de conseil / etant / conduit / par Dieu[8]
>
> et dans / le doute ? / hem[9] !
>
> oh que non[10] !
>
> va pauvre sot / tu étais fait / pour etre le / missionaire des / petites maisons[11]

Ces particules sont souvent le signe d'un désaccord entre Voltaire et l'auteur de sa lecture, mais quand ils sont du même avis, des « bons » ou des « bravos » tombent sous sa plume plus naturellement que des louanges plus réfléchies[12].

Ce ne sont cependant pas les seules interjections qui donnent aux notes leur caractère parlé. Tournures un peu familières, termes ou expressions vulgaires, éléments déictiques, modalités exclamatives : tous participent du langage employé par Voltaire dans ses *marginalia* et en font un discours par endroits fortement oralisé. Des expressions comme « tant pis pour toy[13] » ou « par ma foy[14] » produisent le même effet. Les « marginalistes » les plus proches de Voltaire que nous connaissons de ce point de vue sont William Warburton (1698-1779), presque exactement contemporain du philosophe français, et l'auteur irlandais Jonathan Swift. Bien que les notes de Warburton soient en général plus soigneusement composées et souvent beaucoup plus

---

(Amsterdam, Compagnie, 1774), BnR : 36.9.9.5/2 et Jacques-François Boyve, *Remarques historiques sur la Pays de Vaud*, 2 vol. (Neuchâtel, les éditeurs du Journal helvétique, 1756), BnR : X.58.45.

7. Dans Charles Bonnet, *Contemplation de la nature*, 2 vol. (Amsterdam, Rey, 1764, BV466), t. 1, p. 3 ; *CN*, t. 1, p. 395.

8. Dans Fleury, *Les Mœurs des Israélites*, p. 144 ; *CN*, t. 3, p. 636.

9. Dans Helvétius (attribué à), *Le Vrai Sens*, p. 100 ; *CN*, t. 4, p. 252.

10. Dans Hume, *Essays and treatises on several subjects* (Londres, Millar et Kincaid, 1758, BV1697), p. 247 ; *CN*, t. 4, p. 547.

11. Dans François-Joseph Lafitau, *Mœurs des sauvages américains*, 2 vol. (Paris, Saugrain et Hochereau, 1724, BV1852), t. 1, p. 71 ; *CN*, t. 5, p. 134.

12. Par exemple deux fois dans Naigeon, *Examen critique des apologistes* (S.l., s.n., 1766, BV2546), t. 1, p. 23, 25 ; *CN*, t. 6, p. 4.

13. Dans George Berkeley, *Dialogues entre Hylas et Philonous* (Amsterdam [Paris], s.n., 1750, BV361), p. 61 ; *CN*, t. 1, p. 297.

14. Par exemple dans Buffon, *Histoire naturelle*, t. 1, p. 143 ; *CN*, t. 1, p. 568.

longues que celles de Voltaire, on trouve ici et là des exclamations dignes de lui. À propos de la confession, laquelle, nous dit Edward Hyde, l'auteur de la *History of the rebellion and civil wars in England*, « *they* [les réformateurs] *look'd upon as the strongest, and most inseparable Limb of Antichrist* », Warburton s'exclame en marge : « And is it / not a Limb / of Popery[15]! » Pour ne citer qu'un exemple chez Swift, à la déclaration de Gilbert Burnet, « *We always reckon those eight years of usurpation* [en Écosse] *a time of great peace and prosperity* », il réagit : « No doubt you do[16] ».

Quant aux choix lexicaux peu séants à l'écrit, Voltaire lecteur, frustré face à ce qu'il perçoit comme étant la bêtise de l'auteur qu'il lit, peut se défouler en employant des termes crus. Lorsque Rousseau note que « la chaste Lucrèce adorait l'impudique Vénus », le lecteur de Ferney s'exclame en bas de page : « cela nest pas vrai il ny avait / point de temple dédié a / vénus la putain[17] ». Est-ce un hasard s'il garde le gros mot pour la fin de sa note, ce qui en fait la chute de sa phrase et en maximise l'effet ? L'effet est tout autre lorsqu'il s'adresse à l'auteur anonyme d'un *Mémoire pour M. le maréchal, duc de Richelieu* : « eh jean foutre davocat / tu nas pas encore / parlé de ces cent mille / écus[18] ! », et ici la pulsion de donner voix à son impatience vis-à-vis de l'auteur prime peut-être sur le ménagement des effets. Mais si l'usage d'un vocabulaire de bas registre est particulièrement remarquable et contribue à l'illusion d'un Voltaire qui parle, c'est aussi par d'autres moyens que l'effet est soutenu sur des milliers de pages de sa bibliothèque.

Devant une analyse métaphorique du *Cantique des cantiques*, Voltaire s'impatiente : « laisse la ton / epouse mistique / fat supersti / tieux[19] ». En plus de l'insulte finale, l'impératif et le déictique « là » créent ensemble une impression de situation d'énonciation commune entre auteur et lecteur. L'effet est le même avec l'emploi du présentatif, par exemple dans « voila qui / est bien / sot et / bien fou[20] », ou dans « job n'a rien a faire icy[21] »,

---

15. 3 vol. (Oxford, at the Theater, 1731), n° 649 dans le catalogue de la Hurd Library (Hartlebury). Le passage cité et la note se trouvent t. 1, p. 107.

16. *Miscellaneous and autobiographical pieces*, p. 268.

17. Dans *Émile*, t. 3, p. 98 ; *CN*, t. 8, p. 149.

18. Paris, 1775, p. 30, BV2405 ; *CN*, t. 5, p. 581. Le livre est attribué à François-Denis Tronchet dans le catalogue de la BnF.

19. Dans Olearius, *Voyages très curieux et très renommés faits en Moscovie, Tartarie et Perse*, 2 vol. (Amsterdam, Le Gène, 1727, BV2606), col. 818 ; *CN*, t. 6, p. 172.

20. Dans Jean Novi de Caveirac, *Apologie de Louis XIV* (s.l., s.n., 1758, BV2593), p. 154 ; *CN*, t. 6, p. 154.

21. Bernard Nieuwentijt, *L'Existence de Dieu, démontrée par les merveilles de la nature* (Amsterdam et Leipzig, Arkstée et Merkus, 1760, BV2576), p. 298 ; *CN*, t. 6, p. 110.

qui, de nouveau, placent le lecteur-énonciateur dans une situation référentielle vis-à-vis du *textus*.

L'adverbe « donc », utilisé pour souligner un propos, est un autre marqueur du discours parlé qu'on trouve parmi les *marginalia*. En marge de l'attaque de l'abbé de Beauvais contre les philosophes dans l'oraison funèbre de Louis XV, l'adverbe intensifie l'indignation de Voltaire et donne l'impression d'une interpellation : « ou sont donc / les philosophes / qui ont proscrit / lhonneur et la / vertu[22] ? » Ou encore : « eh prouve donc boureau[23] ». Le défi est désormais lancé à voix haute.

Les phrases brisées ou incomplètes peuvent aussi contribuer à l'effet d'oralité. Apparemment pour exprimer une incompréhension devant la comparaison d'empereurs romains à des gouttes de mercure, Voltaire interrompt en marge : « avec / ton / mercure[24] ? » (où l'on trouve également le tutoiement, auquel nous reviendrons). Ou encore il commence sa note sur un « donc » employé comme une conjonction de causalité : à Grotius, qui trouve dans la ressemblance entre les écrits païens et le Pentateuque la confirmation de la vérité de l'Écriture sainte, Voltaire voit le contraire : « donc les / juifs qui / nont jamais / rien inventé / pillerent / ces auteurs[25] ».

Cela sert-il à confirmer en quelque sorte le caractère oral de ces déclarations en marge que de les mettre en rapport avec certaines notes critiques de la main du secrétaire Wagnière parmi les *marginalia* ? Si des notes repères de Wagnière sur des signets peuvent fort bien être le fruit d'un travail indépendant, devant être soumis au regard du maître une fois achevé, des notes critiques, en revanche, semblent indiquer l'intrusion d'une voix *off*. Il est attesté que Wagnière lisait à voix haute à Ferney et prenait des notes sous la dictée de son maître. Il s'agit donc presque certainement, dans le cas de ces rares notes, d'une réelle transcription d'un commentaire prononcé oralement par Voltaire, dont voici quelques exemples :

> le bougre ne pardonné [*sic*] / à personne[26].
>
> tu es / un plaisant / maraut / et un / sot / raisonneur. / si il était / vrai ils / n'auraient / pas si bien / battu les / troupes / de ton / héros / philippe 2[d]

---

22. Dans Jean-Baptiste de Beauvais, *Oraison funèbre de* [...] *Louis XV* (Paris, Desprez, 1774, BV311), p. 25 ; *CN*, t. 1, p. 255.

23. Dans Charles Bonnet, *Contemplation de la nature*, t. 1, p. 4 ; *CN*, t. 1, p. 396.

24. Dans Linguet, *Histoire des révolutions de l'Empire romain*, 2 vol. (Paris, Desaint, 1766, BV2123), t. 2, p. 293 ; *CN*, t. 5, p. 389.

25. Dans Hugo Grotius, *Traité de la vérité de la religion chrétienne* (Amsterdam, Ledet, 1728, BV1555), p. 41 ; *CN*, t. 4, p. 198.

26. Dans Calmet, *Commentaire littéral*, t. 21, p. 716. Il s'agit d'un commentaire sur 2 Corinthiens, ch. 13, v. 2-4.

> C'est avec raison. / ~/ miserable / que tu es / n'est ce pas / l'avarice et / la religion / qui a fait / comettre aux / espagnols et / aux portugais / tant / d'actions abominables[27] ?

Ce n'est qu'une hypothèse, mais dans quelques cas, les caractéristiques du langage parlé des *marginalia* sont peut-être authentiques. Il ne s'agirait donc plus d'une pseudo-oralité, mais de la trace de paroles réelles : cela surprendrait-il si dans d'autres cas la note reflétait un commentaire spontané prononcé à voix haute par Voltaire dans la solitude de sa lecture ? S'il le consigne à l'écrit de façon plus fidèle que bon nombre de ses contemporains, qu'est-ce que cela signifie ? Qu'il éprouve moins qu'eux le besoin de briller par des traits d'esprit sophistiqués ou par un beau style, ou encore qu'il a la conscience du culte de la personnalité à son endroit et qu'il devine qu'une illusion d'intimité serait appréciée de ses futurs lecteurs ? Les deux, peut-être. L'intéressant est que l'oralité, pour être peu utilisée par des lecteurs du dix-huitième siècle, est une qualité qui s'observe davantage dans les *marginalia* du dix-neuvième siècle, parmi les lecteurs anglophones au moins[28]. Voltaire aurait-il été en avance sur son temps ?

## Une œuvre polyphonique

Si la notion de « dialogue » est problématique pour décrire les échanges qu'incarnent les livres « marginés », puisque l'un des interlocuteurs est en général incapable de répondre, les volumes annotés constituent tout de même des objets à plusieurs voix où le lecteur confronte à celle de l'auteur, éventuellement à celles de lecteurs qui l'ont précédé, la sienne. Par exemple dans un tome des *Œuvres* de Racine, Voltaire écrit : « je voudrais bien savoir quel / est l'imbecille ~~et insolent f…~~ [?] / qui a défiguré par tant de croix / et qui a cru rempli de fautes / le plus bel ouvrage de notre langue[29] ». Voltaire, tout en créant un simulacre de langue parlée, produit aussi un simulacre de dialogue. En revanche, il s'agit bien entendu de dialogue réel lorsque Voltaire fait des notes marginales en sachant que l'auteur les lira : quand on lui a demandé de commenter un ouvrage. Tel est le cas de l'*Introduction à la connaissance de l'esprit humain* de Vauvenargues,

27. Les deuxième et troisième exemples se trouvent dans Bartolomé Juan Leonardo y Argensola, *Histoire de la conquête des îles Moluques*, t. 2, p. 75-76 ; *CN*, t. 5, p. 310-311.

28. Jackson, *Marginalia*, *passim*.

29. (Tome 2, Paris, Nyon père, 1736, BV2855), p. 423 ; *CN*, t. 7, p. 200. C'est un visiteur à Ferney qui a commis le crime en l'absence du maître de la maison : Wagnière rapporte l'épisode dans ses additions au *Commentaire historique* (*Mémoires sur Voltaire*, t. 1, p. 52-53).

où l'exemplaire marginé a servi à l'auteur pour reprendre son texte et en faire une seconde édition, ou encore sur le manuscrit de Portalis de sa *Consultation sur la validité des mariages protestants de France*[30]. Mais dans la plupart des cas, Voltaire s'adresse à des auteurs qui ne le liront jamais.

En plus des effets d'oralité examinés ci-dessus, c'est tout d'abord par l'apostrophe, figure rhétorique du dialogue par excellence, que les *marginalia* s'adressent au *textus*. Le vouvoiement ou le tutoiement, ainsi que diverses épithètes y participent. Chez Voltaire, on les trouve tous, bien que le « tu » soit plus fréquemment employé que le « vous ». Après tous les exemples cités dans les chapitres précédents, nul besoin de fournir ici de nouvelles occurrences de ces pronoms personnels, si ce n'est d'indiquer qu'il peut arriver que Voltaire use du tutoiement et du vouvoiement pour s'adresser à l'auteur à l'intérieur du même livre : dans *Le Vrai Sens du système de la nature*, par exemple, on lit « vous » dans les nombreuses notes laissées jusqu'à la page 89, puis quatre pages plus loin on trouve : « quest ce / que natur[e] / et d'ou scai[s] / tu qu'elle / peut tout faire[31] ? » On repasse au vouvoiement par la suite. S'agirait-il d'un mouvement d'humeur passager ? Le « tu » est représentatif des lectures d'auteurs méprisés par Voltaire, alors qu'il vouvoie les auteurs avec lesquels il est en bons termes (d'Alembert, par exemple).

Voltaire interpelle l'auteur par d'autres moyens aussi. C'est encore dans les ouvrages pour lesquels il n'a que peu d'estime qu'on trouve les apostrophes dénigrantes : « pauvre homme[32] », « mon ami[33] », « fat[34] », « polisson[35] », et ainsi de suite. Rousseau a droit à « singe de / diogene », parmi d'autres épithètes[36] ; Lactance s'attire le superficiellement poli « ah monsieur / l'avocat lactance », mais c'est pour mieux le prendre à partie par la suite : « quel impertinent / dialogue ! quelle / foule de mensonges[37] ». Les annotations de Frédéric II, de Diderot, de La Harpe, beaucoup plus

30. Voir ci-dessus, p. 96.

31. Page 93 ; *CN*, t. 4, p. 350.

32. Dans de très nombreuses notes, mais par exemple dans Gabriel-Henri Gaillard, *Histoire de François Premier*, 7 vol. (Paris, Saillant, 1766-1769, BV1419), t. 1, p. 223 ; *CN*, t. 4, p. 26.

33. Dans Antoine-Jacques Roustan, *Lettres sur l'état présent du christianisme* (Londres [Bâle], Heydinger, 1768, BV3049), p. 7 ; *CN*, t. 8, p. 198.

34. Jean-Philippe-René de La Bléterie, *Vie de l'empereur Julien* (Paris, Desaint et Saillant, 1746, BV1798), p. 122 ; *CN*, t. 5 p. 42.

35. J.-J. Rousseau, *Principes du droit politique*, p. 96 ; *CN*, t. 8, p. 176.

36. Dans le *Discours sur l'origine et les fondements de l'inégalité*, p. 171 ; *CN*, t. 8, p. 121.

37. Dans *Firminani Lactantii opera omnia*, t. 2, p. 206 ; *CN*, t. 5, p. 117-118.

sérieuses, n'ont pas recours à l'apostrophe. Si certaines notes de Du Châtelet présentent des caractéristiques d'oralité, elle fait référence à l'auteur par le pronom « il », et souvent dans ses *marginalia* dans Platon, en commentant les notes explicatives d'André Dacier, elle évoque le nom du traducteur[38]. Même chose chez Warburton : par exemple : « Strange! / after what / he had before / told us of / this transaction[39] » ; cependant il perd patience avec Matthew Tindal, dont *Christianity as old as the creation*, pourtant publié après sa propre *Divine Legation of Moses*, n'en fait aucune mention, et lui vaut l'épithète « impudent / bouffon [*sic*[40]] ! ». Swift, en annotant *Les Six Livres de la République* de Bodin, écrit « l'ignorant ! », « le coquin », « le sot ! » en marge[41]. Rousseau en revanche a recours à l'apostrophe, mais on a moins l'impression d'un dialogue, car ses notes sont beaucoup plus longues et plus développées que celles de Voltaire, les rapprochant davantage du monologue[42]. C'est justement la brièveté des *marginalia* de Voltaire qui leur donne une allure de répliques et à l'ensemble de la page imprimée et manuscrite un aspect de dialogue sous forme de réparties. Les « oui », les « non » et les « mais », ainsi que les nombreuses formes interrogatives et les impératifs rendent cet effet encore plus frappant.

Dans une forme de dialogue gigogne, Voltaire se lasse parfois de s'adresser aux seuls auteurs des textes. C'est alors qu'il se met à interpeller les personnages mis en scène à l'intérieur de ces textes. Nous avons vu le cas où Voltaire fait comme s'il interrompait le dialogue entre « Le Maître » et « L'Enfant » de Rousseau dans *Émile* (ci-dessus, p. 111). On le voit ailleurs interpeller l'héroïne éponyme d'une tragédie de Pierre-Laurent de Belloy, *Gabrielle de Vergy* : « vous etes une / impertinente », ou sa confidente, Isaure : « ah femme / de chambre ! / du stoique ! / un temps / nebuleux ! / mademoiselle ! / ah jay la chaude / pisse[43] ». Ou encore dans sa lecture de la Bible, il montre des signes d'impatience envers le pharaon d'Égypte qui fait décapiter un homme (Genèse, ch. 40, v. 16-22) : « pharaon / quoy tu fais / couper la tete a / ton grand panetier / par ce que tu tes / souvenu de luy / en buvant[44] ? » (cette dernière exclamation, curieusement, est notée sur un

---

38. Par exemple « mr dacier / s'est aparement / trompé […] », dans *Œuvres*, t. 1, p. 127 ; *CN*, t. 6, p. 346.

39. Dans Hyde, *The History of the rebellion*, t. 1, p. 164.

40. *Christianity as old as the creation*, p. 8.

41. *Miscellaneous and autobiographical pieces*, p. 244.

42. « Qu'appellez-vous sensation ? […] » Ainsi commence une remarque de huit lignes qui remplit entièrement la marge du bas de l'in-quarto d'Helvétius, *De l'esprit*, p. 7.

43. Paris, veuve Duchesne, 1770, p. 34, 38, BV334 ; *CN*, t. 1, p. 263, 264.

44. Dans Calmet, *Commentaire littéral*, t. 4, p. 752-753 ; *CN*, t. 2, p. 47.

signet). Que ce soit la prose et le dialogue pédagogique de Rousseau, les vers d'une tragédie ou le texte sacré, la parole de Voltaire y ajoute une autre voix.

Alors que, dans les dialogues publiés de Voltaire, les interlocuteurs emploient généralement un registre et un niveau de langue similaires[45], l'effet du ton familier des *marginalia*, lequel présente un contraste par rapport à l'imprimé de bon ton, est tout autre : celui qui ouvre le livre annoté est saisi par le caractère véritablement polyphonique de la page. Comme le remarque Pierre Cambou, « la poétique de la note est bien *l'autre* de celle du texte cité, marginale elle aussi, hors norme comme la note est hors texte[46] ». Les interjections familières du lecteur jurent avec le texte imprimé, sur le plan visuel (nous l'avons vu) comme sur les plans linguistique et stylistique.

Non seulement il y a divergence de tonalité et « dialogue » entre *textus* et notes oralisées de Voltaire (et, nous l'avons signalé plus haut, éventuellement des notes faites par d'autres personnes que Voltaire, inconnus et membres de son cercle : Émilie Du Châtelet, Marie-Louise Denis, etc.), mais il peut lui-même laisser des traces verbales à plusieurs voix. Il y a bien entendu les notes repères sur les signets qui scandent les volumes et dont les énoncés, relativement neutres et laconiques, peuvent fournir un contrepoint assez marqué aux exclamations en marge. Plus intéressantes encore sont les phrases que Voltaire cite, le plus souvent empruntées à la littérature latine, mais une fois au moins un de ses propres vers, toujours dans les marges. Nous avons déjà évoqué ces citations (p. 63-66) et nous n'y reviendrons pas, mais ajoutons cette pratique à celles qui contribuent à la pluralité des voix qu'on retrouve dans les volumes annotés. Le plaisir de ce concert est sans doute lié à ce que Sylvain Menant appelle la « modulation voltairienne », ainsi que sa prédilection pour introduire des éléments de burlesque dans un discours noble[47].

## Les voix de Voltaire

Si la voix des notes marginales est bien « autre » que celle du texte de l'imprimé, tel que le suggère P. Cambou (cité plus haut), il s'ensuivrait alors que le Voltaire des *marginalia* est un être protéiforme, en proie à l'esprit de contradiction, qui se définit, qui se construit et qui se reconstruit perpé-

45. Voir par exemple Guillaume Métayer : « l'origine sociale des personnages […] est extraordinairement homogène. Le dialogue voltairien est toujours un dialogue de bonne compagnie ; il ne met jamais en scène la prise de parole du peuple dans l'écrit » (« Le dialogue, chez Voltaire, est-il un genre ? », *Revue Voltaire* 5, 2005, p. 41-62, ici p. 47).

46. « Notes marginales et fonction médiatrice de l'écriture voltairienne », *Revue Voltaire* 3 (2003), p. 37-44, ici p. 38.

47. *L'Esthétique de Voltaire* (Paris, SEDES, 1995), p. 66-67, 75.

tuellement par rapport à l'autre, à l'auteur lu. Sans pouvoir affirmer que ce soit invariablement le cas, nous constatons en effet une forte tendance dans ce sens. Ainsi, l'invective et les notes cassantes forment un contrepoint au style pompeux et déclamatoire de Charles Bonnet dans sa *Contemplation de la nature* : à « Esprits célestes qui avez assisté à la Création de notre Monde, vous jouissez de ces plaisirs ! », Voltaire réplique « par / ma foi / mon / cher / bonnet / tu es / fou[48] ». Face au style coupé et aux explications plutôt terre à terre d'un Diderot, Voltaire compose des espèces de maximes : « les passions sont les vents qui font / aller le vaissau et qui le submergent[49] ». Devant les autojustifications et le ton volontairement pathétique de Rousseau dans sa *Lettre à Christophe de Beaumont*, Voltaire se permet d'adopter la voix raisonnable de l'ami qui aurait donné de bons conseils, si seulement on avait songé à le consulter avant la publication de l'ouvrage :

> mais comment / geneve, / paris berne / la haye / se sont ils / acordez / a proscrire / ton livre ?
>
> il [spinoza] ecrivait / en latin / et tres adroitement et ne se / nommait / pas
>
> pourquoy tes tu nommé ?
>
> cet archeveque / n'a fait / qu'imiter / le parlement
>
> ne vois tu / pas que / tu te décré / dites, quand / tu dis que / tout le monde / est après toy[50] ?

On a beau associer d'instinct à Voltaire les cris d'indignation (« quoy celui / qui a planté / semé, et / enclos na / pas droit / au fruit / de ses peines[51] ») ou les sarcasmes (« ah simple ! / l'allegorique / est il simple[52] ? »), nous avons affaire en réalité à une véritable gamme de registres et de moyens rhétoriques. P. Cambou l'avait déjà vu, caractérisant la voix marginale de « gouailleuse et magistrale, ordurière et noble[53] ». Si d'autres lecteurs de l'époque semblent adopter une voix plus égale et uniforme pour leurs notes marginales[54], Voltaire est remarquable pour ses variations. Heather Jackson

48. Tome 1, p. 32 ; *CN*, t. 1, p. 401.

49. Dans les *Pensées philosophiques* (Londres [Amsterdam], s.n., 1777, BV1038), p. 3 ; *CN*, t. 3, p. 137.

50. *Œuvres*, t. 3, 2de partie (Amsterdam, Rey, 1763, BV3028), p. 7-9 ; *CN*, t. 8, p. 80-82.

51. Dans Rousseau, *Discours sur l'inégalité*, p. 95 ; *CN*, t. 8, p. 118.

52. Dans Claude-François Houtteville, *La Religion chrétienne prouvée par les faits*, 4 vol. (Paris, Le Mercier, 1749, BV1684), t. 1, p. 19 ; *CN*, t. 4, p. 503.

53. « Notes marginales et fonction médiatrice », p. 42.

54. Par exemple, les notes de Frédéric II sont décrites comme une série de bons mots et jugements lapidaires (Françoise Waquet, *Le Prince et son lecteur*, p. 15).

affirme dans son compte rendu du tome 8 du *Corpus* : « *There was nothing strikingly original about Voltaire's way of working with his books ; it is entirely traditional*[55] », mais il nous semble que c'est sa spécialisation dans les *marginalia* du dix-neuvième siècle qui l'amène à juger ainsi[56].

D'où vient-il que les notes marginales de Voltaire se placent sous le signe de la diversité ? C'est peut-être en partie son goût pour le dialogue. G. Métayer relève cette prédilection pour « la mimesis du discours direct », et postule qu'elle a ses origines dans le métier de dramaturge de Voltaire[57]. Certes, le théâtre est un genre dialogué, mais il faudrait être encore plus précis : dans la tragédie classique, genre pratiqué par-dessus tous par Voltaire, le registre reste relevé et unifié. En revanche on pourrait voir la trace de Voltaire marginaliste dans *L'Écossaise* (1760), dans le fragment d'une comédie *Thérèse* (1743[58]), et jusqu'à un certain point dans *Saül* (1762). Mais il faut songer également à Voltaire comédien. Il est connu pour avoir beaucoup joué sur la scène à Cirey, à Ferney, et il est fort probable qu'il aimait jouer la comédie pour ses visiteurs. Citons le célèbre lever de soleil raconté par un milord anglais[59], ou, moins connue, cette manifestation de pure gaieté, son imitation de Louis L'Écluse, dentiste et ancien comédien, relatée ici par Marmontel :

> Et à l'instant voilà Voltaire imitant L'Écluse, et avec ses bras nus et sa voix sépulcrale, jouant le *Rémouleur* et chantant la chanson :
>
> Je ne sais où la mettre
> Ma jeune fillette ;
> Je ne sais où la mettre,
> Car on me la che…
>
> Nous rions aux éclats ; et lui toujours sérieusement : « Je l'imite mal, disait-il, c'est de L'Écluse qu'il faut entendre, et sa chanson de la *Fileuse* ! […] Ah ! vous aurez bien du plaisir. Allez voir Mme Denis. Moi, tout malade que je suis, je m'en vais me lever pour dîner avec vous. Nous mangerons un ombre-chevalier, et nous entendrons M. de L'Écluse[60] ».

---

55. *The Library* 7.12 (juin 2014), p. 202-203 (ici p. 202).

56. Voir *Marginalia*, mais aussi *Romantic Reader*.

57. « Le dialogue », p. 43.

58. C'est une pièce dont d'Argental a écrit qu'elle était « indigne » de lui, « et par le genre et par l'exécution » (D2790). C'est le même adjectif qu'emploie Louis Léouzon Le Duc pour les *marginalia* dans son « Essai sur la bibliothèque de Voltaire », *Voltaire et la police* (Paris, Bray, 1867), p. 235-265 (ici p. 237).

59. Très probablement une mise en scène de Voltaire : voir N. Cronk, « Le pet de Voltaire », dans *La Figure du philosophe dans les lettres angaises et françaises*, éd. A. Tadié (Paris, Presses universitaires de Paris-Ouest, 2010), p. 123-136 (ici p. 129-131).

60. Marmontel, *Mémoires*, éd. John Renwick, 2 vol. (Clermont-Ferrand, Écrivains d'Auvergne, 1972), t. 1, p. 201.

On sent qu'à la clôture de la scène Voltaire passe d'une imitation de son ami à une mise en scène d'une version exagérée ou parodiée de lui-même. Nous avançons l'idée qu'il en est de même dans les *marginalia*. Voltaire, qui aime se mettre en scène pour ses correspondants et pour les invités qu'il reçoit à Ferney, a pris l'habitude de chausser plusieurs rôles et prend plaisir à varier les effets et les voix. Anne Herschberg Pierrot observe à propos des notes marginales de Stendhal sur ses propres manuscrits qu'« elles ont une fonction intermédiaire entre la note de journal, destinée à un seul, et l'aparté théâtral, que s'adresse conventionnellement le personnage et que surprend le public[61] ». Les diverses voix des notes marginales de Voltaire, adressées pour une moitié à lui-même, pour l'autre moitié à la postérité sont d'une nature similaire : en même temps exutoire privé et construction théâtrale, car il y a bien un lecteur implicite des notes marginales, certainement dans le cas des livres annotés offerts à des amis (on songe au volume du *Vrai Sens* conservé à Rouen ; l'*Émile* donné à Constant de Rebecques, conservé à Genève), mais aussi pour les volumes restés à Ferney. L'enjeu de cette comédie par bribes est bien sûr de ne jamais noter un mot de trop, de quitter la scène après avoir lâché sa réplique, de laisser l'éventuel lecteur des *marginalia* sur sa faim.

## La brièveté de la note marginale

Afin de cerner l'esthétique qui régit la note marginale telle que Voltaire la comprend, il importe de saisir le statut générique du phénomène, de comprendre son fonctionnement. Quels sont les attributs de la note, et comment les notes de Voltaire les déploient-ils ? La notion de brièveté, souvent associée au style voltairien, peut comporter une clé à ces questions.

### La note marginale est-elle un genre ?

La sacralisation des *marginalia* comme constituant un genre littéraire à part est problématique, en partie parce qu'ils ne rentrent pas facilement en tant que sous-genre parmi les quatre genres principaux reconnus depuis le dix-neuvième siècle (poésie, théâtre, essai, roman). Certains affirment que la note marginale est un genre qui a ses origines à l'époque romantique : Thomas McFarland, en se lançant dans une étude des *marginalia* du poète anglais William Blake, insiste sur le fait que les notes qui ont précédé

61. « Notes sur le style des marges dans la *Vie de Henry Brulard* », dans *Stendhal et le style*, éd. Ph. Berthier et E. Bordas (Paris, Presses de la Sorbonne Nouvelle, 2005), p. 93-111 (ici p. 94).

l'ère romantique étaient des notations privées, variées dans leurs formes, et que ce n'est que par la suite qu'un genre s'est constitué[62]. Cependant, les annotations dont il fait l'analyse dans la suite de l'article ressemblent étrangement à celles de Voltaire. Mais peut-on parler de « genre » lorsque le seul critère de la note marginale est celui de la présence d'un *textus* auquel elle est rattachée ?

Yannick Séité a perçu tout le problème en considérant le phénomène apparenté de la note de bas de page : pour lui il est préférable de parler de forme plutôt que de genre. Celui-ci

> renvoie à des réalités littéraires repérables, respectables, de longue date installées. La notion de « forme », plus plastique, plus accueillante pourrait-on dire, semblerait mieux adaptée, n'était cette caractéristique de la note, qui la distingue de la plupart des énoncés auxquels le poéticien a d'ordinaire affaire : son absence d'autonomie[63].

La note de bas de page ou de fin d'ouvrage occupe, on le sait bien, une place importante dans la production littéraire de Voltaire. Il lui arrive même d'inventer des pseudonymes et des identités particuliers auxquels il impute des notes qu'il publie avec son propre texte[64]. Nous avons vu également qu'il a publié des textes d'autrui agrémentés de notes de sa plume. De là à la note marginale il n'y a qu'un pas. Mais Séité enfin de conclure qu'il serait erroné de considérer la note infrapaginale comme une forme : c'est un énoncé qui a des formes et des contenus[65]. La même chose pourrait bien entendu être dite des *marginalia*. N. Cronk, pour sa part, évoque une *gamme* de formes qui, toutes, sont possibles à l'intérieur de la note marginale :

> Le problème herméneutique posé par les *marginalia* est au fond un problème de genre. Voltaire, on le sait, cultive volontiers la forme brève, y compris cette écriture rendue concise par l'espace limité des marges. Mais les *marginalia* ne constituent pas une écriture homogène, ils ne sont pas tous à ranger sous la même étiquette générique. Nous avons affaire ici plutôt à une gamme

62. « Synecdochic structure in Blake's marginalia », *European Romantic Review* 1:1 (été 1990), p. 75-90 (ici p. 75). C'est une idée qu'il réaffirme dans « Who was Benjamin Whichcote? or, the myth of annotation », dans *Annotation and its texts*, éd. S. A. Barney, p. 152-177 (ici p. 165-166).

63. « La note infrapaginale est-elle une forme brève ? Le cas de Rousseau "éditeur de Julie" », dans *La Forme brève. Actes du colloque franco-polonais, Lyon, 19-21 septembre 1994*, éd. S. Messina (Paris et Florence, Champion et Edizioni Cadmo, 1996), p. 179-193 (ici p. 179).

64. Voir par exemple Nicholas Cronk, « M. de Morza, l'homme et l'œuvre », dans *Les Notes de Voltaire*, éd. N. Cronk et Ch. Mervaud, p. 187-206.

65. « La note infrapaginale est-elle une forme brève ? », p. 81.

> de formes brèves, à l'intérieur desquelles Voltaire déploie des stratégies différentes et vise des lectorats différents[66].

Si la note marginale n'est donc ni genre, ni forme, à quoi avons-nous affaire ? Il importe de signaler la relation de dépendance sur le *textus* qui la définit, et qui fait en sorte qu'on hésite à lui accorder son autonomie. Qui plus est, la variété, ou la gamme, de formes possibles signifie que la note marginale peut être constituée d'un seul mot, d'un membre de phrase, d'une phrase entière, ou même de plusieurs phrases. Parfois la pensée qui l'anime se devine plus qu'elle n'est exprimée de façon explicite.

De nombreux chercheurs qui font l'étude des *marginalia* issus de siècles et de contextes divers ont proposé de considérer la note marginale comme fragment. William Slights, en explorant le phénomène de la manchette à la Renaissance évoque un texte fragmentaire et dépendant[67] ; McFarland décrit la note marginale comme étant « *a palpable fragment that powerfully urges the existence of a whole* » et ajoute cette réflexion étymologique : « *the word* marginalia *in its very structure indicates fragmentation, which can only be plural, at the same time as it indicates unity*[68] ». Enfin, à propos de Stendhal, Anne Herschberg Pierrot écrit :

> Le style des marges pour moi ne signifie pas qu'il y aurait un style unique des notes marginales, ni que ces notes constitueraient un texte à part, comme certaines éditions pourraient le laisser croire. Ces marges sont à lire comme des fragments au statut un peu particulier, qui ne sont pas homogènes et qui gardent un caractère spécifique dans chaque manuscrit[69].

Certes, le fragment était dans l'air du temps : depuis Pascal et La Rochefoucauld en passant par son ami le marquis de Vauvenargues[70], Voltaire était exposé à ce genre d'écriture : certains chapitres même de *L'Esprit des lois* de Montesquieu s'approchent du fragment. Voltaire connaissait bien les recueils d'extraits, par exemple les collections d'anecdotes et les ana[71]. (On peut se demander par ailleurs si la pratique des recueils de « mélanges » par Voltaire ne relève pas de l'esthétique du frag-

66. « Sur la difficulté de lire les *marginalia* de Voltaire », p. 190.

67. *Managing readers*, p. 62.

68. « Synecdochic structure in Blake's marginalia », p. 77, 78.

69. « Notes sur le style des marges », p. 93.

70. Sur ce dernier, voir Béatrice Didier, « Vauvenargues et l'art du fragment », *Vauvenargues. Philosophie de la force active*, éd. Laurent Bove (Paris, Champion, 2000), p. 45-54.

71. Voir la note liminaire de François Moureau à l'article « Ana, anecdotes » des *Questions sur l'Encyclopédie*, qui précise que dans la bibliothèque de Voltaire, les ana étaient rangés sur un rayon en particulier (*OCV*, t. 38, p. 281, n. *).

ment ; certainement dans ses carnets il la pratique.) Roger Laufer, pour sa part, confirme l'omniprésence de ce type d'écriture au seuil de la période qui nous concerne :

> L'écriture fragmentaire est tout aussi caractéristique du Grand Siècle que le style périodique de Bossuet. Cette écriture fragmentaire n'est pas le style aéré et coupé qui triomphe dès avant la Régence sans renoncer à articuler logiquement les idées. L'écriture fragmentaire n'est-elle pas le produit spécifique de deux cultures dans l'intervalle qui sépare la Renaissance tardive de l'aube du siècle des Lumières[72] ?

Mais dès lors nous nous heurtons de nouveau à des difficultés, car qui dit fragment dit implicitement morcellement, inachèvement, discontinuité[73]. Or s'il est vrai que les *marginalia* sont discontinus les uns par rapport aux autres, et que certaines notes peuvent rester inachevées, le *textus* leur sert de lien. Ce ne sont pas vraiment des pensées détachées puisqu'elles sont *attachées*, justement, elles s'accrochent au texte imprimé[74]. Et signalons au passage que certaines notes marginales peuvent prendre des formes (ou même des genres !) connues : l'aphorisme, ou la maxime, par exemple. Qu'on considère les *marginalia* comme textes achevés ou inachevés, tout dépend du statut génétique qu'on leur accorde : nous avons vu qu'ils peuvent constituer une étape de l'écriture d'un texte (bien que ce ne fût pas forcément l'intention du marginaliste au moment où il les a griffonnés), mais d'autres encore n'ont jamais eu d'autre vocation que celle d'être couchés sur papier en vis-à-vis du *textus* auquel ils réagissent. Enfin, la question de savoir si le fragment lui-même constitue ou non une forme est un sujet de réflexion[75] et les frontières demeurent floues : si une série de textes relativement courts, et dont les liens entre eux sont peu évidents, peut être considérée comme un assemblage de fragments, est-ce qu'un de ces textes pris isolément en serait un ?

La définition du fragment n'étant pas l'objet de ce travail, nous laissons à d'autres le soin d'en débattre. Pour notre propos, retenons le principe fondamental de la réactivité des notes marginales. Énoncé ou unité du discours situé à mi-chemin entre le commentaire et la réplique, la note

---

72. « L'alinéa typographique du XVI^e^ au XVIII^e^ siècle », *La Notion de paragraphe*, éd. R. Laufer (Paris, CNRS, 1985), p. 53-63, ici p. 61.

73. En 1757 Diderot publie dans l'*Encyclopédie* cette définition du fragment en littérature : « c'est une partie d'un ouvrage qu'on n'a point en entier, soit que l'auteur ne l'ait pas achevé, soit que le temps n'en ait laissé parvenir jusqu'à nous qu'une partie » (t. 7, p. 273).

74. Sur les pensées détachées et la paresse que peut représenter leur mode d'écriture, voir Alain Montandon, *Les Formes brèves* (Paris, Hachette, 1992), p. 81.

75. Montandon, *Les Formes brèves*, p. 86-87, 90-91.

marginale résiste à la catégorisation. Les règles du non-genre en sont toutefois : la présence de l'objet du commentaire, du catalyseur de la réplique (le *textus*), et une brièveté relative par rapport à celui-ci. Penchons-nous maintenant sur cette notion de *brièveté* et sur le mode du discours dans l'œuvre et dans la pensée de Voltaire.

**Forme brève, manière brève**

Voltaire, on le sait, pratique l'article de dictionnaire, le conte, les vers d'occasion, la lettre. Ses ouvrages les plus longs (outre les œuvres alphabétiques, déjà évoquées), tels l'*Essai sur les mœurs*, *La Philosophie de l'histoire*, *La Henriade*, *La Pucelle*, les *Dialogues d'Évhémère*, sont divisés en chapitres courts, en chants ou en entretiens, et dans les cas où il commente un autre ouvrage (le *Commentaire sur l'Esprit des lois*, *La Bible enfin expliquée*), les divisions de ces écrits servent à rythmer son propre travail. (Pour ne pas parler des notes infrapaginales ou imprimées à la fin d'un texte, dans lesquelles entre par bribes une partie non négligeable de la pensée du philosophe.) Sylvain Menant parle d'une « esthétique de la brièveté » chez Voltaire ; Christiane Mervaud, pour sa part, évoque une « écriture parcellaire[76] ».

La note marginale pourrait être considérée comme faisant partie de ces textes courts et énoncés brefs, ces petits vaisseaux qui reçoivent et qui servent à disséminer la pensée voltairienne. De manière générale, les notes marginales de Voltaire ont tendance en moyenne à être plus courtes que celles de ses contemporains, quoique des notes purement référentielles ou faites à des fins de repérage comme on en trouve, par exemple, de La Harpe dans les *Remarques historiques sur le Pays de Vaud* de Boyve, soient tout aussi brèves que les notes de repère de Voltaire[77]. Les notes de Warburton peuvent être proches de celles de Voltaire par leur ton, mais elles sont souvent très longues, et certaines d'entre elles s'étendent sur les marges de trois pages consécutives[78]. Les jugements de Montesquieu sur ses extraits de lecture sont péremptoires et critiques, mais beaucoup plus verbeux que ceux de Voltaire[79]. McFarland fait remarquer que, dans les *marginalia*, les affirmations de concordance sont en général plus courtes que les mentions de désaccord[80]. Et pourtant, Voltaire, dont les déclarations en marge adoptent majoritairement des positions antithétiques, est bref.

76. Menant, *L'Esthétique de Voltaire*, p. 76 ; Mervaud, « Philosophie et écriture brève », p. 72.

77. Tome 2, p. 337, 384, 405.

78. Par exemple dans Hyde, *The History of the Rebellion*, t. 1, p. 67-69, 134-136.

79. Catherine Volpilhac-Auger, « L'ombre d'une bibliothèque », p. 84-85.

80. « Synecdochic structure in Blake's marginalia », p. 79.

On peut comparer l'exemplaire marginé de Vauvenargues (renvoyé à l'auteur) à celui de Hemsterhuis que Diderot renvoie, lui aussi, à l'auteur, avec ses notes à la fois dans les marges très amples de l'imprimé ainsi que sur des feuillets intercalés[81]. Les deux séries de commentaires portent à la fois sur le style et sur la matière de l'ouvrage, mais là où Diderot s'étend, Voltaire abrège :

> *qu'il nous affecte* est peu français
>
> Ce *jargon* n'est point du tout le langage à la mode.
>
> Et puis il y a encore un vice dans cette phrase : dire que ce jargon nous affecte *dans un siècle* etc. … est le langage *à la mode* ; c'est dire, nous affecte dans *un siècle où* etc. … est le langage *du siècle*[82].

Ce sont là trois notes de Diderot concernant des questions stylistiques. On voit bien les phrases complètes, les mots du *textus* cités dans son propos, les connecteurs logiques. Ces notes viennent de la page 4 de l'ouvrage de Hemsterhuis ; s'est-il fatigué de ce style plus loin dans son commentaire ? Peut-être un peu, car les notes de portée stylistique sont moins fréquentes, mais cela dit, même à la page 132, on trouve encore « Tout cela et ce qui suit veut être réduit à plus de précision[83] ».

Chez Voltaire, les suggestions grammaticales et lexicales sont le plus souvent notées en forme de corrections : mots barrés dans le texte et remplacements en marge. On trouve ici et là cependant des commentaires :

> terme / consacré / à une / espèce / dinspiration[84]
>
> trop / comun[85]
>
> manque / de liaison / et d'ordre[86]

Et Voltaire a recours plus loin à des symboles pour la suppression de texte, ou à des abréviations : « obsc » pour « obscur », « b » pour « bon », « m » pour « mauvais », « com » pour « commun[87] »… On trouve même en marge « 2 et 2 / font 4 » pour signifier que la réflexion « La nécessité de mourir est la plus amère de nos afflictions » est une évidence ; à la page suivante,

81. Vauvenargues, *Introduction à la connaissance de l'esprit humain* ; Hemsterhuis, *Lettre sur l'homme et ses rapports, avec le commentaire de Diderot*, avec de nombreuses illustrations.
82. Hemsterhuis, *Lettre sur l'homme*, p. 44-45.
83. Hemsterhuis, *Lettre sur l'homme*, p. 300-301.
84. Vauvenargues, *Introduction à la connaissance de l'esprit humain*, p. 61
85. Page 85.
86. Page 106.
87. Pages 280-281.

la notation « 2 et 2 » suffit comme forme abrégée[88]. Voltaire peut exprimer la même idée que Diderot sur la nécessité de réduire le texte, mais à plus d'un endroit son exclamation habituelle est : « serrez[89] ! ». C'est Voltaire qui ajoute en 1762 l'entrée « Tachéographie ou tachygraphie » au *Dictionnaire de l'Académie française* : le terme signifie « l'art d'écrire par abréviations[90] ». Est-il significatif que Voltaire ait jugé nécessaire d'inclure ce substantif parmi les ajouts à la lettre T ? Il s'agit certainement d'un mode d'écriture auquel il a recours. Les notes philosophiques sur les arguments de Hemsterhuis et de Vauvenargues révèlent des tendances différentes chez Diderot et chez Voltaire : l'un propose de longues notes réfléchies, nuancées, qui débordent sur les feuilles intercalées ; l'autre est concis, tranchant ; l'un fait de belles phrases, l'autre (osons l'anachronisme) écrit en style télégraphique.

Car la brièveté, d'autres l'ont vu avant nous, concerne moins la longueur ou le nombre de mots d'un texte, que le style : la brièveté, selon Simone Messina, est « une *manière* d'écrire, un mode d'énonciation, caractérisé par la mise à distance, la discontinuité, la rupture[91] ». C'est un mode d'écriture que Voltaire affectionne.

Le style bref est dicté jusqu'à un certain point par les limitations spatiales de la page, déjà examinées (quoique, nous venons de le voir, les marginalistes ne le cultivent pas tous). Selon Daniel Ferrer, pour Edgar Poe

> la « circonscription de l'espace » qui prévaut nécessairement dans les marges des livres est, à ses yeux, un avantage en soi : grâce à elle les « pensées, les approbations, les désaccords ou les brefs commentaires critiques suggérés » restent concis, engendrant un style qu'on dirait volontiers lapidaire, si Poe n'avait pas forgé l'épithète plus appropriée de « marginalique[92] ».

Pour certains écrivains, le style bref se manifeste dans une écriture de sentences, d'aphorismes, de maximes. Dans le cas de Valéry, par exemple :

> À quelques scories près, ces carnets [...] sont des cahiers en réduction, recueils des bonnes formules ou des bonnes idées [...]. L'exiguïté du support, la petite page favorisent la production du texte court, la densité de la phrase brève, de l'aphorisme aisément mémorable pour lequel Valéry a souvent une prédilection[93].

---

88. Pages 341, 342.

89. Par exemple dans le marquis de Chastellux, *De la félicité publique*, t. 1, p. 43 ; *CN*, t. 2, p. 533 ; dans Fleury, *Les Mœurs des Israélites*, p. 37-38, 49 (*CN*, t. 3, p. 615-617).

90. 2 vol. (Paris, Brunet, 1762, BV1028), t. 2, p. 793 ; voir aussi *OCV*, t. 33, p. 261.

91. « Avant-propos », dans *La Forme brève*, p. 7-8, ici p. 8.

92. Ferrer, « Un imperceptible trait de gomme de tragacanthe... », p. 14.

93. Nicole Celeyrette-Pietri, « Les carnets inédits de Valéry », *Carnets d'écrivains*, éd. Louis Hay, p. 119-129 (ici p. 121).

À part les quelques sentences ou espèces d'aphorismes consignés en marge de Diderot et signalés plus haut[94] (p. 204), on n'en trouve que peu parmi les *marginalia* de Voltaire en dehors des vers latins qu'il cite. Ce n'est pas là sa façon d'être bref, bien que, dans *Le Siècle de Louis XIV*, il ait écrit à propos de La Rochefoucauld que « [c]'est moins un livre, que des matériaux pour orner un livre[95] ». Mais ce n'est pas en composant des maximes que Voltaire orne les volumes de sa bibliothèque personnelle.

Y. Séité, dans le contexte de la note de bas de page, touche au nœud du problème de la manière brève quand il suggère que tout se réduit à une question de nécessité et de superfluité[96]. Voltaire, que ce soit en notant pour son usage futur des mots en haut de signet, ou en consignant une remarque acerbe sur la page, rejette le superflu et s'en tient au nécessaire. Wagnière, en laissant un signet annoté pour son maître, écrit « Urbain 8 veut / oter le chapeau / au Card[inal] guerrier / La Valette[97] ». Quelques pages plus loin, le signet est de Voltaire : « prince / d'orange[98] ». Il manque à la note de Voltaire des détails, certes, mais il a jugé que seul le titre de la personne concernée était nécessaire pour l'utilité du signet.

En règle générale, c'est la nécessité qui règne dans la production marginale de Voltaire. Cela dit, il pourrait pourtant sembler être question de superflu, dans l'oralité de l'énoncé, par exemple, dans les interjections, typiques de la façon que Voltaire a développée pour dialoguer avec ses livres. En effet, Gérard Dessons rappelle qu'Aristote, dans sa *Rhétorique,* oppose l'oral au bref[99] :

> Quand on compare les uns aux autres, les discours écrits ont dans les débats une apparence étriquée ; ceux des orateurs, qui ont été bien dits, paraissent, en mains, œuvres de profanes[100].

---

94. Larissa Albina a relevé par deux fois ces phrases : « Les notes de Voltaire en marge des livres de sa bibliothèque personnelle », p. 402 ; et « Les notes de Voltaire en marge des livres de sa bibliothèque personnelle », *Revue Voltaire* 3 (2003), p. 9-18, ici p. 16.

95. Chapitre 32 (*OCV*, t. 13D, p. 11).

96. « La note infrapaginale », p. 185. Dans un essai probant sur la brièveté du même recueil, Gérard Dessons, ayant rappelé qu'à l'origine « bref » voulait dire « non développé » (et « court », « non long »), argumente pour une dissociation de « la notion de brièveté et le champ de la dimension ». Pour lui, en effet, « La brièveté est une forme de l'exactitude du discours, une forme de l'économie du discours » (« La manière brève », *La Forme brève*, éd. S. Messina, p. 233-243, ici p. 234, n. 2 ; p. 235, 238).

97. Dans Antoine Aubery, *L'Histoire du cardinal Mazarin*, 2 vol. (Rotterdam, Leers, 1695, BV209), t. 1, p. 80-81 ; *CN*, t. 1, p. 166.

98. Pages 102-103.

99. « La manière brève », p. 239.

100. Livre III, ch. 12. (3 vol., éd. et trad. M. Dufour et A. Wartelle, Paris, Belles lettres, 1960-1973, t. 3, p. 74).

La manière brève et le laconisme de Voltaire sont donc en tension constante avec les marques d'oralité qui caractérisent les *marginalia*. Pour clarifier les choses, disons que certaines des notes de Voltaire ne sont pas brèves (réduites à l'essentiel), mais discursives, tout en restant courtes. Nous verrons à la section suivante si les deux modes d'expression sont réconciliables en un seul mot d'ordre qui pourrait servir à caractériser les *marginalia* de Voltaire : rapidité.

**Une esthétique de la rapidité**

C'est de G. Dessons encore que nous vient cette idée du déplacement de la brièveté « du registre spatial sur le registre temporel[101] ». Passage ainsi du court au rapide. Tout le monde sait que Voltaire travaillait vite : l'ampleur même de sa production littéraire, épistolaire et marginale en témoigne, et une qualité très reconnaissable du style voltairien, que ce soit dans les pamphlets, les facéties ou dans les contes, est bien cette rapidité. Les notes qu'il griffonne en marge sont peut-être indirectement le fruit d'un long mûrissement de pensée dans la mesure où elles reflètent la position de Voltaire sur telle ou telle question, mais elles ne sont pas le résultat direct d'une réflexion poussée. La réaction de Voltaire est instinctive : *oui… non… mal écrit… et Marc Aurèle ?* L'utilisation d'abréviations, comme dans le volume de Vauvenargues, mais aussi sa tendance à laisser des mots inachevés, écourtés, participent de cette manière d'écrire et de penser qui va toujours de l'avant. Son usage peu rigoureux de la ponctuation, omettant souvent les virgules et les points (parfois l'alinéa peut remplacer un signe de ponctuation) est encore une manifestation de la rapidité voltairienne dans les *marginalia*, phénomène qui leur est particulier, qu'on ne retrouve pas dans l'écriture de la prose, sauf dans les carnets.

Ainsi, la brièveté de Voltaire, mais aussi le discours oralisé des notes rentrent dans une esthétique de la vitesse. La contrainte des *marginalia* n'est pas tant spatiale que temporelle, quoique les deux puissent aller de concert. Comme Y. Séité se demande à propos de la note de bas de page, la nécessité de faire court « favorise-t-elle l'émergence d'une écriture brève, qui allège et élide, court la poste et fait vite[102] ? » Nous avons vu que Voltaire n'est pas rebuté par les petits espaces blancs de la page, bien au contraire. Le blanc de la page et le rythme de la lecture agissent ensemble comme catalyseurs de la note, car on a le sentiment que, avec plus d'espace, Voltaire n'aurait pas écrit davantage. Le temps presse, il a mille tâches à accomplir : des pamphlets à rédiger, des lettres à dicter, des terres à

101. « La manière brève », p. 239.
102. « La note infrapaginale », p. 183.

inspecter, des visiteurs à accueillir. Refusant de situer Voltaire dans une esthétique de l'inachevé, Christiane Mervaud a trouvé à son propos la formule « provisoirement achevé » : « Il ne rédige point des fragments, mais des développements discursifs, des morceaux achevés, resserrés qui, en peu de mots, résument une ample matière ou dégagent des perspectives[103] ». Le provisoire est bien entendu une autre manifestation de la rapidité, l'antithèse du « système », que Voltaire abhorre, car tout système généralise et peut toujours être remis en cause par un cas difficile ou exceptionnel.

Apparentée à la manière rapide de Voltaire, dans son écriture et dans la composition de ses textes, est sa prédilection pour le détail et pour l'exemple. En examinant le cas du *Dictionnaire philosophique*, Ch. Mervaud l'a déjà dit :

> Il a préféré réfuter Pascal en s'attaquant à quelques pensées. Il mine les édifices de la tradition en procédant au coup par coup. L'autorité de la Bible est ruinée après qu'elle a été réduite à quelques versets scandaleux. De même toute philosophie systématique est désorganisée par cette propension à traiter séparément des questions, à répondre sur des points précis en négligeant l'architecture d'ensemble[104] [...].

Marie-Hélène Cotoni a remarqué un phénomène similaire dans les *marginalia* sur l'extrait du *Projet de paix perpétuelle* de Rousseau fourni par Castel de Saint-Pierre :

> nous remarquons donc, entre la pensée de Rousseau et les brèves observations de Voltaire, d'abord un décalage méthodique. L'une tente une approche globale d'un processus historique, l'autre interrompt en mentionnant des cas particuliers qui ne s'y intégreraient pas[105].

Cette tendance ne se limite pas aux seules notes sur Castel de Saint-Pierre. Nombreux sont les passages qui suscitent chez Voltaire une volée de contre-exemples comme pour mettre des bâtons dans les roues de l'auteur qu'il est en train de lire. Depuis la courte note « et / priscili / en ? » dans l'*Histoire de François Premier* de Gabriel-Henri Gaillard[106] à la raillerie contre le vicaire savoyard de Rousseau, qui impute la diminution de violence en Europe au christianisme :

> quoy / tu fais / lhipocrite / tu oublies / les guerre[s] / contre les / ariens / contre / les albig[eois] / lutheriens / calvinis / tes / anabatis / tes, etc. / le

103. « Philosophie et écriture brève », p. 73, 74.

104. « Philosophie et écriture brève », p. 73.

105. « Les notes marginales de Voltaire sur l'*Extrait du Projet de paix perpétuelle de Castel de Saint-Pierre* », *Revue Voltaire* 3 (2003), p. 59-67 (ici p. 67).

106. 7 vol. (Paris, Saillant, 1766-1769, BV1419), t. 5, p. 482 ; *CN*, t. 4, p. 37.

meurtre / de charles / 1er, de / henri / 3 de / henri 4 / la conspi / ration / des / poudre / la st / barthelemi / les massacres / dirland et / les cévenes [?] / les calas[107] ?

Voltaire est dans son élément lorsqu'il s'agit de contrer les arguments qu'il trouve dans un livre par des exemples qui semblent en démontrer la fausseté. Il en tire même de sa vie personnelle, par exemple quand Buffon, cité par Rousseau, dans son *Discours sur l'inégalité*, estime l'âge maximal du gros cheval à quinze ans : Voltaire a eu à l'esprit une preuve du contraire : « faux jay eu / deux chevaux de carosse qui ont / vecu 35 ans[108] ». Le contre-exemple relève du modèle de la réplique et fait partie de l'oralité discursive déjà observée chez Voltaire. Conjointement, le plus souvent il suit la structure de la note dans Gaillard citée plus haut : « et… ». Il s'agit donc d'une phrase à peine, de quelques mots lancés rapidement – brièvement, pourrions-nous dire – pour interrompre, pour briser l'argument et casser le système de celui auquel il s'en prend. Même si l'auteur est dans l'impossibilité de répondre, ce procédé est analogue à la stratégie adoptée par Voltaire dans ses textes de critique biblique publiés[109]. Cette prédilection pour le détail rentre donc tout à fait dans l'esthétique de la rapidité que nous avons trouvée chez Voltaire et qui opère autant dans les œuvres que dans les *marginalia*. L'emploi du détail sert aussi, nous venons de le voir, à miner le propos de l'auteur lu. C'est ainsi que nous passons à l'examen des modalités dont l'acte de produire des notes marginales constitue une écriture foncièrement violente et destructrice.

## « Marginer » : une prise de pouvoir

### Une poétique de l'invasion textuelle

Si les *marginalia* tels que pratiqués par Voltaire ne sont pas une écriture fragmentaire, il s'agit néanmoins d'une écriture de la fragmentation : Voltaire lecteur morcelle le texte d'autrui en y introduisant des interruptions portant sur des points de détail, des contre-exemples, des exclamations, des

107. Dans *Émile*, exemplaire de Genève, t. 3, p. 185 ; *CN*, t. 8, p. 423.

108. Page 202 ; *CN*, t. 8, p. 122.

109. « [I]l suffisait à Voltaire d'attaquer l'un ou l'autre point qu'il jugeait insoutenable dans la Bible, et les chrétiens se trouvaient dans l'obligation de le défendre […] il n'avait qu'à attendre qu'un apologiste se soit essoufflé sur quelques contradictions des textes sacrés pour aussitôt en servir quelques autres » (Alain Tichoux, *Les Apologistes chrétiens et la critique biblique de Voltaire 1714-1762*, thèse de doctorat, Montréal, McGill University, 1972, p. 290, 292).

observations. Ses notes discursives, nous l'avons vu, adoptent souvent une tonalité antithétique, agressive, moqueuse, avec négations, adjectifs dénigrants, accusations de plagiat, ou d'imitation de tel ou tel autre auteur, parfois de Voltaire lui-même. Ce qu'écrit Nathalie Ferrand au sujet des *marginalia* sur Rousseau vaut pour les griffonnages qui apparaissent sur bien d'autres textes aussi : il est question d'un « travail de sape », d'une « parole vive et âpre[110] ». Le tutoiement, évoqué plus haut, participe à ce rabaissement de l'autre, signe du « caractère iconoclaste, agressif et invasif du débat voltairien[111] ». Il se peut en partie que Voltaire transfère sur ses notes marginales le fonctionnement des notes de bas de page identifié par Genette comme la « tradition dix-huitiémiste (Bayle, Voltaire, Gibbon) de réserver aux notes les pointes les plus polémiques ou sarcastiques du discours[112] ». Même en prodiguant des louanges en marge, on sent que Voltaire adopte une position de supériorité vis-à-vis du texte. Il approuve ce qui le confirme dans ses croyances, et il résiste à tout ce qui ne rentre pas dans sa vision du monde.

Les mentions en apparence factuelles inscrites sur les signets comportent aussi une violence qui leur est propre, dans la mesure où elles extraient des données au *textus*, avec l'intention de se les approprier, de les déployer ailleurs, souvent dans un contexte polémique, parfois hors contexte[113]. Dans le *Commentaire littéral* de Calmet, par exemple, les mots « rois », « Sara agée de / 90. ans », « figuier », « inebriati[114] », quelque neutres qu'ils puissent sembler, pour signaler des passages bibliques, ne le sont guère pour autant qu'il s'agit d'attaques en devenir, critiques soit de la vraisemblance du texte sacré, soit de la morale qui y est développée (dans le *Catéchisme de l'honnête homme*, par exemple, ou dans l'article « Genèse » des *Questions sur l'Encyclopédie*). Ce que Voltaire prend dans le texte, il peut le retourner aussitôt contre celui-ci. Jean Sareil

---

110. « Voltaire dans les marges de Rousseau. Le baladin et le polisson », *CN*, t. 8, p. xxxv-xli (ici p. xxxviii, xxxvi).

111. Cambou, « Notes marginales et fonction médiatrice de l'écriture voltairienne », p. 39.

112. Genette, *Seuils*, p. 300. Voir aussi Anthony Grafton : « *Footnotes flourished most brightly in the eighteenth century, when they served to comment ironically on the narrative in the text as well as to support its veracity* » (*The Footnote: a curious history*, Londres, Faber and Faber, 1997, p. 229).

113. Comme le soulignement, qui démarque une partie du texte en délaissant le reste, a été décrit ainsi par Antoine Compagnon : « Je m'introduis entre les lignes muni d'un coin, d'un pied-de-biche ou d'un poinçon qui fait éclater la page » (*La Seconde Main*, p. 20).

114. Tome 1 [Deutéronome], p. 662, t. 4 [Genèse], p. 408, t. 14 [Matthieu], p. 428, t. 17 [Jean], p. 80 ; *CN*, t. 2, p. 27, 46, 132, 198.

nous a montré Voltaire polémiste choisissant les passages qui feront le meilleur effet dans ses attaques textuelles, et laissant le reste de côté[115]. Dans ces signets, on voit le choix s'opérer sous ses yeux, entre ce qui servira et ce qui ne servira pas. Car c'est une économie de la sélection qui dicte la distribution des *marginalia* (même s'il ne faut pas interpréter une absence d'encre ou de marqueur comme un rejet ou l'indice d'un accord implicite[116]).

Le phénomène des *marginalia* a déjà été comparé à un parasitisme[117]. Voltaire s'insinue bien dans le texte hôte, mais il nous semble toutefois qu'il s'octroie une position de supériorité par rapport à ce texte, position qui s'accorde mal avec l'image d'un parasite et qui ressemble davantage à celle d'un conquérant, d'un envahisseur, d'un prédateur. McFarland l'a bien vu, même un commentaire favorable exprimant son accord avec l'auteur transperce le texte :

> *the marginal notation forces open the text, constitutes itself ineluctably as an intertext. It pierces the text, in truth, even when it is used merely to agree with the textual statement*[118].

La note constitue de la sorte une *inter-diction* dans le sens littéral des racines latines du mot : une parole qui s'impose entre les mots du *textus*.

Maître de sa bibliothèque, de son empire livresque, Voltaire survole les textes à sa disposition, coupant la parole aux auteurs quand bon lui semble. Il fait en sorte que ses interventions se distinguent par leur style de celui du *textus* : à l'origine des annotations se trouve une philosophie de la différence, tel un choc de cultures. Les signets qui rythment la lecture de Voltaire sont autant d'avant-postes, signes de son passage, que des marqueurs de pillages où détails et anecdotes sont prélevés dans le texte lu en vue d'une possible exploitation ailleurs. Dans la mesure où ces signets sont porteurs du verbe du lecteur, ils correspondent d'autant mieux à ce qu'Antoine Compagnon écrit du soulignement :

> Telle une reconnaissance militaire, il pose des jalons, des repaires surchargés de sens, ou de valeur ; il surimpose une nouvelle ponctuation au texte, faite au rythme de ma lecture : ce sont les pointillés que je découperai plus tard[119].

---

115. « Voltaire polémiste ou l'art dans la mauvaise foi », *Dix-Huitième Siècle* 15 (1983), p. 345-356 (ici p. 346).

116. Voir Ch. Mervaud, « Du bon usage », p. 758.

117. D. Ferrer, « Un imperceptible trait » : le discours marginal agissant comme un « parasite qui implante ses petits dans le nid, voire dans la chair de l'animal hôte » (p. 20).

118. « Synecdochic structure in Blake's marginalia », p. 78.

119. *La Seconde Main*, p. 21.

Sempiternel polémiste, Voltaire est constamment aux aguets de détails qui lui fourniront de nouvelles armes à déployer contre l'Infâme, et le territoire, par exemple celui de l'Écriture sainte et de Dom Calmet, se trouve transformé dans le sillage de l'agresseur qui choisit les biens qu'il veut mettre à sac. Tels les nouveaux noms de lieu imposés par une puissance occupante sur la topographie du pays conquis, les notes repères de Voltaire réécrivent le livre à sa façon et en déforment grossièrement le contenu.

Sur le plan purement matériel, nous avons vu au chapitre III l'efficacité voltairienne à envahir la page. Si, en général, il en respecte l'organisation interne, les frontières entre marge et texte (avec quelques exceptions notoires où la note étouffe, éclipse ou engloutit le *textus*), lire la plume à la main est l'équivalent d'un marquage de territoire, redoublé chez Voltaire par son habitude de coller ses papillons à la salive, geste de possession incontestable[120]. Anne Fadiman, citée *in extenso* par Heather Jackson, compare la différence entre une lecture non annotée et une lecture annotée à celle entre l'amour courtois et l'amour charnel[121]. Si ce modèle convient peut-être dans certains cas, il y en a bien d'autres où il est difficile de discerner quelque amour que ce soit dans l'acte annotateur. Les différences dans les lectures voltairiennes entre livre marginé et livre non marginé se rapportent sans doute mieux à des métaphores de colonisation et de simple voyage.

H. Jackson clôt son étude des *marginalia* sur une vision d'ensemble du phénomène, une espèce de mode d'emploi mais, curieusement, au lieu de proposer un « bon usage » de l'interprétation des *marginalia* dans le sens employé par Christiane Mervaud, elle fait une sorte de manuel prescriptif pour celui qui voudrait s'essayer à l'écriture de notes marginales, ou qui permettrait de décider du mérite de la production de différents annotateurs en les comparant suivant des critères subjectifs. Selon elle, les meilleures notes marginales sont celles qui proposent une critique sympathique dans l'esprit du *textus* (« *genial criticism* [...] *in the spirit of the original* ») et qui montrent une évolution du lecteur par le biais d'un processus dynamique[122]. Ce n'est pas là le lecteur qu'est Voltaire. Car en fin de compte, ses lectures telles qu'il les a transmises à la postérité ne le montrent pas en train d'apprendre, à évoluer dans sa pensée (même s'il y cherche certainement de nouvelles informations). C'est peut-être en partie parce que la majorité des notes marginales datent de sa maturité, mais le jeune Voltaire non plus n'est pas reconnu pour son humilité. Au fond, écrire dans un livre est un

120. « [J]e souille et dégrade un objet : je le fais mien » (A. Compagnon, encore à propos du soulignement, dans *La Seconde Main*, p. 20).

121. *Marginalia*, p. 237.

122. *Marginalia*, p. 207, 210.

acte de confiance, de confiance en soi, en ses opinions. Toute intervention marginale attire l'attention de par le contraste visuel qu'elle présente avec l'aspect uniforme des caractères imprimés. Quelque discrets, quelque raisonnables, quelque approbateurs qu'ils se veuillent, les *marginalia* crient toujours plus fort que le *textus*[123]. On impose ses mots, sa vérité sur ceux des autres. L'humilité de Voltaire, s'il en est, se trouverait peut-être parfois dans les blancs, dans le non-dit des *marginalia*. En parcourant un volume marginé, les espaces laissés sans annotation laissent deviner le temps de la lecture, une inscription implicite des silences du lecteur où il ne ressent pas le besoin de se faire entendre, même si ces silences peuvent être dédaigneux, ou témoigner d'un refus de lire.

**Le dernier mot**

Si le lecteur domine physiquement le texte de l'imprimé, il a souvent été dit que c'est l'annotateur qui a, dans le livre annoté, le dernier mot : « *The annotating reader always has the last word and the author has no recourse*[124] » ; « le combat est inégal car il [Voltaire] laisse l'adversaire [Rousseau] sans voix[125] ». Cette vérité s'applique bien entendu à toute note laissée en marge, mais elle a une pertinence particulière pour les jugements globaux[126], surtout ceux qui sont placés avant le texte même, en position liminaire (dont nous en avons examiné plusieurs exemples au chapitre III, p. 116-122), qui ont de ce fait le statut de premier mot, mais qui ont presque certainement été écrits en dernier, une fois la lecture achevée. Ces ajouts ludiques, méprisants, toujours incisifs, sont pour Voltaire une arme qui s'efforce de neutraliser une attaque ennemie et de saper l'autorité du volume.

Nous avons déjà suggéré que, outre ces jugements dont le positionnement est stratégique, les signets annotés et autres notes critiques déforment le texte de l'auteur. L'effet est encore plus remarquable si l'on considère

---

123. Yannick Séité observe à propos des notes de bas de page de Rousseau dans *La Nouvelle Héloïse* qu'elles ne sont « pas à voix basse, c'est-à-dire pas discrètes » (« La note infrapaginale est-elle une forme brève ? », p. 188). Anne Herschberg Pierrot, dans « Notes sur le style des marges dans la *Vie de Henry Brulard* », évoque, dans ces notes de Stendhal « une voix à mi-voix » (p. 111), mais il s'agit dans ce cas des notes d'un auteur en marge de son propre manuscrit.

124. H. Jackson, *Marginalia*, p. 240.

125. N. Ferrand, « Voltaire dans les marges de Rousseau », p. xxxvi.

126. Parfois il s'agit très littéralement du « dernier mot », comme cette citation de Virgile, « *possunt qui posse videntur* » inscrite par Voltaire entre le dernier paragraphe du volume de Pluquet et le mot « FIN » (dans Pluquet, *Examen du fatalisme*, t. 3, p. 434 ; *CN*, t. 7, p. 81).

la pratique voltairienne qui consiste à modifier le *textus* de façon délibérée en indiquant des ajouts, habituellement en fin de phrase. Voltaire n'est pas comme ce lecteur anonyme de l'*Encyclopédie* qui apportait des modifications importantes au texte lu, suppressions et ajouts, en réécrivant ainsi plusieurs articles du dictionnaire pour en changer carrément le sens[127]. Il se contente d'ajouter quelques mots, parfois simplement pour nuancer des idées, et dans quelques cas extrêmes, pour retourner la conclusion contre la thèse défendue par l'auteur.

Entre les pages de Chastellux, *De la félicité publique*, livre pour lequel Voltaire professe de l'admiration[128], et où on lit, t. 1, p. vi : « les Lapons qui n'ont pour domaine que les déserts et pour nourriture que du laitage », Voltaire ajoute, sur la même ligne « et du poisson, et des renes[129] ». Plus loin, dans le même ouvrage, t. 2, p. 142, n. 3, Chastellux dit des Anglais qu'ils « n'ont d'autre dénombrement que celui des maisons ; on en compte douze cent mille, et les calculateurs ne supposent pas 5 ou 6 personnes par maison », et Voltaire indique une insertion après le mot « maisons » : « et les listes / des morts / et des / naissances[130] ». Il s'agit dans ces deux exemples de corrections non pas envahissantes, mais douces.

Pas tout à fait hostile, mais sans le caractère potentiellement utile des ajouts apportés au texte de Chastellux, dans les *Dissertations qui peuvent servir de prolégomènes de l'Écriture sainte* de Calmet, le bénédictin fait la critique de voyageurs en Terre sainte qui ont imaginé, dans une faible ressemblance de noms, retrouver des lieux bibliques :

> […] tel autre le chêne de Mambré, ou la caverne de Loth, ou le Terebinthe de Jacob, ou la sépulture d'Adam, ou la maison de Cléophas, ou le genièvre d'Elie, ou la fontaine d'Agar, ou le *Castellum quod contra vos est*, et cent autres choses de cette nature[131].

Dans son exemplaire, Voltaire biffe « cette », qu'il remplace par « la », et ajoute en fin de phrase « des mille et une nuits[132] ». Il n'est pas ici en désaccord avec Calmet : il s'agit précisément du genre de fausse étymologie dont il se gausse lui-même, par exemple dans l'article « Babel » des *Questions sur l'Encyclopédie*, mais il lui arrache malgré tout la parole pour

---

127. Françoise Jouffroy-Gauja et Jean Haechler, « Une lecture de l'*Encyclopédie* », p. 368-371, et « L'article CERTITUDE de l'*Encyclopédie* commenté ».

128. D18067 ; voir aussi l'appréciation publiée dans le *Journal de politique et de littérature* le 15 mai 1777 (*OCV*, t. 80C, p. 18-22, 49-51).

129. *CN*, t. 2, p. 519.

130. *CN*, t. 2, p. 586.

131. 3 vol. (Paris, Eméry père, 1720, BV616), t. 1, p. 78.

132. *CN*, t. 2, p. 327.

mettre dans sa bouche une condamnation plus forte, plus insolente, plus… voltairienne.

De telles interventions en marge ou dans le blanc à la fin d'un paragraphe peuvent bien entendu constituer une remise en question de tout ce qu'écrit l'auteur, ou encore peuvent viser ses sources. Ainsi, quand Malebranche, dans *De la recherche de la vérité* indique : « J'ai dit ceci en passant, pour montrer qu'on a tort de croire que l'âme ne pense pas toujours[133] », Voltaire met un symbole d'insertion après « ceci » et ajoute en marge « et en te / trompant[134] ». Là où Rousseau, dans l'*Émile*, raconte, t. 1, p. 11, l'histoire de Regulus, qui se disait Carthaginois :

> En sa qualité d'étranger il refusait de siéger au Sénat de Rome ; il fallut qu'un Carthaginois le lui ordonnât. Il s'indignait qu'on voulût lui sauver la vie. Il vainquit et s'en retourna triomphant mourir dans les supplices. Cela n'a pas grand rapport, ce me semble, aux hommes que nous connaissons.

Voltaire de transformer le point final en virgule et d'ajouter : « et lavanture nest pas / vraie[135] ». Plutôt que d'écrire « faux » en marge, la parole du lecteur contre celle de l'auteur, ce procédé a l'avantage de rejoindre le discours de l'autre, de le supplanter, de l'altérer en sorte qu'il ne dise plus ce qu'il avait l'intention de dire.

Enfin, pour considérer un dernier exemple de dénégation de la vérité que veut promulguer le *textus*, après que Rousseau, dans le *Discours sur l'inégalité*, p. 208-209, a comparé sa vision de la simplicité de l'assouvissement des besoins chez l'homme sauvage à la rapacité de l'homme civilisé, il achève : « Tel est en abrégé le tableau moral, sinon la vie humaine, au moins des prétentions secrètes du cœur de tout homme civilisé », phrase que Voltaire prétend compléter : « et encor plus / de tout / sauvage, / sil peut[136] ». N. Ferrand, en note, observe que « la pointe est dans le "sil peut[137]" ». En effet, ces ajouts en fin de développement peuvent prendre la forme d'une pirouette. Voltaire, en lisant un volume, y pose rapidement sa marque, fausse la pensée de l'autre, et passe à d'autres conquêtes.

On peut se demander si cette tendance à ajouter quelques mots en fin de phrase peut être mise en rapport avec les procédés de réécriture chez Voltaire. On voit, par exemple, qu'en reprenant son article « Idole » du *Dictionnaire philosophique* dans les *Questions sur l'Encyclopédie*, il redéploie son propre texte, mais en y greffant ici et là en fin de paragraphe de courtes

133. Tome 1, p. 361.
134. *CN*, t. 5, p. 498.
135. *CN*, t. 8, p. 128.
136. *CN*, t. 8, p. 125.
137. *CN*, t. 8, p. 470, n. 207.

phrases ou petits développements savoureux : « Toujours des équivoques » ; « C'était notre saint ampoule » ; « Baruch aurait-il eu une vision sur les *Satires* d'Horace ? » ; « Est-ce là un idolâtre[138] ? ». On remarque une démarche similaire dans quelques-uns des articles publiés pour la première fois dans l'édition posthume, dite de Kehl, où Voltaire réécrivait des textes d'autrui pour en former de nouveaux articles « alphabétiques ». Ainsi, de courts paragraphes incisifs closent les articles « Éclipse » et « Noël », par exemple, dont la substance est tirée principalement d'Augustin Calmet et Jacques-Georges de Chauffepié dans le premier cas, et d'Isaac de Beausobre dans le second[139]. Ces ajouts n'ont pas vu le jour sous la forme de notes marginales, même si d'autres traces de lecture confirment que Voltaire a effectivement consulté les passages qu'on retrouve réécrits sous sa plume. Il reste cependant qu'il semble qu'on ait affaire à une poétique de l'écriture voltairienne : la lecture ou la relecture d'un texte préexistant, que ce soit de lui ou d'un autre, le pousse à émettre des saillies, à transformer la fin d'une section. En lisant, ce sont peut-être pour lui les chutes qui jaillissent le plus spontanément. Cette façon de s'accaparer du droit au dernier mot s'inscrit tout à fait dans une esthétique de la surprise, de la légèreté, que nous avons vue à l'œuvre ailleurs.

Si ses annotations ont l'apparence de constituer le fin mot dans les exemplaires de sa bibliothèque, dès qu'il les expédie dans le monde, ou bien s'en sert dans la composition d'un texte, on peut le reprendre à son tour. Olivier Ferret a démêlé autant qu'il est permis l'historique plausible des lectures que Voltaire a faites des *Erreurs de Voltaire* de Nonnotte. Selon sa reconstitution, il semblerait que le patriarche ait eu à sa disposition trois éditions de cet ouvrage (alors qu'une seule subsiste à ce jour à Saint-Pétersbourg), dont l'une en était presque certainement la première, de 1762[140]. On peut postuler l'existence autrefois (ou alors inconnu aujourd'hui) d'un exemplaire de cette édition recouvert de notes marginales qui auraient servi de base pour les *Éclaircissements historiques*, publiés immédiatement à la suite des *Erreurs*. Si c'était le cas, les révisions de Nonnotte auraient constitué une réponse indirecte à une réplique née de *marginalia*. Moins conjectural est l'exemple des *marginalia* dans l'*Examen de la nouvelle histoire de Henri IV*, libelle anonyme attribué à La Beaumelle. On sait que Voltaire fit circuler par Damilaville des notes marginales dans un exemplaire de cette brochure[141], qu'il fera imprimer sous une forme moins acerbe

138. *OCV*, t. 42A, p. 318, 321, 325, 334. Voir aussi deux ajouts plus longs, p. 334, 335.

139. Voir nos éditions critiques, *OCV*, t. 34, p. 231-244 ; 353-362.

140. « Notes sur "Nonnotte" », p. 163-165.

141. Voir Jeroom Vercruysse, « Notes inédites de Voltaire », *Studi francesi* 20 (1963), p. 258-264 ; Ch. Mervaud, « Du bon usage », p. 773-774. Pour un résumé

dans le tome 2 de l'*Évangile du jour* en 1769[142]. Alors que Voltaire pensait peut-être avoir eu le dernier mot ici, il ne pouvait pas savoir que, bien des années plus tard, en 1802, un vieil ennemi, Antoine Sabatier de Castres, dans sa *Vie polémique de Voltaire*, ressusciterait l'affaire et dans une note de bas de page citerait une des notes publiées dans l'*Évangile du jour* pour critiquer Voltaire[143].

On retrouve la même situation en 1772 lorsque Voltaire, sous prétexte de défendre Helvétius dans l'article « Quisquis » des *Questions sur l'Encyclopédie*, dresse une liste de critiques de son livre *De l'esprit* visiblement fondée sur ses *marginalia*[144]. Sitôt ce neuvième et dernier tome des *Questions* paru, Charles-Joseph Le Roy fait imprimer ses *Réflexions sur la jalousie, pour servir de commentaire aux derniers ouvrages de M. de Voltaire* dans lesquelles il réagit à des affirmations tirées directement des notes marginales de Voltaire sur Helvétius[145]. On ne connaît pas d'exemplaire de cette production dans la bibliothèque de Voltaire, mais il en a eu connaissance et a répondu tout de suite, apparemment le 20 avril 1772, à peine deux mois après la parution de « Quisquis », dans sa *Lettre sur un écrit anonyme*[146]. Finalement c'est Voltaire qui aura eu le dernier mot cette fois-ci, mais il n'a pas été consigné en marge. Dès que la note marginale quitte le domaine privé et commence à faire son chemin dans le monde, elle devient susceptible de contre-attaques. Elle perd son statut de parole intouchable et encourt le risque d'être ciblée à son tour.

Dégager la poétique d'un corpus de *marginalia* n'est pas comme faire le même exercice pour une œuvre publiée, ou même pour un corpus d'œuvres publiées, surtout puisqu'il ne s'agit pas d'une œuvre close. Malgré notre volonté d'éclairer les zones d'ombre, il y a une partie des *marginalia* qui se soustrait au regard et qui reste privée, obscure, « illisible » pour nous. Il s'agit d'un amas de mots uniques, de courts développements qui ont été couchés sur papier sur une période de plusieurs décennies, sans intention de la part de l'auteur d'en faire un tout cohérent. On y décerne néanmoins des tendances et nous avons essayé d'en identifier les principales ici : une

---

des échanges autour de l'*Histoire de la vie de Henri IV* (1765) de Richard de Bury, aux origines de l'*Examen* de La Beaumelle, voir Richard Waller, Introduction au *Président de Thou justifié* (*OCV*, t. 60C, p. 140-148).

142. 18 vol. (Londres [Amsterdam, Rey], 1769-1780), t. 2, p. 1-54.

143. Paris, Dentu, an X [1802], p. 144-145, n. 1.

144. Voir l'édition critique de cet article, *OCV*, t. 43, p. 85-89 et les notes d'O. Ferret.

145. S.l.n.d., p. 20-23.

146. Voir l'Introduction de N. Cronk, *OCV*, t. 74A, p. 167-178.

attirance pour l'énoncé oralisé, une propension à créer des contrastes dans les tons et les registres de langue, une inclination vers le court, le rapide. Dans ces trois domaines se dégage une dimension ludique qui ne saurait surprendre chez Voltaire. La réaction qui pousse Voltaire à « marginer » comme il le fait est la même qui gouverne d'autres pans de sa production littéraire : les contes, par exemple, ou les comédies[147]. Si les voix contrastées qu'on remarque dans les *marginalia* sont en partie la conséquence du style de l'auteur lu, Voltaire se construisant par opposition au *textus*, il y a certainement une part de plaisir, de fantaisie à l'œuvre également.

Enfin, comme toute rencontre, les *marginalia* sont nés du conflit, et qui dit conflit dit volonté de vaincre, d'avoir raison. Cet habitué de la querelle, cet adepte du bon mot, l'arbitre des auteurs passés et présents depuis *Le Temple du goût* peut, en « marginaliste », avoir le dernier mot sur la page, mais gare à lui si jamais ses notes tombent dans le domaine public, car aussitôt il s'ouvre à de nouvelles attaques et sa position n'est plus inexpugnable. Mais est-ce toujours l'intention ? Nous avons vu au chapitre I que Voltaire semble prévoir dans certaines notes en marge la présence de futurs lecteurs. Les *marginalia* fournissent une impression de paroles émotives notées sur le vif, spontanées, résultat d'un tic incontrôlable. Ces paroles sont vraies dans une certaine mesure, mais on soupçonne qu'il y a aussi une part de mise en scène stratégique. Pour lui-même, pour les gens de passage à Ferney, pour la postérité. La note marginale peut incarner le double avantage d'un esprit d'escalier qui bénéficie d'un auditoire. Car que vaut d'être Dieu dans son petit univers de livres si personne n'en est conscient ? Le jeu du pouvoir continue donc, outre-tombe.

---

147. R. Goulbourne, à propos des comédies, parle de « *creative contradiction: he constructs his comic aesthetic in critical response to other dramatists* » (*Voltaire comic dramatist*, *SVEC* 2006:03, p. 9).

# Conclusion

Le courant d'étude de l'histoire des bibliothèques, depuis Daniel Mornet, a poussé les chercheurs à essayer de reconstruire des collections depuis longtemps dispersées : on pense à celles de Montesquieu, de Diderot, de Nietzsche, ou de Coleridge[1], et bien d'autres bibliothèques célèbres, depuis celle de Jacques Auguste de Thou à celle de Sade, ont été revendues également, et au moins une partie des éléments a été perdue de vue[2]. Dans un premier temps on s'efforçait, à partir des catalogues et des inventaires après décès, de répondre à la question : que lisait-on ? Dans le cas de Voltaire, nous bénéficions donc de circonstances qui sont hors du commun en pouvant examiner, non seulement la liste des titres qu'il possédait, mais la presque totalité des volumes dont il disposait à Ferney à la fin de sa vie. Cela nous permet d'aller plus loin que le « que lisait-on ? » et de nouer un dialogue avec la littérature critique qui s'est constituée autour du phénomène des *marginalia*, notamment ceux de Coleridge, et les travaux de Heather Jackson. Nous pouvons donc tenter de répondre aux grandes questions qui ont constitué le fil conducteur de notre travail : comment Voltaire lisait-il ? Quel rôle la lecture jouait-elle pour lui, dans son travail d'écriture, mais aussi dans sa vie quotidienne ?

Les notes marginales de Voltaire constituaient un des derniers, peut-être le dernier champ encore peu connu de ses écrits. Alors qu'on s'apprête à accueillir le neuvième volume du *Corpus*, le moment est propice pour ébaucher une vue d'ensemble sur ce corpus qui pourtant ne fut probablement jamais conçu par l'auteur en tant que tel. Il est nécessaire de poursuivre les recherches à plusieurs niveaux. D'abord, sur le plan matériel, nous l'avons dit en conclusion du chapitre II, il faudrait établir à partir des exemplaires les *marginalia* présents sur les manuscrits de la bibliothèque

1. Desgraves et Volpilhac-Auger, *Catalogue de la bibliothèque de Montesquieu* ; Sergueï Korolev, *La Bibliothèque de Diderot. Vers une reconstruction* (Ferney-Voltaire, CIEDS, 2014) ; Giuliano Campioni, Paolo D'Iorio *et al.*, *Nietzsches persönliche Bibliothek* (Berlin, de Gruyter, 2003) ; Ralph J. Coffman, *Coleridge's library: a bibliography of books owned or read by Samuel Taylor Coleridge* (Boston, G. K. Hall, 1987).

2. Antoine Coron, « "Ut prosint aliis" : Jacques-Auguste de Thou et sa bibliothèque », dans *Histoire des bibliothèques françaises*, éd. Pascal Fouché, 4 vol. (Paris, Promodis-Cercle de la librairie, 1989-1992), t. 2, p. 100-125 (ici p. 107) ; Alice Laborde, *La Bibliothèque du marquis de Sade* (Genève, Slatkine, 1991).

de Voltaire, et de façon générale étudier comment il maniait et exploitait ces documents. Une première étape serait d'établir un nouveau catalogue des manuscrits, non seulement des textes de Voltaire, mais de ceux d'autrui qu'il possédait, le catalogue actuel de 1913 étant minimaliste et incomplet. Un tome 10 du *Corpus* recensera les *marginalia* de Voltaire connus en dehors de la bibliothèque conservée à Saint-Pétersbourg, dont nous avons pu étudier certains volumes dans le contexte du présent travail. Il faudrait en outre développer un outil de référence qui indique le contenu des pots-pourris et l'existence de recueils autres que les pots-pourris plus clairement que ne le fait l'actuel catalogue de la bibliothèque, publié en 1961. Il restera encore des découvertes à faire au sujet des pots-pourris[3], mais une variété de questions, autant matérielles qu'esthétiques, se poseront autour de ces recueils pendant bien des années à venir. Il faudrait enfin songer à publier les corrections et d'autres traces de Voltaire en marge de ses propres textes[4].

La génétique textuelle est un champ de recherche, ouvert et enrichi par les chercheurs de l'ITEM, pour lequel les *marginalia* sont capitaux. L'exercice que nous avons entrepris pour les matériaux de lecture autour de Warburton et du volume du *Vrai Sens* s'est avéré productif, mais il reste assurément d'autres cas qui mériteraient d'être étudiés. Il semble incontournable également de faire un examen des carnets plus approfondi que celui que nous avons pu faire dans le cadre du présent travail, et d'établir davantage de liens avec les traces de lecture et les notes sur les volumes. Comme nous l'avons fait pour les *marginalia*, une étude de l'esthétique et de l'exploitation de l'espace reste encore à faire pour les carnets, et la consultation des originaux montre bien que l'examen des encres sur ces documents peut établir quels fragments successifs proviennent du même mouvement d'écriture. Une nouvelle édition des carnets serait souhaitable, avec surtout un examen du problème de la datation et des strates d'écriture.

Enfin, il subsiste encore un certain nombre de questions autour des notes marginales. Notamment, il serait révélateur d'étudier la part de bonne et de mauvaise foi à l'œuvre dans les *marginalia* de Voltaire : d'effectuer une comparaison avec la correspondance, avec ce qu'il dit des auteurs dans les textes publiés, certes, mais également de recenser les endroits où il fait mine de ne pas comprendre le propos d'un auteur afin de placer un bon mot ou un commentaire critique. Il est évident que vouloir dater précisément les lectures de Voltaire manifestées par ses notes en marge est une ambition hasardeuse. Toutefois il ne serait pas impensable de tracer une évolution générale de sa façon de « marginer » sur les cinq décennies où cette pratique

---

3. On attend avec impatience les résultats des recherches d'Olivier Ferret en cours.

4. Ce travail a été entamé : voir Paillard, « L'exemplaire maître des œuvres de Voltaire », et Stenger, « Voltaire annoté par lui-même », cités précédemment.

est attestée. Pour ce faire, des recherches systématiques sur les acquisitions de Voltaire (surtout à partir de la correspondance), complétées par des études de graphologie, pourraient mener à des conclusions. En inversant l'angle d'attaque, et en mettant de côté les notes marginales qui ont eu une descendance littéraire, l'étude du « Voltaire jamais écrit » donnerait-elle lieu à des découvertes ? Plus généralement, nous avons dressé, au long de cette étude, des comparaisons, là où cela a été possible et pertinent, avec d'autres annotateurs français et anglais du dix-huitième siècle et d'autres époques, mais cela n'a pas été fait de façon exhaustive, et un projet plus étendu, de collaboration, sur les *marginalia* et notes de lecture des Lumières donnerait lieu à des conclusions plus complètes, notamment sur les rapports entre type de production littéraire et notes marginales, ainsi que sur les us et coutumes, stylistiques et formels, d'un point de vue comparatif.

Pour revenir à la question d'Antoine Compagnon citée en début de parcours, qui demande pourquoi on publierait « les notes de lecture d'un auteur devenu célèbre [...] sinon selon l'hypothèse qu'il s'agit là d'un premier état de sa propre écriture[5] » – et par extension, de ses *marginalia*, nous répondons que ceux-ci nous permettent de découvrir en partie comment Voltaire travaillait, comment il réagissait aux ouvrages de ses confrères, comment il se percevait, comment il pensait.

L'attitude de la critique envers les matériaux para- et péritextuels a changé depuis trente-cinq ans, et on ne doute plus de l'intérêt de leur étude, même dans le cas de lecteurs inconnus sans héritage littéraire. Mais il s'agit bien ici des *marginalia* d'un écrivain. Cela ne surprendra donc pas si nous avons cru détecter une certaine ressemblance entre le style et la tonalité de l'œuvre et ceux des notes marginales, un peu comme les échos formels qu'on peut observer entre les parties constituantes des fractales. Ce n'est pas un hasard si les notes critiques et dialogiques de Voltaire s'apparentent le plus à celles de Swift, autre adepte du conte, de l'écriture polémique, tandis que les notes autobiographiques, dont le but est principalement de parler à la postérité, offrent davantage de similarités avec certaines notes de Walpole. Nous pouvons reporter sur les *marginalia* l'observation faite par Christophe Cave à propos de la correspondance de Voltaire, selon laquelle celui-ci, en devenant d'abord écrivain et par la suite homme public avec sa célébrité grandissante, n'a pas les mêmes rapports « de naïveté et de spontanéité » avec l'écriture et le lecteur (potentiel et futur dans le cas qui est le nôtre) que les « marginalistes » ordinaires[6]. Par ailleurs, qu'il se creuse un abîme entre les notes d'un Voltaire et d'un Rousseau, à la fois

5. *La Seconde Main*, p. 21.
6. *La Représentation de soi dans la Correspondance de Voltaire*, p. 53.

sur le plan volumétrique et sur le plan de l'expression, de la présence du « je », n'étonne guère.

Notre point de départ a été de classer les *marginalia* selon la fonction qu'ils ont pu avoir pour Voltaire, et de développer à partir de leurs caractéristiques matérielles des méthodologies pour analyser ces brefs manuscrits ainsi que les signes graphiques qui les accompagnent. Trop souvent, en effet, l'étude des *marginalia* se limite au contenu sans prendre en compte leur matérialité, que ce soit l'instrument d'écriture employé, les papiers utilisés pour des insertions, le déploiement de la note dans les espaces du livre. Nous avons montré que négliger cet aspect des traces et des commentaires risque de restreindre le champ de compréhension qu'on peut atteindre. Ces éléments peuvent nous instruire sur les conditions d'une lecture, une chronologie au moins relative dans le cas de plusieurs lectures, l'attitude du lecteur en jetant sa note sur le papier. Mais nous avons également montré qu'il peut être question dans les *marginalia* d'une littérarité qui mérite l'étude, non seulement dans le cas de Voltaire, mais pour d'autres « marginalistes » aussi. Nous espérons que les tendances que nous avons esquissées ici, par exemple autour de la question de la brièveté et de la rapidité, de la réactivité des voix de la note, stimuleront des recherches autour d'autres lecteurs, écrivains ou non.

Ayant examiné les *marginalia* de Voltaire sous plusieurs angles, quel bilan dresser ? La note marginale a pour Voltaire plusieurs fonctions : de repérage, de commentaire (souvent cathartique), de témoignage, de maintien d'une image de soi. Comme on s'en doute, dans le cas d'un écrivain, chacune de ces fonctions majeures entretient un lien fort avec son activité principale, qui est l'écriture. En effet, on pourrait presque parler d'une interpénétration, d'un brouillage des frontières entre lire et écrire. De toutes les traces de lecture ce ne sont, à quelques exceptions près, que les traces non verbales qui semblent représenter véritablement la lecture au premier degré. Et encore faut-il exclure bon nombre de signets, qui incarnent la « vectorialité » du projet – que celui-ci soit en cours ou seulement potentiel. Lire la plume à la main, c'était pour Voltaire presque un mode d'existence. Nous en avons vu le résultat, dans toute sa riche variété. La note marginale, pour des raisons que l'on comprend, a été considérée traditionnellement comme un paratexte, écrite comme elle l'est en marge du *textus*. Chez Voltaire, comme chez d'autres auteurs sans doute, l'opération « marginante » prend de l'ampleur et une tension s'instaure entre l'aspect paratextuel et le fait qu'il s'agit bel et bien, malgré tout, de *textes*. Dès que l'on accorde à la note marginale une place centrale, comme cela a été le cas dans la présente étude, son statut bascule ; elle quitte les coulisses et devient texte à part entière.

# Ouvrages cités

## Ouvrages de référence


Библиотека Вольтера: каталог книг [*Bibliothèque de Voltaire : catalogue des livres*], éd. M. P. Alekseev et T. N. Kopreeva (Moscou, Éditions de l'Académie des Sciences de l'URSS, 1961).

Caussy, Ferand, *Inventaire des manuscrits de la bibliothèque de Voltaire* (Paris, s.n., 1913, rééimpr. Genève, Slatkine, 1970).

*Corpus des notes marginales de Voltaire*, éd. L. Albina, N. Elaguina *et al.* (Berlin et Oxford, Akademie Verlag et Voltaire Foundation, 1979- ).

*Electronic Enlightenment*, éd. R McNamee et autres. Vers. 2.1. (University of Oxford, 2013). Web. 15 février 2017. <http://www.e-enlightenment.com>

Havens, George R. et Norman L. Torrey, *Voltaire's catalogue of his library at Ferney*, *SVEC* 9 (1959).

*Inventaire Voltaire*, éd. J.-M. Goulemot, A. Magnan et D. Masseau (Paris, Gallimard, 1995).

Voltaire, *Œuvres complètes de Voltaire*, éd. L. Moland, 52 vol. (Paris, Garnier frères, 1877-1885).

–, *Œuvres complètes de Voltaire* (Oxford, Voltaire Foundation, 1968- ).

–, *Œuvres complètes de Voltaire, avec des remarques et des notes historiques, scientifiques et littéraires*, 95 vol. (Paris, Dalibon, 1824-1832).

*Voltaire, ses livres et ses lectures*, *Catalogue électronique de sa bibliothèque et relevé de ses autres lectures*, éd. U. Kölving et A. Brown. Cédérom (Ferney-Voltaire, CIEDS, 2007).


## Manuscrits


[*Carte du pays de Gex*] (Saint-Pétersbourg, Bibliothèque de Voltaire, Manuscrits, t. 13, f. 289).

Diamante, Juan Bautista, *El Honrador de su padre* (Saint-Pétersbourg, Bibliothèque de Voltaire, pot-pourri Dissertation [t. XIII], cote 11-114).

Du Marsais, César Chesnau, *Analyse de la religion chrétienne* (Saint-Pétersbourg, Bibliothèque de Voltaire, Manuscrits, t. 9, f. 449-464*v*).

*Mémoire* (Paris, BnF : nouv. ac. fr. 24342, f. 56-61*v*).
PORTALIS, Jean-Étienne-Marie, *Consultation sur la validité des mariages protestants de France* (Paris, Cour de cassation).
ROUSSEAU, Jean-Jacques, *Lettre de Jean-Jaques* [*sic*] *Rousseau* (Saint-Pétersbourg, Bibliothèque de Voltaire, pot-pourri t. 49, cote 11-208).
VOLTAIRE, [*Cahier autographe de Voltaire*] (Cambridge, Fitzwilliam Museum : ms. 7-1961).
–, [*Chapitre des arts*] (Saint-Pétersbourg, Bibliothèque de Voltaire, Manuscrits, t. 8, f. 31-71).
–, [*Fragment 13c*] (Oxford, Voltaire Foundation : MS19).
–, [*Leningrad notebooks*] (Saint-Pétersbourg, Bibliothèque de Voltaire, Manuscrits, t. 5, f. 1-134).
–, [*Third Paris notebook*] (Paris, BnF : nouv. ac. fr. 24342, f. 353-354*v*).

**Ouvrages publiés avant 1800**

CHESTERFIELD, Philip Dormer Stanhope, comte de, *Letters* […] *to his son*, 2 vol. (Dublin, Lynch, 1774).
–, *Miscellaneous Works*, 3 vol. (Dublin, Watson, Whiteston *et al.*, 1777).
CUMBERLAND, Richard, *Sanchoniatho's Phenician history* (Londres, Wilkin, 1720, BV921).
*Dictionnaire de l'Académie française*, 2 vol. (Paris, Brunet, 1762, BV1028).
*Encyclopédie, ou dictionnaire raisonné des sciences, des arts et des métiers*, éd. J. Le Rond D'Alembert et D. Diderot, 35 vol. (Paris, Briasson, 1751-1780).
*Évangile du jour*, éd. Voltaire, 18 vol. (Londres [Amsterdam, Rey], 1769-1780).
MAUPERTUIS, Pierre Louis Moreau de, *Œuvres* (Dresde, Walther, 1752).
MERCIER, Louis-Sébastien, *Tableau de Paris*, 12 vol. (Amsterdam, s.n. [Neuchâtel, Société typographique], 1782-1788).
« Philalethes » (pseud.), « Voltaire's censure of bishop Warburton examined », *The London magazine* (février 1773), p. 72-73.
POPE, Alexander, *The Dunciad. An heroic poem* (Londres, Faulkner *et al.*, 1728).
ROCHESTER, John Wilmot, comte de, *et al.*, *The Works of the Earls of Rochester, Roscomon, and Dorset* (Londres, s.n., 1731).
SOREL, Charles, *De la prudence ou des bonnes règles de la vie*, 2 parties en 1 vol. (Paris, Pralard, 1673).
WARBURTON, William, *The Divine Legation of Moses*, tome 2 (Londres, Millar et Tonson, 1758, BV3827).

**Ouvrages publiés avant 1800 avec** *marginalia*[1]

ALGAROTTI, Francesco, *Il Neutonianismo* (Naples, Hertz, 1746, BV47).

*Apparition du cardinal Albéroni* (S.l.n.d. [1771], BV87).

ARGENSON, René-Louis de Voyer, marquis d', *Considérations sur le gouvernement ancien et présent de la France* (Amsterdam [Paris], Rey, 1764, BV98).

ARIOSTE, *Delle satire e rime* (Hambourg, Vandenhoek, 1732, BV101).

ARISTOTE, *Poétique*, trad. A. Dacier (Paris, Barbin, 1692, BV102).

ARNAULD, François-Thomas-Marie de Baculard d', *Fayel* (Paris, Jay, 1770, BV108).

*Arrêt de la cour du Parlement* […] *du 6 août 1762* (Paris, Simon, 1762, BV125).

AUBERY, Antoine, *L'Histoire du cardinal Mazarin*, 2 vol. (Rotterdam, Leers, 1695, BV209).

BAYLE, Pierre, *Œuvres diverses*, 4 vol. (La Haye [Trévoux], Compagnie des libraires, 1737, BV290).

BEAUVAIS, Jean-Baptiste de, *Oraison funèbre de* […] *Louis XV* (Paris, Desprez, 1774, BV311).

BELLOY, Pierre-Laurent de, *Gabrielle de Vergy* (Paris, veuve Duchesne, 1770, BV334).

BERKELEY, George, *Dialogues entre Hylas et Philonous* (Amsterdam [Paris], s.n., 1750, BV361).

BERNARD, Jacques, *Actes et mémoires des négociations de la paix de Ryswick*, 3 vol. (La Haye, Adriaan Moetjens, 1699, BV364).

BERNARD, Pierre-Joseph, *Phrosine et Mélidore* (Messine et Paris, Le Jay, 1772, BV368).

BERNIER, François, *Abrégé de la philosophie de Gassendi*, 8 vol. (Lyon, Anisson, 1678, BV372).

BOERHAAVE, Hermann, *Elementa chemiae*, 2 vol. (Paris, 1733, Cavelier, BV433).

BONNET, Charles, *Contemplation de la nature*, 2 vol. (Amsterdam, Rey, 1764, BV466)

BOUHOURS, Dominique, *La Vie de saint François Xavier, de la Compagnie de Jésus, apôtre des Indes et du Japon*, 2 vol. (Paris, Veuve Bordelet, 1754, BV502).

BOYVE, Jacques-François, *Remarques historiques sur la Pays de Vaud*, 2 vol. (Neuchâtel, les éditeurs du Journal helvétique, 1756), avec des annotations de La Harpe (Saint-Pétersbourg, BnR : X.58.45).

1. Sauf indication contraire, la présence d'un numéro BV signifie que les annotations sont de Voltaire.

BRAITHWAITE, John, *The History of the revolutions in the Empire of Morocco* (Londres, Barby et Browne, 1729, BV534).

BRUMOY, Pierre, *Le Théâtre des Grecs*, 3 vol. (Paris, Rollin père, Coignard, Rollin fils, 1730, BV556).

BUFFON, George-Louis Leclerc, comte de, *Histoire naturelle*, 16 vol. (Paris, Imprimerie Royale, 1750-1770, BV572).

CALMET, Augustin, *Commentaire littéral sur tous les livres de l'Ancien et du Nouveau Testament*, 25 vol. (Paris, Emery, 1709-1734 [collection composite], BV613).

–, *Dissertations qui peuvent servir de prolégomènes de l'Écriture Sainte*, 3 vol. (Paris, Eméry père, 1720, BV616).

CASTEL, Louis-Bertrand, *L'Homme moral opposé à l'homme physique de M. R**** (Toulouse, s.n., 1756, BV648).

CATIFORO, Antonio, *Vita di Pietro il Grande imperador della Russia* (Venise, Pitteri, 1739, BV668).

CERUTI, Giacinto, *Il Libre di Giobbe* (Turin, Stamperia reale, s.d. [1759], BV687).

CERVANTES SAAVEDRA, Miguèl de, *Vida y hechos del ingenioso hidalgo Don Quixote de la Mancha*, 4 vol. (La Haye, Gosse et Moetjens, 1744), avec annotations de Voltaire (Saint-Pétersbourg, BnR : 6.30.8.4).

CHAMBRUN, Jacques Pineton de, *Les Larmes de Jacques Pineton de Chambrun* (La Haye, s.n., 1726, BV702).

CHARLEVOIX, Pierre-François-Xavier, *Histoire du Paraguay*, 3 vol. (Paris, Desaint et Saillant, David, Durand, 1756, BV717).

CHASTELLUX, François-Jean de, *De la félicité publique*, 2 vol. (Amsterdam, Rey, 1772), avec annotations de Voltaire (Moscou, Musée historique [ГИМ] : Ф 166, 76185/2567).

CHESELDEN, William, *The Anatomy of the Human Body* (Londres, Bowyer, 1740, BV745).

CORNEILLE, Pierre, *Le Théâtre de P. Corneille*, 2 parties (Rouen et Paris, Iolly, 1664, BV862).

–, *Le Théâtre de Pierre Corneille*, 6 vol. (Paris, David père, 1747, BV864).

*Corpus iuris canonici academicum emendatum et notis illustratum*, 2 vol. (Bâle, Thurneysen, 1757, BV871).

COURT DE GÉBELIN, Antoine, *Toulousaines, ou lettres historiques et apologétiques en faveur de la religion réformée* (Édimbourg, s.n., 1763, BV886).

CRÉBILLON, Prosper Jolyot de, *Œuvres de M. de Crébillon*, 2 vol. (Paris, Imprimerie royale, 1750, BV907).

CUDWORTH, Ralph, *Systema intellectuale*, 2 vol. (Iena, Meyer, 1733), avec annotations de Diderot (Saint-Pétersbourg, BnR : 36.7.1.10).

DANTE ALIGHIERI, *Comedia del divino poeta Danthe Alighieri* (Venise, G. G. da Trino, 1536, BV940).

DARIGRAND, Edme-François, *L'Anti-financier* (Amsterdam [Paris], s.n., 1763, BV941).

DELLA CASA, Giovanni, *Prose et rime* (Paris, Davitte, 1727), avec des annotations de Voltaire (Saint-Pétersbourg, BnR : 6.17.7.49).

DESCARTES, René, *Discours de la méthode*, 2 vol. (Paris, Mouchet, 1724, BV993).

–, *Lettres de M. Descartes*, 6 vol. (Paris, Compagnie des librairies, 1724-1725, BV996), avec des annotations d'Émilie du Chatelet.

DESHOULIÈRES, Antoinette et Antoinette-Thérèse Deshoulières, *Œuvres de Madame et de mademoiselle Deshoulières*, 2 parties (Paris, Durand, 1747, BV1009).

DIDEROT, Denis, *Pensées philosophiqes* (Londres [Amsterdam], s.n., 1777, BV1038).

*Discours prononcés dans l'Académie française* (Paris, Coignard, 1734, BV1053).

DODSLEY, Robert, *Cleone* (Londres, s.n., 1759), avec annotations de Voltaire (Saint-Pétersbourg, BnR : 6.31.7.1).

DUJARDIN, François, *Histoire de la chirurgie* (Paris, Imprimerie Royale, 1780), avec annotations de Diderot (Saint-Pétersbourg, BnR : 4.9.2a.50).

DULAURENS, Henri-Joseph, *Le Compère Matthieu*, t. 1 (Londres [Amsterdam], Compagnie, 1766, BV1138).

DU MARSAIS, César Chesnau, *Analyse de la religion chrétienne* (S.l.n.d. [1766], BV1141).

ECHARD, Laurent, *Histoire romaine*, 6 vol. (Paris, Martin, 1728, BV1200).

*Éphémérides du citoyen*, 12 vol. (Paris, Delalain et Lacombe, 1767-1771, BV1224).

*Extrait des registres du Grand-Conseil du 24 juillet 1527* (S.l.n.d. [1765], BV1265).

FÉNELON, François de Salignac de La Mothe, *Œuvres philosophiques, ou démonstration de l'existence de Dieu* (Amsterdam, Chatelain, 1731), avec annotations de Voltaire (Saint-Petersbourg, Tsarskoye Selo).

FLEURY, Claude, *Les Mœurs des Israélites* (Bruxelles et Liège, Broncart, 1753, BV1353).

FONCEMAGNE, Étienne Lauréault de, *Lettre sur le Testament politique du cardinal de Richelieu* (s.l., s.n., 1750, BV1356).

FRÉDÉRIC II, *Réflexions sur les talents militaires et sur le caractère de Charles XII, roi de Suède*, (s.l., s.n., 1759, BV1404).

GACHET D'ARTIGNY, Antoine, *Nouveaux Mémoires d'histoire, de critique et de littérature*, 4 vol. (Paris, Débure, 1749-1751, BV1409).

GAILLARD, Gabriel-Henri, *Histoire de François Premier*, 7 vol. (Paris, Saillant, 1766-1769, BV1419).

GAYOT DE PITAVAL, François, *Causes célèbres et intéressantes*, 20 vol. (Paris, Le Gras, 1739-1754, BV1442).

GRABE, Johann-Ernst, *Spicilegium SS. patrum*, 2 vol. (Oxford, Owen, 1700, BV1509).

GROTIUS, Hugo, *Traité de la vérité de la religion chrétienne* (Amsterdam, Ledet, 1728, BV1555).

GUARINI, Giovanni Battista, *Il Pastor fido* (Amsterdam, Schouten, 1736, BV1562).

GUDIN DE LA BRENNELLERIE, Paul-Philippe, *Aux mânes de Louis XV, et des grands hommes qui ont vécu sous son règne*, 2 parties (Deux-Ponts, Imprimerie ducale, 1776, BV1563).

GUEZ DE BALZAC, Jean-Louis, *Les Œuvres* (Paris, Fuchet, 1628, BV251).

GUIGNES, Joseph de, *Mémoire, dans lequel on prouve, que les Chinois sont une colonie égyptienne* (Paris, Desaint et Saillant, 1759, BV1574).

GUILBERT, Pierre, *Mémoires historiques et chronologiques sur l'Abbaye de Port-Royal des Champs*, t. 1 (Utrecht [Paris], s.n., 1755, BV1576).

HARRINGTON, James, *Oceana* (Dublin, Smith and Bruce, 1737), avec annotations de Diderot (Saint-Pétersbourg, BnR : 10.7.2.111a).

HARRIS, John, *Lexicon Technicum*, 2 vol. (Londres, Brown, Goodwin, etc., 1708), avec annotations de Diderot (Saint-Pétersbourg, BnR : 16.29.2.15).

HELVÉTIUS, Claude-Adrien, *De l'esprit* (Paris, Durand, 1758, BV1609).

–, –, avec annotations de J.-J. Rousseau (Paris, BnF : Rés. R. 895).

–, *De l'homme*, 2 vol. (Londres [La Haye], Société typographique, 1773, BV1610).

–, –, 3 vol. (Amsterdam, s.n., 1774, BV1611).

– (attribué à), *Le Vrai Sens du Système de la nature* (Londres, s.n. [Maastricht, Dufour et Roux], BV1613).

–, –, avec annotations de Voltaire (Rouen, Bibliothèque municipale : MS Montbret 806).

D'HOLBACH, Paul Henri Thiry, *Le Bon Sens* (Londres, s.n., 1774, BV1648).

– (attribué à Boulanger), *Le Christianisme dévoilé* (Londres, s.n., 1756), avec annotations de Diderot (Saint-Pétersbourg, BnR : 16.8.4.19).

HOLWELL, John Zephaniah, *Interesting Historical Events*, 2 vol. (Londres, Becket et de Hondt, 1766-1767, BV1666).

HOMÈRE, *The First Book of Homer's Iliad*, trad. Thomas Tickell (Londres, Tonson, 1715), avec annotations de Pope (Hartlebury, Hurd Library, nº 1302).

–, *Homeri Ilias, cum M. Aemilii Porti, Francisci Porti Cretensis f. Latina ad verbum interpretations* (Orléans, Vignon, 1609, BV1674).

–, *L'Iliade d'Homère, traduite en français avec des remarques*, 4 vol. (Paris, Martin, Coignard et Guérin, 1741, BV1670).

HORACE, *Œuvres d'Horace en latin et en français*, 10 vol. (Amsterdam, Wetstein, 1727, BV1678).

HOUDAR DE LA MOTTE, Antoine, *Œuvres*, 10 vol. (Paris, Prault, 1753-1754, BV1901).

HOUTTEVILLE, Claude-François, *La Religion chrétienne prouvée par les faits*, 4 vol. (Paris, Le Mercier, 1749, BV1684).

HUBER, Marie, *Lettres sur la religion essentielle à l'homme, distinguée de ce qui n'en est que l'accessoire*, 4 parties (Londres [Amsterdam], s.n., 1739, BV1685), avec annotations d'Émilie du Chatelet.

HUME, David, *Essais sur le commerce* (Paris et Lyon, Saillant et Delaroche, 1767), avec annotations de Diderot (Saint-Pétersbourg, BnR : 10.14.2.290).

–, *Essays and treatises on several subjects* (Londres, Millar et Kincaid, 1758, BV1697).

–, *Histoire de la maison de Stuart*, trad. A.-F. Prévost, 3 vol. (Londres [Paris], s.n., 1760, BV1701).

–, *Histoire de la maison de Tudor*, 2 vol. (Amsterdam [Paris], s.n., 1763, BV1702).

HYDE, Edward, *History of the rebellion and civil wars in England*, 3 vol. (Oxford, at the Theater, 1731), avec des annotations de Warburton (Hartlebury, Hurd Library, n° 649).

*Ils reviendront, ils ne reviendront pas ; ou le pour et le contre* (S.l.n.d. [1771], BV1709).

JAUBERT, Pierre, *Des causes de la dépopulation* (Londres et se trouve à Paris, Dessain, 1767), avec annotations de Diderot (Saint-Pétersbourg, BnR : 10.14.2.230).

*Journal encyclopédique* (1er octobre 1761 ; 1er novembre 1764 ; 15 octobre 1769).

*The Koran*, t. 1, 3 (Amsterdam, Ackers, 1743, BV1785), avec des annotations d'Émilie du Châtelet.

LA BLÉTERIE, Jean-Philippe-René de, *Vie de l'empereur Julien* (Paris, Desaint et Saillant, 1746, BV1798).

LACTANCE, *Firminani Lactantii opera omnia*, 2 vol. (Paris, De Bure, 1748, BV1836).

LAFITAU, François-Joseph, *Mœurs des sauvages américains*, 2 vol. (Paris, Saugrain et Hochereau, 1724, BV1852).

LAMBERG, Maximilian, comte de, *Mémorial d'un mondain*, 2 vol. (Londres [Paris], s.n., 1776, BV1887).

LA METTRIE, Julien Offray de, *Histoire naturelle de l'âme* (Oxford, au dépens de l'auteur, 1747, BV1894).

Le Camus, Antoine, *La Médecine pratique, rendue plus simple, plus sûre, et plus méthodique*, 2 vol. (Paris, Ganeau, 1769, BV1974).

Leibniz, Gottfried, *Opera omnia*, 6 vol. (Genève, Tournes, 1768, BV2016).

Leonardo y Argensola, Bartolomé Juan, *Histoire des conquêtes des îles Moluques*, 3 vol. (Amsterdam, Desbordes, 1706, BV2048).

Le Roux Desheutesrayes, Michel-Ange-André, *Doutes sur la dissertation de M. de Guignes, qui a pour titre : Mémoire* […] (Paris, Prault et Duchesne, 1759, BV2052).

*Lettre d'un évêque à un de ses confrères* (s.l.n.d., BV2088).

Levesque de Burigny, Jean, *Théologie païenne ; ou sentiments des philosophes et des peuples païens les plus célèbres, sur Dieu, sur l'âme, et sur les devoirs de l'homme*, 2 vol. (Paris, Bure, 1754, BV585).

Limborch, Philippe van, *De veritate religionis christianae* (Bâle, Im-Hoff, 1740, BV2118).

Linguet, Simon-Nicolas-Henri, *Canaux navigables* (Amsterdam et Paris, Cellot, 1769, BV2121).

–, *Histoire des révolutions de l'empire romain*, 2 vol. (Paris, Desaint, 1766, BV2123).

–, *Mémoire pour M. le duc d'Aiguillon* (Paris, Quillau, 1770, BV2130).

–, *Observations sur l'imprimé intitulé : Réponse des États de Bretagne au mémoire du duc d'Aiguillon* (Paris, Le Jay, 1771, BV2132).

–, *Théorie des lois civiles*, 2 vol. (Londres [Paris], s.n., 1767, BV2136)

Lipsius, Justus, *De millitia romana libri quinque, commentarius ad Polybium* (Anvers, Plantin, 1596, BV2139).

Locke, John, *Essai philosophique concernant l'entendement humain*, 4 vol. (Amsterdam, Compagnie, 1774), avec des annotations de La Harpe (Saint-Pétersbourg, BnR : 36.9.9.5 février).

Loiseau de Mauléon, Alexandre-Jérôme, *Défense apologétique du comte de Portes* (Paris, Lormel, 1767, BV2152).

Louis XV, *Édit du roi, portant création de Conseils supérieurs* (Paris, Imprimerie royale, 1771, BV2196).

Mably, Gabriel Bonnot de, *De la législation ou principes des lois*, 2 parties (Amsterdam [Genève ?], s.n., 1776, BV2238).

Machiavel, Nicolas, *Opere di Nic. Machiavelli*, 4 parties. (La Haye, [s.n.], 1726, BV2242).

Maimbourg, Louis, *Histoire de la Ligue*, 2 vol. (Paris, Mabre-Cramoisy, 1683), avec annotations anonymes (Hartlebury, Hurd Library, n° 1761).

Maintenon, Françoise d'Aubigné, marquise de, *Lettres de madame de Maintenon*, 2 vol. (Nancy, Deilleau [Francfort, Eslinger], 1752, BV2267).

Malebranche, Nicolas, *De la recherche de la vérité où l'on traite de la nature de l'esprit de l'homme*, 3 vol. (Paris, David, 1700, BV2276).

MANDAJORS, Louis Desours de, *Histoire critique de la Gaule narbonnaise* (Paris, Dupuis, 1733, BV2299).
*Manifeste de la République confédérée de Pologne* (s.l. [Paris], s.n., 1770, BV2304).
MARTIAL, *M. Valerii Martialis Epigrammata* (Londres, Tonson, 1716, BV2341).
MAUPERTUIS, Pierre Louis Moreau de, *Lettres* (Dresde, Walther, 1752, BV2368).
MÉNAGE, Gilles, *Ménagiana*, 4 vol. (Paris, Delaulne, 1729, BV2417).
MÉZERAY, François Eudes, *Histoire de France avant Clovis* (Amsterdam, Schelle, 1696, BV2445).
MIÈGE, Guy, *The Great French Dictionary* (Londres, Redmayne, 1688, BV2450).
–, *The Present State of Great Britain*, 3 vol. (Londres, Nicholson, 1717-1718, BV2451).
MILLE, Antoine-Étienne, *Abrégé chronologique de l'histoire ecclésiastique, civile et littéraire de Bourgogne*, 2 vol. (Dijon, Causse, 1771, BV2456).
MINUCIUS FÉLIX, *M. Minucii Felicis Octavius, et Caecilii Cypriani De idolor. vanitate* (Paris, Du Puis, 1643, BV2463).
MIRABEAU, Victor Riqueti, marquis de, *Théorie de l'impôt* (S.l., s.n., 1760, BV2468).
MONCRIF, François-Augustin Paradis de, *Essais sur la nécessité et sur les moyens de plaire* (Paris, Prault, 1738, BV2479).
MONTAGU, Mary Wortley, *Letters of the right honourable lady*, 3 vol. (Londres, Becket et Hondt, 1763, BV2487).
MONTESQUIEU, Charles-Louis de Secondat, baron de La Brède et de, *De l'esprit des lois*, 2 vol. (Leyde, Libraires associés, 1749, BV2496).
NAIGEON, Jacques-André, *Examen critique des apologistes* (S.l., s.n., 1766, BV2546).
–, *Le Militaire Philosophe* (Londres [Amsterdam, Rey], 1768, BV2550).
NECKER, Jacques, *Sur la législation et le commerce des grains*, 2 vol. (Paris, 1775, Pissot, BV2558).
NIEUWENTIJT, Bernard, *L'Existence de Dieu, démontrée par les merveilles de la nature* (Amsterdam et Leipzig, Arkstée et Merkus, 1760, BV2576).
NONNOTTE, Claude-François, *Les Erreurs de Voltaire*, 2 vol. (Amsterdam [Paris], Compagnie des libraires, 1766, BV2579).
NOVI DE CAVEIRAC, Jean, *Apologie de Louis XIV* (S.l., s.n., 1758, BV2593).
OLEARIUS, *Voyages très curieux et très rennomés faits en Moscovie, Tartarie et Perse*, 2 vol. (Amsterdam, Le Gène, 1727, BV2606).
OVIDE, *Pub. Ovidii Nasonis Opera omnia*, 3 vol. (Leyde, Leffen, 1662, BV2628).

PAGI, Antoine, *Histoire de Cyrus le Jeune, et de la retraite des dix mille* (Amsterdam, Wetstein et Smith, 1736, BV2633).

PASCAL, Blaise, *Pensées de M. Pascal sur la religion et sur quelques autre sujets* (Amsterdam, Wolfgang, 1684, BV2653).

–, –, (Paris, Desprez et Cavelier, 1748, BV2654).

PASQUIER, Étienne, *Œuvres d'Estienne Pasquier*, 2 vol. (Amsterdam [Trévoux], Compagnie, 1723, BV2657).

PLATON, *Divini Platonis Opera omnia* (Lyon, Vincent, 1567, BV2751).

–, *Les Œuvres de Platon*, 2 vol. (Amsterdam, Roger, 1760, BV2750), avec des annotations d'Émilie du Châtelet.

PLUCHE, Noël-Antoine, *Histoire du ciel considéré selon les idées des poètes, des philosophes, et de Moïse*, 2 vol. (Paris, veuve Étienne, 1739, BV2763).

–, *Le Spectacle de la nature*, t. 1-5, 7 (Paris, Estienne et Desaint, 1732-1746, BV2765).

PLUQUET, François-André-Adrien, *Examen du fatalisme*, 3 vol. (Paris, Didot et Barrois, 1757, BV2769).

–, *Mémoires pour servir à l'histoire des égarements de l'esprit humain par rapport à la religion chrétienne*, 2 vol. (Paris, Nyon et Barrois, 1762, BV2770).

POPE, Alexander, *The Works*, 2 vol. (Londres, Lintot, 1717-1735, BV2792).

RACINE, Jean, *Œuvres*, tome 2 (Paris, Nyon père, 1736, BV2855).

RAYNAL, Guillaume-Thomas-François, *Histoire philosophique et politique des établissements et du commerce des Européens dans les deux Indes*, 2 vol. (Paris, Durand et Pissot, 1750, BV2876).

REGNAULT, Noël, *L'Origine ancienne de la physique nouvelle* (Paris, Clousier, 1734, BV2920).

*Relation de ce qui est arrivé à Stockholm le 19 août 1772, au 21 inclusivement* (Versailles, imprimerie du département des Affaires étrangères, 1772, BV2923).

ROBERTSON, William, *The History of the reign of the emperor Charles V*, 3 vol. (Londres, Strahan, BV2996).

ROBINET, Jean Baptiste René (attribué à), *Lettres de M. de Voltaire à ses amis du Parnasse* (Genève, s.n., 1766), avec des annotations de Voltaire (Bruxelles, Bibliothèque royale de Belgique, L.P. 5.481 A).

ROLLIN, Charles, *Histoire ancienne des Égyptiens, des carthaginois, des Assyriens, des Babyloniens, des Mèdes et des Perses, des Macédoniens, des Grecs*, 13 vol. (Amsterdam, Wetstein et Smith, 1734-1739, BV3009).

–, *Histoire romaine depuis la fondation de Rome jusqu'à la bataille d'Actium*, 16 vol. (Amsterdam, Wetstein et Smith, 1739-1748, BV3010).

Rousseau, Jean-Baptiste, *Œuvres diverses*, 3 vol. (Amsterdam, Changuion, 1729, BV3024).

Rousseau, Jean-Jacques, *Discours sur l'origine et les fondements de l'inégalité* (Amsterdam, Rey, 1755, BV3034).

–, *Émile ou de l'éducation*, 4 vol. (Amsterdam [Paris], Néaulme, 1762, BV3035).

–, –, 4 vol. (Leipzig [Lyon], Weidmann & Reich [Bruyset], 1762) avec annotations de Voltaire (Genève, Bibliothèque de Genève : OR 35).

–, *Œuvres*, tome 3, 2de partie (Amsterdam, Rey, 1763, BV3028).

–, *Principes du droit politique* (Amsterdam, Rey, 1762, BV3037).

Roussel, Pierre, *Système physique* (Paris, Vincent, 1775), avec annotations de Diderot (Saint-Pétersbourg, BnR : 4.5.5.56).

Roustan, Antoine-Jacques, *Lettres sur l'état présent du christianisme* (Londres [Bâle], Heydinger, 1768, BV3049).

Saint-Réal, César Vichard de, *Les Œuvres*, 6 vol. (Paris, Huart, 1745, BV3072).

Santeul, Jean de, *La Vie et les bons mots de M. Santeuil*, 2 vol. (Cologne, L'Enclume, 1722, BV3087).

Schwan, Christian-Friedrich, *Anecdotes russes, ou lettres d'un officier allemand à un gentilhomme livonien* (Londres [La Haye], Compagnie, 1764, BV3121).

Scudéry, Madelaine de, *Clélie*, 5 parties (Paris, Courbé, 1655-1661, BV3122).

Séguy, Joseph, *Oraison funèbre de très haut et très puissant seigneur Louis-Hector de Villars* (Paris, s.n., 1735, BV3135), avec des annotations d'Émilie du Châtelet.

s'Gravesande, Willem-Jacob, *Physices elementa mathematica, experimentis confirmata*, 2 vol. (Leyde, Vander Aa, 1721-1725, BV1528).

Sissous, Pierre-Louis (dit de Valmire), *Dieu et l'homme* (Amsterdam [Troyes], s.n., 1771, BV3184).

Solis y Rivadeneyra, Antonio de, *Histoire de la conquête du Mexique* (Paris, Ambouin, Émery et Clouzier, 1691, BV3190), avec des annotations d'Émilie du Châtelet.

Spon, Jean-François, baron de, *Mémoires pour servir à l'histoire de l'Europe, depuis 1740 jusqu'à la paix générale*, 3 t. en 4 vol. (Amsterdam, Compagnie, 1749, BV3205).

Stanley, Thomas, *Historia philosophiae, vitas, opiniones, resque gestas, et dicta philosophorum sectae cujusvis complexa autore Thoma Stanlejo*, 3 vol. (Venise, Coleti, 1731, BV3208).

Suétone, *C. Suetonius Tranquillus et in eum Commentarius exhibente Joanne Schildio* (Leyde, Hack, 1662, BV3220).

TACITE, *Tacite avec des notes politiques et historiques*, trad. Nicolas Amelot de La Houssaie, 2 vol. (La Haye, van Bulderen, 1692, BV3237).

–, –, 2 vol. (Rotterdam, Fritsch et Bohm, 1709, BV3238).

–, *Tibère, ou les six premiers livres des Annales de Tacite*, trad. Jean-Philippe-René de La Bléterie, 3 vol. (Paris, Imprimerie royale, 1768, BV3239).

TAILHÉ, Jacques, *Abrégé chronologique de l'histoire de la Société de Jésus* (s.l., s.n., 1760, BV3241).

TALBOT, Robert, *Lettres du chevalier Robert Talbot de la suite du duc de Bedford à Paris en 1762*, 2 vol. (Amsterdam, Changuion, 1768, BV3245).

TASSO, Torquato, *La Gerusalemme liberata* (Gênes, Pavoni, 1617), avec annotations de Voltaire (Saint-Pétersbourg, BnR : 6.65.1.18).

THÉVENIN, François, *Œuvres de maître François Thévenin* (Lyon, Carte, 1691, BV3278).

TINDAL, Matthew, *Christianity as old as the Creation* (Londres, s.n., 1730), avec annotations de William Warburton (Hartlebury, Hurd Library : n° 2737).

[TRONCHET, François-Denis], *Mémoire pour M. le maréchal, duc de Richelieu* (Paris, 1775, BV2405).

TRONCHIN, Jean-Robert, *Lettres populaires, où l'on examine la réponse aux Lettres écrites de la campagne* (S.l.n.d. [1765], BV3364).

VALÈRE MAXIME, *Dictorum factorumque memorabilium libri IX* (Lyon, Tournes et Gazeau, 1558, BV3386).

VAUBAN, Sébastien le Prestre, marquis de, *Projet d'une dîme royale* (s.l., s.n., 1707, BV3405).

VAUVENARGUES, Luc de Clapiers, marquis de, *Introduction à la connaissance de l'esprit humain* (Paris, Briasson, 1746), avec annotations de Voltaire (Aix-en-Provence, Bibliothèque Méjanes, Rés. D.17).

VEYSSIÈRE DE LACROZE, Mathurin, *Entretiens sur divers sujets d'histoire, de littérature, de religion et de critique* (Cologne [Amsterdam], Marteau, 1733, BV3435).

VOLTAIRE, *La Henriade* (Londres, Gandouin, 1741), avec dédicace de Voltaire (Aylesbury, Waddesdon Manor, n° 715).

–, *Le Pauvre Diable* (Paris, s.n., 1758 [Genève, Cramer, 1760]), avec corrections et dédicace de Voltaire (Paris, BnF : Rés. Ye. 5011).

–, *Recueil nécessaire* (Leipzig, s.n., 1765 [Genève, Cramer, 1766], BV3748).

–, – (Londres [Amsterdam], s.n., 1768, BV3750).

WARBURTON, William, *The Divine Legation of Moses*, 3 vol. (Londres, Gyles, 1738-1741, BV3825).

–, –, 2 vol. (Londres, Knapton, 1755, BV3826).

**Ouvrages publiés après 1800**

ALBINA, Larissa L., « Découverte de nouveaux livres de la bibliothèque de Voltaire », *Le Siècle de Voltaire. Hommage à René Pomeau*, éd. Ch. Mervaud et S. Menant, 2 vol. (Oxford, Voltaire Foundation, 1987), t. 1, p. 1-14.

–, « Les notes de Voltaire en marge des livres de sa bibliothèque personnelle », *Bulletin du bibliophile* (1993) 2, p. 393-404.

–, « Les notes de Voltaire en marge des livres de sa bibliothèque personnelle », *Revue Voltaire* 3 (2003), p. 9-18.

ARISTOTE, *Rhétorique*, 3 vol., éd. et trad. M. Dufour et A. Wartelle (Paris, Belles-lettres, 1960-1973).

BARBER, Giles, *The James A. de Rothschild Bequest at Waddesdon Manor: printed books and bookbindings*, 2 vol. (Aylesbury, The Rothschild Foundation, 2013).

BARBERA, Sandro, « La bibliothèque d'Arthur Schopenhauer » dans *Bibliothèques d'écrivains*, éd. P. D'Iorio et D. Ferrer (Paris, CNRS, 2001), p. 101-120.

BATTIGELLI, Anna, « "To conclude aright within ourselves": Narcissus Luttrell and the burden of the Protestant reader », *The Reader revealed*, éd. Sabrina Alcorn Baron (Washington, Folger Shakespeare Library, 2001), p. 75-83.

BEER, Gavin de et André-Michel ROUSSEAU, *Voltaire's British visitors*, *SVEC* 49 (1967).

BERNARD, Bruno, « Citations et références dans les ouvrages historiques de Voltaire », *Voltaire et le livre*, éd. F. Bessire et F. Tilkin (Ferney-Voltaire, CIEDS, 2009), p. 233-241.

BESSIRE, François, « Les marges des bibles de Voltaire », *Revue Voltaire* 3 (2003), p. 45-57.

–, « Un après-midi chez Voltaire : récit inédit d'une visite à Ferney », *Cahiers Voltaire* 1 (2002), p. 109-113.

–, « Voltaire lecteur de dom Calmet », *SVEC* 284 (1991), p. 139-177.

BESTERMAN, Theodore, « Voltaire's commentary on Frederick's *L'art de la guerre* », *SVEC* 2 (1956), p. 61-206.

–, « Voltaire's notebooks: thirteen new fragments », *SVEC* 148 (1976), p. 7-35.

BIASI, Pierre-Marc de, *Génétique des textes* (Paris, CNRS, 2011).

–, « La notion de "carnet de travail" : le cas de Flaubert », *Carnets d'écrivains*, éd. L. Hay (Paris, CNRS, 1990), p. 23-56.

*Библиотека Вольтера в Санкт-Петербурге* [*Biblioteka Vol'tera v Sankt-Petersburge*] (Saint-Pétersbourg, Bibliothèque nationale de Russie, 2002).

BONNET, Jean-Claude, « La visite à Ferney », dans *Le Siècle de Voltaire*, éd. Ch. Mervaud et S. Menant, 2 vol. (Oxford, Voltaire Foundation, 1987), t. 1, p. 125-135.

BOUVY, Eugène, *Voltaire et l'Italie* (Paris, Hachette, 1898).

BROWN, Andrew, « Des notes inédites de Voltaire : vers une nouvelle édition de ses carnets », *Cahiers Voltaire* 8 (2009), p. 61-80.

BROWNELL, Morris R., « Hester Lynch Piozzi's marginalia », *Eighteenth-Century Life* 3 (1977), p. 97-100.

BRUMFITT, J. H., « Voltaire and Warburton », *SVEC* 18 (1961), p. 35-56.

BRUNOT, Ferdinand, *Histoire de la langue française des origines à 1900*, 14 t. en 22 vol. (Paris, Armand Colin, 1924-1948), t. 6.

CABANE, Franck, *L'Écriture en marge dans l'œuvre de Diderot* (Paris, Champion, 2009).

CAMBOU, Pierre, « Notes marginales et fonction médiatrice de l'écriture voltairienne », *Revue Voltaire* 3 (2003), p. 37-44.

CAMPARIO, Jean-François, *Simon Bigex, le philosophe : heurs et malheurs d'un secrétaire de Voltaire* (Annecy, Académie Salésienne, 2009).

CAMPIONI, Giuliano, Paolo D'IORIO *et al.*, *Nietzsches persönliche Bibliothek* (Berlin, de Gruyter, 2003).

*Carnets d'écrivains*, éd. L. Hay (Paris, CNRS, 1990).

CAVE, Christophe, *La Représentation de soi dans la Correspondance de Voltaire*, thèse de doctorat (Université Lyon 2, dir. P. Rétat, 1996).

CELEYRETTE-PIETRI, Nicole, « Les carnets inédits de Valéry », dans *Carnets d'écrivains*, éd. Louis Hay (Paris, CNRS, 1990), p. 119-129.

CHAPRON, Emmanuelle, « Lire plume à la main. Lire et écrire à l'époque moderne à travers les ouvrages annotés du fonds ancien du Centre culturel irlandais à Paris », *Revue française d'histoire du livre* 131 (2010), p. 45-69.

COFFMAN, Ralph J., *Coleridge's library: a bibliography of books owned or read by Samuel Taylor Coleridge* (Boston, G. K. Hall, 1987).

COLLINI, Côme Alexandre, *Mon Séjour auprès de Voltaire et lettres inédites*, éd. R. Trousson (Paris, Champion, 2009).

COMPAGNON, Antoine, *La Seconde Main ou le travail de la citation* (Paris, Seuil, 1979).

*Copier/coller. Écriture et réécriture chez Voltaire*, éd. O. Ferret, G. Goggi et C. Volpilhac-Auger (Pise, Edizioni Plus, 2007).

CORON, Antoine, « "Ut prosint aliis" : Jacques-Auguste de Thou et sa bibliothèque », dans *Histoire des bibliothèques françaises*, éd. Pascal Fouché, 4 vol. (Paris, Promodis-Cercle de la librairie, 1989-1992), t. 2, p. 100-125.

COTONI, Marie-Hélène, « Les notes marginales de Voltaire sur l'*Extrait du Projet de paix perpétuelle de Castel de Saint-Pierre* », *Revue Voltaire* 3 (2003), p. 59-67.

CRONK, Nicholas, « M. de Morza, l'homme et l'œuvre », *Les Notes de Voltaire*, éd. N. Cronk et Ch. Mervaud, *SVEC* 2003:03, p. 187-206.

–, « Les notes marginales de Voltaire : quel est le lectorat visé ? », *OCV*, t. 139, p. 763-779.

–, « Le pet de Voltaire », dans *La Figure du philosophe dans les lettres angaises et françaises*, éd. A. Tadié (Paris, Presses universitaires de Paris Ouest, 2010), p. 123-136.

–, « Sur la difficulté de lire les *marginalia* de Voltaire : l'exemple de Pope', *Revue Voltaire* 10 (2010), p. 179-190.

–, « Voltaire autoplagiaire », dans *Copier / coller*, éd. O. Ferret, G. Goggi et C. Volpilhac-Auger (Pise, Edizioni Plus, 2007), p. 9-28.

–, « Voltaire (non) lecteur de Nieuwentijt : le problème des causes finales dans la pensée voltairienne », *Revue Voltaire* 7 (2007), p. 169-181.

–, « Voltaire rencontre Monsieur le Spectateur. Addison et la genèse des *Lettres anglaises* », dans *Voltaire et l'Europe. Hommage à Christiane Mervaud*, éd. M. Delon et C. Seth (Oxford, Voltaire Foundation, 2000), p. 13-21.

– et Christiane MERVAUD, « Stratégies de la note dans l'œuvre voltairienne », dans *Les Notes de Voltaire*, éd. N. Cronk et Ch. Mervaud, *SVEC* 2003:03, p. 3-36.

–, « Voltaire annotateur de Boureau-Deslandes : une anecdote relatée par Formey », *Revue Voltaire* 3 (2003), p. 351-354.

DAPP, Kathryn Gilbert, *George Keate, esq., eighteenth-century English gentleman* (Philadelphia, University of Pennsylvania, 1939).

DÉCULTOT, Élisabeth, « Lire, copier, écrire. Enquête sur la bibliothèque manuscrite de Winckelmann », *Bibliothèques d'écrivains*, éd. P. D'Iorio et D. Ferrer (Paris, CNRS, 2001), p. 29-49.

DE JACQUELOT, Hélène, 'Les bibliothèques de Stendhal' dans *Bibliothèques d'écrivains*, éd. P. D'Iorio et D. Ferrer (Paris, CNRS, 2001), p. 71-100.

DESGRAVES, Louis, *Montesquieu, l'œuvre et la vie* (Le Bousquat, L'Esprit du temps, 1994).

– et Catherine VOLPILHAC-AUGER, avec la collaboration de Françoise WEIL, « Introduction », dans *Catalogue de la bibliothèque de Montesquieu à La Brède*, *Cahiers Montesquieu* 4 (1999), p. 1-26.

DESSONS, Gérard, « La manière brève », dans *La Forme brève. Actes du colloque franco-polonais, Lyon, 19-21 septembre 1994*, éd. S. Messina (Paris et Florence, Champion et Edizioni Cadmo, 1996), p. 233-243.

DIDEROT, Denis, *Lettre sur les sourds et muets*, éd. P. H. Meyer, *Diderot Studies* 7 (1965).

–, *Réfutation d'Helvétius*, dans *Œuvres complètes*, éd. R. Lewinter, 15 vol. (Paris, Club français du livre, 1969-1973), t. 10.

DIDIER, Béatrice, « Vauvenargues et l'art du fragment », dans *Vauvenargues. Philosophie de la force active*, éd. Laurent Bove (Paris, Champion, 2000), p. 45-54.

DROYSEN, Hans, « Friedrichs des Grossen Druckerei im Berliner Schlosse », *Hohenzollern-Jahrbuch* (1904), p. 83-91.

DUCKWORTH, Colin, « Voltaire at Ferney: an unpublished description », *SVEC* 174 (1978), p. 61-67.

DULAC, Georges, « Notes et marques en marge [de *Sur* De l'esprit *d'Helvétius*] », dans Denis Diderot, *Œuvres complètes*, éd. H. Dieckmann, J. Proust et J. Varloot (Paris, Hermann, 1975- ), t. 9, p. 265-267.

ELAGUINA, Natalia, « *Corpus des notes marginales de Voltaire* : le projet et sa réalisation », *Revue Voltaire* 3 (2003), p. 19-26.

– et Olivier FERRET, « Le chantier du *Corpus des notes marginales* de Voltaire : bilan et perspectives », *Revue Voltaire* 7 (2007), p. 127-136.

FERRAND, Nathalie, « Jean-Jacques Rousseau : le dernier état de la *Lettre à D'Alembert sur les spectacles* (1758) », *Brouillons des Lumières*, *Genesis* 34 (2012), p. 135-157.

–, « Voltaire dans les marges de Rousseau. Le baladin et le polisson », *CN*, t. 8, p. xxxv-xli.

FERRER, Daniel, « Un imperceptible trait de gomme de tragacanthe… », dans *Bibliothèques d'écrivains*, éd. P. D'Iorio et D. Ferrer (Paris, CNRS, 2001), p. 7-27.

FERRET, Olivier, « Des "pots-pourris" aux "mélanges" », *Revue Voltaire* 6 (2006), p. 35-51.

–, « Notes sur "Nonnotte" », *Revue Voltaire* 7 (2007), p. 155-167.

FRANCIS, Richard, « The shadow of orality in Voltaire's contes », dans *The Conte: oral and written dynamics*, éd. J. Carruthers et M. McCusker (Berne, Peter Lang, 2010), p. 19-34.

GAUDON, Jean, « Carnets, liasses et feuilles volantes', *Carnets d'écrivains*, éd. L. Hay (Paris, CNRS, 1990), p. 73-97.

GENETTE, Gérard, *Seuils* (Paris, Seuil, 1987).

GOULBOURNE, Russell, *Voltaire comic dramatist*, *SVEC* 2006:03.

–, « Voltaire et Dante », *Revue Voltaire* 13 (2013), p. 253-266.

GRAFTON, Anthony, « Discitur ut agatur : how Gabriel Harvey read his Livy », dans *Annotation and its texts*, éd. S. A. Barney (New York et Oxford, OUP, 1991), p. 108-129.

–, *The Footnote: a curious history* (Londres, Faber and Faber, 1997).

GRELL, Chantal, *Le Dix-huitième siècle et l'Antiquité en France* 1680-1789, *SVEC* 330 (1995).

HAWLEY, D. S., « L'Inde de Voltaire », *SVEC* 120 (1974), p. 139-178.

HEMSTERHUIS, François, *Lettre sur l'homme et ses rapports* (avec le commentaire de Diderot), éd. G. May (New Haven et Paris, Yale University Press et PUF, 1964).

HERSCHBERG PIERROT, Anne, « Notes sur le style des marges dans la *Vie de Henry Brulard* », *Stendhal et le style*, éd. Ph. Berthier et E. Bordas (Paris, Presses de la Sorbonne Nouvelle, 2005), p. 93-111.

IRMSCHER, Hans Daniel, « Les notes de lecture de Herder », *Lire, copier, écrire : les bibliothèques manuscrites et leurs usages au XVIII*[e] *siècle*, éd. É. Décultot (Paris, CNRS, 2003), p. 135-144.

JACKSON, Heather, [*Compte rendu du Corpus des notes marginales, t. 8*], *The Library* 7.12 (juin 2014), p. 202-203.

–, *Marginalia: readers writing in books* (New Haven et Londres, Yale University Press, 2001).

–, *Romantic Readers: the evidence of marginalia* (New Haven et Londres, Yale University Press, 2005).

JOUFFROY-GAUJA, Françoise et Jean HAECHLER, « L'article CERTITUDE de l'*Encyclopédie* commenté par un souscripteur anonyme », *Recherches sur Diderot et sur l'Encyclopédie* 29 (2000), p. 129-148.

–, « Une lecture de l'*Encyclopédie* : trente-cinq ans d'annotations par un souscripteur anonyme », *Revue française d'histoire du livre* 96-97 (1997), p. 329-376.

KARP, Sergueï, *Quand Catherine II achetait la bibliothèque de Voltaire* (Ferney-Voltaire, CIEDS, 1999).

KÖLVING, Ulla, « Voltaire, Portalis et le mariage des protestants », *Cahiers Voltaire* 12 (2013), p. 169-180.

KOROLEV, Sergueï, *La Bibliothèque de Diderot. Vers une reconstruction* (Ferney-Voltaire, CIEDS, 2014).

–, « Voltaire et la reliure des livres », *Revue Voltaire* 13 (2013), p. 231-239.

KRIEF, Huguette, « "Quid est veritas ?" : références et annotations latines dans les carnets de Voltaire », dans *Les Notes de Voltaire*, éd. N. Cronk et Ch. Mervaud, *SVEC* 2003:03, p. 359-371.

LABORDE, Alice, *La Bibliothèque du marquis de Sade* (Genève, Slatkine, 1991).

LANSON, Gustave, « Voltaire et les *Lettres philosophiques* : comment Voltaire faisait un livre », *Revue de Paris* (1er août 1908), p. 505-533.

LAUFER, Roger, « L'alinéa typographique du XVIe au XVIIIe siècle », *La Notion de paragraphe*, éd. R. Laufer (Paris, CNRS, 1985), p. 53-63.

–, « Les espaces du livre », dans *Histoire de l'édition française*, éd. R Chartier et H.-J. Martin, 4 vol. (Paris, Fayard, 1989-1991), t. 2, p. 156-172.

LÉOUZON LE DUC, Louis, « Essai sur la bibliothèque de Voltaire », dans *Voltaire et la police* (Paris, Bray, 1867), p. 235-265.

LIUBLINSKI, Vladimir S., « Маргиналии Вольтера » [« Marginalii Vol'tera »] dans *Вольтер, Статьи и материалы* [*Vol'ter, stat'i i materialy*] (Saint-Pétersbourg, [s.n.], 1947), p. 115-172.

–, « Voltaire and his library », *OCV*, t. 136, p. 695-704.

LONGCHAMP, Sébastien, et Jean-Louis WAGNIÈRE, *Mémoires sur Voltaire*, 2 vol. (Paris, André, 1826).

LUPTON, Christina, *Knowing Books: the consciousness of mediation in eighteenth-century Britain* (Philadelphia, PA, University of Pennsylvania Press, 2012).

MARMONTEL, Jean-François, *Mémoires*, éd. John Renwick, 2 vol. (Clermont-Ferrand, Écrivains d'Auvergne, 1972).

MARTIN, Henri-Jean, *La Naissance du livre moderne. Mise en page et mise en texte du livre français (XIV^e^-XVII^e^ siècles)* (Paris, Editions du Cercle de la Librairie, 2000).

MAYS, J. C. C., « Coleridge's marginalia within the category of reading notes », *Variants* 2-3*: Reading notes* (Amsterdam et New York, Rodopi, 2004), p. 79-93.

MCFARLAND, Thomas, « Synecdochic structure in Blake's marginalia », *European Romantic Review* 1:1 (été 1990), p. 75-90.

–, « Who was Benjamin Whichcote ? or, the myth of annotation », dans *Annotation and its texts*, éd. S. A. Barney (New York et Oxford, OUP, 1991), p. 152-177.

MENANT, Sylvain, *L'Esthétique de Voltaire* (Paris, SEDES, 1995).

MERVAUD, Christiane, « Du bon usage des *marginalia* », *OCV*, t. 138, p. 755-777.

–, « Philosophie et écriture brève : le *Dictionnaire philosophique portatif* », *Revue internationale de philosophie* 1 (1994), p. 65-75.

–, « Voltaire et la physico-théologie. Lectures de l'abbé Pluche », *Revue Voltaire* 10 (2010), p. 159-178.

– et Christophe PAILLARD, « Le supplice de Tantale : Decroix et l'inventaire des ouvrages margés de Voltaire à Saint-Pétersbourg par Jean-Louis Wagnière », *SVEC* 2006:06, p. 405-433.

– et Catriona SETH, « Notes marginales inédites sur *Le Vrai Sens du Système de la nature* », *Revue Voltaire* 4 (2004), p. 299-340.

MESNARD, P., « Notice » dans *Œuvres de J. Racine*, 9 vol. (Paris, Hachette, 1865-1932), t. 6, p. 3-8.

MESSINA, Simone, « Avant-propos », dans *La Forme brève. Actes du colloque franco-polonais, Lyon, 19-21 septembre 1994*, éd. S. Messina (Paris et Florence, Champion et Edizioni Cadmo, 1996), p. 7-8.

MÉTAYER, Guillaume, « Le dialogue, chez Voltaire, est-il un genre ? », *Revue Voltaire* 5 (2005), p. 41-62.

MINUTI, Rolando et Salvatore ROTTA, « Introduction » au *Spicilège*, dans *Œuvres complètes de Montesquieu* (Oxford et Paris, Voltaire Foundation et Classiques Garnier, 1998- ), t. 13.

MONFRIN, Jacques, « Préface », dans *Mise en page et mise en texte du livre manuscrit*, éd. H.-J. Martin et J. Vezin (Paris, Editions du Cercle de la Librairie-Promodis, 1990), p. 9-14.

MONTAIGNE, Michel de, *Essais* dans *Œuvres complètes*, éd. A. Thibaudet et M. Rat (Paris, Pléiade, 1962).

MONTANDON, Alain, *Les Formes brèves* (Paris, Hachette, 1992).

MONTESQUIEU, Charles-Louis de Secondat, baron de La Brède et de, *Considérations sur les causes de la grandeur des Romains et de leur décadence avec des notes inédites de Frédéric II* (Paris, Firmin-Didot, 1879).

–, *Lettres persanes*, éd. A. Sandrier (Paris, Gallimard, 2006).

MORTIER, Roland, « Ce maudit *Système de la nature* », dans *Voltaire et ses combats*, éd. U. Kölving et Ch. Mervaud, 2 vol. (Oxford, Voltaire Foundation, 1997), t. 1, p. 697-704.

–, « Comment éditer Diderot ? », *Revue belge de philologie et d'histoire* 67:3 (1989), p. 563-572.

MOUREAU, François, « La plume et le plomb », dans *De bonne main : la communication manuscrite au XVIII^e^ siècle*, éd. F. Moureau (Oxford et Paris, Voltaire Foundation et Universitas, 1993), p. 6-16.

*Les Notes de Voltaire*, éd. N. Cronk et Ch. Mervaud, *SVEC* 2003:03.

PAILLARD, Christophe, « L'exemplaire maître des œuvres de Voltaire dans la seconde moitié des années 1760. L'auto-annotation de BV3464-1, modèle de BV3462-2, "Keate" et "Balleidier" », *Revue Voltaire* 17 (2017), p. 261-295.

–, *Jean-Louis Wagnière, secrétaire de Voltaire : lettres et documents*, *SVEC* 2008:12.

–, « Un "dictionnaire vivant" : Jean-Louis Wagnière, témoin des pratiques de lecture et d'écriture de Voltaire », dans *Voltaire et le livre*, éd. F. Bessire et F. Tilkin (Ferney-Voltaire, CIEDS, 2009), p. 243-256.

–, « Voltaire et les bibliothèques : genèse et métamorphoses de la "Bibliothèque de Ferney" », dans *La Russie dans l'Europe*, éd. F. Jacob (Condeixa-a-Nova, La Ligne d'ombre, 2010), p. 103-143.

PEREY, Lucien, et Gaston MAUGRAS, *La Vie intime de Voltaire aux Délices et à Ferney 1754-1778* (Paris, Calmann-Lévy, 1885).

PHILLIPPO, Susanna, *Silent Witness: Racine's non-verbal annotations of Euripides. Research Monographs in French Studies* 14 (Oxford, European Humanities Research Centre, 2003).

PIERRON, Alexis, *Voltaire et ses maîtres* (Paris, Didier, 1866).

PINK, Gillian, « "Stupendous works" : Voltaire anglographe dans ses *marginalia* », *Revue Voltaire* 13, p. 129-139.

POMEAU, René, « Voltaire et ses livres », *Saggi et ricerche di letteratura francesi* (1961), nº 2, p. 133-138.

–, Christiane MERVAUD, René VAILLOT *et al.*, *Voltaire en son temps*, 2 vol. (Oxford et Paris, Voltaire Foundation et Fayard, 1995).

QUINTILI, Paolo, « Diderot lecteur d'Alexander Pope », *Revue sur Diderot et l'Encyclopédie* 16 (avril 1994), p. 71-95.

ROBINSON-VALÉRY, Judith, « Les "Cahiers" de Valéry : œuvre "préparée" ou non ? », dans *Carnets d'écrivains*, éd. L. Hay (Paris, CNRS, 1990), p. 131-150.

– et Brian STIMPSON, « La bibliothèque de Valéry : traces de lectures, catalogue et corpus des notes marginales » dans *Bibliothèques d'écrivains*, éd. P. D'Iorio et D. Ferrer (Paris, CNRS, 2001), p. 197-224.

ROSSLYN, Felicity, « Pope's annotations to Tickell's *Iliad* book one », *The Review of English Studies*, new series 30 (117) (février 1979), p. 49-59.

ROUSSEAU, André-Michel, *L'Angleterre et Voltaire*, *SVEC* 145-147 (1976).

–, « L'exemplaire des Œuvres de Vauvenargues annoté par Voltaire, ou l'imposture de l'édition Gilbert enfin dévoilée », dans *The Age of the Enlightenment: Studies presented to Theodore Besterman*, éd. W. H. Barber, J. H. Brumfitt, R. A. Leigh, R. Shackleton et S. S. B. Taylor (Edimbourg et Londres, Oliver and Boyd, 1967), p. 287-297.

ROUSSEAU, Jean-Jacques, « Notes sur De l'esprit », *Œuvres complètes de Rousseau*, éd. B. Gagnebin et M. Raymond, 5 vol. (Paris, Pléiade, 1959-1995), t. 4, p. 1121-1130.

SABATIER DE CASTRES, Antoine, *Vie polémique de Voltaire* (Paris, Dentu, an X [1802]).

SACQUIN, Michèle, « Les manuscrits littéraires du XVIII^e siècle à la BnF », *Genesis* 34 (2012), p. 159-169.

SAREIL, Jean, « Voltaire polémiste ou l'art dans la mauvaise foi », *Dix-huitième Siècle* 15 (1983), p. 345-356.

SEGUIN, Maria Susana, « De l'*Analyse de la religion chrétienne* à *L'Evangile de la raison* », *Revue Voltaire* 8 (2008), p. 137-149.

SÉITÉ, Yannick, « La note infrapaginale est-elle une forme brève ? Le cas de Rousseau "éditeur de Julie" », dans *La Forme brève. Actes du colloque franco-polonais, Lyon, 19-21 septembre 1994*, éd. S. Messina (Paris et Florence, Champion et Edizioni Cadmo, 1996), p. 179-193.

SHERMAN, William H., *Used Books : marking readers in Renaissance England* (Philadelphia, University of Pennsylvania Press, 2008).

SLIGHTS, William W. E., *Managing readers: printed marginalia in English Renaissance books* (Ann Arbor, University of Michigan Press, 2001).

SMITH, David W., *Bibliography of the writings of Helvétius* (Ferney-Voltaire, CIEDS, 2001).

STAROBINSKI, Jean, « Rousseau : notes en marge de Montaigne », *Annales Jean-Jacques Rousseau* 41 (1997), p. 11-56.

STENGER, Gerhardt, « Voltaire annoté par lui-même : marginalia inédits sur la *Collection complète* envoyée à George Keate », dans *Les Neveux de Voltaire*, éd. S. Géhanne-Gavoty et A. Sandrier (Ferney-Voltaire, CIEDS, 2017), p. 55-69.

SWIFT, Jonathan, *Miscellaneous and autobiographical pieces, fragments and marginalia*, dans *The Prose Writings*, éd. H. Davis *et al.*, 16 vol. (Oxford, Blackwell, 1939-1974), t. 5.

TICHOUX, Alain, *Les Apologistes chrétiens et la critique biblique de Voltaire 1714-1762*, thèse de doctorat (Montréal, McGill University, 1972).

TOON, Thomas E., « Dry-point annotations in early English manuscripts: understanding texts and establishing contexts », dans *Annotation and its texts*, éd. S. A. Barney (New York et Oxford, OUP, 1991), p. 74-93.

VAN DE VOORDE, Jacqueline, *La Documentation historique de Voltaire d'après les marginalia t. 1. A-B*, thèse de troisième cycle (Paris IV, dir. R. Pomeau, 1987).

VAN STRIEN, Kees, *Voltaire in Holland, 1736-1745* (Louvain, Peeters, 2011).

VERCRUYSSE, Jeroom, « Notes inédites de Voltaire », *Studi francesi* 20 (1963), p. 258-264.

–, « L'œuvre de *Poéshie* corrigée : notes marginales de Voltaire sur les poésies de Frédéric II », *SVEC* 176 (1979), p. 51-62.

–, « Portrait de Voltaire », dans *Caractères et portraits*, éd. D. Acke (Paris, Champion, 2003), p. 463-483.

–, « Voltaire correcteur de ses *Lettres de Monsieur de Voltaire à ses amis du Parnasse* (1766) », *SVEC* 201 (1982), p. 67-79.

VOLPILHAC-AUGER, Catherine, *L'Atelier de Montesquieu*, *Cahiers Montesquieu* 7 (2001).

–, « De la typographie à l'écriture de l'histoire : quelques notes en marge de l'*Essai sur les mœurs* », dans *Les Notes de Voltaire*, éd. N. Cronk et Ch. Mervaud, *SVEC* 2003:03, p. 324-332.

–, « L'ombre d'une bibliothèque : les cahiers d'extraits de Montesquieu », *Lire, copier, écrire : Les bibliothèques manuscrites et leurs usages au XVIII*e *siècle*, éd. É. Décultot (Paris, CNRS, 2003), p. 79-90.

VOLTAIRE, *Essai sur les mœurs*, éd. R. Pomeau, 2 vol. (Paris, Garnier, 1990).

–, *Lettres philosophiques*, éd. G. Lanson, rév. A.-M. Rousseau, 2 vol. (Paris, Didier, 1964).

–, *Œuvres inédites*, éd. F. Caussy (Paris, Champion, 1914 ; réimpression Nendeln/Liechtenstein, Kraus, 1971).

*Voltaire et l'Europe. Exposition Bibliothèque nationale de France / Monnaie de Paris*, éd. F. Bléchet (Bruxelles et Paris, BnF et Éditions Complexe, 1994).

*Voltaire's household accounts 1760-1778*, éd. Th. Besterman (Genève et New York, Institut et musée Voltaire et The Pierpont Morgan Library, 1968).

WADE, Ira, *The Search for a new Voltaire*, dans *Transactions of the American Philosophical Society* [new series] 48:4 (juillet 1958).

WAQUET, Françoise, *Le Prince et son lecteur, avec l'édition de Charles Dantal, Les Délassements littéraires ou heures de lecture de Frédéric II* (Paris, Champion, 2000).

WEIL, Françoise, « La fonction du manuscrit par rapport à l'imprimé », dans *De bonne main : la communication manuscrite au XVIII*e *siècle*, éd. F. Moureau (Oxford et Paris, Voltaire Foundation et Universitas, 1993), p. 17-27.

WHALLEY, George, « Editorial practice, conventions, and abbreviations », dans *S. T. Coleridge Collected Works*, éd. K. Coburn, B. K. Winer, 16 t. en 34 vol. (Londres, Routledge & Kegan Paul ; Princeton, Princeton University Press, 1969-2002), t. 12 (*Marginalia* I), p. xxii-xl.

ZAYSTEVA, Irina, « Des marginalia inédits de Voltaire sur deux livres de sa bibliothèque retrouvés à Tsarskoë Selo », *Cahiers Voltaire* 5 (2006), p. 119-132.

–, « Trésors de Tsarskoye Selo. Notes marginales de Voltaire sur les *Œuvres philosophiques* de Fénelon », *Revue Voltaire* 8 (2008), p. 329-357.

ZEDELMAIER, Helmut, « Johann Jakob Moser et l'organisation érudite du savoir à l'époque moderne », dans *Lire, copier, écrire : les bibliothèques manuscrites et leurs usages au XVIII*e *siècle*, éd. É. Décultot (Paris, CNRS, 2003), p. 43-62.

# Index

*Lorsqu'un auteur est à la fois annoté et annotateur (tel est le cas pour Diderot, Frédéric II, Montesquieu, Pope, J.-J. Rousseau et Warburton) les numéros des pages où il est mentionné comme annotateur figurent en gras.*

# Remerciements

En premier lieu, que Nicholas Cronk, qui m'a guidée dans ce travail, trouve ici l'expression de ma profonde reconnaissance.

Je tiens aussi à exprimer ma gratitude envers d'autres collègues qui ont beaucoup facilité ce travail, notamment, à la Bibliothèque nationale de Russie (Saint-Pétersbourg) : Natalia Speranskaya, Natalia Elaguina, Olga Frolova, Sergueï Korolev, Olga Simbirtseva, Alla Zlatopolskaya.

Les conservateurs et le personnel de diverses autres bibliothèques m'ont également aidée dans mes recherches, à savoir : Claire Basquin (Bibliothèque municipale de Rouen), Philippe Ferrand (Bibliothèque Méjanes, Aix-en-Provence), Christine Penney (The Hurd Library, Hartlebury), Clément Pieyre (Bibliothèque de la Cour de cassation, Paris), Flávio Borda d'Agua et Catherine Walser (Bibliothèque de Genève).

Je voudrais remercier Nathalie Ferrand, Daniel Ferrer, Dominique Lussier et Lydie Rauzier pour leur relecture et pour les corrections qu'ils ont apportées à mon texte, et Maurice Poulet à CNRS Éditions, qui a accompagné ce livre jusqu'à la publication ; pour leur aide ponctuelle et leur soutien, Alice Breathe, Juliette Fabre, James Hanrahan, Laurence Macé, Jonathan Mallinson, Christiane Mervaud, Alison Oliver, Christophe Paillard, Jean-Alexandre Perras, Georges Pilard, Kelsey Rubin-Detlev, Gerhardt Stenger, Kees van Strien ; pour leur encouragement et leur compréhension, tous mes collègues à la Voltaire Foundation.

Des bourses, dues à la générosité de la Bibliographical Society (Londres) et de St John's College (Oxford), m'ont permis de faire deux fois le voyage à Saint-Pétersbourg pour étudier sur place les livres de Voltaire. Je suis très redevable à ces deux institutions, car sans ces possibilités de recherche, mon travail n'aurait guère été possible.

# Liste des illustrations

# Table des matières

*Composition et mise en pages*
*Nord Compo à Villeneuve-d'Ascq*

Achevé d'imprimer en mars 2018
sur les presses de la Nouvelle Imprimerie Laballery
58500 Clamecy
Dépôt légal : avril 2018
N° d'impression : 803195

*Imprimé en France sur papier Amber Graphic 90 g/m²*

La **N**ouvelle **I**mprimerie **L**aballery est titulaire de la marque Imprim'Vert®